U0909445

外国文学学术史研究

主编

陈众议

希伯来经典学术史研究

A Study of the History of Hebrew Classics Studies

钟志清 等著

译林出版社

图书在版编目（CIP）数据

希伯来经典学术史研究 / 钟志清 等著. -- 南京：译林出版社，2019.12

（外国文学学术史研究 / 陈众议主编 ）

ISBN 978-7-5447-8062-9

I.①希… II.①钟… III.①犹太文学－文学研究 IV.①I106.9

中国版本图书馆 CIP 数据核字（2019）第 288562 号

希伯来经典学术史研究　钟志清 等 / 著

责任编辑　冯一兵
装帧设计　韦　枫
校　　对　蒋　燕
责任印制　颜　亮

出版发行　译林出版社
地　　址　南京市湖南路 1 号 A 楼
邮　　箱　yilin@yilin.com
网　　址　www.yilin.com
市场热线　025-86633278
排　　版　南京展望文化发展有限公司
印　　刷　江苏凤凰扬州鑫华印刷有限公司
开　　本　718 毫米 × 1000 毫米　1/16
印　　张　22.75
插　　页　2
版　　次　2019 年 12 月第 1 版　2019 年 12 月第 1 次印刷
书　　号　ISBN 978-7-5447-8062-9
定　　价　68.00 元

总序

在众多现代学科中，有一门过程学。在各种过程研究中，有一种新兴技术叫生物过程技术，它的任务是用自然科学的最新成就，对生物有机体进行不同层次的定向研究，以求人工控制和操作生命过程，兼而塑造新的物种、新的生命。文学研究很大程度上也是一种过程研究，从作家的创作过程到读者的接受过程，而作品则是其最为重要的介质或对象。问题是，生物有机体虽活犹死，盖因细胞的每一次裂变即意味着一次死亡；而文学作品却往往虽死犹活，因为莎士比亚是“说不尽”的，“一百个读者就有一百个哈姆雷特”。

换言之，文学经典的产生往往建立在对以往经典的传承、翻新乃至反动（或几者兼有之）的基础之上。传承和翻新不必说，即使反动，也每每无损以往作品的生命力，反而能使它们获得某种新生。这就使得文学不仅迥异于科学，而且迥异于它的近亲——历史。套用阿瑞提的话说，如果没有哥伦布，迟早会有人发现美洲；如果伽利略没有发现太阳黑子，也总会有人发现。同样，历史可以重写，也不断地在重写，用克罗齐的话说，“一切历史都是当代史”。但是，如果没有莎士比亚，又会有谁来创作《哈姆雷特》呢？有了《哈姆雷特》，又会有谁来重写它呢？即使有人重写，他们缘何不仅无损于莎士比亚的光辉，反而能使他获得新生，甚至更加辉煌灿烂呢？

这自然是由文学的特殊性所决定的，盖因文学是加法，是并存，是无数“这一个”之和。鲁迅谓文学最不势利，马克思关于古希腊神话的“童年说”和“武库说”更是众所周知。同时，文学是各民族的认知、价值、情感、审美和语言等诸多因素的综合体现。因此,文学既是民族文化及民族向心力、认同感的重要基础,也是使之立于世界之林而不轻易被同化的鲜活基因。也就是说,大到世界观,小到生活习俗,文学在各民族文化中起到了染色体的功用。独特的染色体保证了各民族在共通或相似的物质文明进程中保持着不断变化却又不可湮没的个性。惟其如此,世界文学和文化生态才丰富多彩,也才需要东西南北的相互交流和借鉴。同时,古今中外,文学终究是一时一地人心的艺术呈现,建立在无数个人基础之上,并潜移默化、润物无声地表达与传递、塑造与擢升着各民族活的灵魂。这正是文学不可或缺、无可取代的永久价值与恒久魅力之所在。

于是,文学犹如生活本身,是一篇亘古而来、今犹未竟的大文章。

此外,较之于创作,文学研究则更具有意识形态和上层建筑属性,因而更取决于生产力和社会形态、社会发展水平。这也是马克思主义的基本观点之一。如是,我国现代意义上的文学研究起步较晚,外国文学研究更是如此。虽然以鲁迅为旗手的新文学运动十分重视外国文学,但从实际成果看,1949 年前的外国文学研究却基本上属于旁批眉注、前言后记式的简单介绍,既不系统,也不深入。因此,我国的外国文学研究几乎可以说是在新中国成立以后全面展开的,而系统的外国文学学术史研究,这还是第一次。

二

学术史研究也是一种过程学,而且是一种相对纯粹的过程学。不具备一定的学术史视野,哪怕是潜在的学术史视野,任何经典作家作品研究几乎都是不能想象的。

然而,后现代主义解构的结果是绝对的相对性取代了相对的绝对性。于是,许多人不屑于相对客观的学术史研究而热衷于空洞的理论了。在一些人眼里,甚至连相对客观的真理观也消失殆尽了。于是,过去的“一里不同俗,十里言语殊”,成了如今的言人人殊。于是,众声喧哗,且言必称狂欢,言必称多元,言必称虚拟和不确定。这对谁最有利呢?也许是跨国资本吧。无论解构主义者初衷如何,解构风潮的实际效果是:不仅相当程度上消解了真善美与假恶丑的界限,甚至对国家意识形态,至少是某些国家的意识形态和民族凝聚力都构成了威胁。然而,所谓的“文明冲突”归根结底是利益冲突,而“人权高于主权”这样的时鲜谬论也只有在跨国公司时代才可能产生。

且说经典在后现代语境中首当其冲,成为解构对象,它们不是被迫“淡出”,便是横遭肢解。所谓的文学终结论也正是在这样的背景下提出来的。它与其说指向创作实际,毋宁说是指向传统认知、价值和审美取向的全方位的颠覆。因此,经典的重构多少具有拨乱反正的意义。

正是基于上述缘由,中国社会科学院外国文学研究所于2004年着手设计“外国文学学术史研究工程”计划,并于翌年将该计划列入中国社会科学院“十一五规划”。这是一项向着重构的整合工程,它的应运而生,标志着外文所在原有的“三套丛书”(即20世纪60至90年代——“文革”时期中断——的“外国文学名著丛书”、“外国古典文艺理论丛书”和“马克思主义文艺理论丛书”)等工作的基础上又迈出了新的一步,也意味着我国的外国文学研究已开始对解构风潮之后的学术相对化、碎片化和虚无化进行较为系统的清算。

于是,关乎经典的一系列问题将在这一系统工程中被重新提出。比如,何为经典?经典是必然的还是偶然的?经典重在表现人类的永恒矛盾(用钱锺书的话说是“两足动物的基本根性”)呢,还是主要指向时代社会的现实矛盾?它们在认知方式、价值判断、审美取向方面有何特征?经典及经典批评与时代社会的生产力和生产关系、经济基础和上层建筑等关系何如?批评及批评家的作用(包括其立场、观点、方法及其与时代社会的一般和特殊关系)又如何?此外,经典作家的遭际与性情、阅历与禀赋,经典的内容与形式、继承与创新,以及文学的一般规律和文学经典的特殊性等诸如此类的问题,都将是本工程需要展示并探讨的。

且说世界文学一路走来，其规律并非羚羊挂角，无迹可寻。童年的神话、少年的史诗、青年的戏剧、中年的小说、老年的传记是一种概括。由高向低、由外而内、由强至弱、由大到小等等，也不失为一种轨辙。如是，文学从模仿到独白、从反映到窥隐、从典型到畸形、从审美到审丑、从载道到自慰、从崇高到渺小、从庄严到调笑……终于一头扎进了个人主义和主观主义的死胡同。小我取代了大我，观念取代了情节；"阿基琉斯的愤怒"变成了麦田里的脏话；"路漫漫其修远兮，吾将上下而求索"变成了"我做的馅饼是世界上最好吃的"；诸如此类，不一而足。是谓下现实主义。当然，这不能涵盖文学的复杂性和丰富性。事实上，认知与价值、审美与方法等等的背反或迎合、持守或规避所在皆是。况且，无论"六经注我"还是"我注六经"，经典是说不尽的，这也是由时代社会及经典本身的复杂性和丰富性所生发的。

二

众所周知，文学是人类文明的重要组成部分。马克思主义的经典作家向来重视文学，尤其是经典作家在反映和揭示社会本质方面的作用。马克思在分析英国社会时就曾指出，英国现实主义作家"向世界揭示的政治和社会真理，比一切职业政客和道德家加在一起所揭示的还要多"。恩格斯也说，他从巴尔扎克那里学到的东西，要比从"当时所有职业的历史学家、经济学家和统计学家那里学到的全部东西还要多"。列宁则干脆地称托尔斯泰是俄国革命的一面镜子。这并不是说只有文学才能揭示真理，而是说伟大作家所描绘的生活、所表现的情感、所刻画的人物往往不同于一般抽象的概括、数据的统计。文学更加具体、更加逼真，因而也更加感人、更加传神。其潜移默化、润物无声的载道与传道功能更不待言。站在世纪的高度和民族立场上重新审视外国文学，梳理其经典，展开研究之研究，将不仅有助于我们把握世界文明的律动和了解不同民族的个性，而且有利于深化中外文化交流，从而为我们借鉴和吸收优秀文明成果、为中国文学及文化的发展提供有益的“他山之石”。习近平总书记说过，我们要“不忘本来，吸收外来，面向未来”。这传承和丰富了“洋为中用”“古为今用”的“二为方针”。

“观乎天文以察时变，观乎人文以化成天下”；文学作为人文精神的重要基础和介质，既是人类文明的重要见证，同时也是一时一地人心、民心的最深刻、最具体的体现，而外国文学则是建立在外国各民族无数作家基础上的不同时代、不同民族的认识观、价值观和审美观的形象反映。研究人心自然不能停留在简单抽象的理念上，因此，走进经典永远是了解此时此地、彼时彼地人心、民心的最佳途径。换言之，文学创作及其研究指向各民族变化着的活的灵魂，而其中的经典（包括其经典化或非经典化过程）恰恰是这些变化着的活的灵魂的集中体现。

如是，“外国文学学术史研究”立足国情，立足当代，从我出发，以我为主，瞄准外国文学经典作家作品和思潮流派，进行历时和共时的梳理。第一辑、第二辑和第三辑由二十二部学术史研究专著、二十二部配套译著组成：第一辑涉及塞万提斯、歌德、雨果、左拉、庞德、高尔基、肖洛霍夫和海明威；第二辑包括普希金、茨维塔耶娃、康拉德、狄更斯、哈代、菲茨杰拉德、索尔·贝娄和芥川龙之介；第三辑涵盖陀思妥耶夫斯基、乔叟、简·奥斯丁、普鲁斯特、泰戈尔和希伯来《圣经》文学。

三

格物致知，信而有征；厘清源流，以利甄别。“外国文学学术史研究”中的经典作家作品学术史研究系列，顾名思义都是学术史研究（或谓研究之研究）。学术史研究既是对一般博士论文的基本要求，也是一种行之有效的文学研究方法，更是一种切实可行的文化积累工程，同时还可以杜绝有关领域的低水平重复。每一部学术史研究著作通过尽可能抽丝剥茧式的梳理，即使不能见人所未见、言人所未言，至少也能老老实实地将有关作家作品的研究成果（包括有关研究家的立场、观点和方法）公之于众，以裨来者考。如能温故知新，有所创建，则读者幸甚，学界幸甚。相配套的经典论文翻译，则遴选有关作家作品研究的阶段性和标志性成果，其形式类似于外文所先前出版的“外国文学研究资料丛书”。

此次面世的“外国文学学术史研究”中的每一部学术史研究著作将由三部分组成。第一部分为经典作家（作品）的学术史梳理。这是相对客观的，但其中的艰难也不可小觑。首先，学术史梳理既不像平素泛舟书海，拾贝书海，尽意兴而为之的俯拾由己和随心所欲；其次，牵涉语种繁多，而且经过20世纪的形形色色的方法论和批评思潮的浸染，用汗牛充栋来形容经典作家作品研究成果已不为过。因此，要在浩如烟海的研究史料中攫取最有代表性的观点和方法，实在是件考验耐心和毅力的事情。战战兢兢，生怕挂一漏万，自不待言，且挂一漏万在所难免。因此，我们只能择要概述，甚至把侧重点放在经典作家的代表作上。不然纵使篇幅再大，也难以涵括浩瀚的文献资料。换言之，去芜杂的枝蔓和重复的敷衍，留精粹要义和真知灼见是必然的，但也是不容易做到的。它考验我们涉猎的深度和广度，而且也是检验我们学术水准和价值判断的重要环节。

第二部分研究之研究何啻是一大考验。都说20世纪是批评的世纪，在经历了现代主义的标新立异和后现代主义的解构风潮之后，在各种思潮、各种方法杂然纷呈的情况下，如何言之有物、言之成理、不炒冷饭，殊是不易；如何在前人的基础上有所发现、有所前进，就更是难上加难。反过来看，正因为文化相对主义的盛行和批评的多元，也才有了我们展示立场、发表见解的特殊理由和广阔余地。举个简单的例子，解构主义针对二元论的颠覆虽然是形而上学的，却不可谓不彻底。其结果是相当一部分学者怀疑甚至放弃了二元思维，但事实上，二元思维不仅难以消解，而且在可以想见的未来仍将是人类思维的主要方法。真假、善恶、美丑、你我、男女、东方和西方等等实际存在，并将继续存在。与此同时，作为中国学者，面对西方话语，我们并非无话可说。总之，从文学出发,关心小我与大我、外力与内因、形式与内容、反映与想象、情节与观念,以至于物质与精神、肉体与灵魂、西方与东方等诸如此类的二元问题,以及经典在民族和人类文明进程中的地位和作用,依然可以是我们的着力点。当然,二元论绝不是排中律,而是在辩证法的基础上融会二元关系及二元之间所蕴藏的丰富内涵和无限可能性。毋庸讳言,改革开放以来,学术界解放思想,广开言路,但日新月异中不乏矫枉过正、时髦是趋。比如大到存在与意识、物质与精神的辩证关系,小到客观与主观、客体与主体等等,都大有乾坤倒转、黑洞化吸之势。至于意识形态"淡化"之后,跨国资本主义的一元化意识形态更是有增无已;真假不辨、善恶不论、美丑混淆的现象所在皆是;个人主义大行其道,从而使抽象的人性淹没了社会性;普世主义势不可挡,以致文化相对主义甚嚣尘上。文学从大我到小我,从外向到内倾,从模仿到虚拟,从代言到众声喧哗;真实给虚幻让步,艺术向资本低头;对妖魔鬼怪和封建迷信津津乐道,任帝王将相和无厘头充斥视阈,能不发人深省?然而,经典作家是说不尽的,以上的任何一位作家都是无法穷尽的。用巴尔加斯·略萨的话说,伟大的经典具有"自我翻新"的本领。至于何为经典,虽然也是个说不尽的话题,但用简单的方式综观前人的观点,也许可以用两句话来概括:一是它们必须体现时代社会(及民族)的最高认知和一般价值(包括人类永恒的主题、永恒的矛盾);二是其方法的魅力及审美的高度不会随着岁月的更迭而褪色或销蚀。当然这是将复杂问题简单化的一种说法。而本课题便是关乎经典之所以成为经典的一种较为复杂的论证方式。需要说明的是,经典不等于市场。用桑塔亚那的话说,经典不在于一时一地喜欢者的多寡,而在于喜欢者的喜欢程度。如果在此基础上再加上一个历史的维度,那么这话也就更加全面了。

学术史研究的最后部分为文献目录。它在尽可能详尽的基础上,还要有所选择。不然,展示一个经典作家的学术史,光文献目录就可以编辑厚厚的几大本。因此,去粗存精,是为重要或主要文献目录。

最后需要说明的是,"外国文学学术史研究"的中长期目标是在作家作品和流派思潮研究的同时，进行更具问题意识的学术史乃至学科史研究，以期点面结合，庶乎“既见树木，又见森林”；若能密切联系实际，促进中华学术的繁荣、发展和创新，则读者幸甚，我等幸甚。无疑，此工程面向全国高校及科研机构，希望有志于外国文学学术史研究的同仁踊跃加盟、不吝赐教。

陈众议

目录

绪言

古代希伯来文明发轫于美索不达米亚半岛。古代希伯来经典,即用希伯来语写就的圣经,或曰《希伯来圣经》,经过长期编纂与流传,约成书于公元前4世纪,其大部分故事发生在今天叫作巴勒斯坦地区的土地上,即现在的以色列和巴勒斯坦所在地。这片位于地中海东岸及其相邻地区的土地从古代便被称作"近东",或者是"东方""黎凡特""中东"。从现代政治学角度看,这些词汇固然流露出"西方中心论"的影响,但一直被学术界所使用。[1]美索不达米亚则是希腊人对底格里斯河和幼发拉底河之间地域的称谓,包括现代伊拉克和东北部的叙利亚,以及约旦地区。[2]

一、《希伯来圣经》的东方起源与西渐

《希伯来圣经》的开篇为《创世记》,其希伯来文בְּרֵאשִׁית有"开端"或者"诞生"之意,描述万物之始。[3]《创世记》讲述了世界和人类的起源、伊甸园、大洪水和以色列先祖的故事。学界一般将希伯来创世故事、挪亚方舟的故事称作神话,认为它们和美索不达米亚地区的几个主要的创世故事,如古巴比伦的创世史诗《埃努玛·埃利什》(*Enuma Elish*)有着明显的相似之处,挪亚方舟的故事受到古代巴比伦史诗《吉尔伽美什》

---

1 Michael D. Coogan, *The Old Testament: A Historical and Literary Introduction to the Hebrew Scripture*, New York, Oxford: Oxford University Press, 2011, p.11.

2 Ibid., p.12.

3 以色列作家梅厄·沙莱夫写道:《创世记》不仅描述了世界之始,也描述了最初的爱、最初的死、最初的笑、最初的梦想,等等。见Meir Shalev, *Beginnings: Reflections on the Bible's Intriguing Firsts*, New York: Harmony Books, 2011, p.vii。

的影响。1872年,史密斯(George Smith)在大英博物馆发现了亚述人关于古代大洪水叙述的楔形文泥板,并将其翻译成英文,在当年12月的圣经考古学会上公之于世,此乃圣经学术史上一个具有里程碑意义的事件。[1]

犹太人所采用的圣经主要是马索拉抄本(Masoretic Text),主要用希伯来语写成,并夹杂有少量的阿拉米语[2]。它约在公元7世纪到10世纪流行,是犹太教经典,后被基督徒接受,成为基督教圣经(《新旧约全书》)的前半部分,在基督教传统中被称为《旧约》,以别于公元1世纪后的基督教时代产生的《新约》。《希伯来圣经》共二十四卷,经过长时间编纂结集而成,作者迄今不可考。《希伯来圣经》在公元前2世纪前后由"七十子"翻译成希腊文时,十二小先知书被分为十二卷,《列王纪》等书的上下卷也各分为两卷,因此整部正经被分成三十九卷。七十子译本为早期基督徒所使用,基督教《旧约圣经》因而也沿袭了这一传统,分为三十九卷。在排列顺序上,《希伯来圣经》与基督教《旧约圣经》不尽相同。《天主教圣经》除包括新教的三十九卷书外,还收入被称为"第二正典书卷"的一些篇目,即被新教称为"次经"的书卷,包括《多必传》《犹滴传》《所罗门智训》《便西拉智训》《巴录书与耶利米书信》《以斯帖记补编》《但以理书附录》(即《苏撒拿传》《三童歌》《彼勒与大龙》),此外还有《马喀比传上卷》和《马喀比传下卷》。东正教的圣经亦与此相同。

《希伯来圣经》的希伯来文说法为"塔纳赫"(Tanakh,תַּנַ"ךְ),分别由三个希伯来文字母tov、nun和kaf代表《希伯来圣经》的三部分内容:《托拉》(Torah,即《摩西五经》,也就是圣经的前五章)、《奈维姆》(*Nevi'im*,《先知书》)和《凯图维姆》(*Ketuvim*,《作品》)。《希伯来圣经》不仅是宗教经典,也是一部文学总集,包含了神话、诗歌、叙事文等文

1 参见Stephanie Dalley, *Myths from Mesopotamia*, Oxford: Oxford University Press, 1989, pp.109–116。又参见George Smith, "The Chaldean Account of the Deluge," in *Transactions of the Society of Biblical Archaeology 2*, pp.213–234。

2 张泓玮在其负责撰写的章节的注释中专门就"阿拉米语"与"阿拉姆语"的用法做了详解。

类，堪称古代希伯来文学的最高成就。鉴于《希伯来圣经》在文明史、文学史和文化史上的特殊地位，我们研究《希伯来圣经》学术史的着眼点当然不会是探讨其宗教价值，而是要将《圣经》当作一部具有文学价值的独特文本，探讨其在不同历史时期，在世界文明范围内被翻译、解读、阐释、研究、使用等诸多情况。

首先要提及的是圣经在西方世界被翻译与接受的问题。在圣经西渐的传播与接受史上，翻译的作用不容忽视。翻译完成了截然不同的两种语言体系之间的艺术交汇，同时又在两种世界观、两种完整的概念与文化体系之间创造了联系。圣经早期的翻译活动应该上溯至公元前3世纪。当时在托勒密二世统治下，埃及的亚历山大成为地中海地区的文化中心，希腊文化逐渐影响到犹太社区，那里的犹太人开始说希腊语。还有许多犹太人背井离乡，到埃及等地读书。这些流散中的犹太人不仅说希腊语，接受希腊教育，而且接受了许多希腊习俗。最后希腊语取代了希伯来语，成为在巴勒斯坦地区以外居住的犹太人的通用语言。在这种背景下，把圣经翻译成希腊语已经势在必行。于是在公元前285年，亚历山大的犹太学者把《摩西五经》（后文中亦称作《五经》）翻译成了希腊文（余下书卷后来才逐渐翻译完成）。这些译文由七十位或七十二位学者共同完成，因此最后被定名为“七十子译本”（Septuagint）。[1]该译本首先为不熟悉希伯来语的亚历山大地区的犹太人使用，因此也被称作“亚历山大本”。公元1世纪该译本流传于巴勒斯坦，成为基督教最初使用的《圣经·旧约》，现依然为希腊正教会的通行本，后又被翻译成多种文字，在世界范围内得到传播与使用。

圣经翻译成拉丁文，乃是东学西渐的又一个例证。如同圣经翻译成希腊语一样，圣经翻译成拉丁语也同时代与环境的需要相关。最早的基督徒主要通过七十子译本来了解圣经，到了公元4世纪哲罗姆（Saint

1 参见斯蒂芬·米勒，罗伯特·休伯：《圣经的历史》，黄剑波，艾菊红译，中央编译出版社，2013年，第69—71页。又参见W. W. 克莱恩，C. L. 布鲁姆伯格，R. L. 哈伯德：《基督教释经学》，尹妙珍译，上海人民出版社，2011年，第34—35页。

Jerome，约 340—420 年）时代，拉丁文在罗马帝国得到广泛使用，因此非常需要拉丁文本圣经。哲罗姆出生于达尔马提亚，接受过古典文学的严格教育，后来又学习希腊文和希伯来文，在公元 4 世纪他是拉丁语教会中最博学的人，一位不可企及的天才。哲罗姆接受教皇委托，在罗马翻译圣经。《旧约》应该是由他翻译的，《新约》可能由别人所译。在约公元 400 年，圣经的《新旧约全书》和《次经》都被翻译成拉丁文，史称“武加大译本”（Vulgate）。Vulgate 一词在拉丁文中有“通用”之意，“武加大译本”因此成为西方教会通用的圣经，使用了一千五百多年。其独特贡献是向拉丁语世界提供了一部基于原文，而不是根据其他语言译本（七十子译本）翻译的《旧约》译本。但由此也造成一个负面影响，即西方教会不再以希伯来文和希腊文原典来研究圣经，这种局面直到文艺复兴时期才得以改观。[1]

尽管从圣经翻译史上看，欧洲人从 7 世纪便开始意识到用自己国家语言翻译圣经的重要性，到了中世纪末期，圣经已被翻译成主要的欧洲语言，犹太人在 12 世纪就开始把圣经从希伯来文翻译成西班牙文；但多数基督徒的译本依然是根据武加大译本，也就是拉丁文译本翻译的，如 10 世纪末和 11 世纪初德国神职人员拉伯（Notker Labeo）根据拉丁文译本为学生翻译圣经，13 世纪意大利人把拉丁文圣经翻译成托斯卡尼语和威尼斯语等意大利方言，14 世纪牛津学者威克里夫（John Wycliffe）推动出版了第一本从拉丁文翻译的英文圣经。从这个意义上说，哲罗姆的拉丁文版圣经乃是圣经从东方传播到欧洲的重要工具。

16 世纪，欧洲宗教改革领袖马丁·路德（Martin Luther，1483—1546）主张用德国人说话的方式来翻译圣经，使得未曾受过教育的人可以自己倾听或者思考圣经。[2] 路德出生在德国中部曼斯菲德附近的艾斯里本，自幼按照父亲意愿攻读拉丁文，后攻读法学和艺术学，但在 1505

1 W. W. 克莱恩，C. L. 布鲁姆伯格，R. L. 哈伯德：《基督教释经学》，尹妙珍译，上海人民出版社，2011 年，第 49 页。

2 James Kugel, *How to Read the Bible: A Guide to Scripture, Then and Now*, New York, London, Toronto, Sydney: Free Press, 2007, p.26.

年放弃法学学习,到一所奥古斯丁修道院做了修士,两年后成为神职人员。1508年他进入维登堡大学教授哲学和辩证术,并开始攻读神学,1512年获神学博士学位。他在1517年把九十五条论纲贴到维登堡大学教堂公告栏的那一天被称作宗教改革纪念日。[1]为了使当时的普通百姓能够读懂圣经,路德致力于圣经翻译,并于1522年出版了《新约》译本,1534年出版了与其他译者合作完成的圣经完整译本。由于其力主宗教改革,提倡"唯独圣经"以及圣经解释的平等原则,破除教皇和教会的权威,并推广使用日常用语翻译圣经的理念,他的译本拥有众多的读者,在圣经西渐进程中起到了极其重要的作用。

受路德版圣经的影响,英国学者、清教徒先驱威廉·廷代尔(William Tyndale,1494—1536)把圣经直接从希腊文和希伯来文翻译成英文。廷代尔是第一位从原典文字把圣经翻译成现代英语的翻译家,但因当时罗马教廷只允许阅读拉丁文圣经,不允许私自翻译圣经,英国作为天主教国家,也不允许将圣经翻译成通俗的语言。廷代尔翻译的《新约》历经坎坷,在1525年得以问世。他翻译的《旧约》的部分书卷,如《摩西五经》《约拿书》《创世记》等也在其有生之年得以问世,但他从来没有出版过一部完整的圣经。1535年,廷代尔的合作者迈尔斯·科佛戴尔(Miles Coverdale)制作印刷了第一部完整的英文版圣经,大约三分之二的内容使用的是廷代尔的译文。1536年廷代尔因私自翻译圣经而殉难,但他翻译的圣经对后世的圣经英译,包括钦定版圣经,都产生了重大影响。

在英格兰国王詹姆士一世的钦定版圣经问世之前,日内瓦圣经在英语世界流传甚广。其主要翻译工作由流亡瑞士的牛津学者惠廷厄姆(William Whittingham)承担,《旧约》译文于1560年在日内瓦出版,十六年后得以在英格兰印刷,其声望超过了《大圣经》[2]。由于皇家命令,

1 谢文郁:"导言:解读马丁·路德的思想密码",马丁·路德著:《路德三檄文和宗教改革》,李勇译,谢文郁校,上海人民出版社,2010年,第8页。

2《大圣经》(*The Great Bible*),由亨利八世钦定为权威译本并在教堂朗读的第一部英文版圣经,译者为迈尔斯·科佛戴尔(Myles Coverdale,1488—1569)。

日内瓦圣经进入英国的各个教堂。即使钦定版圣经问世后，日内瓦圣经仍然流行，并影响到莎士比亚、班扬、弥尔顿等诸多英国作家与诗人。詹姆士在继承王位后的1604年，便允许新教徒参照不同的圣经版本翻译圣经，目的在于用一种精确的英文译本取代其他译本，并让教会使用。1611年钦定版圣经问世，到17世纪末，逐渐成为讲英语民众的圣经。[1]它一直被延续使用了两百多年，直至现代英文修订版（the English Revised Version，1881—1885）圣经问世。钦定版圣经不仅影响了之后的英文版圣经，而且对英语文学产生了重大影响，被视为现代英语的基石，自诞生以来一直是广受阅读的文献之一。虽然其译文出色，颇为接近原文，但当代学者将其与《希伯来圣经》原文比对后，仍发现其有诸多不准确之处。[2]20世纪以来，英文圣经修订发生了美国式的变化，出现了美国标准译本（1901）。其后，这一译本又经过不断修订，形成了新修订标准译本（New Revised Standard Version）圣经。

几个主要圣经版本的问世，为我们展示出圣经从西亚到欧美，从东方到西方的传播过程。需要澄清的是，在这一进程中，圣经主要是作为宗教经典在基督教世界传播，而且多数情况下是《新约》《旧约》两卷并进。在某一特定历史时期，希腊文《新约》圣经在基督教世界的影响往往大于希伯来文《旧约》圣经。从语言角度看，译者们在翻译时参照的是不同版本的圣经，因此希伯来文圣经的影响未能充分地凸显出来。只有在犹太世界，学者们（少数基督徒除外）阅读的才是用希伯来文和少量阿拉米文撰写的圣经，即圣经的《旧约》部分。

二、研究设想、思路与方法

"希伯来经典学术史研究"是中国社会科学院外国文学研究所创新

1 斯蒂芬·米勒，罗伯特·休伯：《圣经的历史》，黄剑波，艾菊红译，中央编译出版社，2013年，第288—291页。

2 Robert Alter, *Genesis: Translation and Commentary*, New York, London: W. W. Norton & Company, 1999, p.x.

工程项目“外国文学学术史研究”的子课题,该子课题本身具有极大的挑战性。正如前文所示,圣经产生于远古时期,从不同层面对世界各地的文化产生了深远的影响。希伯来经典文学研究与希伯来经典学术史研究成果汗牛充栋,爬梳剔抉最具有代表性、最有价值的资料非常之难;难度还在于希伯来经典学术史研究同神学研究、解经学家研究与历史学家研究、宗教研究与世俗研究、文学研究与历史研究等始终你中有我,我中有你,不易抽离与分割。文本是希伯来经典研究建构的基础,而在文本之外,希伯来经典研究还应包括对文本的阐释,文本的翻译与接受,文本的批评、利用乃至滥用的研究,关涉神学、文学、历史、社会、政治、科学等诸多方面。从某种意义上说,整部希伯来经典学术史便是圣经神学史、圣经文学批评史、圣经政治史等诸多领域的整合。

在运思这部学术史研究时,我努力遵循以下几个基本原则:

首先,以马克思辩证唯物主义与历史唯物主义为指导思想,在讨论希伯来经典学术史时从唯物史观出发,注重客观性、科学性与学术性的统一。

其次,因为该子课题被纳入“外国文学学术史研究”项目的总体规划当中,所以在书写范式与框架结构上应与该项目其他子课题大体一致。在方法论上,应将“史”“论”“评”结合起来。第一部分对美索不达米亚地区、欧美、以色列等地不同历史时期的希伯来经典学术史进行清晰的梳理,述及不同历史时期从事希伯来经典学术研究的重要学者的特点、贡献乃至得失。第二部分以希伯来经典与跨文化研究为立足点,结合某些具体而重要的学术问题,着重探讨当代学者在希伯来经典研究领域的新发现与突破。其他则提纲挈领,点到为止。第三部分为希伯来经典研究的重要参考书目与索引等。

再次,希望在书写范式与关注焦点上有别于国内同类学术研究著作。国内的希伯来经典研究领域强手如林,在主题与方法论上涉猎广泛,远非多年受现代希伯来文学训练的我所能企及,因此,我在研究过程中首先将关注的焦点置于国内学者所忽略的一些重要的文化现象。中国学界一向认为圣经(《新旧约全书》)乃古代犹太教和基督教经典,对欧洲文明的形成产生了不可估量的影响,《旧约》(即本书所讨论的《希伯来圣经》,下称圣经)乃由犹太人创造,是古代犹太人的信仰之源与生活之道;但国内学界鲜少论及犹太世界内部对圣经态度的不一致。回顾历史,尽管犹太人的祖先在遥远的过去用希伯来语和阿拉米语撰写了圣经,但是圣经在犹太世界里并非像许多人所想象的那样一直位于制高点,犹太人对圣经的态度实际上充满了矛盾与悖论。[1] 而在犹太历史上,《塔木德》曾经一度取代圣经,成为犹太人的生活之道,[2] 因此"回归圣经"构成了19世纪圣经学术史上一个非常有趣的现象。同时,圣经在现代犹太民族国家的创建过程中起到了非常重要的作用,圣经对现代希伯来文学产生了至关重要的影响,犹太释经学与文学理论关系密切,而这些话题国内学界相对关注甚少。笔者在书中对此均有所涉及,力求客观展示中国学者的独特视角。

最后需要说明的是,欧洲的圣经研究传统久远,大凡富有影响力的著述均可找到英译本,但亚、非、拉美国家的圣经研究著作翻译成英文的比重相对较小,中文参考文献也少,而在全球化与"一带一路"背景下的今天,这些区域的圣经研究委实不可忽略,因此我专门探讨了以色列的圣经研究,又借助中国社会科学院外文所语种多、联系广泛的优势,求助于学界同仁,获得许多有价值的资料。在此由衷感谢他们在百忙中赐稿,让我们也能看到阿拉伯学者的圣经研究(美国芝加哥大学近东语言与文明系张泓玮撰稿)、韩国的圣经研究(中国社会科学院外文所金成玉撰稿)、日本的圣经研究(中国社会科学院外文所唐卉撰稿)、非洲的圣经研究(北京外国语大学亚非学院孙晓萌、中国社会科学院历史理论所黄畅撰稿)、拉丁美洲的圣经研究(中国社会科学院外文所魏然撰稿)概况。圣经的马克思主义研究是当今中国希伯来经典研究领域的一个重要话题,感谢河南大学刚刚完成该项国家社科基金项目的梁工教授赐稿。

1 Frederic Greenspahn, "Jewish Ambivalence towards the Bible," in *Hebrew Studies*, Vol. 48 (2007), pp.7–21.

2 Yaakov Shavit, Mordechai Eran, *The Hebrew Bible Reborn: From Holy Scripture to the Book of Books*, trans. Chaya Naor, Berlin: Walter de Gruyter, 2007.

第一编

希伯来经典学术史

第一章 从古代到17世纪的圣经阐释

希伯来经典文学研究或阐释的起点应该追溯到古老的解经学，但是其意义有别于今人所理解的圣经文学阐释与学术研究，这是因为，尽管在圣经文本中已经存在神话、故事、历史小说、诗歌、戏剧等文学类型，但是在当时的历史情境下，文学尚未以一门独立的学科而单独存在。无论如何，关于圣经阐释的历史明显囊括了解读圣经的不同方式与视角。[1]古代的圣经阐释方法主要有三种，即来自基督教传统的寓意法（Allegory）与预表法（Typology），以及来自犹太传统的米德拉西（Midrash）。

寓意法源于古代希腊传统，它假设圣经具有多重层面的含义，在解释圣经时追求字面性（literal）或历史性（historical），寓意性（allegorical）或教义性（doctrinal），道德性（moral）或比喻性（tropological），以及灵意性（anagogical）或末世性（eschatological），[2]与早期犹太拉比寻求字面意义及其之外意义的做法一脉相承。按照当代学者约翰·哈亚斯（John Hayas）的说法，在基督徒当中，追求文本的"更深层"含义在于区分"字母"与"精神"。就像人拥有肉体、灵魂和精神一样，文本也是如此。文本的肉体乃是其直接的意义，灵魂乃其道德感，精神乃其神秘含义或寓意。此方法的来源包括：希腊人对于史诗和神秘物质的寓意追寻，阿里斯托布鲁斯和菲洛（这两人后面有说明）对圣典的哲学—寓意阐释，

1 William Yarchin, *History of Biblical Interpretation: A Reader*, Michigan: Baker Academic, 2004, p.xi.

2 W. W. 克莱恩，C. L. 布鲁姆伯格，R. L. 哈伯德：《基督教释经学》，尹妙珍译，上海人民出版社，2011年，第50页。

拉比释经传统，以及来自对文本意义的多重发现。[1]

预表法的主要特征是把《新约》母题与《旧约》作对比，关注《新约》中的一些人物、事件或者类型在《旧约》中已经出现，或者显露出某种预兆。预表法阅读通常与基督教释经学家把《旧约》当作《新约》的预示相联系，但是预表法也是拉比们所沿用的阐释策略，说的是“父辈行为预示他们的后代会遭遇什么”[2]。最后，差不多任何人、任何事都变成了潜在的预兆：亚当、亚伯、以撒、约瑟、摩西、约书亚，以及《旧约》中的其他人物都代表着耶稣的某个方面。预表法与寓意法都以圣典的“精神认识(感)”著称，与“字面认识(感)”相对。基督教与犹太教不同，在信仰耶稣和使徒事件的描述上差异很大。基督徒认为，这些事件实际上在《旧约》中就已经得到预示，比如在先知以赛亚和大卫的诗篇中曾经出现过。后来又形成一些难以释解的矛盾，比如关于耶稣被送上十字架问题的讨论：如果耶稣是上帝之子，上帝为什么会接受儿子被杀这一事实，而未能让他像以撒一样获救？也许这是一种牺牲。一些犹太学者，如库格尔(James Kugel)也认为以撒背柴与耶稣背负十字架具有一种预表关系。奥古斯丁(Saint Aurelius Augustinus，354—430)在《上帝之城》中讨论了该隐与亚伯的故事。亚伯是牧羊人，被弟弟该隐杀害。他可能是耶稣的前身，因为在《约翰福音》第10章第1节中便有“好牧羊人”的说法，而且耶稣也是被谋杀，被罗马人钉上了十字架。[3]

米德拉西，这里指的是古代犹太权威机构倡导和使用的一种阐释圣经的方式，其主旨是把经文的深一层意思挖掘出来。有些犹太学者认为，早期犹太解经学家鼓励寻求同一文本的不同意义。希伯来词汇

1 当代圣经学术史专家约翰·哈亚斯曾在著述中把犹太拉比与教父所使用的释经方法相提并论。参见John Hayas, *An Introduction to Old Testament Study*, Nashville: Ablingdon Press, 1979, p.92。

2 Adele Berlin, “Literary Approach to Biblical Literature: General Observations and a Case Study of Genesis 34,” in *The Hebrew Bible: New Insight and Scholarship*, New York and London: New York University Press, p.61.

3 奥古斯丁：《上帝之城》(修订版)第15卷第7章，王小朝译，人民出版社，2018年，第563—566页。

中的每一个辅音字母组合（即词根）可在文本中找到四种含义：Peshat（פשט，字面意义或者直接的意义）、Remez（רֶמֶז，隐含、暗示的意义或寓意）、Derash（דְּרַשׁ，对经文发挥性阐释）以及Sod（סוֹד，神秘意义）。[1]在犹太传统中，米德拉西也指圣经阐释和阐释注疏，这些含义将在后文出现时逐一予以解释。

一、拉比之前犹太人的圣经阐释（公元前150—70）

从时间上看，圣经阐释历史久远，经文抄写者和解经学家甚至在《希伯来圣经》成书之前就已经开始阐释希伯来文作品了。要追溯犹太圣经阐释的起源，就不能忽略犹太历史上一个重大事件，即公元前586年，巴比伦王尼布甲尼撒二世进兵耶路撒冷，犹太城邦沦陷，大批百姓、工匠、祭司与王室人员被掠走，酿成犹太历史上耸人听闻的“巴比伦之囚”事件。这一事件产生了两个灾难性后果：百姓的被征服和离散。犹太人迁居到了耶路撒冷和犹大两地之外，在半个多世纪里以囚虏身份生活在异乡，因而出现了希伯来语与其他语言并置的局面。[2]数十年后，邻国波斯人攻克巴比伦和耶路撒冷，犹太人的生存境况因此发生了转变。公元前538年，波斯国王居鲁士签署赦令，允许犹太人返回故乡耶路撒冷，并重建圣殿。就像詹姆斯 · 库格尔所阐释的，巴比伦流亡本身对犹太世界产生了重大影响。群体回归本身不可避免地带来了一些问题：一些人选择了不回归，已回归者试图重建过去。但祭司与王室人员究竟谁为领袖？究竟是按照波斯人所期待的那样使犹大成为波斯的一个行省，还是等待时机实现政治自治，甚至独立？从这个意义上说，重建过去的目的在于规划未来。那么，带有记录过去性质的古代文本就成了一个重要的依据，这样一来，带有追述过去色彩的圣经阐释变得

1 John Hayas, *An Introduction to Old Testament Study*, Nashville: Ablingdon Press, 1979, p.95.

2 William Yarchin, *History of Biblical Interpretation: A Reader*, Michigan: Baker Academic, 2004, p.3.

重要起来。[1]

公元前333年，亚历山大大帝（Alexander the Great）征服了波斯帝国，并逐渐统治西亚南部和埃及，希腊语在这些地区发展起来，希腊文化逐渐影响到犹太社区。在圣经出现之前，早在公元前5世纪，古代希腊文学经典就包含了许多神话学叙事，并得到寓意上的解释。[2]

由于接受了希腊式教育和希腊思想，在解经学方面，犹太人借鉴了希腊人的方式，在解经时追求隐藏在字面意思背后的经文含义。这种方法即我们在前文中提到的寓意释经法，追寻寓意成为后来圣经阐释学中一个重要的范式，尤其在基督教解释者中，这种方法更为流行。在具体实践中，寓意化是一种技巧，把具体文本中的人物、事件或地点解释为某种抽象的存在、观点、美德或邪恶，或某种哲学教义。[3]这一点我们从基督教释经学的现存资料中也可以得到佐证，如《基督教释经学》中说，这个学派的一个主要特色，在于其源自柏拉图哲学的寓意解经方法（allegorical method）。[4]但是在拉比解经传统中，犹太人寻求寓意的文本主要是《雅歌》。[5]

拉比之前的释经家，亚历山大的犹太哲学家阿里斯托布鲁斯（Aristobulus，约公元前160）便是采用当时流行于希腊学界的寓意法释经的先驱者之一，但他流传下来的著述甚少，只有《摩西著作评注》残篇。阿里斯托布鲁斯之后约两百年，出现了运用寓意法解释圣经的大师，即生于亚历山大城的思想家菲洛（Philo of Alexander，约公元前30—

1 参见James Kugel, *How to Read the Bible: A Guide to Scripture, Then and Now*, New York, London, Toronto, Sydney: Free Press, 2007, pp.9–11。中国学者在论及西方圣经批评阐释时，也认为其源于东方的犹太人对圣经的阐释，可以追溯到公元前5世纪末期的以斯拉时期。参见梁工主编：《西方圣经批评引论》，商务印书馆，2006年，第17页。

2 William Yarchin, *History of Biblical Interpretation: A Reader*, Michigan: Baker Academic, 2004, p.xii.

3 James Kugel, *How to Read the Bible: A Guide to Scripture, Then and Now*, New York, London, Toronto, Sydney: Free Press, 2007, p.18.

4 W. W. 克莱恩，C. L. 布鲁姆伯格，R. L. 哈伯德：《基督教释经学》，尹妙珍译，上海人民出版社，2011年，第35页。

5 William Yarchin, *History of Biblical Interpretation: A Reader*, Michigan: Baker Academic, 2004, p.4.

55),他致力于把《希伯来圣经》与柏拉图哲学协调起来。

菲洛有公元1世纪最伟大的犹太作家之称,具有广博的希腊语和犹太文化知识。他受到柏拉图哲学的影响,其大部分作品都是用希腊文阐释《希伯来圣经》的。他在当时深受尊重,其作品影响了后来的许多基督教作家。菲洛的书写反映出1世纪初期地中海地区两种重要的文化传统的交汇。菲洛相信,犹太圣典作为神性交流的产物,显示出神性智慧。他用寓意法解释了《创世记》前十七章,解释创世的故事、该隐和亚伯的故事、大洪水和亚伯拉罕的故事,解释律法书和《出埃及记》。[1]当代学者库格尔认为,菲洛寓意解经的精华可以用亚伯拉罕离开吾珥故乡(《创世记》11:31)这一例证加以概括。菲洛认为,《创世记》中亚伯拉罕的故事从字面意思上看,讲述的是过去的一个事件,但是从寓意角度阐释,它讲的不是亚伯拉罕,而是人的心灵:任何像亚伯拉罕一样寻找上帝的人,都要离开家这个能够"信任"的世界,走向"城市",即另一种认知方式。[2]

库姆兰社群时期(公元前150—68)的圣经阐释成果,在20世纪中叶出土的《死海古卷》中有所体现。库姆兰社群醉心于《先知书》的解释。他们努力搜寻《旧约》中的预言,引用它们来解释当时所发生的事情。其释经取向为"别沙"(pesher, פשט),其希伯来文的含义为"解释"(interpretation)。利用这种解经方式的人认为,圣经的书写有两个层面:表层写给普通读者,深层(隐含的层面)写给专家。该取向具有三种释经技巧:一、释经者为了支持某个解释,可以提议对经文做出改动;二、释经者也会把预言理解为是指向他们那个时代而说的,宣称预言将会在当时或即将发生的事件中应验;三、释经者可能采纳一个割裂的释经取向,把经文分割为独立的词组,然后无视上下文,各自解释那句话。[3]

1 斯蒂芬·米勒,罗伯特·休伯:《圣经的历史》,黄剑波、艾菊红译,中央编译出版社,2013年,第76页。

2 James Kugel, *How to Read the Bible: A Guide to Scripture, Then and Now*, New York, London, Toronto, Sydney: Free Press, 2007, pp.18–19.

3 W. W. 克莱恩,C. L. 布鲁姆伯格,R. L. 哈伯德:《基督教释经学》,尹妙珍译,上海人民出版社,2011年,第36—37页。

二、教父时期的圣经阐释（150—1500）

从犹太人到早期基督徒，释经既有延续的部分，也有创新的地方。最早的基督教圣经阐释与犹太人的阐释没有明显的区别，因为多数早期的基督徒释经者（使徒）就是犹太人，他们自然选取了犹太人的解经方法。[1]他们引用《旧约》圣经来支持自己的信仰，在解释《旧约》时，也会遵照其他犹太宗教社团的相同原则。另外，他们把耶稣尊崇为新的摩西，甚至视耶稣的权柄凌驾在摩西律法之上，这种看法彻底偏离了犹太人的传统观念。[2]

在使徒教父时期（约100—150），早期著名的使徒教父有罗马的克莱门（Clement of Rome）、伊格纳修（Ignatius）和波利卡普（Polycarp）。他们采取了几种不同的释经方法，诸如偶尔用预表法（typological interpretation）解释《旧约》与《新约》的关系，在涉及耶稣的教导方面尤甚。在处理《旧约》文本时，他们尤其喜欢使用寓意法。有时也会采取一种米德拉西式（midrashic）的解经方法，令人联想到拉比和库姆兰的隐修士。[3]

公元150年到400年，出现了著名的亚历山大学派。这一学派主要采取寓意法释经。代表人物有亚历山大的克莱门（Clement of Alexandria，150—约215）以及克莱门的继承人，杰出学者奥利金（Origen，185—254）。奥利金出生于埃及的亚历山大一个遭受迫害的基督徒家庭。他在极为丰富的著作中宣称，正如人是由身、心、灵组成，圣经同样具有三重意思。在他看来，聪明的释经者必须从经文记载的事件（它的字面含义）进到寻找隐藏在背后的基督徒生活原则（它的道德含义）和它的教义真理（它的属灵含义）。

约公元400年至590年乃教会大公会议时期。奥古斯丁被视为西方教会最早期的正统信仰基督徒，因为他明确有力地表达了具有独创性和范围广泛的释经。他提出三个重要的释经原则：一是要参考其他较清晰

1 James Kugel, *How to Read the Bible: A Guide to Scripture, Then and Now*, New York, London, Toronto, Sydney: Free Press, 2007, p.17.

2 W. W. 克莱恩，C. L. 布鲁姆伯格，R. L. 哈伯德：《基督教释经学》，尹妙珍译，上海人民出版社，2011年，第40页。

3 同上，第44—45页。

的经文对有关主题的教导；二是要参考“信仰的规范”或教会传统对这段经文的解释；三是如果上述两个准则之间出现矛盾，就该从上下文来判断哪种见解最符合经文。[1]奥古斯丁除了写哲学、神学和教会学论著外，还写了许多圣经阐释学方面的论著。通过对圣经的寓意阐释，奥古斯丁为圣典阐释确立了在新柏拉图主义框架中寻求神圣生活的基督教理想。

对奥古斯丁来说，基督徒读者在圣典中寻求的主要是潜藏在文本词语背后的教义。奥古斯丁指出，这一理解的目的在于增加基督教美德：信仰上帝，对上帝寄予希望，热爱上帝。教父时期晚期的一个重大事件便是哲罗姆把圣经译成拉丁文（详情见绪言）。[2]

西方教会中最后一位拉丁教父是大格里高利（Gregory the Great，540—604），他生于罗马一个显赫的贵族之家，接受了出类拔萃的教育，为他从事高水平的工作做了准备。父亲去世后，他人生之路有所改变。他写过《〈约伯记〉诠释》，先探讨段落的字面含义（他的术语是“历史”或“历史感”），再回顾段落寻找寓意，最后才去寻找潜藏在寓意中的引申义或道德意义。[3]

三、拉比时期犹太人的圣经阐释（150—1500）

与基督教阐释者相似，拉比解经学家也持有圣经来自神授这一信仰。圣经学者的职责在于根据既定的接受方式来适当地理解圣经文本，并发展信仰。

两千年前，不同的犹太群体以不同的方式研读希伯来圣典。罗马人在公元70年毁灭耶路撒冷圣殿，并在135年镇压巴尔·科赫巴（Bar Kokhba）起义，其后未曾有任何犹太政治机构依靠的犹太教存活下来。在尤利乌斯（Julius）和奥古斯都（Augustus）统治的罗马时期，犹太人

1 W. W. 克莱恩，C. L. 布鲁姆伯格，R. L. 哈伯德：《基督教释经学》，尹妙珍译，上海人民出版社，2011年，第48页。

2 William Yarchin, *History of Biblical Interpretation: A Reader*, Michigan: Baker Academic, 2004, p.61.

3 Ibid., pp.86–87.

的宗教与社会生活以耶路撒冷圣殿为中心。圣殿被毁后，要求有新的权威机构来组织犹太人的社会生活，因此拉班·约哈南·本·扎卡伊（Rabban Johanan ben Zakkai）于公元90年在亚夫乃（Yavneh，即圣经中的雅比聂）组织了巴勒斯坦地区圣贤群体。这有助于犹太圣贤——传统上称为拉比——成为犹太世界的一个权威阶层。[1]从某种意义上说，拉比阶层在顺应希罗文化的强大压力下，提倡遵行《希伯来圣经》，尤其是《托拉》。[2]拉比的集体意见将决定犹太世界的宗教与社会生活特征——这一切均建立于对圣典的阐释之上。

早期拉比阐释的特征是学界争论的一个话题。最早的拉比阐释成果在公元4世纪结集。即使是古代拉比自身对犹太圣经阐释起源的理解也不尽相同。他们一方面怀疑上帝在西奈山显示圣典这一说法，一方面又以此作为依据。按照口传《托拉》，拉比圣典阐释的主体是上帝在西奈山向摩西显现的，如同书面《托拉》所述。书面《托拉》以手稿形式一代代传承下来，口传《托拉》保持一种未曾书写的传统。[3]

拉比文献对这一说法的解释很多，比如《阿伯特》一开始就说，摩西从西奈山得《托拉》，将其传给约书亚，约书亚传给众长老，众长老传给先知，先知又将其传给犹太会堂的人。[4]

拉比解经包括两类基本内容："哈拉哈"（Halakah）[5]与"阿格达"（Aggadah）。哈拉哈的希伯来文הֲלָכָה的词根有"行走"（to walk）、"行事"（to behave）之意，因此其字面含义可以指人的行为方式，在犹太传统中经常被翻译成"犹太律法"，它是决定正确履行圣经律法的合法规则。关于这些规则的主要著述有《密释纳》（*Mishnah*，约公元3世纪编辑成书）和《塔木德》（*Talmud*，包括《巴勒斯坦塔木德》和《巴比伦塔木

---

1 William Yarchin, *History of Biblical Interpretation: A Reader*, Michigan: Baker Academic, 2004, p.111.

2 W. W. 克莱恩，C. L. 布鲁姆伯格，R. L. 哈伯德：《基督教释经学》，尹妙珍译，上海人民出版社，2011年，第37页。

3 William Yarchin, *History of Biblical Interpretation: A Reader*, Michigan: Baker Academic, 2004, p.112.

4 中文可参见张平译：《阿伯特：犹太智慧书》，中国社会科学出版社，1996年。

5 徐向群先生将"哈拉哈"翻译为"犹太律法大纲"。

德》,分别成书于约550年和650年)。

“阿格达”(אַגָּדָה)是对圣经做出的伦理与神学阐释,这些诠释的内容经常取自文本叙事段落,而不是律法段落。希伯来文“阿格达”的原意有“告知”之意,意在向读者解释圣经文本的内容、语法形式,乃至未曾言说的叙事背景等。其内容往往更为广泛,包含民间传说、历史逸闻与道德训诫等诸多内容。“哈拉哈”与“阿格达”对圣经的阐释合在一起被称作“米德拉西”,与圣经注释书有相似之处。

从事基督教释经学研究的学者认为:拉比释经学的特点首先在于它相当倚重拉比的释经传统,其次在于拉比的注释者通常是按照经文的字面意思直解的。基督教学者认为接受经文的字面含义会导致一个相当僵化的解释。[1]然而,拉比们遵循一套苦心经营而得来的释经原则,最为著名者当推公元前1世纪希列尔提出的七项释经原则,他认为在运用这些释经原则时要让圣典符合现实需要。[2]

早期犹太人与基督徒对于《旧约》的研究迥然相异:就像哈亚斯所总结的那样,对于拉比学者来说,《旧约》律法和生活方式是有效的,他们盯住字母,并对文本进行新的理解。这样一来,拉比们便能够说出与阐释(midrash)相对的文本的“明显意义”(peshat)。因此文本的明显意义,即如今我们所称的字面和历史意义,从未真正丢失。而在基督教学者中,情形则大不相同。《旧约》变成了一部基督教之书,一种经常通过解经技巧而完成的人为策略,文本的明显意义被完全忽略了。《旧约》的多数律法对于基督徒来说不再有约束力,因此也就没有保留这些材料直观显示的神学义务。[3]

四、中世纪犹太教与基督教的圣经阐释(约590—1500)

从宏观角度说,中世纪犹太教和基督教的释经倾向还是以追求文

1 W. W. 克莱恩,C. L. 布鲁姆伯格,R. L. 哈伯德:《基督教释经学》,尹妙珍译,上海人民出版社,2011年,第38页。

2 John Hayas, *An Introduction to Old Testament Study*, Nashville: Ablingdon Press, 1979, p.94.

3 Ibid., p.95.

本的多重意义为主，但是在对《旧约》的历史批评方面则有了长足发展。[1]中世纪的基督教神学具有三个重要的释经途径。一是继续沿袭许多世纪流传下来的教父见解，注重传统性解释。优秀释经者的路径便是继承传统。二是寓意性解释，寓意法乃中世纪基督教释经中最主要的解经方法。三是历史性解释，某些中世纪的释经者为寻找经文的历史意义，参考了犹太人的权威著作。[2]

经院哲学的兴起促进了基督教的释经运动。中世纪经院哲学的代表人物是基督教思想家托马斯·阿奎那（Thomas Aquinas，1225—1274）。除了《新约》布道之外，阿奎那的全部释经作品包括对《约伯记》《以赛亚书》《耶利米书》《诗篇》的评注。阿奎那对《约伯记》的评注在哲学与神学上具有相当的深度。尽管在阿奎那时代，追求圣经中寓意、神秘解释、引申义的评注方式已经在基督教学者中确立，但是针对与本意相关的精神意义又提出了新的问题。本意与精神意义之间的区别并非总是清晰的，比如为圣经文本提出了比喻之类的附加文本。上帝与人在圣典中的作用，上帝是作者，人是创作者。阿奎那虽然主张了解圣典段落中的多重意义，但不允许抛弃文本的字面含义。

在西南亚、北非、欧洲等地的不同犹太群体中，解经在最初八百年间已经十分普遍。犹太解经的阐释基础是拉比传统。然而，到了10世纪，在圣经的研习过程中，在语法、科学、修辞等方面都可以看到阿拉伯思想文化的影响。

犹太学者，尤其是西班牙的犹太学者，把研究圣经希伯来语语法当作立足点。伊本·萨鲁克（Menahem ibn Saruk，约910—970），本-大卫·哈吉（Judah ben David Hayyuj，公元1000年前后），以及伊本·詹纳（Jonah ibn Janah，公元1000年前后）堪称先驱。西班牙的亚伯拉罕·伊本·以斯拉（Abraham ibn Ezra，1089—1167）与法国的施罗莫·伊兹哈克（Shlomo Yitzhaki，即拉什，1040—1105）根据语法意义和字面意义写出了富有洞见的评注。拉什堪称中世纪最为重要的圣经与《塔木德》

1 John Hayas, *An Introduction to Old Testament Study*, Nashville: Ablingdon Press, 1979, p.95.

2 W. W. 克莱恩，C. L. 布鲁姆伯格，R. L. 哈伯德：《基督教释经学》，尹妙珍译，上海人民出版社，2011年，第44页。

学者，他的圣经评注一向被学界视为后古典时期最富有代表性的圣经阐释。与米德拉西文献追求多重意义的释经方法相对，拉什十分注重希伯来文语法和字面意思的解释。但他并没有摒弃米德拉西传统，有时甚至把米德拉西阐释与字面含义并置，来显示文本的丰富性。从某种意义上说，拉什协调了对圣经文本的字面意义与训诫意义的追寻。这种圣经阐释范式，有助于在西方的理性世界中保留古老东方的释经思想。[1]

伊本·以斯拉也是中世纪一位杰出的圣经阐释大家。他也认为语法和上下文因素在解经过程中十分重要，这两种释经倾向又经常回避围绕文本与自然意义兜圈子的传统释经方式。伊本·以斯拉另一个具有影响力的洞见便是质疑摩西是否为《五经》的作者。[2]关于摩西是否为《五经》作者问题，对于犹太人和基督徒来说都很重要，但也许对于犹太人来说更为重要。倘若摩西不是《五经》的真正作者，那么人们怎么还要相信关于摩西的故事并遵守其戒律？[3]

伊本·以斯拉举出了圣经中的几个例证，这些例证表明摩西似乎并非《五经》的作者，比如，在描述亚伯拉罕前往希望之乡时，《创世记》中这样写道：

> 亚伯兰经过那地，到了示剑地方摩利橡树那里。那时，迦南人住在那里。[4]

通过“那时，迦南人住在那里”这一表述，圣经文本明显意指当这些文字被撰写时，迦南人已经不住在那里了。但如果是这样，这句话就不可能是摩西所写——只要他健在，迦南人就确实生活在那里。以斯拉还举例说，如果《申命记》第1章第1节是摩西所写，为什么使用“以下所记

1 William Yarchin, *History of Biblical Interpretation: A Reader*, Michigan: Baker, Academic, 2004, p.133.

2 John Hayas, *An Introduction to Old Testament Study*, Nashville: Ablingdon Press, 1979, p.96.

3 James Kugel, *How to Read the Bible: A Guide to Scripture, Then and Now*, New York, London, Toronto, Sydney: Free Press, 2007, p.30.

4《创世记》第12章第6节。

的是摩西在约旦河对岸[1]的旷野……向以色列众人所说的话”这样的表述。从逻辑上判断，撰写这段文字的人应该在约旦河的另一边，但摩西从来没有渡过约旦河。传统的解释认为，摩西作为最伟大的先知可能具有预见性，知道迦南人会被取代（事实上上帝在《出埃及记》中便对摩西说：“我要在你面前”“撵出迦南人”）；而他写“约旦河对岸”是从以色列众人的视角出发，因为摩西知道自己死后别人会读他写的东西。但以斯拉认为这些传统解答并不确切，因此他和中世纪的许多学者认为这些书写是小小的例外，进而得出《五经》的大部分内容乃摩西所写，但是有少数内容乃后来的作者添加的结论。[2]此外，也有些学者提出了改进圣经文本的校订方案，甚至对《旧约》进行带有批评性的评价，比如，本·撒母耳（Moses ben Samuel）提出《诗篇》写于以色列历史晚期的观点。

11世纪末期至13世纪早期的希伯来语复兴促进了对希伯来圣典的研究。在相当长的时间内，基督徒们的希伯来语都不是特别精湛，只有奥利金和哲罗姆[3]能娴熟地使用希伯来语，直到12世纪基督徒才跟随犹太拉比学习希伯来语。[4]1312年，维也纳基督教公会（Council of Vienna）决定在罗马、巴黎、牛津、博洛尼亚、萨拉曼卡的大学设立希伯来语和阿拉伯语教授职位，这对于希伯来与犹太解经本应是一种积极的推动，然而客观上却造成在圣典阐释中去犹太化，并且在非信仰者中传播基督教的愿望的产生。由于反犹主义情绪的增长，犹太研究对于基督徒的影响有所削弱，然而并未完全消失。[5]

14世纪发轫于意大利的古典主义复兴促进了思想的活跃，增加了人们对古希腊激进的人文主义思想的兴趣，客观上也推动了当时的圣经学研究。按照哈亚斯的观点，文艺复兴时期学者们试图重新发现历

1 和合本将此词组翻译为“约旦河东”。

2 James Kugel, *How to Read the Bible: A Guide to Scripture, Then and Now*, New York, London, Toronto, Sydney: Free Press, 2007, p.30.

3 此二人分别为希腊神学家和罗马神学家。

4 John Sandys-Wunsch, *What Have They Done to the Bible: A History of Modern Biblical Interpretation*, Collegeville: Liturgical Press, 2005, p.48.

5 John Hayas, *An Introduction to Old Testament Study*, Nashville: Ablingdon Press, 1979, p.100.

史，使重新认知圣经文献成为可能。圣经乃过去的组成部分，要在过去的历史语境中加以研究。文献假说批评（Documentary Criticism）成为文艺复兴时期学者广泛实践的方法。人文主义学者强调把语法分析作为理解古代文本的方式，这意味着语文学、语法和校勘批评成为比传统方法更为重要的阐释工具。[1]

尼古拉斯（Nicholas of Lyra，1270—1349）是中世纪后半期最有影响力的解经学家，出生于法国诺曼底。在他所处的时代，对希伯来文本以及文本历史的理解能力已经在基督教学者中有所增强。尼古拉斯认为对《旧约》做出的灵魂培养说与以教条支持的寓意解释不能牺牲文本意义。他小心翼翼地在古代以色列生活的历史背景中和大卫的生平中思考文本表达。在这方面，他受到中世纪犹太评注家拉什的影响；在哲学思想上，他又受到托马斯·阿奎那的影响。

在15世纪，欧洲学者当中出现了史无前例的历史意识。他们更为关注古代学者写些什么，以及古代文本的原创意义。解经学家对教父和后来的评注家积累的“寓意”所持的兴趣有所减弱。在15世纪和16世纪，圣经阐释变得较少通过后人评注理解圣经，而是更多挖掘圣经作者本人怎么说。这种做法被称作某种对确定意义的探索：逐渐将文本理解为拥有某种单一的（明显的、字面的、历史的）意义，追寻作者的最初意义，而不是道德、神学和教会学的意义。这并非仅仅是对圣经文本态度的变化，也是对世界认知本身的变革。

五、圣经阐释的转型

16世纪，欧洲许多国家，尤其是英国、法国与荷兰，享受奥斯曼帝国给予的贸易优惠，可以建立相对独立的交易场所，古文研究者或其代理人可以在那里购买圣经或其他古代手稿。还有一些人云游四方，如法国语言学家吉约姆·波斯特尔（Guillaume Postel，1510—1581）在16世纪30年代有机会到奥斯曼帝国居住并游历，一方面增长语言知识，另一

1 John Hayas, *An Introduction to Old Testament Study*, Nashville: Ablingdon Press, 1979, p.101.

方面搜集当地有意思的手稿。正是波斯特尔听说了《五经》书稿保存在撒玛利亚人的社区之中，这引发了他极大的兴趣，最后他得到了撒玛利亚人的两卷书稿。尽管这并非他所期待的《五经》，但用古希伯来语写成的书稿引发了下一个百年的各类学术思考。大约在波斯特尔去世四十年后，撒玛利亚人的圣经才传到欧洲。[1]

中世纪末期，较为传统的经院哲学家与伊拉斯谟（Desiderius Erasmus，约1466—1536）等基督教人文主义者之间爆发了冲突。伊拉斯谟嘲笑经院神学的逻辑过于琐碎和复杂。随着学者重新燃起根据希伯来文和希腊文原典研读圣经的兴趣，他们对经文也有了新的见解。1506年，罗伊希林（Johann Reuchlin，1455—1522）出版了一部希伯来文语法纲要，提供了现代希伯来文研究的基础。1516年，伊拉斯谟出版了第一部现代版本的希腊文《新约圣经》，并且附上新的拉丁文翻译，从而暴露了"武加大译本"的误译之处，削弱了其权威性。此外，对寓意法的不满，无疑给教会本身的权威性蒙上了阴影。

16世纪的欧洲宗教改革领袖马丁·路德将伊拉斯谟的学说予以实践。在圣经阐释上，路德反对寓意说，认为对圣经进行寓意阐释等于凭空猜想，他与阿奎那一样，认为圣经只有一个单纯的意思，也就是其历史的含义，[2]进而为宗教改革提出了一个基本前提，即我们在绪言中提到的"唯独圣经"（sola scripture）。"唯独圣经"这一主张最初为早期清教徒约翰·威克里夫提出，威克里夫不仅攻击教会，而且促进了把圣经从拉丁文翻译成英文的事业，这样一来未曾受过教育的人也许可以自己倾听或者思考圣经。[3]

"唯独圣经"强调圣经文本本身在阐释时拥有唯一权威，认为教会无权发挥圣典的含义，这与教皇的权威主义水火不容。在"唯独圣经"语境中，基督徒相信圣经是神的话语，于是放弃自己的判断权，凭信心

1 John Sandys-Wunsch, *What Have They Done to the Bible: A History of Modern Biblical Interpretation*, Collegeville: Liturgical Press, 2005, pp.47–48.

2 W. W. 克莱恩，C. L. 布鲁姆伯格，R. L. 哈伯德：《基督教释经学》，尹妙珍译，上海人民出版社，2011年，第53页。

3 James Kugel, *How to Read the Bible: A Guide to Scripture, Then and Now*, New York, London, Toronto, Sydney: Free Press, 2007, p.26.

接受神意。[1]路德提出圣经解释的“平等原则”，[2]这就是说不接受教皇或教会的权威解释，因为他们经常犯错误，解释中有相互矛盾之处，除非能用圣典，或者是用明白的道理来说明。关于圣经的任何意义，都需要用“圣典证明”，而不是听信“教皇权威”。任何人都可以对圣经加以阐释。[3]

在阐释《旧约》时，路德对《创世记》给予了很高评价，因为《创世记》赞美信仰，但路德对《摩西五经》中的其他书卷则不是特别欣赏。他很少使用历史书。他发现《士师记》中描写了杰出的英雄，还有拯救者。他曾提到《列王纪》罗列了诸多犹太人使用的地名，对犹太人做了很好的描述，其可信度高于《历代志》，因此他基本上把这些描述当成爱国史志，而不是神圣的文学。他对《先知书》评价甚高，主要是因为《先知书》中含有救世主式的预言，但在其中他看到的主要是圣灵的活动。

路德对于《诗篇》有一种特殊的偏爱。他认为《诗篇》似乎完全是写人的一部作品，表现出《旧约》中圣人们的具体生活情形，他对于《诗篇》的理解带有现代心理学的色彩。路德还把《约伯记》与《诗篇》中表现圣贤遭受苦难的诗歌联系起来，认为《约伯记》并非严格意义上的历史描写，而是诗歌创作，其中虔诚的受难者预示着后来遭受磨难的基督徒。《箴言》主要与个人体验和生存境况有关。《传道书》最初在他看来类似《马太福音》(6:34)中的教诲。《雅歌》中的新娘则指涉所罗门的王国。[4]

路德的另一个重要贡献无疑是把《圣经》翻译成德文。在翻译《旧约》时，他将其分为三大类：一、历史书，包括“律法书”“前先知书”(在《士师记》之后加上《路得记》)，编年类作品(《历代志》上下、《以斯

1 谢文郁：“导言：解读马丁·路德的思想密码”，马丁·路德著：《路德三檄文和宗教改革》，李勇译，谢文郁校，上海人民出版社，2010年，第15页。

2 关于解经“平等原则”与“权威原则”的冲突，参见谢文郁：“导言：解读马丁·路德的思想密码”，同上，第15页。

3 James Kugel, *How to Read the Bible: A Guide to Scripture, Then and Now*, New York, London, Toronto, Sydney: Free Press, 2007, pp.26–28.

4 Emil G. Kraeling, *The Old Testament Since the Reformation*, Cambridge: James Clarke & Co., 2002, p.19.

拉记》和《尼希米记》)，以及《以斯帖记》；二、教诲类书卷(《约伯记》《诗篇》，以及同所罗门有关的三卷书)；三、先知书(如按照希伯来文排列的“后先知书”，但“十二小先知书”单独排列，把《哀歌》排在《耶利米书》之后，《但以理书》排在《以西结书》之后)。[1]

加尔文(John Calvin，1509—1564)是基督教会史上最有影响的人物之一。他生于法国一个中上层家庭，在年轻时就被培养做一个教士，后来又去学习法律。二十多岁时，他从罗马天主教教徒变成新教教徒。在他看来，圣经乃是上帝的话语，这一点与路德的可以自由评价圣经乃至批评圣经的观点迥然不同。在他看来，圣经学者不过是圣灵的文字书写者，其话语来自高高在上的神谕。圣经中的每一部分均具有权威性。[2]加尔文对圣经文本的研究反映出他本人在古代人文主义方面的素养，他密切关注原文语言及其历史语境中的语法或修辞特征。加尔文最早阅读希伯来文和希腊文文本，而后将其翻译成拉丁文，经常解释他为何选择某种拉丁文的系统阐述。其目的在于寻找古代文本的真正意义，即作者脑海里的意义。他不同意教父对寓意的研究倾向，他的评注反映出他那个时代解经学领域的争论。他认为寓意并非代表圣经作者的动机。早期所接受的法律教育同样也影响到加尔文对圣经的看法，他把圣经想象为某部理想的法典。

六、霍布斯、斯宾诺莎、理查德·西蒙对圣经批评的贡献

17世纪的圣经研读已经带有明显的批评色彩与批判精神。总体上看，《旧约》的历史批评在17世纪发展得“审慎而踟蹰”，但是具有先锋性；圣经研究虽然具备了后来得到全面发展的所有基本条件，但是信奉历史批评者寥寥无几，它与教会——天主教和新教——以及犹太会堂之间主要是一种对抗性关系。[3]

1 Emil G. Kraeling, *The Old Testament Since the Reformation*, Cambridge: James Clarke & Co., 2002, p.19.

2 Ibid., p.21.

3 John Hayas, *An Introduction to Old Testament Study*, Nashville: Ablingdon Press, 1979, p.113.

这一时期最重要的圣经批评家是荷兰的律法学家和神学家格劳秀斯(Hugo Grotius, 1583—1645),英国的政治家和哲学家霍布斯(Thomas Hobbes, 1588—1679),荷兰的犹太哲学家斯宾诺莎(Baruch de Spinoza, 1632—1677),法国神职人员理查德·西蒙(Richard Simon, 1638—1712)等。

格劳秀斯是荷兰法学家,1583年出生于荷兰的代尔夫特,父亲博学多才,让儿子自幼接受古典文学与哲学的熏陶。格劳秀斯天资聪颖,十一岁便进入莱顿大学攻读哲学和古典语言学,通过哲学学士论文答辩。他后出使法国,并在法国奥尔良大学攻读法学博士学位。格劳秀斯不仅是17世纪著名的国际法专家,而且致力于圣经评注。他在1644年出版《〈旧约〉注释》,带有批评色彩,如他认为《雅歌》是所罗门与妻子之间的对话,并无什么寓意在其中。所罗门是《雅歌》的作者,但不是最后的编纂者。此外,他还考察了《约伯记》《以斯帖记》《希伯来书》等书卷的成书时间、作者和历史真实性等问题。[1]

霍布斯乃英国政治家、哲学家,生于英国维尔特郡马姆斯伯里的一个牧师之家,早年曾在牛津大学攻读经院哲学。他1608年毕业后担任哈德威克男爵(亦即后来的德文郡公爵)卡文迪许之子威廉的家庭教师,在随威廉广泛游历欧洲大陆的过程中,有机会接触欧洲大陆科学因而形成批评性的研究方式。霍布斯曾经专注于古希腊与拉丁文著作的研究,并将修昔底德的《伯罗奔尼撒战争史》从希腊文翻译成英文。1629年之后他拓展了自己的研究领域,致力于哲学研究,在哲学界建立起了良好的声誉,并在1645年和笛卡尔等人一同被选来调解有关化圆为方的学术争议。1642年英国内战爆发后,居住在巴黎的霍布斯接触到一些流亡巴黎的英国国王的支持者,从而对政治萌发了兴趣。在巴黎期间他写了《论公民》、《论物体》和《论人》。

英国内战时期,霍布斯创作了《利维坦,或教会国家和市民国家的实质、形式和权力》,该书于1651年问世。该书的出版造成霍布斯与部分流亡巴黎的保王派人士决裂。书中的现实主义内容不但使信仰圣公会的保王派震怒,也使信仰天主教的法国人震怒了。此书被视为亵渎

1 关于格劳秀斯更为详细的介绍,参见梁工主编:《西方圣经批评引论》,商务印书馆,2006年,第49—50页。

神明的无神论者著作。霍布斯受到生命威胁，在1651年冬天逃回伦敦。他向革命派政府表示归顺，被允许在伦敦的福特巷过隐居的生活。在后来的人生中，霍布斯虽然遭逢英国通过诸多对无神论者不利的法案的过程，但受到了国王的保护。而且，他始终不认为自己是无神论者。

《利维坦》虽然是一部政治学著作，但是作者在其中坦言对圣经的看法，因而它常被圣经研究者提起。“利维坦”是圣经中提到的一种力大无比的海兽之名的音译，出自《约伯记》第3章第8节，在《约伯记》第41节中有详述，圣经和合本将其翻译为“鳄鱼”，施约瑟（Samuel Issac Joseph Schereschewsky）从希伯来文音译为“利未雅谈”，即“利维坦”。[1]霍布斯借用这个名称命名自己的著作，旨在比喻一个强大的国家。全书共分论人类、论国家、论基督教体系的国家和论黑暗的王国四个部分。其中第三部分论基督教体系的国家旨在否认自成一体的教会，抨击教皇掌有超越世俗政权的大权。[2]

在霍布斯看来，上帝与人之间并非直接交流，而是通过曾直接听过其谕旨的人转达。[3]“如果说上帝在圣经中对一个人传了谕，那其实不是说上帝直接对他传了谕，而只是说像对所有其他基督徒一样，通过先知、使徒或教会间接地传了谕。”“全能的主虽然可以通过梦境、异象、异声和神感对一个人降谕，但他却没有强制任何人相信他对自称有此事的人降了谕。”[4]

继之，他系统考察圣经的篇目、形成年代、流传范围、内容根据和评注家，对摩西是《五经》的作者表示怀疑。他说：“这五部书称为《摩西五经》并不足以说明它们是摩西写的。正好像《约书亚记》、《士师记》、《路得记》和《列王纪》没有充分的论据说明它们是约书亚、各位士师、路得和列王所写的一样。”[5]与以往的圣经学者类似，霍布斯也援引圣经中的一些例子，来质疑摩西为《五经》作者之说：

1 施约瑟，现代唯一把圣经从希伯来文翻译成中文的传教士，后文对其有详细介绍。

2《利维坦》出版说明，见霍布斯：《利维坦》，黎思复，黎廷弼译，杨昌裕校，商务印书馆，2013年，第5页。

3 霍布斯：《利维坦》，黎思复、黎廷弼译，杨昌裕校，商务印书馆，2013年，第291页。

4 同上，第292页。

5 同上，第297页。

> 我们在《申命记》后一章第6节中读到，关于摩西的坟墓有这样一段话："只是到今日没有人知道他的坟墓。"所谓到今日，指的是到写这句话的时候。因此就可以明显地看出，这话是在埋葬他以后写的。如果说摩西谈到自己的坟墓时竟然讲，到他还活着的时候仍然没有找到，即使是用预言的方式讲的，也是一种奇怪的解释。[1]

霍布斯也像中世纪的以斯拉那样，引用了《创世记》第12章第6节中"迦南人住在那地"的一段描写，判断说："这必然是当迦南人不在那地的时候写书者的话，可见也就不是摩西的话，因为他还没有到迦南地方就死去了。"[2]但霍布斯也没有否认：《五经》中说明是摩西所写的内容乃摩西所写。在圣经学术史上，霍布斯的研究提出了两个建议：首先，圣经研究必须超越传统；其次，要以《五经》各书的内容与内在证据为基础对圣经进行研究与评估。[3]

此外，霍布斯还对《约书亚记》《士师记》《撒母耳记》《列王纪》等历史书和《以斯拉记》《尼希米记》等先知书，以及《约伯记》《诗篇》《箴言》《传道书》《雅歌》等文学作品的作者与成书年代予以论证。

在解经原则上，霍布斯呼吁根据自己的理性判断来解释圣经，因为圣经既非通俗书籍，亦非科学论著；圣经用词的含义，既不能以通俗的语言用法来推断，也不能用科学的语言用法来推断，而只能从圣经本身来推断。因此解释者要从根本上遵从圣经的字面含义，尽管并非无条件地遵从。[4]

斯宾诺莎是圣经批评史上一个具有里程碑意义的人物。他对圣经的研究并非凭空而来，也并非他首次提出圣经中的批评问题，但他却奠定了现代圣经批评的基础。尽管在斯宾诺莎之前，霍布斯等学者便对

1 霍布斯：《利维坦》，黎思复，黎廷弼译，杨昌裕校，商务印书馆，2013年，第297—298页。

2 同上，第298页。

3 John Hayas, *An Introduction to Old Testament Study*, Nashville: Ablingdon Press, 1979, pp.107–108.

4 列奥·施特劳斯：《霍布斯的宗教批判》，杨丽等译，黄瑞成校，华夏出版社，2012年，第96—98页。

圣经中的历史人物及观点作出批评，但斯宾诺莎表述得更为直截了当。斯宾诺莎撼动了《五经》研究的基础。他对圣经的研究做出了如下要求：首先，圣经是人类历史与进化的产物，要遵从自然史规律来读；其次，哲学与神学一定要作为不同的学科去加以理解，前者应该致力于真理，后者致力于道德。对于斯宾诺莎来说，“理性的自然之光”对于阅读圣经颇为重要。[1]

斯宾诺莎生于阿姆斯特丹的一个犹太社区，属葡萄牙犹太人后裔。其家族在阿姆斯特丹的犹太社区享有威望。斯宾诺莎自幼就接受犹太传统教育，学习希伯来语、《塔木德》和《希伯来圣经》，此外还学习镜片抛光工艺。还有学者认为斯宾诺莎曾在莱顿大学读过书，但这方面的资料甚少。不管怎样，他认为犹太教教义确有问题，难以在古代信仰与17世纪科学与哲学知识的世界之间搭建一座桥梁。这种离经叛道的思想为家族和犹太社区所不容。斯宾诺莎二十四岁那年，被逐出阿姆斯特丹的犹太会堂，只得在荷兰另觅住所居住，以磨眼镜片为生，并继续从事哲学研究。17世纪的欧洲，物理学、数学和笛卡尔（René Descartes，1596—1650）哲学发展起来，对古典研究的方式产生了影响。在这种背景下，斯宾诺莎发表了《神学政治论》（1670），这是他提出并阐释自己政治与神学主张的第一部著作，1674年此书遭禁。

在《神学政治论》中，斯宾诺莎提供了一种新的阐释圣经的方法。用施特劳斯的说法，斯宾诺莎把圣经视为权威，把圣经是超越理性的启示这一学说视为其批判的基础，且有必要返回到未经改动的字面的原意。他所着手进行的任务正是重建圣经的真正权威，并且将圣经权威限制在其自身领域当中，进而使哲学独立于圣经的权威之外。[2]

斯宾诺莎提出，解释圣经的第一步是要把圣经仔细研究一番，然后根据其中根本的原理推出适当的结论，说明作者的原意。那就是说，解释圣经不预设原理，只讨论圣经经书的内容，一言以蔽之，解释圣经的方法与解释自然的方法没有太大的差异。此方法不但正确，而且也

1 Mark S. Gignilliat, *A Brief History of Old Testament Criticism: From Bennedict Spinoza to Brevard Childs*, Grand Rapids: Zondervan, 2012, p.2.

2 列奥·施特劳斯：《斯宾诺莎的宗教批判》，李永晶译，华夏出版社，2013年，第163—164页。

是唯一的。至于圣经中所含有的道德信条,则可用普遍真理以证明之。若要证明圣经神圣的来源,必须只以圣经本身为据,以证明圣经教人以纯正的道德信条。[1]

斯宾诺莎提出解释圣经的普遍法则,即以圣经的历史为依据来研究圣经,继之总结圣经中的历史及其解释的要点:圣经各卷写作时所用的以及著者常说的语言之性质与特点。这样我们就能把每种句法和在普通会话时的句法加以比较以研究之。将每卷书加以分析,把每卷书的内容列为条目,这样,讲某一问题的若干原文,一览即得。同时把模棱两可、晦涩不明或看来相互矛盾的话记录下来。把圣经每一句话的历史背景与所有现存的预言书的背景相关联,那就是说,与每卷书作者的生平、性格与特殊兴趣、真实身份、著作的情境、写作的对象、写作的语言等联系起来。此外,还要考量每卷书所经历的遭遇,最初是否受到欢迎,落到什么人的手里,有多少种不同的版本,是谁把它归到圣经里的。还要探求现在公认为是神圣的各卷书是怎样合而为一的。最后,还要认识到箴言具有永恒的价值。[2]

因为《旧约》和《新约》的作者都是希伯来人,因此斯宾诺莎提出,了解希伯来语至关重要。作为自幼接受希伯来传统教育的犹太学者,斯宾诺莎毫不隐讳地指出了学习希伯来语的难度以及容易造成文意不明的几个原因,概而言之:《圣经》中文字的暧昧不明,往往是因我们把一个字母和与之相似的另一字母搞混所致;连词与副词具有多重意思;希伯来文动词的直陈式没有现在时、过去进行时、过去完成时、将来完成时,而动词的虚拟式根本就没有任何时态;希伯来语没有元音字母;文句不用标点使文意难断;还有其他难度。因此圣经的真意有许多地方是无法解释的,充其量只能猜测。[3]

斯宾诺莎还审视了与自己观点迥然相异的释经观点:那些人认为理性的自然力量没有阐释圣经的能力,而超自然力量对阐释圣经绝对必要。

《五经》作者问题乃是斯宾诺莎圣经批判的重要组成部分。斯宾诺

---

1 斯宾诺莎:《神学政治论》,温锡增译,商务印书馆,2009年,第108页。

2 斯宾诺莎:《论圣经阐释》,叶丽贤译,见钟志清编选:《希伯来经典研究文集》,译林出版社,2019年,第14—15页。

3 同上,第20页。

莎在论及摩西是否为《五经》作者这一问题时，首先总结了中世纪犹太学者伊本·以斯拉的观点，认为《申命记》并非摩西所作，因为他没渡过约旦河。

斯宾诺莎还对以斯拉的观点加以探讨。认为《创世记》第22章中所说的摩利亚山，应该不是在摩西时期选定的。根据《申命记》第3章中描写巴珊王噩的口气应该认为该卷是在摩西死后才出现的。在斯宾诺莎看来：中世纪的以斯拉不敢公开表达意见，只在字里行间有所透露暗示。他要把以斯拉透露的意思加以显豁的说明。在他看来，以斯拉并没有使每个例子都唤起人的注意，例证本身也并非全部至关重要。斯宾诺莎还列举了他认为更重要的例证：我们所说各书的作者不但在提及摩西时使用第三人称，并且关于摩西的许多详细情形也说得明确，例如，“摩西和上帝说话”（《民数记》第12章第3节）。而在《申命记》中，摩西用第一人称谈他做了什么事：“上帝和我说话”（《申命记》第2章第1节）。史家还叙述了摩西死亡和被埋葬的情况以及希伯来人三十天的哀悼，并将摩西与以后的预言家相比，说他比他们都强。有些地名是摩西死后才出现的。文字叙述延伸至摩西死后。

从对这些例证的分析中，斯宾诺莎得出《摩西五经》并非摩西所写，而是出自摩西之后的某人之手这一结论。[1]施特劳斯认为，斯宾诺莎所证明的无非就是，从人的角度说，摩西不可能撰写《五经》，其文本亦不可能历经数世纪流传至今而无任何残损。他的对手们并不否认这一点，事实上他们承认这种说法，因为他们断言说，上帝逐字默示了圣经，并且通过他的神意，对圣经加以了原封不动的保存。[2]

此外，斯宾诺莎还证实，《约书亚记》也非约书亚所作，《士师记》不是士师们写的，整部著作出自一个史学家的手笔。[3]

关于《诗篇》，斯宾诺莎认为《诗篇》是在第二圣殿时期搜集到五卷的，因为，据非洛说，《诗篇》第88篇是在约雅敬王在巴比伦被囚之时问世的，《诗篇》第89篇是在这个王获得自由之时问世的。若非他那个

1 斯宾诺莎：《神学政治论》，温锡增译，商务印书馆，2009年，第129—134页。

2 列奥·施特劳斯：《斯宾诺莎的宗教批判》，李永晶译，华夏出版社，2013年，第202页。

3 斯宾诺莎：《神学政治论》，温锡增译，商务印书馆，2009年，第56—157页。

时代的一般人都认为这是真的，或有可靠的人告诉他如此，他认为菲洛是不会这样说的。[1]他还认为《箴言》应该是在约西亚王当政时期搜集而成的。

17世纪最具有影响力的《旧约》批评家当推法国神职人员、圣经批评家与东方学家理查德·西蒙。西蒙的专著《〈旧约〉历史》(1678)用法文写成，到1700年为止出版了四版拉丁文、两版英文和七版法文，并被以俗语翻译出来。[2]《〈旧约〉历史》是一部不同寻常的专著。

《〈旧约〉历史》的主要内容分为三部分：第一部分讨论希伯来文文本，同时也讨论了《旧约》各卷作品形式的起源和文本传播形式；第二部分讨论《旧约》版本及其翻译；第三部分开始讨论《旧约》新版本的提纲，而后讨论古往今来的《旧约》翻译。[3]

西蒙创作《〈旧约〉历史》的目的主要在于三个方面：第一，分析其他解经学家的错谬之处；第二，表明新教徒的"唯独圣经"原则并非像天主教体系依靠圣书、传统和教会的原则，因为圣经解经难度很大；第三，介绍一种研究圣典的批评方式。他在整部著作中使用了"批评的"和"批评"等术语，但是论证说这些术语对于其所从事的工作是合适的，对学者来说并无新奇之处，因为他们已经习惯于使用我们的语言了。[4]

西蒙说摩西并非《五经》的唯一作者。在分析《创世记》和大洪水故事时，他指出重复与不一致之处。《创世记》第2章对创造男人和女人的描写与《创世记》第1章中的描写相距甚远。如果只有一位作者，关于大洪水故事的重复其实没有必要。行文中的风格也迥然有别。因此西蒙认为《摩西五经》使用了不同的资料来源。由于西蒙之故，关于《旧约》研究的两个历史批评因素提到了尤为显著的位置：其一，《五经》被理解为各种文献的汇编；其二，《五经》存在着风格差异，细部重复，作者很多，资料来源不一。

1 斯宾诺莎：《神学政治论》，温锡增译，商务印书馆，2009年，第158页。

2 *Histoire Critique du Vieux Testament*, Paris, 1678; *A Critical History of the Old Testament*, 1682.

3 John Sandys-Wunsch, *What Have They Done to the Bible: A History of Modern Biblical Interpretation*, Collegeville: Liturgical Press, 2005, p.155.

4 Ibid., p.111.

西蒙在前言中提到了斯宾诺莎《神学政治论》的第8章，西蒙的研究与斯宾诺莎指出的圣经中的矛盾和不一致等问题只是显示出哲学上的缺失，以及与事实之间的差距。西蒙用历史解释代替了哲学检验。这样一来，如果内在证据表明摩西并没有写成整部《五经》，那么重点并非在于辩驳，而只在阐明它是如何编撰的；如果数字没有加在一起，或者谱系不一致，那么这并非表明不真实，而只是表明缺乏一位优秀的编纂者将其很好地编排起来。[1]

西蒙的贡献在于，他承认《五经》有许多不一致之处，承认无法说明摩西乃《五经》的唯一作者，现存的圣经书卷形式应该解释为，至少部分文本是在历史发展过程中得以保存、编辑与添加的。从这个意义上说，西蒙被誉为《五经》批评中“片段（缀合）论”（Fragmentist Theory）的开创者是恰当的。[2]

1685年，克莱克（Jean le Clerc）发表了关于西蒙著述的分析与批评。克莱克生于日内瓦，在法国的清教徒神学院攻读神学，接受自由思想的熏陶。对他影响巨大的人物有两位：一位是伊拉斯谟，另一位是格劳秀斯。在评价圣经怎样成书上，他和西蒙有共同之处，但也有明显区别，就像他在评价西蒙时所说：西蒙在著作中更多的是呈现学识，而不是坚实的判断。[3]他基本上是在与西蒙的对比中工作。在西蒙看来，希伯来语是东方语言之母，其他语言在其基础上通过加上字母与音节而发展起来。继之他补充说，希伯来语已经不再是其原始的形式，因为历经了几个世纪之后，许多词汇变得颇为复杂了。但克莱克却认为把希伯来语视为经典语言是不适合的。他认为，希伯来语沉闷无趣，含糊不清，不精细，只有希伯来语诗歌可称卓越。在《五经》问题上，他提出《五经》乃出自祭司之手之说，认为祭司们结束囚虏生涯后，回到撒玛利亚后，向新移民传授以色列宗教（见《列王纪》17:24–28）。[4]

1 John Sandys-Wunsch, *What Have They Done to the Bible: A History of Modern Biblical Interpretation*, Collegeville: Liturgical Press, 2005, p.157.

2 Ibid., p.158.

3 Ibid., p.161.

4 John Hayas, *An Introduction to Old Testament Study*, Nashville: Ablingdon Press, 1979, p.112.

纵观从古代到17世纪近两千年圣经阐释的历史，基本上就是阐释原典，翻译原典，与原典偏离，向原典回归的历史。同时，对原典的解释加进了不同时代的不同色彩，从某种意义上说，是在解释“现在”。

17世纪和18世纪的欧洲启蒙运动促成了现代圣经批评的发轫。[1]当时人们已经开始意识到理性对待历史资料的重要性。17世纪，霍布斯的《利维坦》、斯宾诺莎的《神学政治论》和理查德·西蒙的《〈旧约〉历史》均透露出运用历史主义方法来解读圣经的端倪。尤其是斯宾诺莎《神学政治论》的发表，堪称圣经批评史的一个转折点。斯宾诺莎强调不要从神学与教会角度来理解圣经，而应以自然主义者的方式对圣经进行解读。这种解读方式把圣典的字面含义与产生文本的历史语境结合起来。在阅读圣经时对作者和原有接受者重新进行历史建构，凸显了字面意义就是历史意义的特征。[2]这种历史主义的解读方式在后来的现代圣经阐释中产生了很大影响，标志着现代圣经批评的开端。

1 也有学者持现代圣经批评起源于16世纪之说，如库格尔。

2 Mark S. Gignilliat, *A Brief History of Old Testament Criticism: From Bennedict Spinoza to Brevard Childs*, Grand Rapid: Zondervan, p.34，Kindle版。

第二章 18世纪的圣经研究

现代圣经批评研究既要分析圣经文本，又要分析书写与阅读圣经时的历史、社会、文化、语言学与宗教学语境。这样的分析带有批判性，其立场并非由阐释者的神学或意识形态臆测所决定，而是受到当时科学方法的影响。[1]

17世纪与18世纪哲学与科学的发展带来了圣经研究领域的新变化。正如我们所知，文艺复兴时期的学者意识到解经学的诸多问题，但是在面对这些具体问题时，顶多把问题当成有趣的谜团，而不是当成新型解释框架中的第一手资料。[2] 18世纪一个重要的历史进程便是启蒙运动。在启蒙时代，情况发生了变化。"想象"，斯宾诺莎用来指斥希伯来先知的这个词语变得令人敬重了。[3]

18世纪，在启蒙主义和理性主义时代，圣经研究的批评成分进一步强化。斯宾诺莎、霍布斯和西蒙的历史主义学说赢得了新的冲击力，伏尔泰、百科全书作者、英国和德国神职人员逐渐引进历史批评方法。任何关于过去的来源，包括圣经，都需要经过富有理性或批判性的审视。[4]

1 Marvin A. Sweeney, "The Modern Study of the Bible," in *The Jewish Study Bible*, eds., Adele Berlin and Marc Zvi Brettler, New York: The Oxford University Press, 2014, p.2166.

2 John Sandys-Wunsch, *What Have They Done to the Bible: A History of Modern Biblical Interpretation*, Collegeville: Liturgical Press, 2005, pp.171–172.

3 Ibid., p.221.

4 Megan Bishop Moore, Brad E. Kelle, *Biblical History and Israel's Past*, Grand Rapids, Michigan: Wm. B. Eerdmans Publishing Co., 2011, p.6. See also：W. F. Albright, "Archaeology Confronts Biblical Criticism," in *The American Scholar*, Vol. 7, No. 2 (Spring, 1938), p.183.

法国教授阿斯特鲁克(Jean Astruc，1684—1766)匿名出版了题为《摩西撰写〈创世记〉时可能使用的不同来源底本推测》(1753)。他阐述了《创世记》中存在的三个问题：一是同一事件的重复叙述；二是上帝两个名字的奇怪分布；三是年代顺序的混淆不清。他基本上认为《五经》并非摩西所作。比如阿斯特鲁克提出，《创世记》使用了两种不同的叙事方式，分别把上帝称作“亚卫”(在德语中，上帝的名字写为Jahweh，中文和合本译作“耶和华”)和“埃洛希姆”(Elohim乃希伯来语对上帝的称谓，中文将其译作“上帝”或“神”)，因此便有了《创世记》的“二底本说”。

一、德国的圣经研究

18世纪，圣经阐释的天平已经从清教徒标准或罗马天主教会中的保守阐释标准向现代阐释倾斜。影响这一进程的重要因素主要有二：第一，解经学家逐渐意识到圣经不是一部天书，而是一部源于人类历史的著作；第二，圣经问题受到政治，尤其是国家世俗化的影响，伴随着国家对如何对待圣经这样的问题的兴趣逐渐减少，学者们可以相对自由地表达新观点。

18世纪下半期，德国思想界的活跃导致圣经研究重镇从欧洲其他地方转到德国。[1]在这一过程中，大学起到了关键性作用。在17世纪，德国的大学遭受了三十年战争的破坏，这时期虽然不乏好学者，但是许多学者不得不四处谋生，无法从事学术研究，一些圣经研究者客走荷兰。但到了17世纪末期，情形有所改变。1694年，普鲁士建立了第一座现代大学哈雷大学。该校代表人物有托马修斯(Christian Thomasius，1655—1728)和弗兰克(August Hermann Francke，1663—1727)。前者为法学家、哲学家，曾任哈雷大学的副校长；后者为慈善家、圣经学者，曾主管哈雷大学希腊语与东方语言教学。他们都不喜欢路德教的正统观念。很快哈雷大学成为德国的领衔大学，许多杰出学者在那里任教，

1 John Sandys-Wunsch, *What Have They Done to the Bible: A History of Modern Biblical Interpretation*, Collegeville: Liturgical Press, 2005, p.172.

直到哥廷根大学建立。

在圣经现代阐释的进程中，“自然神论者”(deist)的做法也十分突出，一些学者甚至将其与斯宾诺莎相提并论。“自然神论者”是一个现代概念，用于形容17世纪与18世纪之交一些重要的英国思想家，其主要观点为上帝创造了宇宙及其存在规则，但其后让世界按照本身的规律存在与发展下去。这些思想家的著作以及攻击他们的著作被翻译成德文，并得到广泛传播，对于后来德国的圣经阐释产生了革命性的影响。

要了解这一影响，必须从理论上把解经考察以及接受阐释的框架区分开来。前者是“客观性的”，涉猎圣经的起源及其原初确切意义；后者带有评估色彩，涉及圣经怎样被权威化，就像如今我们所看到的那样。[1]在何种意义上圣经提供了信仰和实践指南？圣经与科学的关系如何？[2]这样的认知本身实际上不再把圣经当作完全无误的一部书，祛除了圣经的权威色彩。

以莱布尼茨(Leibniz)学说为代表的德国哲学对圣经研究产生了重大影响，但总体说来，18世纪德国哲学对于宗教的态度比较保守，只是在康德(Immanuel Kant)之后才出现关于无神论的论争。[3]历史研究本身也对圣经阐释产生了影响。维科(Giambattista Vico)著作中举证的人类历史研究方式对圣经研究的冲击便是一例。首先，它显示过去同现在相比谈不上好坏，只是其判定世界的观念不同；其次，对圣经外部神话与内部故事之间联系的认知不能用圣经对其他人的影响来解释，而要用产生相似形象的文化特点来解释；最后，这些神话不能被视为披上民间故事外衣的哲学观念，它们拥有自身的意义，应该根据神话定义来加以解释。此外，地质学的发展与圣经研究的关系非常密切。[4]

与此同时，自18世纪初期始，欧洲重新对中世纪法国和西班牙解经学产生了兴趣。中世纪一些犹太学者的著作得以出版或再版，因此

1 John Sandys-Wunsch, *What Have They Done to the Bible: A History of Modern Biblical Interpretation*, Collegeville: Liturgical Press, 2005, p.180.

2 Ibid.,p.177.

3 Ibid., pp.184–185.

4 Ibid., p.187.

获得新的关注。1765年，德国犹太学者阿龙·冈珀茨（Aaron Gumpertz）、阿尔特舒勒父子（David and Hillel Altschuler）的评注证实了当时学者对中世纪解经学家的兴趣。此时关于以斯拉论《五经》的评注也在汉堡出版。对于中世纪解经学家的重新关注又促使人们致力于圣经语法研究。[1]

德国虔敬派运动也对圣经研究产生了影响。虔敬派是德国路德宗教会中的一派，又译虔诚派。17—18世纪德国信义宗教会内部曾兴起一场宗教复兴运动，其参与者主张认真攻读圣经，敬虔事奉，过圣洁生活，认为讲道的重点不应是教义而应是道德，只有在生活上作出虔诚表率的人才可担任牧师，从而把基督教重新实践成一种生活方式。[2]其代表人物有斯彭内尔（Philipp Jakob Spener，1635—1705）和弗兰克。斯彭内尔是一位德国牧师，他强调灵修和实践性的研经，其方法是以字面和"常识"为取向，仔细研究古代希伯来文和希腊经文的语法，同时经常着眼于寻求经文在灵修或现实方面的意义。[3]弗兰克即前文所提到的哈雷大学东方语言学教授，他告诫攻读神学的学生如果想全面了解圣经，就应该懂圣经原典语言。就《旧约》而言，弗兰克考察了自印刷术发明以来的多种《旧约》版本。[4]在圣经印刷史上，《古滕贝格圣经》（*Gutenberg Bible*）是西方第一部以活字印刷术印刷的主要书籍，由古滕贝格（Johannes Gutenberg）及其助手于1454年到1455年在德国美因茨完成，装帧十分精美，它使用的是武加大译本。而第一部完整的《希伯来圣经》则于1488年在意大利松奇诺印制而成。

阐释学一词源于希腊语hermeneutikos（音译），意思是"解释专家"。18世纪卓越的虔敬派解经学家是拉姆巴赫（Johann Jacob Rambach，1693—1735），他在阐释学方面的论著成为18世纪许多基本讨论的基础。他回顾了阐释学传统的历史，列举了路德、改革派和罗马天主教学者

1 Magne Sæbø, ed., *Hebrew Bible/Old Testament: The History of Its Interpretation*, Vol. Ⅱ, Göttingen: Vandenhoeck & Ruprecht, 2008, pp.1008–1009.

2 W. W. 克莱恩，C. L. 布鲁姆伯格，R. L. 哈伯德：《基督教释经学》，尹妙珍译，上海人民出版社，2011年，第56页。

3 同上。

4 John Sandys-Wunsch, *What Have They Done to the Bible: A History of Modern Biblical Interpretation*, Collegeville: Liturgical Press, 2005, p.191.

的做法，接着对整个过程加以评价。在阐释文本上，他所持的标准是需要询问谁是作者，谁是说话人，谁是听话者，弄清楚时间、地点和场合。

18世纪诞生了两位圣经研究的巨人：一位是塞姆勒（Johann Salomo Semler，1725—1791），他将这一时期的新神学具体化，强调在历史与文化背景中看文本。另一位则是米凯利斯（Johann David Michaelis，1717—1791），他是一位出色的语言教师，他不但向德国听众讲述英国圣经学者洛斯关于语言的论述，而且在改变对圣经的认知上具有三个贡献：第一，他创作了一部关于圣经律法的著作。米凯利斯没有假设上帝对以色列律法进行干预，而是寻求以文化差异、健康原因和传统等问题为基础的自然主义解释。第二，米凯利斯发展了展示学者观点的新形式。他把圣经阐释过程中的诸多问题，以及不同学者在研究中提出的问题一一列举。第三，负责他那个时代的近东探险。他在哥廷根大学任职几年里影响了一批学者。

艾希霍恩（Johann Gottfried Eichhorn，1752—1827）一向被学界称作第一位现代圣经学者。在他之前，绝大多数圣经研究由通常是神职人员的教授（经常是神学教授）来进行。艾希霍恩热衷于古代与现代历史研究。他与教会的联系至多是传统的，但没有兴趣在著作中讨论神学意义。他的一个重要贡献在于创立了“低级批评”与“高级批评”两个术语（后文将做详细讨论）。此外，在先知研究领域，他也提出了富有影响力的见解。他首先从先知这种文化现象入手，探讨先知与原始人的问题。当摩西建立以色列民族时，先知的基本任务是保持他所创立的一神教体系。在《旧约》时代，可以看到先知们多多少少都在宣布相同的信息。他们有责任坚持具有高度道德水准的以色列信仰，在以色列人兴旺发达之际警示他们人生变化无常，在遇到灾难时安慰他们。可以说艾希霍恩的研究在整个文明进程中给先知留有一席之地。

赫尔德是18世纪下半叶重要的哲学家、神学家和诗人，也是圣经阐释史上一位举足轻重的人物。赫尔德于1744年生于普鲁士的摩隆（今波兰境内），家境贫寒而自幼自学圣经，十七岁时去柯尼斯堡大学读书，师从康德和其他一些思想家，并在柯尼斯堡大学结识了哈曼（Johann Georg Hamann），与之建立了终生的友好联系。哈曼在诗学和历史方面的理论对赫尔德产生了重大影响。1764年，赫尔德到里加教书，并开始撰写有关文学批评的著述，也撰写关于圣经早期叙事传统的书稿，但这部书稿直到1993年才得以面世。[1]这一时期，他的语言理论也开始形成。1769年，他开始游历欧洲。1770年回到德国的斯特拉斯堡，遇到歌德。这次会面在德国文学史上历史深远，因为赫尔德的文学批评主张极大地影响了年轻的歌德。也正是在这一时期，他的论文《论语言的起源》在柏林皇家科学院获奖。1771年，赫尔德到布克堡做地方宫廷牧师，并从事神学、历史与文学研究，成为德国狂飙突进运动的代表人物之一。1776年，赫尔德到魏玛，在魏玛迎来事业的高峰，其著名的《论希伯来诗歌的精神》便是在魏玛完成的。[2]在这部著述中，赫尔德论及古代以色列诗歌与宗教的基本观念及特征。

语言乃赫尔德思想的基础，[3]赫尔德对希伯来语言评价甚高，他说：

> 我现在对希伯来文诗歌精神的看法，不是出自年轻时的印象。我学习这种语言，方法乃是和你一样。我花了很长时间才学会领悟它的好处，渐渐地，就像现在这样，视它为神圣的语言，是我们最宝贵的知识和人类童年教育之源头，古老的文明之源，这种教育最初只流传于世间少数人中，我们有幸得到它，原是不配。[4]

但从本质上说，赫尔德认为希伯来语只是人的语言，是希伯来诗歌的载体，它代表着希伯来诗歌的精神，正如他在对话中所写：

1 Magne Sæbø, ed., *Hebrew Bible/Old Testament: The History of Its Interpretation*, Vol. Ⅱ, Göttingen: Vandenhoeck & Ruprecht, 2008, p.1044.

2 见赫尔德：《论希伯来诗歌的精神》，见《反纯粹理性：论宗教、语言和历史文选》，张晓梅译，商务印书馆，2010年。

3 Magne Sæbø, ed., *Hebrew Bible/Old Testament: The History of Its Interpretation*, Vol. Ⅱ, Göttingen: Vandenhoeck & Ruprecht, 2008, p.1050.

4 赫尔德：《反纯粹理性：论宗教、语言和历史文选》，张晓梅译，商务印书馆，2010年，第172页。

> 我们要把它看作人的语言，用人的尺度来研习它。更好的方法是，为了让你更相信我的完全客观，我们谈论它，只是将它作为古代诗歌的一件工具……[1]

赫尔德还认为希伯来语充满富有表现力的动词，因而更富有活力、情感和诗意，充满了生命与灵魂之声：

> 希伯来文动词的词根，乃是形象和感情，我还不知道哪种别的语言，可以将二者结合得如此简单而又巧妙，充满感性，鲜明夺目……这种语言的发音，需要肺部深深吸气，发出来的音强劲有力，回荡在澄明安静的天地之间，如敏锐的目光穿透对象，绝少有词是不带一丝感情的。[2]

既然希伯来语是人类的语言，那么在阅读用希伯来语写就的《圣经》时，就应该带着人类的眼光来读，把《圣经》当成人写的、为人所写的书来读。[3]

在圣经文本研究中，赫尔德谈到了《诗篇》的被误读。在他看来，除《雅歌》之外，圣经中的《诗篇》乃是遭到误解和歪曲最多的作品。因为大卫王总是直抒胸臆，并让自己的歌唱风格符合在神殿上占主导地位，所以有些人认为：《诗篇》的本意是要做一切时代、一切民族、一切人的赞美诗集，即便是对那些与大卫王的精神世界和所作所为毫无联系的人也是如此。所有的评注家和改写新手，都在《诗篇》中找到自己的时代、自己的需要、与本国和本民族的关系；用这种方法，他们把《诗篇》改造为适于在自己的会堂中吟唱和朗读的作品。唱起大卫的诗作，就好像会堂里的每个人都曾在朱迪亚山地跋涉和流浪，遭受扫罗的

1 赫尔德：《反纯粹理性：论宗教、语言和历史文选》，张晓梅译，商务印书馆，2010年，第172页。

2 参见同上，第178页。

3 转引自 Yaakov Shavit, Mordechai Eran, *The Hebrew Bible Reborn: From Holy Scripture to the Book of Books*, trans. Chaya Naor, Berlin: Walter De Gruyter, 2007, p.94.

迫害。这种做法很不可取，完全破坏了诗歌的最初形式。赫尔德主张要还原《诗篇》的历史语境，将其视为大卫王时代的抒情诗，其主要论点为：

第一，我们要抛弃一切现代模仿者和评论家的添加，即便它们最得人欣赏，在其当时也是最优秀的。这些人是带着自己的目的，依自己时代的需求来读《诗篇》的；他们把自己时代的语言、安慰和教导，应用于《诗篇》。而我们的目的是要把《诗篇》放在它原来的历史环境中来理解大卫王，还有他身边的诗人们的情感和思想。

第二，出于这样的目的，我们必须首先研究这些诗人们谈论的主题和场景。

第三，我们研究大卫王及其诗篇歌者的独特语言，方法应该是把不同的诗篇相互比较，并比较那个时代的历史。很明显，宫廷诗人有自己最爱用的说法，这些都可以参照其所处的环境得到说明。

第四，在《诗篇》中得到如此强烈表达的情感，我们既不该视为大敌，也不应该盲目辩护。这些情感表现出个人的独特气质，就应该如是解释，而不能误认为是神圣情感的普遍模式。大卫曾经亡命天涯，后又贵为一国之君，有着自己特有的欢喜哀愁。圣经给了我们那许多信息，因为它从不为尊者讳，大卫的人品甚至缺点都记录无遗。曾经对乌利亚和拔士巴犯下罪的这个人，同样也会口无遮拦。他轻率鲁莽，饱受迫害，也是英勇战士。他讲话经常不用自己的名，而是以人民的名，就像以色列的国父。但无论如何他都是一个有血有肉的人。他的诗篇记录了他的历史，而历史记录了他的诗篇。

第五，考察艺术作品时，我们不应把别的民族和语言的例子拿来作为评判的标准。若要评判《诗篇》，必须参照它所源出的情感、情绪和语言的特质。

第六，我们更不应该依照自己的抒情诗法则来评判大卫的诗篇。

第七，我们要展现希伯来抒情诗自身的特性和美。[1]

1 赫尔德：《反纯粹理性：论宗教、语言和历史文选》，张晓梅译，商务印书馆，2010年，第191—194页。

二、英国的圣经研究

罗伯特·洛斯(Robert Lowth, 1710—1787)是18世纪下半叶英国著名的圣经研究者。1741年到1750年之间在牛津大学用拉丁文讲授圣经诗学,在1752—1753年出版两卷本《希伯来圣诗演讲录》(*De sacra poesi Hebraeorum praelectiones*)。他在书中介绍了圣经阐释的审美标准,认为解经之前应该欣赏每段文字的艺术形式。[1]在洛斯的所有学术著作中,其《希伯来圣诗演讲录》堪称现代圣经研究的开拓之作。在他看来,圣诗,经得起批评的检验,他从中既了解到艺术的起源,又了解到如何评估艺术之优长。[2]

洛斯的开创性贡献在于他率先指出希伯来诗歌的基本结构是平行体(parallelism)。洛斯将平行体界定为:

> 用不同的词语表达相同的意思,或用相同的词语形式表达不同的事物;正对正,反对反……当某一命题被提出后,另一命题或是增附其后,或是开列其下,意思与前者相反或是相成,或是语法结构与之相似;凡此种种,我称之为“对句”(Parallel Lines);相互对应的句子中,前后呼应的词或词组则称之为“对字”(Parallel Terms)。[3]

犹太裔汉学家浦安迪把洛斯所界定的圣经中的诗歌平行结构比作中国诗歌中的“对仗”。他认为,洛斯对于“平行体”这一术语的界定略显简单。而洛斯对平行体所作的“同义”、“反义”与“合成”的分类,近年来在讨论希伯来诗歌平行结构的专门论著中已经不再使用。但是

1 John Sandys-Wunsch, *What Have They Done to the Bible: A History of Modern Biblical Interpretation*, Collegeville: Liturgical Press, 2005, pp.225-226.

2 Magne Sæbø, ed., *Hebrew Bible/Old Testament: The History of Its Interpretation*, Vol. Ⅱ, Göttingen: Vandenhoeck & Ruprecht, 2008, p.959.

3 转引自浦安迪:《平行线交汇何方:中西文学中的对仗》,见《浦安迪自选集》,刘倩等译,三联书店,2011年,第343页。

洛斯将“平行”特征视为圣经中最为重要的诗歌美学特征，仍然功不可没。[1]平行体是一种修辞方式，浦安迪认为在恒河以西各大古文明的古典文本中，对仗都没有希伯来语圣经诗文用得那么显著。

三、犹太世界圣经革命的先声

在犹太人流亡欧洲的漫长过程中，拉比犹太教经典《塔木德》一度取代圣经，成为犹太人信仰的基础。举例来说，欧洲犹太人的重要群体——阿什肯纳兹犹太人曾忽略圣经传统长达几个世纪。17世纪的拉比约瑟夫 · 翰（Joseph Hahn）曾经慨叹：“在我们这代人中，许多拉比从未见过圣经。”[2]18世纪的早期犹太启蒙主义者威斯利（Naphtali Herz Wessely）也曾经抱怨：“我们对圣经一点也没有关注。”[3]由于在《塔木德》和其他一些解经文本中，解经学家对圣经中同一个段落一直在做无法穷尽的不同解释，[4]现代人通过《塔木德》接受的圣经显然与圣经原典发生了偏离，乃至一些基督教学者把犹太教与犹太人分割开来，认为犹太人歪曲，甚至背叛了圣经传统，并把《旧约》视为专属基督徒的一部书。本来在信仰中被视为生活源泉的圣经也长期与犹太人的日常生活相脱离。而在现代学者眼中，《摩西五经》乃至整部圣经在犹太教中一直被边缘化，[5]在解释何谓犹太性时，基督徒甚至比犹太人更为自信。[6]

18世纪揭开了犹太圣经阐释历史上新的一页，犹太人研读与思考圣经的方式发生了变化，而这一阶段的圣经学术研究反映了，甚至形成

1 转引自浦安迪：《平行线交汇何方：中西文学中的对仗》，见《浦安迪自选集》，刘倩等译，三联书店，2011年，第343—344页。

2 Frederic E. Greenspahn, “Jewish Ambivalence Towards the Bible,” in *Hebrew Studies*, Vol. 48(2007), pp.7–13.

3 Ibid.

4 William Yarchin, *History of Biblical Interpretation: A Reader*, Michigan：Baker Academic, 2001, p.xvi.

5 T. Frymer-Kensky, “Unwrapping the Torah,” in *BR* 18.5 (Oct., 2002), pp.28–29.

6 Frederic. E. Greenspahn, “Jewish Ambivalence Towards the Bible,” in *Hebrew Studies*, Volume 48(2007), p.21.

了“发生在欧洲犹太人内部的影响深远的历史、宗教与文化的变化”。[1]这些变化首先发轫于中欧的阿什肯纳兹犹太社区，在漫长的流亡生涯中，这些犹太人逐渐对流散地文化具有一种新的文化适应，进而与欧洲思想和学术研究的联系更加密切了。16与17世纪的犹太学者虽然在圣经阐释上取得了丰硕成果，但在质量上与中世纪的犹太解经学相比则显得逊色。这时期的圣经评注虽然出版很多，但相对缺少独创性，主要是沿袭前人之说。北非、中东和西欧的塞法尔迪犹太共同体因循的是西班牙犹太人所开创的希伯来语言和圣经传统。而西欧和东欧的阿什肯纳兹犹太社区的情况则更为复杂，甚至矛盾重重。与《塔木德》和其他律法典籍的研究相比，圣经研究虽然令人尊敬，但被降格到从属地位。总体上看，这些圣经评注对于中世纪西班牙与法国学者所从事的语文学和语法学研究兴趣不大，而是钟情于带有说教色彩的解经范式，或者类似拉什评注《五经》的历史悠久的仔细解析的传统。[2]与此同时，尽管犹太学者意识到基督教学者对《希伯来圣经》的研读已经十分驳杂，但他们也不能轻而易举地了解基督教学者观点的精髓。有些与基督教学者有联系的荷兰犹太人虽然能直接或间接了解理查德·西蒙等人的著述，但基本上对影响深远的圣经批评研究置若罔闻。甚至最初对斯宾诺莎的《神学政治论》亦反响甚微，该书几乎是在发表百年之后才对犹太解经学家产生了影响力。[3]

在18世纪，对于中世纪西班牙解经学进行校勘与对语言进行研究的兴趣开始复兴。[4]更令人瞩目的是，18世纪下半叶德国犹太启蒙运动的兴起对推动犹太共同体的《希伯来圣经》研究起到了重大作用。犹

1 Adele Berlin, Marc Zvi Brettler, eds., *The Jewish Study Bible*, New York: Oxford University Press, 2014, p.1963.

2 Magne Sæbø, ed., *Hebrew Bible/Old Testament: The History of Its Interpretation*, Vol. Ⅱ, Göttingen: Vandenhoeck & Ruprecht, 2008, p.1007; Adele Berlin, Marc Zvi Brettler, eds., *The Jewish Study Bible*, New York: Oxford University Press, 2014, p.1963.

3 Magne Sæbø, ed., *Hebrew Bible/Old Testament: The History of Its Interpretation*, Vol. Ⅱ, Göttingen: Vandenhoeck & Ruprecht, 2008, p.1008.

4 Adele Berlin, Marc Zvi Brettler, eds., *The Jewish Study Bible*, New York: Oxford University Press, 2014, p.1963.

太启蒙思想家(Maskilim)发起启蒙运动的主要目的在于融入西方社会,复兴以圣经为代表的犹太民族文化。启蒙思想家受到德国文学与欧洲文学审美趣味的影响,希望把对文本的敏感度带入圣经研究之中。但在长期的流亡过程中,犹太人往往通过古代拉比的释经著述来了解圣经,有些犹太家庭甚至连一部完整的圣经都找不到。[1]这种局面令启蒙思想家感到难堪与焦虑,他们试图把中世纪犹太学者的创造精神融入圣经研究之中,以推动犹太世界的圣经研究。[2]

18世纪末期到19世纪初期,西欧犹太世界开始把圣经当成有助于形成犹太文化支撑的一部书,甚至将它与《密释纳》和《塔木德》及其评注相提并论,而导致圣经地位的革命性变化的领衔人物乃是摩西·门德尔松(Moses Mendelssohn,1729—1786)和威斯利。

门德尔松出生在德国德绍市一个犹太人之家,自幼钻研拉比教义,1743年随老师大卫·弗朗科尔去柏林,开始研究数学、拉丁文和现代语言,从事过家庭教师、簿记员等各种职业。1763年,他因撰写了探讨形而上学方面一个深奥问题的一篇论文战胜康德,获得普鲁士科学院颁发的大奖,一举成名。这一成功令德国所有的犹太社区对他充满敬意,提升了他在德国人心目中的地位,因此他进入了"受保护的犹太人"阶层,甚至成为莱辛《智者拿单》中的主要人物原型。[3]个人身份的提升有助于门德尔松更好地展现他自己所归属的犹太文化。在门德尔松所处的时代,意第绪语版圣经并没有忠实于希伯来原文,德文版圣经又融进了基督教思想,在解读犹太圣经时加进了《新约》内容,因此门德尔松打算把《摩西五经》翻译成德文,让读者了解《希伯来圣经》的原貌。

1778年,门德尔松与马索拉圣经语法学家所罗门·杜伯诺(Solomon Dubno)、犹太启蒙主义者威斯利以及另两位年轻的犹太启蒙

1 Yaakov Shavit, Mordechai Eran, *The Hebrew Bible Reborn: From Holy Scripture to the Book of Books*, trans. Chaya Naor, Berlin: Walter De Gruyter, 2007, pp.1–2.

2 Magne Sæbø, ed., *Hebrew Bible/Old Testament: The History of Its Interpretation*, Vol. Ⅱ, Göttingen: Vandenhoeck & Ruprecht, 2008, p.1010.

3 西塞尔·罗斯:《简明犹太民族史》,黄福武,王丽丽等译,山东大学出版社,1997年,第404页。

主义者在参考路德的德文版圣经、加尔文的法文版圣经以及英王钦定版圣经的基础上，将《摩西五经》翻译成德文。该译本题为《和平之路书》(*Sefer Netivot ha-Shalom*)，于1780年到1783年间陆续出版。[1]这是现代社会里第一部由犹太人翻译而成的杰出的世俗语言版本圣经。其译者不但忠于犹太传统，而且也增加了犹太传统与基督教传统的融合，革新了希伯来语，确立了犹太启蒙运动时期的语言标准。其目的在于帮助经年身处"隔都"(Ghetto)[2]的犹太人通过阅读圣经译本，了解希伯来语，学习德语，从而架设起通往现代文明社会的桥梁。门德尔松等人确立了十分独特的德文版《摩西五经》体例，该书包括《摩西五经》的(希伯来文)文本；德文译文(Targum ashkenazi)、评注(the Biur)，以及注文等几部分内容。

门德尔松等人更富有创造性的是，用希伯来文字母来书写《摩西五经》的德文译文。这样做一方面有助于恪守宗教传统的犹太人了解德语，另一方面又可以给那些几近被欧洲同化的犹太人提供学习圣经的方式。门德尔松希望借此帮助欧洲犹太社区意识到犹太圣经的道德与审美价值，使之体验到一场文化再生。

门德尔松希望是圣经，而不是拉比文学(包括《密释纳》和《塔木德》)在欧洲犹太人的生活中占据中心位置，原因在于：在犹太人广袤的文学世界里，毕竟是圣经，而不是其他经典成为犹太学者与其他传统共享的神圣文本。门德尔松等人的圣经译本根据犹太传统解说圣经，创造了以圣经为中心的犹太生活指南。在解释"以撒献祭"这一圣经中的重要问题时，门德尔松强调亚伯拉罕愿意履行上帝之命，更倾向于解经学家对"公共奇迹"或者"真正世界体验"的理解。[3]他对圣经的理解与意第绪语译者和德文译者路德迥然不同，他试图在新的世俗知识与传统犹太教育之间建起一座桥梁。在他看来，犹太教中不存在与科

1 Alan T. Levenson, *The Making of the Modern Jewish Bible: How Scholars in Germany, Israel, and America Transformed an Ancient Text*, Lanham: Rowman & Littlefield Publisher, INC., 2012, p.35.

2 犹太人在欧洲居住的"隔离"区。

3 Yaakov Shavit, Mordechai Eran, *The Hebrew Bible Reborn: From Holy Scripture to the Book of Books*, trans. Chaya Naor, Berlin: Walter De Gruyter, 2007, p.38.

学观和人类理性相抵触的东西，犹太人的《摩西五经》与生活之道是以“理性的永恒真理”为基础的。

与此同时，门德尔松关注了圣经中的诗歌审美特征，他评价了英国学者罗伯特·洛斯所提到的圣经诗歌的平行结构之说，认为圣经诗歌并不押韵，圣经诗歌可着重展示意义与思想精华，而不是令人赏心悦目。对于门德尔松来说，形式与目的有重要交汇；在平行体中，诗节中的不同词语互相强调，或并置，甚至相对，这样做在门德尔松看来则是清晰而直截了当地传达意义的最好方式，也正是圣经诗歌的优长之所在。[1]

在《和平之路书》的序言中，门德尔松提出了《摩西五经》的作者问题。门德尔松支持摩西乃《五经》作者之说，介绍了古代与当代的《五经》翻译，并指出其不足之处，号召重译《五经》，并加上评注。门德尔松的主张虽具有前瞻性，但他本人所作的评注并非革命性的，他在探寻文本的教义时，经常提及《塔木德》与其他解经著述中的说法。[2]而从圣经学术史上看，当时从事圣经历史研究的基督教学者已经开始怀疑摩西不可能写出整部《五经》。门德尔松的圣经译本不仅促使犹太人更好地了解自己的民族文化，与德国文化进行沟通，而且也触及了日后现代批评领域中的某些重要问题，为19世纪的犹太圣经研究提供了参照，乃至框架。尽管一些传统的犹太领袖开始并不认可门德尔松的圣经翻译，但是讲德语的犹太人还是广泛接受了门德尔松的译本，因而它对欧洲犹太世界产生了巨大影响。[3]

威斯利出生于汉堡，相继在阿姆斯特丹、哥本哈根和柏林居住，致力于希伯来文学与圣经研究。1765—1766年，威斯利出版了最早的两卷本《希伯来语研究》(*Gan Na'ul*)，不但分析了希伯来语词根，而且提出了与文学欣赏相关的问题。显然，威斯利已意识到欧洲基督教圣经批评开始质疑拉比传统的真实性和完整性，质疑拉比释经的传统。在

1 Magne Sæbø, ed., *Hebrew Bible/Old Testament: The History of Its Interpretation*, Vol. Ⅱ, Göttingen: Vandenhoeck & Ruprecht, 2008, pp.1015–1016.

2 William Yarchin, *History of Biblical Interpretation: A Reader*, Grand Rapids: Baker Academic, 2004, p.209.

3 Ibid., p.210.

他看来，捍卫这些传统与正确理解古代释经学密切相关。[1]但作为犹太启蒙运动的先驱者之一，威斯利意识到号召犹太人阅读圣经原典面临着巨大挑战。他说：我们有很大阻力，因为我们平时生活中只使用《密释纳》和《塔木德》，因为长期以来，任何学习《革马拉》的人不需要学习圣经，《革马拉》中包含着一切。[2]

威斯利本人对《利未记》及其拉比评注十分感兴趣。他与门德尔松一样，在对《利未记》进行语文学分析时，也展示出拉比释经式的对文本的重视。[3]第一代犹太启蒙思想家对于圣经的兴趣在当时的希伯来语期刊《采集者》上也体现得非常明显。[4]《采集者》由柯尼斯堡年轻的犹太作家和教师们创办，致力于推广希伯来语创作，但无形中涉及中世纪的释经学，并把希伯来语言研究当作中心内容。一些对于圣经感兴趣的启蒙思想家聚集在《采集者》周围，主要致力于"低级批评"，即澄清词语意义并予以改正谬误。与此同时，许多东欧犹太社区受到哈西德派倡导的社会与宗教复兴运动的影响，出现了诸多圣经评注，有的具有很高的学术价值，有的还颇为流行。[5]

1 Magne Sæbø, ed., *Hebrew Bible/Old Testament: The History of Its Interpretation*, Vol. Ⅱ, Göttingen: Vandenhoeck & Ruprecht, 2008, p.1010.

2 Yaakov Shavit, Mordechai Eran, *The Hebrew Bible Reborn: From Holy Scripture to the Book of Books*, trans. Chaya Naor, Berlin: Walter De Gruyter, 2007, p.56.

3 Magne Sæbø, ed., *Hebrew Bible/Old Testament: The History of Its Interpretation*, Vol. Ⅱ, Göttingen: Vandenhoeck & Ruprecht, 2008, p.1020.

4 Ibid., p.1014.

5 Adele Berlin, Marc Zvi Brettler, eds., *The Jewish Study Bible*, New York: Oxford University Press, 2014, p.1965.

第三章 19世纪的圣经研究与批评

一、从低级批评到高级批评

19世纪初期，随着对圣经文本本身进行语言学研究，开始用“低级批评”来形容“经文考据”（Textual Criticism）这一传统的圣经批评方法。经文考据实际指校勘文字，指一种对照多种早期抄本，订正经文中因抄写或其他原因所致错误的考据模式，与之相对的是代表新型研究方法的“高级批评”。[1]“高级批评”超出了纠错式考据范畴，而在较高层面上展开研究，重点从关注经文字词的准确性转向思考其材料来源问题，涉及某种或多种早期资料的出处、作者、形成时间与空间和汇编过程等，堪称19世纪乃至20世纪圣经研究的标准。[2]圣经的历史批评与来源批评均属于高级批评范畴。

19世纪，以达尔文《物种起源》（1859）为代表的现代科学日渐强烈地挑战圣经对宇宙起源和自然现象所做的描述，历史批评成为从事圣经学术研究者的主要法宝，它主要针对圣经的过去以及圣经产生影响的过去进行学术探索。其中最为重要的探索者便是德国学者威尔豪森（Julius Wellhausen）。[3]威尔豪森是德国最著名的圣经学家与东方学家之一，也被称为19世纪最为著名的圣经学家。威尔豪森1844年生于德

1 Magne Sæbø, ed., *Hebrew Bible/Old Testament: The History of Its Interpretation*, Vol. Ⅲ / Ⅰ, Göttingen: Vandenhoeck & Ruprecht, 2013, p.379.

2 Ibid., pp.659–660.

3 Megan Bishop Moore, Brad E. Kelle, *Biblical History and Israel's Past*, Grand Rapids, Michigan: Wm. B. Eerdmans Publishing Co., 2011, p.6.

国，1862年在哥廷根大学开始攻读神学，师从解经学家、神学家和东方学家艾华德（Georg Heinrich August Ewald）。1870年成为那里的无薪俸讲师，1872年获得格莱斯瓦尔德大学教职，1882年辞职，到哈雷大学从事东方语言研究。

威尔豪森重要的学术生涯是在1878年到1883年。1878年他发表了专著《以色列史》，主要探讨以色列仪式崇拜的历史和传统，1883年该作被重新命名为《以色列历史绪论》，它论及《摩西五经》的来源问题。这是他学术生涯中最重要的一部著作，影响极其深远。

二、威尔豪森的学说及其影响

1. 威尔豪森与《五经》的来源批评

威尔豪森在《以色列历史绪论》中所涉猎的《五经》来源批评，乃是在19世纪圣经学术史上占据着中心地位的一个命题。

正如前文所示，在16世纪和17世纪，人们越来越多地意识到《五经》在内容上前后矛盾，而且存在着年代误植、风格迥异等诸多问题，因此摩西是《五经》唯一作者的说法遭到诸多挑战。18世纪，法国学者阿斯特鲁克提出了《创世记》拥有不同来源之说，开创了《五经》来源批评（Source Criticism）的先声。

19世纪最富影响力的《希伯来圣经》学者之一，德国人德维特（Wihelm Martin Lebrecht De Wette）曾在1806—1807年间出版了《圣经导引之贡献》，提出《五经》各书都成书于大卫王之后，《利未记》是在约西亚王时代圣典里被发现的一部律法书。这是圣经学术史上第一部运用现代批评方法来研究《五经》、展示以色列宗教历史的著作，德维特甚至被视为“现代圣经批评的创始人”。[1]1835年，德国学者维特克（Wilhelm Vatke）出版了《圣经神学》，同样提出了《五经》的来源（Grundschirift）问题。19世纪中叶，《五经》批评在某种程度上被视为

1 Magne Sæbø, ed., *Hebrew Bible/Old Testament: The History of Its Interpretation*, Vol. Ⅲ/Ⅰ, Göttingen: Vandenhoeck & Ruprecht, 2013, p.394.

"整个圣经批评的标杆(standard-bearer)"。[1]它所探讨的中心问题大致有三:一是探讨圣经文本所固有的问题;二是理解历史书中所描绘的以色列史;三是使圣经能够为世人所理解。[2]

19世纪60年代,德国的格拉夫(Karl Heinrich Graf)等学者开始论证:祭司典(the Priestly Code)在《五经》的四种来源材料中并非出现最早,而是出现最晚。格拉夫的《〈旧约〉历史书》发表于1866年,一说1865年。前半部分从《创世记》谈到《列王纪》,后半部分主要谈《历代志》。格拉夫的贡献主要在于两个方面:首先,他否定了所谓的《五经》来源是统一的,论证说其律法要晚于《申命记》;其次,他论证说《申命记》作者在著述中把《五经》底本的叙事部分与耶和华崇拜者的叙写及《申命记》的材料结合在了一起,而祭司底本,包括对《五经》叙事的模仿,是在公元前586年"巴比伦流亡"之后才加进去的。格拉夫的学说影响很大,乃至后来的批评家经常使用"格拉夫—威尔豪森"这一术语来讲述19世纪下半叶的《五经》学术发展。

1869年,德国东方学家内尔德克(T. Nöldeke)发表了《〈旧约〉批评探幽》,目的在于确定《五经》来源的完整性。他还论证说《五经》来源作为一个整体出现在流亡之前。他对资料编修顺序的看法与当时标准的批评观点大体一致。

1874年,格拉夫的同门凯泽(August Kayser)在《流亡前的以色列早期历史及其扩张》中指出:在巴比伦流亡之后《五经》被完整地结合在了一起。他与格拉夫均曾师从神学教授罗伊斯(Eduard Reuss)。罗伊斯早在1834年就指出,祭司律法有可能出现在流亡之后。

至19世纪末期,《旧约》学者已经基本达成共识,即认为有JEDP四种资料来源,或者说有四种底本支撑着《五经》。这四种资料来源是:J底本("亚卫"或"耶和华"来源,Jawist Source),E底本("埃洛希姆"来源,Elohist Source),D底本("申命派"来源,Deutero-nomist Source),P底本("祭司"来源,Priestly Source)。其中,JEP三个底本在《创世记》

1 William A. Irwin, "The Significance of Julius Wellhausen," in *Journal of Bible and Religion*, Vol. 12, No. 3 (Aug., 1944), p.161.

2 John Hayas, *An Introduction to Old Testament Study*, Nashville: Ablingdon Press, 1979, p.159.

《出埃及记》《民数记》中交织在了一起，P底本主宰着《利未记》的叙述，而《申命记》中则融进了DJE三种来源。[1]学者们经过辩论后都认为P底本是《五经》中最后的来源。[2]这样的排序不但可以厘清圣经文本中的某些内在问题，也使得历史书中关于以色列历史的描述变得可以理解了。[3]

上述学术发展的历史无疑成为威尔豪森奠定圣经研究范式转移的先决条件。[4]威尔豪森在《以色列历史绪论》中提出了《五经》四源说，也就是《五经》有四种来源的假设。在威尔豪森看来，《五经》由JEDP四个来源合并而成，或者由四种底本编辑到一起而成。J底本最为古老，大约写于大卫、所罗门时期（公元前950年），内容始于《创世记》，为《创世记》和《出埃及记》提供了基本的故事线索。E底本大约写于北方以色列国鼎盛时期（公元前850年），内容始于《创世记》第15章亚伯拉罕的故事。D底本一般认为只限于《申命记》第12—26章，是一部法典，于公元前621年发现于耶路撒冷圣殿，并呈送于约西亚王，史称"原本申命记"，是约西亚王推行宗教改革的依据。P底本被认为是巴比伦流亡时期从祭祀阶层中产生出来的（大约公元前550年）。正是由于威尔豪森的理论，大部分《希伯来圣经》/《旧约》被视为后流亡时期的作品。

威尔豪森认为，《五经》的书写与编辑顺序与人们在圣经中所看到的顺序不同。圣经顺序未能反映出以色列宗教历史演变的真正阶段。威尔豪森提出这一理论，一是依据黑格尔哲学，二是依据对圣经文本所

1 参见Robert Alter, *The Five Books of Moses: A Translation with Commentary*, New York: Norton, 2008, p.xi。

2 John Hayas, *An Introduction to Old Testament Study*, Nashville: Ablingdon Press, 1979, p.112; Robert Alter, *The Five Books of Moses: A Translation with Commentary*, New York: Norton, 2008, p.xi.

3 关于JEDP四种资料来源，国内学者相继已有论说。参见冯象：《谁写了摩西五经》，《读书》2006年第9期，第40—48页；又参见梁工主编：《西方圣经批评引论》，商务印书馆，2006年，第66—67页；以及田海华：《威尔豪森的来源批判及其圣经诠释》，《世界宗教研究》2011年第2期，第81—82页。关于其基本内容与观点，笔者将在后文中予以说明。

4 John Rogerson, *Old Testament Criticism in the Nineteenth Century: England and Germany*, Oregon: Wipf & Stock Pub, 1984, p.260.

作的语文学分析。威尔豪森认为《创世记》中所叙述的先祖故事是神话与传奇，但他相信摩西是一个历史人物。他赞美了以色列民族的领袖摩西，但并不认为摩西是《五经》的作者。威尔豪森也怀疑出埃及故事的核心内容，但是论证说这一事件是后来写的，带有传奇与想象特征。威尔豪森没有否定以色列支派在迦南土地上定居的传统，但是相信《士师记》中对这一传统的叙述比《约书亚记》里的叙述要可信。

威尔豪森借对《五经》来源顺序的重新定位，勾勒出一幅以色列历史、宗教以及圣经成书之顺序的新画面。威尔豪森指出，以色列民族并非始于《创世记》所记载的先祖时代，而是始于摩西。他们设法征服巴勒斯坦的一些地区和一些地方群体，之后与之在战争中相互支持。他们无法将迦南居民连根拔除，但最终设法制服并同化了迦南人。在新征服者——非利士人的威胁下，先知崛起，他们热情澎湃，鼓励反抗，后来用统一的王国代替了部落联邦。统一王国建立之后，以色列国又进入新的发展阶段：又出现了新的先知，这些新的出类拔萃的个人，与以往的先知群体不同。总之，威尔豪森创立了关于《旧约》历史和宗教发展的新说，把《旧约》批评"从次要地位搬到了神学讨论的中心"。[1]

威尔豪森的《以色列历史绪论》系统地总结和论证了《五经》的来源，成为圣经来源批评的问鼎之作，不仅在圣经历史批评领域具有里程碑式的作用，而且提供了丰富的文学想象，这种文学想象又与对历史真实性的探究结合在了一起。

2. 威尔豪森与"六经叙事"

在威尔豪森时代，德语学术界对圣经文学批评有着特殊的理解，乃至把来源批评、形式批评和编修批评均称为"文学批评"(Literaturkritik)，原因在于这些批评方法均以圣经文本为研究对象。但英美学界却不认同这种方法，因为世俗批评家所从事的"文学批评"通常是指对诗歌、小说、戏剧等文类予以考察。[2]

从现代批评的视角来评判，《以色列历史绪论》中最富有文学批评

1 G. A. Cooke, "Driver and Wellhausen," in *The Harvard Theological Review*, Vol. 9, No.3(Jul., 1916), p.254.

2 参见梁工：《当代文学理论与圣经批评》，人民出版社，2014年，第50页。

色彩的分析应该说见于“六经叙事”一章。在这一章，威尔豪森通过祭司版本与耶和华版本的比较，得出耶和华创世的传说早于祭司法典的结论。在他看来，祭司法典中的创世叙述是纯粹宗教性的，[1]而耶和华版的世界历史起源的叙事被修订者删改过了。[2]在他看来，世界在六日之内创造出来的故事在早期宇宙学与历史学时期占据着重要地位，但是伊甸园故事始终充满诗意。现在我们不需要询问或者争论，究竟是以神话为内容的诗歌还是严肃散文在冥想世界中属于较早阶段。[3]这样的论述应该标志着圣经批评文学化的端倪。

威尔豪森认为，在父权制历史中，我们看到亚伯拉罕与撒拉、罗得一起移民迦南，这种叙述以及后面一系列的叙述在《创世记》中是一致的。这些材料并非神话，而是关于民族生活的描写，因此比较透明，在某种程度上比较具有历史感。在父系传说中，人种因素始终是突出的。亚伯拉罕当然不像以撒或罗得那样是民族的名字，他有些难以阐释。那并不是说在这样一种联系中，就像我们所认为的那样他是历史人物，他可能更被视为是无意识艺术的自由创造。也许是群体中最年轻的人。在耶和华版中，可以看到这一人种谱系栩栩如生。先父亚伯拉罕、以撒和雅各不只是名字，而是活生生的形象，是真正以色列人的理想原型。他们都是热爱和平的牧羊人，喜欢在帐篷周围平静地生活，希望避免冲突和争吵，在任何情况下也不想诉诸暴力，用刀刃来对抗非正义。他们并非勇敢之人，并非有男子汉气，但是他们在家里是好父亲，置身于脾气有点暴躁的希伯来妻子的掌控之下。[4]

威尔豪森还将希伯来神话与希腊神话和德国神话加以比较，其目的在于寻找不同民族神话传说中的共同因素。他细致地分析了伊甸园中的自然景象，描述了希伯来人吮吸着周围芬芳的气息，讲述约旦的故事，讲述伊甸园的土地，以及人类始祖的堕落，其方式与讲述底格里斯河和幼发拉底河故事的方式相同。世界上真正居住着上帝的地方就是

1 Julius Wellhausen, *Prolegomena to the History of Israel*, Cambridge: Cambridge University Press, 2013, p.297.

2 Ibid., p.299.

3 Ibid., p.305.

4 Ibid., pp.318–320.

伊甸园。即使人类始祖堕落了，伊甸园也没有从世界上消失。发端于伊甸园的一些河流是真正的河流。他们对尼罗河、底格里斯河和幼发拉底河也十分熟悉；他们界定伊甸园情况的方式与其他民族界定其古代圣地的方式相同。即使在德国神话中，也可以找到与伊甸园中奇妙树木相似的树木，在任何地方都可以找到狮子、雄鹰和人。也许在一神教的影响下，各个民族的故事元素具有某种相同的原初色彩。[1]

在威尔豪森看来，以色列神话中的英雄对战争没什么兴趣，这一点似乎不是历史上以色列人性格的真实反映。然而不难理解，一个不断卷入战争的民族不但梦想在将来实现和平，而且在内心深处表现出对过去黄金时代和平生活的向往。也必须要考虑先父们和平的牧羊生活对于投射出早期民族历史的田园牧歌式的生活是十分必要的；发动战争者只有民族或部落，而不是个人。这也能够解释为什么民族的历史自我意识在先祖的个人性格中表现寥寥。

威尔豪森还论及以色列先祖的个性特征。以色列的历史—政治关系在先祖与其兄弟、堂兄弟以及其他亲戚的关系中反映出来了。他认为对以扫和雅各兄弟之争的阐释非常富有艺术感，认为两兄弟迥然不同，即便在母体中，即便在出生时，小的也不愿意让哥哥优先，而是拽住了他的脚后跟。焦虑的母亲将其解释为“两个民族在子宫里”。

两兄弟的长相也不一样。以扫是一个被太阳晒得黝黑的粗壮猎人，在沙漠中游荡，对自己照顾不够；雅各则是一个虔诚、细腻的人，待在家里帐篷旁边，了解他那位不谙世事的哥哥所不懂的价值。前者受到父亲、土著人以撒的喜爱，后者则得到母亲、阿拉米人利百加的喜欢。前者待在自己的土地上，迎娶当地南部迦南和西奈半岛的女子为妻；后者则被迫移民，迎取美索不达米亚女子为妻。这种对照清晰地喻示了后来植根于这片土地上的粗鲁的以东人，以及较为文明与平和、与世界上最伟大的权力比较亲和的以色列人。以东与以色列相比显得黯然失色，甚至最终被大卫征服。在现实生活中，以东对以色列一直充满仇恨。有时地名也会牵扯出一个传说，然而，正如我们所指出的，传说在耶和华版本中又披上了具有多重色彩的想象外衣。此外，此版本还有另外一个特征，

1 Julius Wellhausen, *Prolegomena to the History of Israel*, Cambridge: Cambridge University Press, 2013, p.304.

即其叙事可以通过自身加以展示。谱系只是将内容串联在一起。从J版本的神话形式中，我们领略到族长们在其中的画面。[1]

大体上看，威尔豪森的学术观点可以归结为：

第一，他论证了《五经》的文学基础，认为祭司版编撰于流亡之后。在他看来，一个特定的时代，拥有截然不同的语言风格、术语以及语法特征，不同时代的作者的语言迥然有别，通过比较，就可以看出其年代顺序。[2]第二，他再次重申文献假说，因为他承认文献来源能够，并且已经成为补充的主题。第三，他创立了J、E、D、P底本的顺序，认为这是几种主要资料来源，他用以色列崇拜仪式发展的三个阶段与这几种资料来源建立关联：JE相对于王国分裂时期；D相对于7世纪和约西亚改革时期；P相对于流亡回归以及之后时期。威尔豪森的著作以《五经》资料来源的相互联系以及以色列仪式与宗教发展阶段为基础进行论述，具有独创性。[3]

3. 威尔豪森学说的影响

随着威尔豪森著述的出版，威尔豪森学派日渐形成，来源批评在圣经研究领域几乎占统治地位。按照当代圣经学者哈亚斯的归纳，对于威尔豪森的学说有四种回应：（1）强烈反对并否定其方法论。（2）完全赞同这种方法论，甚至加上对《五经》来源的进一步分界与分析。（3）总体接受其方法论，但是对于来源分析与年代的确定比较审慎。（4）对于把批评焦点汇聚在来源分析、语言学和语文学内容，以及年代确定、编撰等问题上表示不满。[4]

威尔豪森最重要的支持者便是杜姆（Dume），他在1875年发表的《先知神学》一书为威尔豪森理论做了重要铺垫。在杜姆和威尔豪森的论述之后，出现了新一代人论述先知书的评注，这些评注强调先知在以

1 Julius Wellhausen, *Prolegomena to the History of Israel*, Cambridge: Cambridge University Press, 2013, pp.321–323.

2 Ibid., pp.385–390.

3 John Rogerson, *Old Testament Criticism in the Nineteenth Century: England and Germany*, Eugene: Wipf & Stock Pub, 2010, p.266.

4 John Hayas, *An Introduction to Old Testament Study*, Nashville: Ablingdon Press, 1979, New York: Norton, 2008, p.168.

色列宗教发展中的重要性，但是削弱了先知充当弥赛亚预报人的地位。然而，因为德国从事圣经学研究的人数量庞大，因此还是有许多人同威尔豪森观点不一致。

希伯来语学者德里奇（Franz Delitzsch）在1881年5月给其得意弟子鲍迪辛（Graf von Baudissin）的一封信中表示，《五经》批评的核心问题并非祭司底本编撰的时间，而是其历史价值。[1]鲍迪辛基本上接受了恩师的见解，在1884年发表了演讲《〈旧约〉学术的时下状态》。在演讲中，他接受了P版本在以斯拉时代以律法书形式发表的主张，但是他拒绝相信流亡余波会引起创造P底本中的仪式，他因此论证说，祭司底本包含着流亡之前耶路撒冷的仪式，这些仪式在流亡之后得以恢复和发展。鲍迪辛的讲座并未反对威尔豪森就六经所作的详尽的文学分析。[2]

基特尔（Rudolf Kittel）在《希伯来的历史》（1888）第一卷中指出，以色列宗教的发展并非线性的，他强调D底本和P底本背景之间的本质区别，认为在流亡之后未必有祭拜仪式上的重大革新，就像威尔豪森所提出的那样。

鲍迪辛与基特尔没有过多地涉猎文学批评，但是里姆（Riehm）的遗作《旧约导论》（1889）却与之相对。里姆论证J底本和E底本的编撰并非像威尔豪森所假设的那样，认为《五经》资料来源于早期君主政体时期。

19世纪末期，关于《五经》起源的观点在德国学术界取得了完胜，即使像德里奇这样的传统学者也开始与文献研究保持一致。威尔豪森学派开始成为统治学派。[3]

而在其他国家和地区，人们对威尔豪森观点的接受程度参差不齐。荷兰学者古宁（Abraham Kuenen）在读过《以色列历史绪论》后曾经写道：我几乎无法描述我始读时的欣喜，在问学之路上这样的欣喜颇为少

1 John Rogerson, *Old Testament Criticism in the Nineteenth Century: England and Germany*, Oregon: Wipf and Stock Publishers, 1984, p.268.

2 John Sandys-Wunsch, *What Have They Done to the Bible: A History of Modern Biblical Interpretation*, Collegeville: Liturgical Press, 2005, pp.268–269.

3 John Rogerson, *Old Testament Criticism in the Nineteenth Century: England and Germany*, Oregon: Wipf and Stock Publishers, 1984, pp.268–272.

见。威尔豪森对我们论题的处理如此令人信服，如此富有创见，如此才华横溢，它的问世可称为漫长战役中“至关重要的一仗”。[1]

然而，一些传统的学者认为，来源批评挑战摩西为《五经》作者，就等于否定了圣经的超自然起源及其超自然内容，甚至可以动摇信仰本身。教皇利奥十三世在1893年也强烈反对圣经研究中的新批评方法，号召培养圣经专家，学习东方语言、自然科学和历史，这样可以按照教会的信仰与传统来保护圣典。[2]

英国的圣经批评研究与德国相形见绌。直到19世纪80年代还谈不上拥有真正的批评方法。1885年，威尔豪森的《以色列历史绪论》一书被翻译成英文，引起了英美学界的重视。早在1883年10月，在英美学界被誉为“《旧约》研究大师”的德里弗（S. R. Driver）被任命为牛津大学希伯来学皇家教授，并主管牛津大学的希伯来研究。德里弗在同时代人中素有“最伟大的希伯来语学者”之称，其最活跃的学术时期为1871年到1914年，正是威尔豪森影响日盛之时。德里弗并没有立即表现出对新学派的支持，而是悉心钻研，逐渐发表成熟的论断。[3]1882年德里弗曾经在《语文学杂志》上发表一篇论文，论及上帝派学者的一些所谓语言类同问题。该论文不仅显示出德里弗深厚的希伯来语功底，而且还非常有趣地表现出他试图与威尔豪森保持一致的倾向。他在有些方面也不同意威尔豪森的说法，表明自己虽然接受对六经的批判分析，但不觉得格拉夫—威尔豪森理论具有可信性；不过他同时表示接受威尔豪森区分资料的方法。[4]

1883年10月21日德里弗又在牛津大学发表演说，在演说中他肯定了圣经叙述具有权威性和启迪意义，认为《创世记》有两种关于创世的

1 William A. Irwin, “The Significance of Julius Wellhausen,” in *Journal of Bible and Religion*, Vol. 12, No. 3 (Aug., 1944), p.164.

2 John Hayas, *An Introduction to Old Testament Study*, Nashville: Ablingdon Press, 1979, p.169.

3 G. A. Cooke, “Driver and Wellhausen,” in *The Harvard Theological Review*, Vol. 9, No.3(Jul., 1916), p.255.

4 John Rogerson, *Old Testament Criticism in the Nineteenth Century: England and Germany*, Eugene: Wipf & Stock Pub, 2010, p.274.

叙事，分别属于不同的文献，并且均受到外部影响，尤其是巴比伦流亡的影响。无论圣经作者使用何种文献，无论其叙述与宇宙起源的科学观是否相关，这些叙述内容都反映出宇宙的起源与发展均取决于上帝。他准备接受圣经批评，并会考虑被正统派人士诋毁为危险的理性主义学者们的论证。1891年，德里弗出版了《〈旧约〉文学导论》，首次指出他完全接受威尔豪森的立场。这部著作可以说是英国人写的最为学术化、最富有影响的导论，为推动英国的圣经批评起到了重要作用。[1]另一位重要的牛津学者切恩（T. K. Cheyne）也较早地接受了《五经》编撰于流亡之后这一观点。

剑桥大学的贡献同样也不能低估。1882年，柯尔克帕特里克（A. F. Kirkpatrick）成为剑桥大学希伯来学皇家教授。其最有名的成果是为《剑桥圣经评注》（学校与学院版）撰写的《诗篇》评注。1891年，他出版了一本小书《〈旧约〉的神圣图书馆》，展示了圣经批评研究的丰富成果，包括当时最为人们喜闻乐见的理论，即祭司底本是《五经》中最后成书的部分。这本书通篇坚持说整部《旧约》记载的是上帝对人类的不断启示，对于编撰、记载复杂性的批评与发现并没有减弱我们对上帝神性的理解。

另一位重要的学者史密斯（Robertson Smith），早年接受的是苏格兰自由教会的教育，后来成为剑桥大学教授。他在1881年和1882年出版了两部书谈论旧约批评——《犹太教会中的〈旧约〉》和《以色列的先知》，它们均受到威尔豪森的影响。《犹太教会中的〈旧约〉》的论证主要针对希腊文和希伯来文的《耶利米书》以及《撒母耳记（上）》的部分内容的歧义。在《以色列的先知》中，他说明了先知在流亡之前对以色列宗教发展的贡献。

史密斯还亲自为1885年出版的威尔豪森的《以色列历史绪论》英文版作序，认为威尔豪森的《以色列历史绪论》提供了阐释《旧约》的一把钥匙，确认这本书的作者不会被当作基督教世界的敌人。在史密斯看来，威尔豪森的《以色列历史绪论》除了可以提供解释《旧约》"奇妙的文学"的历史关键，更重要的是提供了这样一个假设：如果说《五

1 John Rogerson, *Old Testament Criticism in the Nineteenth Century: England and Germany*, Eugene: Wipf & Stock Pub, 2010, pp.273–275.

经》律法不是上帝在以色列部落渡过约旦河之前就赐给他们，而是逐渐发展起来，直至囚虏时期才开始拥有现在这个形式的话，那么整个以色列历史就要重构。[1]“摩西的历史就不是古代以色列历史的起点，而是犹太教历史的起点。”[2]

1889年，由查尔斯·戈尔（Charles Gore）编辑的论文集《世界之光》（*Lux Mundi*）出版，里面收入了由英国神学家撰写的十二篇论文，这些论文主要探讨的是宗教化身问题，但偶尔涉及《旧约》研究批评的成果，进而表明不仅是牛津、剑桥的圣经学专家，而且还有天主教会与基督教会的神职人员，都在试图解释约定俗成的信仰。戈尔则在自己的论文《圣灵与灵感》中更为详尽地阐述了圣经批评方法。而剑桥大学编辑出版的《剑桥圣经评注》引人注目地呈现了从19世纪80年代到90年代之间《旧约》研究的发展态势。在19世纪最后二十年，支持传统意义上的圣经作者说法的论述虽然能够得到出版，但是到了19世纪末期，德国的圣经学研究方法已经在英国赢得了胜利，尽管以英国国教和天主教版本的形式出现。[3]

在被视为创造《旧约》所使用语言的希伯来语世界与《旧约》文本的犹太世界，威尔豪森则被形容为操着作家剃刀将我们的全部圣书割成了碎片，[4]把《圣经》批评变成了科学教条。[5]从某种意义上说，威尔豪森的名字成了“异端邪说”（或者“错误的批判”）的同义语。[6]

19世纪末期，在北美，美国学者之中逐渐形成一些具有代表性的观点。他们逐渐接受《五经》由多人写成之说，因为假如《五经》为摩西所作，那么至少在风格上应该统一。同时，他们认为，文本本身反映出

1 Robertson Smith, “Preface,” in Julius Wellhausen, *Prolegomena to the History of Israel*, Cambridge: Cambridge University Press, 2013, p.vii.

2 Ibid., p.v.

3 John Rogerson, *Old Testament Criticism in the Nineteenth Century: England and Germany*, Eugene: Wipf & Stock Pub, 2010, pp.273–289.

4 转引自 Yaakov Shavit, Mordechai Eran, *The Hebrew Bible Reborn: From Holy Scripture to the Book of Books*, trans. Chaya Naor, Berlin: Walter de Gruyter, 2007, p.98。

5 Ibid., p.98.

6 Ibid., p.108.

其作者所处的历史环境，就连先知对未来的预见也会打上时代的烙印。此外，文本本身也反映了作者的道德观和宗教观，这些观点也受作者所处的历史环境的制约。[1]

威尔豪森的来源批评发展了大约一个半世纪，学者们对圣经各卷的构成材料及其来源，作者，写作年代、地点、背景，成书过程等进行细致的探讨，推进并细化了圣经研究。但是，到了20世纪，来源批评已经走到尽头，其致力于书写材料研究的局限性日渐明显，它逐渐被新的批评方法超越。

三、早期考古学对现代圣经研究的冲击

应该注意的是，威尔豪森及当时的圣经学者所作的“文献假说”仍然主要以圣经文本为依据，也就是说，这些学者所面对的仍然是圣经文本所描绘的事件与所展示的世界。不容忽视的是：19世纪，人们对埃及、美索不达米亚和巴勒斯坦—叙利亚的兴趣大增，对古代语言、文化与宗教的研究出现了复兴。与此同时，印度教、琐罗亚斯德教、中国和日本的宗教之文本得到更为准确的研究。在比较宗教学的背景下，《旧约》被许多学者视为希伯来人的宗教，不再是带有普遍水准的知识，而且，《旧约》是否可以被降级为诸多宗教文献之一等问题也引发了学者们的思考。[2]同时，从圣经阐释内部和其他古代文献资源上可以断定，早在圣经时代，古代近东就有了其他文明。在一般科学、年代学、古代史、语言学、地质学、地理学等领域，圣经已经不再是起点，也不再是终极标准。[3]尤其是19世纪中叶以来，美国和欧洲的考古发现极大地促进了当时的圣经研究。圣经考古学不但成为圣经及其文化与历史背景研究中的重要工具，而且对以往的圣经研究成果形成了挑战，乃至颠覆。

1 Magne Sæbø, ed., *Hebrew Bible/Old Testament: The History of Its Interpretation*, Vol. Ⅲ / Ⅰ, Göttingen: Vandenhoeck & Ruprecht, 2013, p192.

2 John Sandys-Wunsch, *What Have They Done to the Bible: A History of Modern Biblical Interpretation*, Collegeville: Liturgical Press, 2005, p.296.

3 Ibid.

据记载，早在1798年拿破仑远征埃及、巴勒斯坦之际，便有一百多名科学家、语言学家、工程师开始考察埃及废墟。发掘出来的罗萨塔石碑被运往伦敦，许多埃及文物被运往卢浮宫。19世纪20年代，研究者借助希腊文读出罗萨塔石碑上的古代埃及象形文字。19世纪30年代，考古学家罗林逊（L. C. Rawlinson）在从巴比伦到厄巴他纳（Ecbatana）途中的贝西斯敦山崖上发现著名的贝西斯敦碑铭（Bchistun Inscription）。学者们经过多年努力将其破解，从中获取了有关古代苏美尔、阿卡德和亚述文明的重要历史资料。[1]

1838年与1852年，19世纪中叶最具有国际影响的美国学者罗宾逊（Edward Robinson）与另一位美国神职人员、学者埃里・史密斯（Eli Smith）两次到巴勒斯坦进行实地考察，根据圣经所述的地名和地理位置，首次辨认出一批圣经时代的城镇，包括后来在耶路撒冷用他名字命名的罗宾逊拱门，其发现之结论大多迄今仍无可诟病。[2]

19世纪50年代，随着在美索不达米亚地区的考古发掘的持续，关于这一地区的古代文献描述的画面逐渐浮现出来。在埃及、美索不达米亚和巴勒斯坦等地所发现的纪念碑、碑文、铭文、陶器和手工艺品增加了人们对圣经历史与文学的新理解。[3]1865年，巴勒斯坦探险基金成立，其活动成果卓著，促进了对约旦、耶路撒冷等地遗址的发掘。1870年美欧成立巴勒斯坦探险协会，1877年德国成立了巴勒斯坦协会，1882年俄国巴勒斯坦联合会成立，此外还有许多个人开始了对巴勒斯坦的探险。[4]

考古学的兴起对推动现代圣经研究具有革命性的贡献。从语文学角度看，考古学有助于破解圣经文本语言——希伯来语及其相关文字，还有埃及象形文字、巴比伦楔形文字、苏美尔语、阿卡德语、赫梯语等，

1 Magne Sæbø, ed., *Hebrew Bible/Old Testament: The History of Its Interpretation*, Vol. Ⅲ / Ⅰ, Göttingen: Vandenhoeck & Ruprecht, 2013, p.110.

2 http: //baike.baidu.com/link?url=m2SaR8uLlkQnIlZqJb7v2p5RL9AoXb7yAFAOuu2JdTJUXHx7THT1jGAwP9nlHIWxZLImJezBlUxJR-acV0i3P_.

3 S. L. Greenslade, *The Cambridge History of the Bible: The West from Reformation to the Present Day*, Cambridge: Cambridge University Press, 1976, p.292.

4 George S. Ducan, "Archaeology and the Old Testament," in *The Biblical World*, Vol.22, No.2 (Aug., 1903), pp.116–128.

对进一步理解圣经贡献极大。从宗教学角度看,考古学还有助于更好地了解闪米特人的原始宗教与文化习俗。从地理、地形学角度看,考古学有助于了解圣经中提到的许多城市、乡村、山丘、山脉、峡谷、平原、河流、溪水、湖泊和一些海洋,而这些地理特征对形成以色列人的历史与命运产生了影响。从历史学角度看,在考古学中发现的关于《旧约》的年代学资料,有助于了解圣经时代许多鲜为人知的民族信息和材料。[1]总而言之,考古提供了比圣经文本本身更多的信息,可以证实圣经中许多关于过去的描写,可以对圣经中事件及其意义提供一种潜在的证据。

同时,考古发现证明早在公元前13世纪始,古巴比伦文化就对圣经文化产生了影响,证明圣经的《创世记》与巴比伦的宇宙观,摩西律法与《汉谟拉比法典》等存在一定的影响关系,对19世纪末期方兴未艾的亚述学学科的发展具有推进作用。许多犹太人和新教徒倾向于相信考古发现能够证实圣经作为历史文献具有可信性。前文提到的英国著名圣经学者德里弗指出,考古学的成果证明了希伯来人同其周边文化具有牢固的联系。只有借助于考古成果,圣经中的许多描述才可以得到理解。他承认圣经创世故事与巴比伦创世故事有近似之处,《列王纪》与巴比伦编年史中的某个故事也有近似之处。

19世纪重要的发现之一便是埃及—迦南—巴比伦的三角关系。在埃及发现的石碑上提到了以色列人。还有就是在埃马纳(el-Amarna)发现的文献表明,巴比伦文化在以色列人定居迦南之前便出现在迦南,学者们借此推断说,巴比伦文化只有在君主国时期,甚至在流亡时期才对圣经世界产生影响的观点是站不住脚的。同时,这一发现对于高级批评的学说也是致命的一击。当时风靡一时的高级批评认为,摩西律法不可能在摩西时代就已经形成,因此摩西不可能写出《五经》。这些考古发现与威尔豪森等人声称的《出埃及记》乃是神话传说的说法大相径庭,进而推翻了其假设。

一些希伯来语报纸以极大的热情报道考古发现。德国的《犹太汇报》载文说,亚述人的石碑提到了圣经中的人名和地名,证明圣经这部书

1 George S. Ducan, "Archaeology and the Old Testament," in *The Biblical World*, Vol.22, No.2 (Aug., 1903), p.123.

应该具有历史的权威性。[1]但也有犹太学者反对利用考古学成果来证明圣经传统的真实性，如波兰的犹太启蒙主义者贾维茨认为，那样做会造成这样一种印象：认为圣经并不可信，除非可以有证据加以证明。还有一些犹太学者认为高级批评的集大成者威尔豪森忽略了二十多年前在美索不达米亚发现的丰富文学，否则他也许会改变关于《五经》编撰时间的看法，不会认为《五经》是后来才出现的。实际上，威尔豪森熟悉美索不达米亚的考古挖掘结果，以及各类亚述—巴比伦文献资料，但是他没运用这些东西来理解圣经，因为他认定其中并不包括支撑其论证的充足证据。

尽管遭到诟病，但威尔豪森在19世纪圣经学术史上的突出地位仍然为学界所承认。就像20世纪上半叶最具有影响力的圣经学者奥尔布赖特教授（William Albright）所说：在我们眼中，威尔豪森还是19世纪最伟大的圣经学者，但是他的立场颇为陈旧，他勾勒的以色列早期进化的图景被可悲地曲解了。奥尔布赖特还认为：《五经》包括早期的希伯来历史传统，对摩西生涯进行了完整叙述，其重要性显而易见。而威尔豪森及其学派认定《创世记》中关于以色列先祖的记载反映的是公元前10世纪到公元前7世纪君主国时期的状况。但在第二个千年，不断进行的考古发掘与文献出版逐渐证明这些故事在历史、印刷、社会，甚至语言学方面的背景远远早于公元前君主国时期。[2]从这个意义上说，19世纪的圣经考古学不仅成为研究圣经及其历史文化背景的重要工具，也充当了检验圣经研究成果是否客观的一种标准。但应该承认，19世纪的圣经考古只是处于初始阶段，尚不能称为一门学科。用奥尔布赖特的话说，威尔豪森时代，埃及的象形文字、亚述—巴比伦的楔形文字、腓尼基和南阿拉伯的字母已被破解，在埃及和美索不达米亚进行了大量的发掘，许多碑文已被解读，但在巴勒斯坦地区只在耶路撒冷有发掘。地层学和比较考古学仍旧默默无闻，仍然没有运用语文学方法对新解码的文字进行研究。[3]只有在接下来的两个世纪中，伴随着对埃及

1 Yaakov Shavit, Mordechai Eran, *The Hebrew Bible Reborn: From Holy Scripture to the Book of Books*, trans. Chaya Naor, Berlin: Walter De Gruyter, 2007, p.117.

2 W. F. Albright, "Archaeology Confronts Biblical Criticism," in *The American Scholar*, Vol. 7, No. 2 (Spring, 1938), p.185.

3 Ibid., p.179.

和巴勒斯坦地区考古发掘成果的日新月异，上述问题才逐渐得以解决，考古学对圣经批评的冲击更加巨大。

四、19世纪北美的圣经研究

19世纪，圣经成为美国社会中影响最大的一部书。同其他图书相比，圣经不仅印数最多，销量最广，而且最受尊重。许多美国人一向认为自己对圣经十分了解，而风靡欧洲的现代圣经批评方法对于他们来说显得有些怪异。历史学家认为，美国人之所以热衷于圣经，是因为《旧约圣经》中的古代以色列形象与美国人的自我认同之间具有一种关联。美国人在发展自己的民族宗教时，就有一种优越感，即确信自己乃是《旧约》中所提及的上帝的子民，甚至认为圣书中所表现的真理就是绝对真理。[1]对于许多美国人来说，不管圣经（尤其是《旧约》）讲了什么，它所传达的信息均带有独特的美国人特征，美国俨然就是“上帝的新以色列”。[2]美国和古代希伯来人的联系在美国内战文学中多有体现。正是在这样的背景下美国的圣经学术研究发展起来了。诚然，在相当长的一段时间内，美国的圣经批评比较倾向于“低级批评”或校勘批评，而抗拒德国的“高级批评”或“历史批评”。

19世纪早期，一些美国学者意识到德国的现代圣经批评方法虽然会对美国的圣经研究和阐释有所冲击，但是不会造成颠覆。美国19世纪早期的圣经学者把圣经阐释当作一门科学，与自然科学相似，主要通过搜集和整理证据，证明圣经中所呈现的真理。这两种认识论都会使得基督教学者认定圣经具有一种历史可信性，这与现代科学发现是一致的。[3]

美国的圣经批评起源于新英格兰，学界一般认定以神职人员约瑟夫 · 巴克敏斯特（Joseph Stevens Buckminster, 1784—1812）在1811年

---

1 Magne Sæbø, ed., *Hebrew Bible/Old Testament: The History of Its Interpretation*, Vol. Ⅲ / Ⅰ, Göttingen: Vandenhoeck & Ruprecht, 2013, pp.173–174.

2 Ibid., p.201.

3 Ibid.

受命担任哈佛大学教职(Dexter Lecture)为标志。[1]巴克敏斯特生于美国的朴茨茅斯,是一位早慧型的孩子,十六岁便在哈佛获得了学士学位,很快又获得硕士学位,很早便成为波士顿著名的唯一神派牧师、雄辩的布道者和渊博的圣经学者。从1806年到1807年,他游历了欧洲大陆,收集了大量圣经研究的著作,为把欧洲,尤其是德国的圣经批评传播到北美做出了重大贡献。

在巴克敏斯特看来,对圣经进行科学研究可以挑战传统的教义,也可以使教会受益,甚至有助于解决当时新英格兰的唯一神教派与加尔文主义之争。与此同时,巴克敏斯特还为哈佛大学培养了一批未来的圣经研究人才。此外,巴克敏斯特曾在有生之年收集了三千多册德国出版的圣经批评著作,包括校勘批评文献,1812年巴克敏斯特故去后这批富有学术价值的图书被公开拍卖。由于当时的美国对圣经研究重镇德国的圣经文学批评的成果知之甚少,故这些图书在某种程度上对推动美国的圣经学术研究起到了启蒙作用。

19世纪早期,在美国有两个从事圣经学术批评的重要机构:一是哈佛大学神学院,另一是坐落在麻省的安多弗(Andover)神学院。1807年安多弗神学院建立之前,新英格兰对东方语言与历史研究的兴趣甚微,即使是希伯来语研究也被忽略。斯图尔特(Moses Stuart,1780—1852)教授在1847年的一封书信中指出:当我于1810年在安多弗神学院开始讲授希伯来语课时,整个国家只有一个学院开设此课程,即马森博士在纽约市的神学院开设的。这里有章程规定,要用书写《旧约》的原创语言来授课。[2]

斯图尔特教授在安多弗执教四十年,在美国希伯来学科奠基过程中首屈一指。正是通过斯图尔特教授的努力,美国的闪米特语文学研究与释经学进入新的纪元。斯图尔特毕业于耶鲁大学,是加尔文教派的维护者。他本人对现代圣经批评很感兴趣,并受益于巴克敏斯特所购买的图书,尤其是德国学者艾希霍恩的学说。在圣经研究方法上,可

1 Magne Sæbø, ed., *Hebrew Bible/Old Testament: The History of Its Interpretation*, Vol. Ⅲ / Ⅰ, Göttingen: Vandenhoeck & Ruprecht, 2013, p.177.

2 Charles C. Torrey, "The Beginnings of Oriental Study at Andover," in *The American Journal of Semitic Languages and Literatures*, Vol. 13, No. 4 (Jul.,1897), pp.249–266.

以说他是兼收并蓄，既像苏格兰常识实证论者那样注重追求圣经证据，同时又注重吸收现代圣经批评的观点。斯图尔特在圣经批评领域著述甚丰，作有对《传道书》、《箴言》、《但以理书》、《希伯来书》、《罗马书》和《启示录》的评注，著有七部论及灵魂不朽、圣经关于未来审判的教义、《旧约》经典化历史的专著，还出版了六部论及希伯来语与希腊语语法和句法的书籍，从拉丁语和德语翻译了五部著作。构成其学术研究的主要内容大致有三：首先是与教育学相关的内容。神学教育，尤其是语言教育，在圣经研究领域至关重要。斯图尔特不仅付出艰苦的努力掌握了希伯来语，同时努力为学生寻找掌握语言的方法与途径。其次是辩论矫正，其中包括与德国理性主义的论辩。从1812年始，斯图尔特开始广泛接触德国的圣经批评方法与理论。在自学希伯来语的过程中，他掌握了德语。他在毕生的工作中，很多时间在矫正（或隐或显）德国学者对经文的过度阐释。但他没有强烈谴责欧洲学术，因为即使是与之意见相左的论述往往也闪烁着真知灼见之光。这种接纳不同见解的做法很有其优长之处。再次，也是最重要的内容，便是圣经阐释。他奠定了北美圣经阐释中的历史学与文献学研究方法。[1]对斯图尔特来说，语言教学是基础，论辩矫正不可避免，而圣经阐释乃是圣经研究与神职人员布道的核心。在他的六部圣经评注中，显示出深厚的古典学、文献学和古代神学的功底，对《旧约》和《新约》的历史背景具有很好的把握。[2]

在圣经研究史上，斯图尔特被称作19世纪早期北美最优秀的圣经学学者，美国解经学研究之父。在他执教的四十多年里，培养了大约一千五百名学生，其中一百多人从事同圣经传播相关的工作。其研究视角极为广阔，既注重富有批判色彩的讨论，又注重古代、中世纪和现代来源，尤其注重吸收德国历史批评的观点。斯图尔特最富有影响力的著作当推《〈旧约〉圣典的批评史与防卫》(1845)。在这部著作中，他没有回避德国学者在《五经》作者问题上所持的异见，甚至不反对艾希霍恩的观点，承认摩西不是《创世记》的唯一作者，《创世记》拥有不同的资料来源。但他同时认定，即使摩西不是《创世记》的唯一作者，那

1 Donald K. Mckim, *Dictionary of Major Biblical Interpretations*, Nottingham: InterVarsity Press, 2007, see under Stuart, Moses.

2 Ibid.

也是摩西把"埃洛希姆"(Elohim)与"亚卫"(Yahweh)版的资料来源编纂到了一起。[1]批评家们在肯定斯图尔特学术贡献的同时，也没有忽略其研究弱点，比如说，其阐释有时过于冗长，有时过于强调文献学上的实证主义，经常在做出判断时显得不够谨慎，等等。

在斯图尔特的众多弟子中，突出者当推爱德华·罗宾逊。罗宾逊出生在康州，早年在美国接受神学教育，最早供职于安多弗神学院，曾协助斯图尔特编纂《希伯来语语法》(1823)，后到德国哈雷大学和柏林大学学习东方语言，而后又回到美国，相继在安多弗神学院和纽约联合神学院任职，是19世纪中叶最具有国际影响的美国学者。与恩师一样，罗宾逊在圣经研究中注重把美国阐释传统和德国现代批评方法结合起来，但他对后者的兴趣可能更大一些。罗宾逊与同仁所做的圣经考古学与地质学研究为他赢得了国际声誉，他因此被誉为"圣经地理学之父"和"现代巴勒斯坦学的奠基人"。其研究对后来的圣经考古与田野调查产生了重要影响，受影响者包括美国拉比、学者与考古学家格鲁克(Nelson Glueck, 1900—1971)。罗宾逊的重要著述《巴勒斯坦的圣经研究》1841年在德国、英国和美国同时出版，并于次年获得皇家地理学会金奖，他把此书献给斯图尔特和德国地理学家卡尔·里特尔(Carl Ritter)，足见其对新英格兰和德国两种传统的尊重。他尽管注重考古学和地理学研究，但并不反对教会传统；他的研究甚至强化了他对圣经启示的尊重。[2]

19世纪美国和欧洲的考古发现极大地促进了当时的圣经研究。在18世纪末期和整个19世纪，欧美学者搜集了大量具有价值的证据，能够使圣经学者更好地了解旧以色列完成其使命的条件和新以色列出现的环境。

与安多弗神学院相对，哈佛大学神学院对待德国现代批评的态度则显得颇为保守。安德鲁斯·诺顿(Andrews Norton)教授就对德国现代圣经研究持否定态度，甚至阻止其子学习德语。诺顿教授在哈佛大学的弟子乔治·诺伊斯(George Noyes, 1798—1868)虽然和老师一样不喜欢《旧约》历史批评，但不回避《旧约》批评本身。他在哈佛大学

1 Magne Sæbø, ed., *Hebrew Bible/Old Testament: The History of Its Interpretation*, Vol. Ⅲ / Ⅰ, Göttingen: Vandenhoeck & Ruprecht, 2013, p.178.

2 Ibid., p.180.

任教职讲授圣经文学达二十八年之久（1840—1868），是美国圣经学界唯一能与斯图尔特匹敌的人。在学术成果上，诺伊斯主要以翻译见长，他坚信好的翻译乃是美国从事学术研究的必要前奏，他精通希腊文和希伯来文，曾经把圣经中的《约伯记》《先知书》《箴言》《诗篇》《传道书》《所罗门之歌》等书卷和《新约》翻译成英文，并且对斯图尔特用耶稣来维护圣典权威的做法提出异议。

19世纪中期，美国的圣经研究面临新的挑战。首先，来自地质学的发展对以往的学术研究提出新的要求。地质学家们认为，地球比《创世记》中所描绘的要古老，其产生过程也比上帝六日创世之说要漫长。一些阐释者认为，创世故事并非一种确凿的数据，而是一种虚化的想象，因此摩西的描述并非写实记载，而是将上帝创造广袤宇宙这一漫长的历史进程进行带有想象的诗学呈现，《创世记》所记载的是漫长时间段里，甚至数千年里发生的事情。但斯图尔特并不赞同这种说法，因为他认为摩西并非像当今地理学家那样思考，把数千年内发生的事件浓缩在几天之内。在斯图尔特看来，圣经与现代科学具有兼容性，但科学需要证实其可信赖性，值得信赖的圣经叙事可以战胜尚未证实的现代科学，因此圣经阐释是一门科学，二者之间的任何矛盾均会导致对圣经的不适当阐释与错误的"科学"论断。持这种观点的不止斯图尔特一人。在新科学兴起之际这种观点非常危险。

其次是美国奴隶制度的危机。由于奴隶制度的存在，美国人向圣经寻求其难以给出的答案。[1]多数基督徒都认为，圣经具有至高无上的权威，具有道德的正义性。但当他们就奴隶制问题在圣经中寻求答案时，则显得颇为困惑。圣经，尤其是《旧约》文本中有丰富的仆人说法的词汇。它在很多情况下认可奴隶制，比如夏甲就是撒拉的仆人，她曾因小看主母而遭到驱逐；但另一方面，圣经又表现出奴隶制危机的情况，最著名的叙事当推《出埃及记》。在《出埃及记》中，被卖身为奴的约瑟在埃及曾一度蒙法老恩宠，但其子孙却遭到新法老的迫害，陷于困境。皈依基督教的美国奴隶经常把圣经中的主题与象征改编为自己的体验。欧洲殖民主义者

1 Magne Sæbø, ed., *Hebrew Bible/Old Testament: The History of Its Interpretation*, Vol. Ⅲ/Ⅰ, Göttingen: Vandenhoeck & Ruprecht, 2013, p.201.

往往把奴隶移居美国的目的视为摆脱压迫，前去寻求自由；而奴隶们却来了一个大逆转，把美国当作新埃及，在那里，他们这些上帝的选民遭受美国"法老"的奴役。[1]并非所有的美国人都同意奴隶们对《出埃及记》所做的阐释，但这种阐释也显示出一些美国人所抱有的疑虑，即对圣经在谈及奴隶制问题时具有重要的权威性的疑虑。无论南方的奴隶主，还是北方的废奴主义者，都不否认圣经与奴隶制危机之间的联系。

再次，19世纪末期，关于圣经阐释的一个重要争论集中在自然科学与圣经的关系上，尤其当达尔文的《物种起源》发表后，争论的焦点主要集中于《创世记》中的创世描写是否可信上。神学与科学的第一次论战发生在16世纪，围绕着地球与太阳究竟谁是宇宙中心这一命题展开。达尔文主义与哥白尼的日心说一样，是对神学的一次沉重打击，[2]它抛弃了物种不变论和《创世记》中断言的那许多不变的创造行为。尽管阻力重重，但美国学者逐渐形成一些具有代表性的观点。

在《五经》作者问题上，他们逐渐接受《五经》由多人写成的说法，因为假如《五经》为摩西所作，那么至少在风格上应该统一。而且，文本本身，哪怕是其中所记载的先知对未来的预见也会打上时代的烙印，反映出作者所处的历史环境，也反映出作者的道德观点和宗教观点，而这些观点也受作者所处的历史环境的制约。[3]

五、欧洲大陆、英国、爱尔兰的圣经研究

19世纪欧洲大陆、英国、爱尔兰的圣经批评受到政治与宗教环境的共同影响。先是英国和拿破仑统治下的法国进行争斗，而后者入侵德国引发了德国大学的重新组阁。1810年柏林大学成立。1815年拿破仑战败后情形又发生了变化。

---

1 Magne Sæbø, ed., *Hebrew Bible/Old Testament: The History of Its Interpretation*, Vol. Ⅲ / Ⅰ, Göttingen: Vandenhoeck & Ruprecht, 2013, p.185.

2 罗素：《宗教与科学》，徐奕春、林国夫译，商务印书馆，2009年，第77页。

3 Magne Sæbø, ed., *Hebrew Bible/Old Testament: The History of Its Interpretation*, Vol. Ⅲ / Ⅰ, Göttingen: Vandenhoeck & Ruprecht, 2013, p.192.

正如前文所示，德国的圣经批评早在18世纪就奠定了坚实的基础。《五经》已被认定有多种来源，《以赛亚书》第40—66章的日期被界定在巴比伦流亡时期。所有这些发现无疑遭到了传统学术圈的反对。德维特的学说对圣经研究有所推进，他提出《五经》的主要价值是宗教的，而不是历史的，认为它提供了书写者宗教信仰的信息，而不是以色列历史起源的信息。这样一来，以色列宗教与祭祀的历史就可能有别于圣经叙事。[1]当时的一些学者从语文学、语法学的角度论证德维特的观点。维特克在1835年的著作中提出宗教本身经历了辩证的发展过程，认为《士师记》并非士师时代的历史叙事。他认为以色列宗教乃从星体宗教，尤其是太阳崇拜与摩西对所有来自自然界因素的禁止之间的冲突中发展而来，这种冲突直至流亡之后还一直决定着以色列的宗教特征，就连约西亚王时期所过的逾越节（关于逾越节的律法见于《出埃及记》）也受到了星体宗教的影响。但也有一批学者认为，整部《旧约》的历史都是神圣的历史，要根据耶稣受难与复活的信仰来加以阐释。

贡克尔（Hermann Gunkel）的《原始与末世的创世与混沌》（1895）[2]的出版标志着圣经批评范式的转移。[3]这部著作发表于19世纪亚述和巴比伦楔形文字破解、在尼尼微图书馆发现了关于巴比伦创世与大洪水的叙事之后。贡克尔并非最早指出《创世记》中关于创造世界的叙事依赖于巴比伦传统，但是他的结论颇有新意。在贡克尔看来，《创世记》第1章关于上帝创造世界的叙事来源于巴比伦传统，曾经在古代近东广泛流传，并在希伯来人当中以口头形式流传，形成古代希伯来人与

1 Magne Sæbø, ed., *Hebrew Bible/Old Testament: The History of Its Interpretation*, Vol. Ⅲ / Ⅰ, Göttingen: Vandenhoeck & Ruprecht, 2013, p.206.

2 Hermann Gunkel, *Creation and Chaos in the Primeval Era and the Eschaton*, trans. K. William Whitney, Cambridge: William B. Eerdmans Publishing Company,2006.

3 相关资料参见Peter Machinist, preface to Hermann Gunkel, *Creation and Chaos in the Primeval Era and the Eschaton*, Cambridge: William B. Eerdmans Publishing Company, 2006, p.xvi；W. G. Lambertt, "Creation in the Bible and the Near Ancient East," in *Creation and Chaos: A Reconsideration of Hermann Gunkel's Chaoskamf Hypothesis*, eds., Joann Scurlock and Richard H. Beal, Indiana: Eisenbrauns, 2013。又参见饶宗颐编译《近东开辟史诗》，辽宁教育出版社，1998年。

众不同的信仰。[1]虽然与威尔豪森同系德国学者，但贡克尔的研究路径显然与威尔豪森不同，结论也不同。早在1870年，当威尔豪森撰写其关于古代犹大谱系的论文时，使用了发表于1866年的记录阿拉伯半岛旅行的文献来说明某些地质特征，其假设条件是阿拉伯社会几千年来一直保持着圣经中记载的传统。贡克尔的论点则截然不同：新发现的巴比伦文本展示了古代以色列人生存世界的历史与文化，成为考察其独特文化信仰的基础，但根据千年之后撰写的文本来进行推论是错误的。因此20世纪的学者往往沿袭的是贡克尔的路径，而不是威尔豪森的路径。[2]

英国和爱尔兰的圣经批评并非源于大学，而是出自一些比较边缘的学者。比如，爱尔兰的基德斯（Alexander Geddess，1737—1802）是一位罗马天主教神父，但他并不十分喜欢教会的情调，却在1800年发表了关于《希伯来圣经》的批评见解，作为新译圣经项目的组成部分。他注意到《创世记》第2—3章与《创世记》第1章的区别，但是反对文献假说。他不同意《五经》乃由摩西编撰而成这一观点，认为《五经》编撰于大卫王和希西家时代。其后带有里程碑意义的著作出自亨利·哈特·米尔曼（Henry Hart Milman，1791—1868）之手，米尔曼原为圣玛丽教堂的牧师，后成为圣保罗大教堂的主持牧师。他的《犹太人的历史》一书发表于1829年到1830年，以文本阅读为基础，又加进了圣地旅行者的叙述，呈现出整个以色列的历史传统。伦敦大学神学院教授弗兰西斯·纽曼（Francis Newman，1805—1897）1847年出版了《以色列君主政体》一书。纽曼指出了关于扫罗王登基的叙述中所存在的矛盾，对《历代志》能否作为历史来源表示怀疑；他认为《五经》成书于约西亚王时代。他的观点在当时有些过于激进，因此未对学术界产生什么重要影响。

1860年代，英国仍旧有些人对德国的圣经批评研究“颇有微词”。在一部题名为《论文与评论》的文集中，后来的坎特伯雷大主教坦普尔（Temple，1821—1902）发表了一篇题为《世界教育》的文章，提出《旧约》乃人类神性教育史的开端之论点。他没有批评，甚至也没有提及德国的圣经学术研究，但是追溯了希伯来人对上帝品行与特点理解的

1 Magne Sæbø, ed., *Hebrew Bible/Old Testament: The History of Its Interpretation*, Vol. Ⅲ/Ⅰ, Göttingen: Vandenhoeck & Ruprecht, 2013, p.214.

2 Ibid., pp.214–215.

脉络，冒犯了正统派人士，后者认为从文本中便可以读出《旧约》中所蕴含的关于上帝的信息。还有一位名叫威廉姆斯（Rowland Williams，1817—1870）的人以伦敦的普鲁士牧师邦森（Christian Carl Josias von Bunsen，1791—1860）为题撰写了一篇论文。据威廉姆斯介绍，邦森也是一位多产学者，他证明了圣经历史框架的正确性，在世界史范围内确定了从亚伯拉罕到摩西时代的时间，认为《出埃及记》具有历史真实性，但他认为《五经》不是摩西所作，《以赛亚书》《但以理书》等书卷并非一人所作。

约翰·威廉·考仑索（John William Colenso，1814—1883）的《〈五经〉与约书亚》是一部更具有挑战性的著述，共七卷，发表于1862年到1879年。考仑索证明：根据《出埃及记》和《民数记》的描写，以色列人出埃及的数量应该为二百五十万，外加二百万头牛羊。整个西奈旷野无法向如此庞大数量的人与牲畜提供膳宿，同时雅各子孙也不可能有这么多人。虽然这些观点在18世纪和19世纪都有人提及，但是身为主教与传教士的考仑索作如是说还是令英国人震惊不已。[1]

来自传统苏格兰自由教会的威廉·罗伯森·史密斯（William Robertson Smith，1846—1894）也是英国圣经学术史上一个起到突破性作用的人物，在把圣经批评研究介绍到英国方面起到了重要作用，他对闪米特宗教所做的历史文化分析为他赢得了“比较宗教科学的奠基人”之称。史密斯出生在苏格兰，早年曾经在爱丁堡攻读神学，受到著名的《希伯来圣经》教授大卫德森的影响。19世纪60年代后半期到欧洲大陆旅行，曾在德国听过多场圣经研究的讲座，很快便意识到德国的圣经批评与背弃基督教并无关联。即使后来在苏格兰接受了教职，他也一直保持着和德国的联系。

在1876年发表的《英国与外国新教评论》中，史密斯认为以色列宗教的发展是在《申命记》来源之后。甚至可以说其某种主张与威尔豪森不谋而合。从1876年到1881年，苏格兰自由教会认为史密斯发表异端邪说（也有的传记不同意此说），对他展开调查。1881年1月到3月，史密斯在爱丁堡等地发表一系列演讲，言明其对《旧约》批评研究的观点，

1 Magne Sæbø, ed., *Hebrew Bible/Old Testament: The History of Its Interpretation*, Vol. Ⅲ / Ⅰ, Göttingen: Vandenhoeck & Ruprecht, 2013, p.217.

1881年这些演讲以《犹太教会中的〈旧约〉》为题结集发表，在学术史上被称作“英文版的威尔豪森的理论”，但其研究本身又具有独创性。[1]在他看来，《五经》经历了一个漫长的发展过程，最后成书于“流亡”之后。他虽然并不否认摩西在以色列宗教历史上占据着重要位置，但不相信摩西能够写出整部《五经》。史密斯被解除教职后去往剑桥，在那里身兼数职，并任阿拉伯语教授，这期间两次拒绝了哈佛的邀请。史密斯精通多种语言，他利用自己掌握希腊语、拉丁语和阿拉伯语的优势，了解和描述了古代闪米特宗教的习俗，并指出希伯来《旧约》宗教与闪米特总体宗教的关联。这部分研究对20世纪的英国学术来说仍然十分重要。

六、北欧的圣经研究

在北欧的路德国教生活中，对圣经文本的阅读与阐释传统占据了重要地位。19世纪，北欧国家有意促进一般世俗之人来积极阅读圣经。其中一个重要举措便是建立圣经学会，在芬兰、丹麦、瑞典、挪威等地促进圣经阅读。在许多北欧人的日常生活中，圣经变得非常重要了。与此同时，学者们从希伯来文和希腊文直接翻译圣经，改进现有的圣经译本。19世纪早期，北欧国家出现了不同形式的宗教复兴运动。这些运动首先由世俗人发起，但也有神学家、牧师和知识分子参与。这些运动对圣经阐释与圣经学术产生了直接或间接的影响。一般说来，北欧的神学院同教会的联系比较密切，许多神学家担任与牧师和教学相关的职务。在19世纪初年，芬兰、瑞典、丹麦等大学把圣经当作学术主题来讲授，与此同时，北欧大学的神学院又把培养牧师当成一项重要的任务，也就是说，神学与教学并不分家。学神学的学生要用希腊文阅读《新约》，并用希伯来文阅读一些有限的《旧约》文本。北欧大学神学院的教学与德国联系密切，许多文献采用德语，学生读书期间可以到德国的大学访学。神职人员基本上受过良好的圣经原典语言训练。许多牧师在从事教会工作的同时，还积极参与神学讨论与解经。这种风气大约延续了整个19世

1 Magne Sæbø, ed., *Hebrew Bible/Old Testament: The History of Its Interpretation*, Vol. Ⅲ / Ⅰ, Göttingen: Vandenhoeck & Ruprecht, 2013, p.219.

纪。欧洲的学术变迁，尤其是德国的圣经研究对北欧产生了很大影响。但教会生活与学术神学并非总是一片和谐，有时神学院会遭受来自大学外面的知识阶层的严厉批评，这些批评有些涉及学术，有些涉及信仰。

19世纪下半叶，欧洲大陆风靡一时的圣经历史批评也对北欧产生了影响，北欧的圣经研究对德国学术的依赖尤甚，此时其研究兴趣也从《新约》转向了《旧约》。当然，他们争论的焦点依然集中在德维特、维特克和威尔豪森所代表的新的圣经批评学说上。北欧对威尔豪森学说持温和支持态度的早期代表人物是哥本哈根教授布尔（Frants Buhr，1850—1932），挪威学者米什莱（Simon Michelet，1863—1942）也表示接受威尔豪森的《五经》来源批评理论势在必行。在瑞典，把威尔豪森理论带入公共论辩视野的乃撒母耳·安德雷斯·弗里斯（S. A. Fries，1867—1914），这是一位知识非常渊博的圣经学者，但从来没有得到过教职。他在1894年出版的《以色列历史》主要以威尔豪森理论为依据。学者斯达夫（E. Stave，1857—1932）强调，马索拉版圣经所展现的犹太人关于经典界定的历史是准确的，遗憾的是犹太人关于经典的三重结构在基督教使用的圣经文本中没有体现出来。

北欧两位赢得世界声誉的重要学者是卡尔·帕尔·卡斯帕里（Carl Paul Caspari，1814—1914）和布尔。前者曾在如今的挪威奥斯陆大学任职，是一位著名的东方学者和圣经学者，对挪威的圣经研究产生了重大影响。卡斯帕里以热爱希伯来语言、希伯来圣典，以及渊博的学识著称。在圣经研究领域，其主要兴趣是先知创作。在晚年，他主要致力于教会史和基督教信仰的研究。他把圣经以色列史当作富有深意的、伟大的、连贯的关于救赎与启示的历史，把《新约》和《旧约》当作完全的整体。卡斯帕里的圣经观点比较保守。他在为《但以理书》作序时，注重强调以色列史、世界史和上帝启示历史的关系，在探讨《旧约》的起源与编纂时间时非常注重流亡这一事件，将其视为以色列历史的分水岭。有趣的是，卡斯帕里认为圣经包括四个非常奇妙的时代：摩西时代、以利亚和以利沙时代、但以理和流亡时代，以及从施洗者约翰到耶稣升天的时代。[1]

1 Magne Sæbø, ed., *Hebrew Bible/Old Testament: The History of Its Interpretation*, Vol. Ⅲ / Ⅰ , Göttingen: Vandenhoeck & Ruprecht, 2013, p.235.

布尔则代表着北欧另一类学者，在进行《旧约》阐释时注重来源批评。他曾经在哥本哈根任《旧约》教授达八年之久，1890年接替德里奇到德国莱比锡大学任教。1898年又回到哥本哈根做闪米特语文学教授，最终成为丹麦《旧约》近现代研究的代表性人物。他从神学角度出发来阐释圣经，在《五经》批评与以色列历史研究领域逐渐接受了威尔豪森学派的观点，但在阐释《旧约》时总是努力保持宗教与神学的视角。其著作《以色列史》(1893)产生了重要的影响，数次再版。他对《以赛亚书》和《诗篇》所做的评注迄今仍被视为具有很高的学术价值。[1]

克尔恺郭尔(S. Kierkegard，1813—1855)尽管获得过神学学位，但从未在教会谋得一席之地。他的主要领域虽然不是圣经阐释，但确实在这一领域作出了重要贡献。他在阅读圣经与阅读亲爱之人书信之间所做的比较享有盛名。在他看来，圣经对每个人都包含着至关重要的信息，在阅读时应该饱含深情，具有个人参与意识。他有一些著名的圣经阅读篇章对后世产生了深远影响。比如，他把约伯与上帝的关系比作人与上帝之间的关系。《恐惧与颤栗》(1843)乃是他阅读《创世记》第22章"以撒献祭"后写下的名篇。《惧怕的概念》论及《创世记》第2—3章的原罪问题，在某种程度上可以说预见了20世纪在心理学和文学理论中蕴含的解经方向。

1 Magne Sæbø, ed., *Hebrew Bible/Old Testament: The History of Its Interpretation*, Vol. Ⅲ / Ⅰ, Göttingen: Vandenhoeck & Ruprecht, 2013, p.236.

第四章 20世纪的圣经研究与批评*

20世纪思想史发生了巨变，马克思（Karl Marx）的辩证唯物主义学说，弗洛伊德（Simund Freud）、尼采（Friedrich Nietzsche）关于“现代”的论述，以及维特根斯坦（Ludwig Josef Johann Wittgenstein）和伽达默尔（Hans-Georg Gadamer）的哲学与阐释学对圣经研究与圣经批评视角产生了重大影响。20世纪的圣经批评一方面继续对圣经文本的历史起源进行现代探讨，倾向于把圣经文本读作其相关的历史事件、观念、地点、宗教仪式以及/或者“历史作者的意图”的来源；另一方面，呈现出一种令人瞩目的新现象，圣经研究者不再是纯粹的圣经学、宗教学或哲学学者，一些具有文学研究或者希伯来语言背景的学者开始涉猎这一领域，尤其是20世纪70年代以来，圣经研究出现了新的发展势态，即所谓宗教与世俗相结合的研究。主要代表人物有奥尔巴赫（Erich Auerbach）、奥特（Robert Alter）、伊格尔顿（T. Eagleton）、巴特（R. Barthes）、巴尔（J. Barr）、列文森（J. Levenson）、库格尔（J. Kugel）、布鲁姆（H. Bloom）、巴尔（M. Bal）、特利波（Phyllis Trible）等。

在方法论上，20世纪的圣经批评堪称多元，基本上可以划分为三大范畴。第一为圣经的文学批评，与传统的圣经历史批评相比，圣经的文学批评主要关涉文学文本，具体方法有形式批评、编修批评、新批评/形式批评/叙事学、读者反应批评、接受批评、互文性研究等。第二为结构主义与后结构主义批评，其中结构主义批评乃是第一种具有革新意义的、忽略历史—批评范式的圣经批评方法，与传统意义上探究词汇起源

* 本章有些小节包括21世纪的情况。

与历史语言变化规则的历史—批评语文学也有距离，主要以索绪尔语言的共时研究为依据，注重探讨文本的深层结构。第三为意识形态批评，这一批评范式基本上不关心文本，而主要关注思想与意识形态问题，主要涉及女性主义批评、马克思主义批评、政治批评、后殖民批评、文化批评等多个角度。限于篇幅，本章只举三种主要的批评方法加以阐述。

另外，鉴于20世纪圣经研究在区域上呈现出涵盖面广、多元化的特征，且研究重镇逐渐从欧洲转到北美，因此，本章不再列欧洲的圣经文学批评专节。但需要提起注意的是：20世纪初期，威尔豪森理论仍然是把圣经学者联合起来的模式或者范式。[1]欧洲大陆的多数学者逐渐发现威尔豪森范式可以更好地解释《旧约》框架，与此同时，该理论也遭到了众多批评：在基督徒一方，许多人对《五经》不是摩西所作之说感到愤慨，即使接受这一观点的人也对以色列宗教经历了漫长的发展过程而非起源于远古之说感到不悦；而在犹太人一方，关于祭司底本成书于巴比伦之囚之后之说令其感到其中蕴含着反犹主义。

圣经研究领域的意识形态纷争与学术纷争同样激烈。德国学者德里奇（Friedrich Delitzsch）在1902年到1903年的系列演讲中，声称《圣经·旧约》中的多数思想源于巴比伦文化，以色列先知用错误的指控污蔑了其巴比伦导师。[2]德国学者贡克尔采用比较古代近东材料的方式，创立了圣经文学形式的“审美批评”，认为审美传统制约着口述文学，干扰了威尔豪森全神贯注于书写资源，以及将其当作有历史价值的证据。在他对《创世记》的评价中，以及对《诗篇》赞美诗资料的研究中，通过对古代美索不达米亚赞美诗传统的研究，捍卫了《旧约》中许多古老的传统，并以此来抗衡来源批评把《旧约》中的多数内容视为流亡之后的书写。[3]

第二次世界大战期间，斯堪的纳维亚学者提出了漫长的口头传播历

1 Magne Sæbø, ed., *Hebrew Bible/Old Testament: The History of Its Interpretation*, Vol. Ⅲ / Ⅱ , Göttingen: Vandenhoeck & Ruprecht, 2015, p.305.

2 Friedrich Delitzsch, *Babel and Bible*, Chicago: The Open Court Publishing Company, 1960.

3 McKim, Donald K., ed., *Dictionary of Major Biblical Interpreters*, Illinois: IVP Academic, 2007, Kindle版，“20世纪欧洲的圣经阐释”。

史之说。一些法国学者，包括布洛赫（René Bloch）和罗伯特（A. Robert）从完全不同的视角率先致力于文选阐释（anthological midrash）研究。他们认为，这种重新撰写传统的方式在《旧约》和《新约》传统的许多地方都可以找到，比如说在《箴言》、《雅歌》以及《新约》中关于耶稣的许多故事中均可以看到。似乎可以确认拉比们的观点：后来的米德拉西阐释规则乃从犹太圣著中衍生出来。在荷兰，出现了加尔文主义之争。

第二次世界大战之后，荷兰的圣经学者运动，即阿姆斯特丹学派发展起来。这些学者受到的影响有近东比较研究、犹太启示论、马丁·布伯（Martin Buber）与罗森茨威格（Franz Rosenzweig）翻译的《希伯来圣经》，以及基于基督教重视圣经语境和互文的神学需要甚于圣经传统这一事实所作的学术推测。1926年，马丁·布伯发表了著名的《今日犹太人与圣经》的论文，提出在一个充满怀疑的年代，在圣经神圣性被削减的年代阅读圣经所面临的挑战。对布伯来说，把圣经当作伟大的文学作品来阅读"只是"文学阅读；把圣经当作伟大的叙事来阅读"只是"历史阅读；为追求伦理指导来阅读圣经"只是"训诫式的阅读。这些阅读都不符合把圣经当作活生生的上帝之言来阅读的阅读。准确阅读圣经是要带着倾听上帝之言的动机的。而现代人生活在理性与功利之中，生活在危机与疏离之中，岂能真正用这种方式来阅读圣经？[1]当代学者认为，布伯和罗森茨威格是哲学家，不是圣经研究者，因此他们强调读者与文本相遇时的含义，或者是文本背后的含义，甚至认为可以对话的方式切近圣经。[2]

一、主要圣经批评方法举隅

1. 圣经的形式批评

19世纪与20世纪之交，正值威尔豪森引领的来源批评在欧洲圣经研究学界大行其道之时，由赫尔曼·贡克尔开创的形式批评（Form Criticism）研究方法开始兴起，极大地推动了《希伯来圣经》研究。作为

1 Alan Levenson, *The Making of Modern Jewish Bible*, Maryland: Rowman & Littlefield Publishers, 2011, p.84.

2 Ibid., p.94.

一种新型的圣经研究方法，形式批评主要通过文学类型研究来理解圣经文学，界定圣经文学样式、结构、目的和背景，并理解其发展的口传阶段。

这种文学批评方法对圣经学研究作出了重要贡献，就其影响深度和广度而言，可以与源于18世纪，后来由威尔豪森系统阐述的圣经历史来源批评相提并论。[1]来源批评强调的重心主要在于圣经文献、成书年代与作者；而贡克尔则把关注点转向圣经的文学类型研究，为后来的圣经文本研究开辟了道路。

贡克尔是德国圣经学研究者，生于汉诺威，早年曾经在哥廷根大学攻读神学，后在多所大学担任教职，并著有多部圣经学方面的论著，代表作有《〈创世记〉的传说》和《〈诗篇〉导论》。在建构自己的圣经形式批评研究体系过程中，贡克尔显然继承了前人的学术兴趣与洞见，受到了德国民间文学、童话、神话、英雄传奇和传说的影响。而且当时翻译成德文的美索不达米亚和埃及的宗教文学给他留下了深刻的印象，他所拥有的古代近东文学知识，有助于他进一步了解圣经文本的形式、类型、话语特征等诸多方面。贡克尔不仅对圣经文学和圣经历史感兴趣，而且在其早期的著述中，便认识到《圣经·旧约》的多数内容属于民间故事，带有口传文学的特征，且受到其他文化与文学的影响。他本人虽是学习神学出身，但始终与他那个时代的文学与文化发展接轨，并受益于他对文学所作的"艺术的"和美感的研究。[2]

形式批评的起源与宗教史相关，有些学者认为贡克尔的学说主要受以麦克斯·缪勒(Max Müller)为代表的宗教史学派的影响。他运用比较宗教学的方法来研究埃及与两河流域的古代宗教，从宗教发展、历史和文化背景等角度来分析圣经的文学体裁，探索圣经来源背后的口述传统。宗教史研究的起因是对以前的历史—批评或者文献研究方法不满。[3]这一学派的一位代表人物雨果·格雷斯曼(Hugo Gressmann,

1 James Muilenburg, "Form Criticism and Beyond," in *JSTOR: Journal of Biblical Literature*, Vol. 88, No. 1 (Mar., 1969), pp.1–18.

2 John Hayas, *An Introduction to Old Testament Study*, Nashville: Ablingdon Press, 1979, p.126.

3 参见田海华:《贡克尔的形式批判及其对圣经研究的贡献》,《世界宗教研究》2013年第4期。

1877—1927）指出：我们已经厌倦了专搞文献批评。这些学者对文献批评持否定态度，但热衷于对圣经材料进行带有审美意义的理解。[1]

形式批评的起源还与时代相关。贡克尔开始圣经研究生涯之际，在圣经学研究领域占统治地位的主要是以威尔豪森为旗手的来源批评。来源批评关注文本的风格特征、用词、重复、矛盾、不一致及其他文学特征，试图通过对诸如此类的文学特征考察，揭示文本背后的材料来源。一旦材料来源被分解出来，来源批评家所关注的就是作者身份、写作年代、风格、背景和各种材料的意图。[2]其目的在于写下整部圣经文学史。贡克尔的著作无疑受到了文学史的影响，但他很快就意识到没有新方法是无法撰写这样的历史的。他指出他那个时代的四种运动推进了《旧约》研究领域研究视角的变化，催生了新的研究方法。这四种运动分别是新浪漫主义、比较宗教学、文学史以及心理学。根据贡克尔的观点，新浪漫主义，或者说“印象主义”运动看到的是显示人内在生命的色彩与声音；比较宗教学提供了大量的可与《圣经 · 旧约》进行对比的有价值的材料；文学史提供了分析文学形式的方法，以便对以往文学进行移情性理解；心理学则允许研究者寻求对古人及其文学的直接感知。[3]

按照圣经研究专家哈亚斯的观点，形式批评产生的语境主要表现在以下几个方面：第一，19世纪强调新奇、个人主义和历史主义的特点发生了改变，人们越来越普遍地意识到群体、社会联系、阶级与体制的重要性。这一变化在政治、经济等领域均有所反映。马克思、列宁的著述对这一现象也有所涉及。[4]第二，社会科学——人类学、社会学、人种学和心理学刚刚开始在形式上产生冲击。社会科学提供了与人类行为相关的新理论，尤其是与宗教起源及其作用相关的理论。第三，人们对“原始人”越来越有兴趣，逐步进行田野调查，搜集各种资料，使真正的

---

1 John Hayas, *An Introduction to Old Testament Study*, Nashville: Ablingdon Press, 1979, p.123. 参见梁工主编：《西方圣经批评引论》，商务印书馆，2006年，第59页。

2 梁工主编：《西方圣经批评引论》，商务印书馆，2006年，第59页。

3 John Hayas, *An Introduction to Old Testament Study*, Nashville: Ablingdon Press,1979, pp.123–125.

4 Ibid., p.124.

比较研究成为可能。第四,对其他古代近东文化的认知,使学者将古代埃及与阿卡德文本同《旧约》进行对比。第五,利用类型研究和文学分析来拓展文学研究范围。

贡克尔的形式批评研究在圣经研究史上具有里程碑的意义。在方法论上,贡克尔没有使用形式批评一词,而是致力于文学史和文学类型研究,研究文学与古代以色列人生活和历史的功能性关系。他首先面临的是文学史与《旧约》文学类型的研究。贡克尔列出了《旧约》中的主要文学类型,在散文或诗歌标题下对其加以探讨,将其放在具体的历史框架中,指出其在古代以色列社会生活中的地位。在早期研究中,他只是罗列出圣经文学类型的提纲,为几十年之后的圣经学者指明了方向;而在后期研究中,他在新的学科领域,尤其是在《创世记》和《诗篇》的研究中迈出了一大步。

形式批评对《圣经·旧约》的研究主要涉猎叙事、诗篇、律法书和智慧文学领域。首先一条,《旧约》中的多数文字具有漫长,并且经常是十分复杂的口传史前史。在长期的流传与编纂过程中,许多东西带有民间文学的特征,没有确切的作者,《创世记》、《箴言》和先知类作品都带有这些特征。通过形式批评的方法,可以更好地分析圣经文学的口传阶段,也可以将这种技巧运用于分析书写阶段。形式批评的第二条原则涉及类型历史遗迹口头传统的力量:一旦你熟悉了先知演说这种文学类型,识别了先知宣布的民族审判,那么就可以在《阿摩司书》《耶利米书》《以西结书》,甚至在《撒母耳记》和《列王纪》中找到这种文体。形式批评的第三条原则是每种文学类型产生一种特殊的场景,这一场景可以通过类型研究而加以恢复。

形式批评的背景是双重的。首先,它尝试着恢复整个《旧约》文学的活历史,尤其是在口传文学发展阶段获得某种洞察力,把所有的发展阶段放到以色列生活的背景之下。其次,形式批评是解经学家们的一种手段,它可以有助于解经和文本阐释,可直接询问与那些文本的意义和特点相关的问题。

形式批评的主要研究步骤是分析结构,描述文学类型,针对文学单元的背景加以界定,考察文本作用、目的或意图的陈述。当然,形式批评本身无法全部回答关于《旧约》的所有重要问题，它只是理解圣经文学和古代以色列生活的方法之一，因此在实际操作中，形式批评必须与文学批评、编修批评和其他一些传统批评联合起来加以运用。但是这些批评方法的界限难以区分。

形式批评试图回答圣经文学批评研究中的一些重要问题，它可以对文学批评的假设、方法和结论产生巨大影响，通过研究文本意图、结构与类型为研究作家作品提供一种新的方法，而且，它表明文学批评家在多种情况下可以根据编撰者所使用的多重口头传统证明文本有多位作者。[1]

《〈创世记〉的传说》(1901)是贡克尔的代表作之一。[2]在这本书中，贡克尔运用五种标准把传说与历史加以区分：[3]

（1）传播方式：传说最早以口头形式传播，历史以书写的方式传播。

（2）主题方面：传说处理的是普通人感兴趣的东西，如私人与家庭关系；而历史处理的是公共事件，以及具有政治重要性的东西。

（3）来源：传说依靠传统和想象，而历史依靠目击证人和记录。

（4）行动叙述的种类：传说经常说的是难以置信的东西（人或诸神的直接行动），而历史处理的是可信的事务。

（5）风格与内容：历史平淡无奇，寻求提供资料；而传说充满诗意，意在取悦、提升、激励、教导和感动。

贡克尔认为：《创世记》中最基本的叙事方式是传说，这对现代历史学家来说乃是不成问题的问题。在他看来，《创世记》中的传说可以分为两大类：一是关于世界起源与人类起源的神话传说和巴别塔的叙事（《创世记》第1—11章），二是关于以色列先祖亚伯拉罕、以撒、雅各以及雅各之子的传说（《创世记》第12—50章）。神话与传

1 John Hayas, *An Introduction to Old Testament Study*, Nashville: Ablingdon Press, 1979, p.130.

2 Hermann Gunkel, *The Legends of Genesis*, Chicago: The Open Court Publishing Co., 1907.

3 John Hayas, *An Introduction to Old Testament Study*, Nashville: Ablingdon Press, 1979, pp.130–135.

说的区别在于前者讲的是上帝，后者讲的是人类。[1]二者的区别还在于：神话讲的是世界和人类的起源；而先祖传说讲的是以色列祖先的起源。在时空背景上也有所不同，前者在时空上离现在更为遥远，而后者则是迦南及其周边的事件。前者的行动者主要是上帝；而后者的行动者主要是人，只有在少数情况下才有神出现。前者是多神信仰，后者是一神信仰。在起源上前者回答的是宇宙问题、总体自然现象问题；后者回答的是部落历史、迦南及其周边地区的自然现象的问题。

贡克尔又将先祖传说划分为历史传说、人种传说与追根溯源传说。追根溯源传说又可分为几类，包括解释部族环境与民族关系的民族推源传说（Ethnological etiologies），如关于罗得的后裔为何居住在东部；解释以色列民族对某些名字起源所做假设的词源传说（Etymological legends），如别是巴七口井（一说为盟誓井）的来源；解释宗教仪式起源、场所与礼仪的仪式传说（Ceremonial legends），如为什么牺牲公羊来代替孩子；解释某一具体地理位置起源独特性的地理传说（《创世记》第19章），如为何死海地区如此荒凉；等等。[2]贡克尔也意识到，《创世记》中的某些叙事不能放到他所归纳的传说类型当中，而有些叙事又包括了不同的文学类型。

如果传说最早是短小的、口头的、不受外界影响的、独立的单位，又如何转化为我们今天看到的圣书中的类型？贡克尔认为，在口传阶段，传说相互吸引，于是形成了传说周期。旅行者或朝觐者在这一过程中可能起了作用。与此同时，单一的传说可能通过附加的演说或者描述得以扩展，于是产生了贡克尔所说的“中篇小说”。它反映出传说的后期特征，代表性作品有约瑟的故事。在君主时代之前，传说即已经形成。而早期君主国见证了神话被重塑的过程，它们进而成为民族神话的组成部分。

这种划分方式一直影响到当代学者对圣经《创世记》的看法与分

1 Hermann Gunkel, *Genesis*, trans., Mark E. Biddle, Macon, Geogia: Mercer University Press, 1997. pp.xi–xxiii.

2 John Hayas, *An Introduction to Old Testament Study*, Nashville: Ablingdon Press, 1979, pp.134–135.

类。比如，2009年问世、2012年再版的哈佛大学迈克尔·库根（Michael Coogan）教授撰写的《〈旧约〉简论：历史语境中的〈希伯来圣经〉》[1]，该书在解读《创世记》时沿袭的应该是贡克尔的分类传统，并在此基础上有所细化。在库根教授看来，《创世记》第1—3章讲述的是宇宙的起源，第4—11章讲述的是远古时代历史，而第12—50章讲述的则是以色列先祖的历史，或者是民族的起源。更有意思的是，库根教授在谈及这部分内容时，专门列出形式批评一节。库根认为，形式批评始于识别一种形式，或者一种类型，而后决定其在最初语境中的意义。原因叙述（Etiological narrative）是一种重要的“形式”，其作用在于解释名称、地貌特征或者宗教习惯的起源。原因叙事也与个人姓名有关，如亚伯兰-亚伯拉罕、以实玛利、以撒、雅各及其十二个儿子的名字均有释义。以撒的名字的词根是“大笑”之意。[2]

自1904年开始，贡克尔开始研究《诗篇》当中的一些诗歌，1926年发表了《〈诗篇〉形式批评引论》，[3]1933年去世后其未竟之作《〈诗篇〉导论》得以问世。学界认为，贡克尔形式批评研究的突出贡献在于提供了解读《诗篇》的一种新方法，这种方法一直影响至今，其贡献主要来自两个方面：第一，分析了《诗篇》的文学类型，并对其加以分类；第二，将《诗篇》中的许多诗歌与膜拜中的崇拜仪式建立关联。在把《诗篇》与宗教崇拜联系起来这个问题上，尽管贡克尔并非第一人，但是他充分利用仪式崇拜视角来理解《诗篇》，并强调这部分诗歌在《诗篇》中的重要地位。[4]在他看来，最早的《诗篇》是为了膜拜而作。[5]

贡克尔将《诗篇》分为悲悼诗篇、个人感恩诗篇、赞美诗、集体悲悼诗篇与王权诗篇五种类型。悲悼诗篇占据了《诗篇》的大部分篇幅，这

1 Michael D. Coogen, *A Brief Introduction to the Old Testament*, Oxford: Oxford University Press, 2012.

2 Ibid., p.79.

3 Hermann Gunkel, *The Psalms: A Form-Critical Introduction*, Philadelphia: Fortress Press, Republished in 1967.

4 Ibid., p.5.

5 John Hayas, *An Introduction to Old Testament Study*, Nashville: Ablingdon Press, 1979, p.139.

些诗直接祈求神助，经常加进个人诉求、抱怨、祈祷或请求帮助、呼唤神的干预、祈求神的仁厚与正义，以及主张纯真，或坦白罪愆等内容。个人感恩诗篇包括感恩或赞美等内容，描述获救者经历的苦境或救赎，认为上帝是拯救者。赞美诗是在圣日中进行庄严献祭时应该咏唱的诗歌，主题是赞美上帝，表达愿望、诉求或者祝福等。唱诵集体悲悼诗篇的目的在于引起上帝的怜悯，抱怨敌人的行为，随之祈祷上帝随时免除灾难，最后则是确信倾听。王权诗篇在分类上并不十分严格。此外，还有朝觐诗篇、胜利诗篇、集体感恩诗篇、传说诗篇、智慧诗篇、礼拜仪式与对话、混合诗篇等。[1]

哈佛大学的库根教授认为，对《诗篇》做出最有意义的现代研究者便是贡克尔。贡克尔对于圣经诗歌的研究，不仅不局限于《诗篇》本身，还涉猎圣经中其他与之相关的书卷，尤其是以悲悼之风见长的《哀歌》。在贡克尔看来，在圣经中，《哀歌》的第1章、第2章和第4章属于丧葬挽歌，而第3章和第5章与《诗篇》相似，第3章主要包括个人哀歌，而第5章包括集体哀歌。[2]

贡克尔所开创的形式批评研究产生了很大影响，它虽然不能解决《希伯来圣经》研究中的太多谜团，但是确实不失为一种研究方法。奥托・艾斯菲尔特（Otto Eissfeldt）、乔治・弗雷尔、阿图尔・维泽尔（Artur Weiser）等学者均致力于这一主题的研究。当代学者运用形式批评方法研究《雅歌》、《哀歌》、《箴言》、《约伯记》和《传道书》等，研究圣经的文学类型、以色列律法、哀歌、挽歌、历史叙事、先知书和智慧文学等等。比如，一些学者指出了《诗篇》第9—10篇，第25篇和第119篇与《哀歌》的前三章都采用了离合体，指出了二者的相似性。同时，这种研究方法也被当代文学批评家借鉴。但是，在过去的一百多年间，贡克尔的批评方法虽然得到了更新，但没有得到进一步改善，因此也存在着诸多问题，比如，在类型界定与类型分类方面还存在着许多不一致，

1 John Hayas, *An Introduction to Old Testament Study*, p.141, p.142; Hermann Gunkel, *The Psalms*, Philadelphia: Fortress Press, 1967, pp.30–32.

2 Hermann Gunkel, *The Psalms: A Form-Critical Introduction*, Philadelphia: Fortress Press, 1967, p.3.

许多领域尚未涉猎,等等。[1]

2. 女性主义圣经批评

女性主义者对于《希伯来圣经》的研究植根于妇女运动,尤其是19世纪末期的妇女解放运动。[2]19世纪最具影响力的女性主义释经著作即为美国社会活动家、废奴主义者、早期妇女权利运动的代表人物之一斯坦顿(E. C. Stanton)的《妇女圣经》(*The Women's Bible*,分别出版于1895年和1898年)。斯坦顿意识到现实生活中女性地位的低下与圣经对妇女的偏见具有某种内在联系,同时也认识到男性控制的圣经阐释存在着严重问题,渗透着大男子主义和对妇女的贬低,因此妇女必须争取释经权力。[3]她曾经希望说服几位著名的女圣经学者和她一起从事释经工作,但没有成功。最后只有二十六位妇女答应了她的要求。她把招募来的二十六位女学者组成一个修订委员会。这些妇女拥有不同的宗教倾向,但都致力于谋求妇女的选举权。委员会的宗旨是在重释圣经过程中修正对女性的偏见,引起人们对圣经中一小部分描写女性内容的关注。斯坦顿本人完成了大部分评注。1895年,《妇女圣经》的第一卷问世,第一卷主要是对《摩西五经》进行阐释,六个月之内便印刷了七版,成为畅销书。其第二卷在1898年问世,涉及圣经其他部分的内容。《妇女圣经》认为,圣经由男性所作,在内容上反映出男性的意识;而后又由男性来阐释,因而带有父权制的价值观,以至于在客观上成为男性推行性别歧视的依据。该书在观点上比较激进,因此在当时无法被接受过传统教育的多数女读者所接受。

在美国,女性主义圣经学研究进入学术殿堂应该是在20世纪70年代,时值妇女解放运动的第二次浪潮,其出现与20世纪60年代末与20

1 Gene M. Tucker, *Form Criticism of the Old Testament*, Philadelphia: Fortress Press, 1971, p.83. 关于形式批评的局限性问题,可参见James Muilenburg, "Form Criticism and Beyond," in *Journal of Biblical Literature*, Vol. 88, No. 1 (Mar., 1969), pp.1–18。

2 Susanne Scholz, *Feminist Scholarship on the Old Testament*, http: //www.oxfordbibliographies.com/view/document/obo-9780195393361/obo-9780195393361-0020.xml.

3 梁工:《当代文学理论与圣经批评》,人民出版社,2014年,第569页。

世纪70年代初女性开始质疑其在家庭、社会、政治和宗教方面的既定角色的新意识有关。女性长期以来在基督教会和犹太会堂居于从属地位，从20世纪60年代开始逐渐意识到此并对自己的边缘化身份感到愤慨。[1]最初，第二代女性主义圣经学者认为：是她们最早用女性主义认识论来对基督教和犹太教圣典进行批评审视的。她们对前人的成果几乎一无所知，只是出于偶然，她们才发现第一批女性主义者对圣经所作的评注，即19世纪90年代出版的《妇女圣经》。在阅读《妇女圣经》的过程中，第二代女性主义圣经学者了解到19世纪女性主义者对宗教和圣经阐释的贡献。到了20世纪末期女性主义圣经学者有了更大自由，受到正义公民权和社会运动的启迪，她们开始集中搞性别研究，后又把自己的研究与其他形式的压迫，如种族、阶级和全球化的帝国建构结合在一起。[2]玛丽·达里（Mary Daly）的《教会与第二性》发表于1968年，她宣称长期以来教会是妇女的首要压迫者，对天主教会展开有力的控诉，呼唤强有力的改变。撒拉·本特雷·多尔利（Sarah Bentley Doely）的《妇女解放与教会》（1970）向清教徒与天主教徒描述了女性在教会和神学中的从属地位，表明为自由而斗争的愿望。这两部著作为后来宗教与学术领域女性角色的变化做了铺垫，但与20世纪70年代的多数著作一样有其局限性。其作者几乎为清一色的白人女性，她们拥有比较相似的妇女体验，其关注点主要在性别的从属地位，但把种族、阶级、两性关系和其他压迫关系排除在外。

在女性主义圣经学的发展历史上，20世纪70年代是非常重要的十年。在这十年中，女性主义圣经学研究在学术界奠定了基础，且出现了一些不同以往的态势与趋向。1971年6月，威斯康星密尔沃基的阿尔佛

1 参见Judith Plaskow, "Movement and Emerging Scholarship: Feminist Biblical Scholarship in the 1970s in the United States," in Elisabeth Schüssler Fiorenza, ed., *Feminist Biblical Studies in the Twentieth Century: Scholarship and Movement*, Atlanta: Society of Biblical Literature, 2014, p.21。

2 Susanne Scholz, "'Stirring Up Vital Energies': Feminist Biblical Studies in North America (1980s–2000s)," in Elisabeth Schüssler Fiorenza, ed., *Feminist Biblical Studies in the Twentieth Century: Scholarship and Movement*, Atlanta: Society of Biblical Literature, 2014, pp.53–54.

诺学院的女性研究中心举办了为期两周的女性神学家研讨会，二十二位神学家和宗教学者探讨女性的精神体验与宗教体验。同年11月，妇女们聚到亚特兰大参加由美国宗教学院和圣经文学学会联合举办的会议。卡罗尔·克里斯特（Carol P. Christ）和伊丽莎白·舒思乐·菲奥伦扎（Elisabeth Schüssler Fiorenza）当选为女性核心组织的双主席，达里担任女性宗教工作组织的第一任主席。

20世纪70年代早期具有影响力并传播甚广的文章是斯维德勒（Leonard Swidler）的《耶稣是一个女权主义者》（1971）和特利波的《圣经阐释中的祛父权制》（1973）。斯维德勒论证说，耶稣喜欢并且促进了男女平等。关于这一说法的反证便是：没有关于语言和行动的记载说明耶稣把女人当成劣等公民。斯维德勒赋予女性主义者一个非常强有力的工具，挑战基督教制度中所谓的男女平等。尽管是一些问题假设，但是"耶稣是女权主义者"的说法在当时非常流行，甚至连梵蒂冈在1976年反对向女性授予圣职时也对此点头称是。该题目被许多女性读者加以扩展。[1]

特利波将她对《希伯来圣经》的重新阐释与妇女争取女权的运动结合在一起。她承认，父权制态度和律法在圣典中占据着中心位置。特利波写这篇文章的目的是要探讨圣经主题，在她看来这些主题对男女来说都起到解救作用。按照普拉斯考的说法，这篇文章中最著名的部分是对《创世记》第2—3章的详细解释，论证说女人在《创世记》第2章中被创造为与男人平等的主体，在第3章中出现的第二位身份只是对其罪愆的惩罚。但是她也考察了更为广泛的母题，她相信这些母题超越了两性关系，包括圣经对上帝使用了女性意象，以及《雅歌》中男女恋人之间的两情相悦。[2]

伴随着这篇文章的发表，在美国宗教学院里出现了对圣经与女人的讨论。达里的《超乎圣父》（1973）、卢瑟（Rosemary Ruether）的《宗

1 Judith Plaskow, "Movement and Emerging Scholarship: Feminist Biblical Scholarship in the 1970s in the United States," in Elisabeth Schüssler Fiorenza, ed., *Feminist Biblical Studies in the Twentieth Century: Scholarship and Movement*, Atlanta: Society of Biblical Literature, 2014, p.27.

2 Ibid., p.28.

教与性别偏见》(1974),探讨了宗教在形成贬低与压抑妇女的传统文化中的角色。维克曼(Mary Wakeman)的论文《圣经先知与现代女性主义》比较了圣经时代的先知运动与我们时代的妇女运动,称文化变化的先知模式与文化变形时期的妇女努力极为相关。伯尔德(Phyllis Bird)撰写的《〈旧约〉中的女性形象》一时成为热谈。伯尔德说《旧约》是在男性统治的社会里由男性写的总集,描绘了男人的世界,因为她考察了圣经律法、箴言和历史书写中多种多样、有时是相互冲突的女性形象。[1]1976年,鲁塞尔(Letty Russell)出版了第一部女性主义圣经研究文集,对圣经研究作出了重大贡献。她在导言中考察了造成男女意识发生转变的社会语境。而菲奥伦扎等人的论文则提供了从女性主义角度阐释圣经的范式。

在20世纪80年代,北美女性主义圣经学者主要是白人女性,她们在神学院的宗教研究系任职,目的是在学术机构奠定自己的地位。当时从事圣经研究的多数为白人男性,他们地位高,占据学院和系里重要位置,通常难以把女性主义研究当成合法区域,但即便在那时,女性主义圣经阐释仍挑战了客观性、无兴趣以及提炼文本中内在原意等现代概念。

20世纪80年代,两部女权主义圣经学出版物非常突出。一部是菲奥伦扎的《纪念她》(一译《以她为念》),[2]探讨古代基督教社会中女性历史代言人。该书在女权主义圣经诠释领域堪称里程碑。在这本书中,作者运用了历史—批评方法、社会学评估、批评理论,以及妇女解放运动原理来思考基督教的起源,站在妇女历史的立场指出重建早期基督教的需要。

按照她的观点,神学与圣经诠释是政治任务。女权主义诠释学并非只是"翻译"或者了解现实的一种方式,而是一种关于解放的原则。尽管均为女性,但是女性并不相同,除了性别属性外,女性体验受到种族、阶级、性取向和其他因素的影响。最后她倡导一种回忆阐释学。

1 Judith Plaskow, "Movement and Emerging Scholarship: Feminist Biblical Scholarship in the 1970s in the United States," in Elisabeth Schüssler Fiorenza, ed., *Feminist Biblical Studies in the Twentieth Century: Scholarship and Movement*, Atlanta: Society of Biblical Literature, 2014, p.30.

2 Elisabeth Schüssler Fiorenza, *In Memory of Her: A Feminist Theological Reconstruction of Christian Origins*, New York: The Crossroad Publishing Company, 1983.

另一部是特利波在1984年出版的《恐惧文本》,[1]里面呈现了四位圣经女性:夏甲、塔玛、一位无名女子和耶弗他的女儿。在四个古老的恐怖故事中,女性均称为受难者。而四种叙事勾勒出四种古代以色列受难者的画像:夏甲,被利用、被虐待、被排斥的女性;塔玛,遭受强奸与遗弃的女性;无名女,遭到强奸、杀害和肢解的女性;耶弗他的女儿,遭到杀害并被作为献祭的女性。在这部专著中,特利波采取了三种研究方式。首先,运用了圣经中反女性的材料,引用并且评估了那些被忽略的数据,反映出在古代以色列和早期教会时期女性地位低下,遭受虐待。其次,涉及父权制的批判问题。再次,则是将二者归结到了一起。在重新阐释的过程中发现了被忽略的历史。[2]

20世纪90年代,女性主义圣经研究加进了历史、社会和宗教中的女性主义声音。少数女性从事圣经研究的阵容得以进一步扩大。南非裔美国女学者和其他非洲国家的女性加入了非洲美国学者的解经行列,她们批判忽略了种族因素的白人女权主义圣经话语。她们更愿意使用美国黑人女作家爱丽丝·沃克(Alice Walker)创立的"妇女主义"来形容基督教黑人妇女研究。女性主义神学家指出,种族主义与性别歧视一样紧迫,要求女性主义圣经学者既要考察性别问题也要考察种族问题。她们希望圣经阐释集中在所有的历史边缘人、女人和男人关系上,她们建议白人女权主义者致力于种族假设,因为"黑人妇女从父权制和种族主义死亡中"寻求生命。妇女主义者也批评女性和男性之间的二元对立,敦促女性主义圣经学者不仅要改变以性别歧视、阶层歧视为基础的社会政治和文化—宗教结构(带有压迫色彩的),也要改变以种族为基础的社会政治和文化—宗教结构(带有压迫色彩的)。

在2001年,有四十五位非裔美国学者拿到了圣经学领域的博士学位。其中十一位为女性,八位致力于《希伯来圣经》研究,三位致力于《新约》研究。在北美,意识到女性社会位置的并不仅仅是妇女学者,而且还有"西班牙妇女主义"(mujerista)理论家。这一术语源自妇女一词的西班牙文mujer。这些理论家强调圣经解释中西班牙语境的不同。

1 Phyllis Trible, *Texts of Terror: Literary-Feminist Readings of Biblical Narratives*, Philadelphia: Fortress Press, 1984.

2 Ibid., p.2.

尽管有妇女主义和西班牙妇女主义之说，20世纪90年代的女性出版物的内容主要集中在男性中心主义上。20世纪90年代另一种具有影响力的出版物是十九卷的《希伯来圣经》女性主义指南系列，由以色列女学者布伦纳（Athalya Brenner）编辑。尽管此书没有在美国出版，但是许多作者在北美生活和工作。指南中的条目探讨了圣经中的文本、人物，以及用历史、文学和文化方法来研究的主题。[1]

21世纪，北美女性主义圣经研究的挑战呈现出新态势。首先，女性主义圣经研究在高等教育之内具有公共建构界限的作用。女性主义圣经研究无疑主要在北美的高等教育内部发展起来，成为宗教本科和研究生系列的一个部分，以及神学研究和学术研讨会内容的组成部分。女性主义圣经学者赢得了通常的学术通行证，可以申请终身教职，而且适应了在教学与研究项目中占统治地位的学术话语和学术标准。其次，关于基督教权利以及妇女、性别和圣经的过多出版物也对北美女权主义圣经研究构成极大的挑战。再次，关于“他者”，如同性恋、族裔、后殖民等问题的研究考察也许是21世纪女性主义圣经研究将面临的最大挑战。[2]

2008年，美国亚利桑那大学犹太学者弗赫斯（Esther Fuchs）就曾在她那篇富有见地的论文《〈希伯来圣经〉的女性主义研究》中指出：20世纪90年代末期，圣经的女性主义研究赢得了契机。女性主义批评经常把性别政治范畴与后殖民、精神分析和马克思主义批评结合起来，目的在于追问基本的圣经假说和西方文化假说。非洲、拉美和东亚的女权主义者把不同的问题带到圣经文本诠释中，提供了尤为激动人心的视角。[3]

非洲的女性主义圣经研究是一种源于非洲本土的活动，时间上始

1 Susanne Scholz, "'Stirring Up Vital Energies': Feminist Biblical Studies in North America (1980s–2000s)," in Elisabeth Schüssler Fiorenza, ed., *Feminist Biblical Studies in the Twentieth Century: Scholarship and Movement*, Atlanta: Society of Biblical Literature, 2014, p.62.

2 Ibid., p.67.

3 Esther Fuchs, "Feminist Approaches to the Hebrew Bible," in Frederick E. Greenspahn, ed., in *The Hebrew Bible: New Insight and Scholarship*, New York: New York University Press, 2008, p.90.

于传教士及其土生土长的代理人建造基督教堂和本土教堂时期。从19世纪初期开始接触圣经之日起，非洲女子就对圣经萌发了兴趣，并意识到圣经的力量。当代学者认为非洲的女性主义圣经研究与女性的生活遭际密切相关。[1]最初，在撒哈拉以南地区，圣经是安慰非洲女性并帮助其克服痛苦的源泉，妇女们聚集在教堂里研习圣经。圣经被当作理解她们生活中喜怒哀乐的钥匙。她们虽然并不关心圣经的原始含义，但是在她们看来圣经就是上帝说的话。这些由早期的非洲普通女子做的圣经研究有意无意中被当作非洲神学家和圣经学者的研究模式。这些非洲女性学者，多接受过西方的学院教育，归国后反复阅读圣经，将关注点置于非洲妇女的语境中，就像她们的母亲和祖母最初与基督教和圣经相遇时那样。无疑，这些受过西方教育的非洲学者在自己的研究实践中融进了非洲普通女子的声音，把非洲女子的体验融入圣经诠释之中了。

非洲经历了西方的殖民主义，在撒哈拉以南地区的不同国家内，殖民主义统治的方式有所不同，因此妇女们所经历的文化语境十分多样，比如在非洲父权制并非大一统的，还有就是妇女教育问题。在建造学校的过程中，殖民主义者并不认为女性教育是必需的。女性主义圣经研究与非洲女性主义神学联系在一起。她们并不安于现状，而是要为争取自由而奋斗。圣经则成了寻求自由的一个重要力量源泉。

在非洲，妇女神学家继续努力寻找适合形容其神学工作的一个包罗万象的名称，其内容并非只局限于性别，而是延伸到整个非洲人民的解放运动。[2]然而从事神学研究的非洲女性非常之少，从事圣经研究的妇女就更少了，难以找到一个具有概括性的名称来形容非洲女性的诠释活动。

不过，她们的工作框定在信仰与关心妇女解放的背景之下。以男性为主流的非洲解放神学总体上把圣经当作源泉，反对政治与经济压迫，这是因为上帝并不认可压迫，总站在被压迫者一边，并解放被压迫者。然而，这种以男性中心的圣经阅读，极大地忽略了父权制压迫也是上帝想解除的一种压迫形式。与男性试图运用圣经来争取解除政治与

1 Dora Rudo Mbuwayesango, "Feminist Biblical Studies in Africa," in Elisabeth Schüssler Fiorenza, ed., *Feminist Biblical Studies in the Twentieth Century: Scholarship and Movement*, Atlanta: Society of Biblical Literature, 2014, p.71.

2 Ibid., p.74.

经济压迫的斗争一样，女性主义解经学家使用圣经来改变女性在社会与教会生活中处于边缘与从属地位的境况。非洲女子意识到应该从女性主义角度来阐释圣经，阅读圣经要从女性的视角出发。非洲的女神学家不但批判以男性为中心的圣经诠释模式，而且也致力于正确解读被忽视或者被误解的文本。比如，通过解读夏娃的故事发现夏娃并不比亚当逊色。[1]通过描绘历史上或者教会生活中的正面女性，来与否定女性的描绘抗衡，目的在于用圣经中的女性生活启迪当代妇女在男权统治的社会中进行奋斗。[2]

然而通常的基督教圣经诠释在支持压迫非洲妇女的非洲文化传统与实践方面充当了可怕的工具。“圣经诠释与基督教神学将妇女体验边缘化，甚至在非洲宗教中也是这样。”实际上，男性基督教诠释者和非洲文化联合起来，创造或者实施了某种实践，在非洲社会中将女性非人化。它以各种形式遍布非洲，如食品禁忌、情感关系禁忌、守寡仪式、童婚和早婚、文化暴力等。这些同圣经相关的因素使圣经成为非洲妇女抵抗非正义的父权制的场所。

拉丁美洲和加勒比海的圣经研究始于20世纪70年代末期和80年代，在自由神学出现不久，开始学习圣经与神学的妇女便意识到自己因性别和阶层受到压迫。在这个时代，妇女开始把自己理解为神学工作与神学的主题，而不只是被研习的话题。这是拉丁美洲神学历史上的里程碑。[3]女神学家开始关注性别与阶级问题。20世纪80年代中期，又融进了少数民族和种族问题。一批基督教、天主教和新教妇女在不同的国家提高了妇女在教会和社会中的参与度。世俗的女性主义运动也激发了这些女性的兴趣。当然需要澄清的是，这些神学家和圣经学者在争取妇女在教会和社会中的地位方面并非先驱者；她们参加妇女运

1 Dora Rudo Mbuwayesango, “Feminist Biblical Studies in Africa,” in Elisabeth Schüssler Fiorenza, ed., *Feminist Biblical Studies in the Twentieth Century: Scholarship and Movement*, Atlanta: Society of Biblical Literature, 2014, p.77.

2 Ibid., p.78.

3 Elsa Tamez, “Feminist Biblical Studies in Latin America and the Caribbean,” in Elisabeth Schüssler Fiorenza, ed., *Feminist Biblical Studies in the Twentieth Century: Scholarship and Movement*, Atlanta: Society of Biblical Literature, 2014, p.35.

动的时间较晚。在20世纪80年代，女性主义这一术语由于父权制社会对女性的偏见和诋毁一度遭禁。直到20世纪90年代初期，女性主义这一概念才被采纳，尽管这一术语直至今日在许多教会圈子，甚至在社会中仍然遭到排斥。

在20世纪80年代，由于冷战影响，一些从事妇女研究的学者抵抗所谓第一世界的影响，但自柏林墙倒塌后，这种局面发生了变化。从学术水准上看，20世纪70年代，只有一位阿根廷女士拥有圣经神学博士学位；20世纪80年代中期，一些妇女远赴欧洲或者美国去攻读博士学位；后来，拉丁美洲一些国家开设了圣经研究的课程，在智利和巴西等国家还能够授予博士学位；如今，许多人拥有圣经学研究的硕士学位或者证书。但是这并不意味着多数国家的大学或者讲习班开设女性主义圣经研究的课程。妇女们使用一般性的圣经研究方法，首先专门研究《旧约》或者《新约》，而后她们自己从妇女意识出发来研究文本，但是需要说明的是在教会还是禁止使用女性主义这一词汇。

女性主义圣经学者在拉美拥有自己的学术园地，她们探讨各式各样的题目。多数文章探讨的是圣经中一些不著名的段落，或者重构圣经中一些不知名女子的故事。最初研究犹滴、夏甲、路得、书拉密、撒玛利亚人以及耶稣治愈的女人，等等。在过去的十多年间，众多学者致力于父权制文本的批评分析。一些无法原谅的文本，或者“恐怖文本”得到了关注。学者们根据文本类型，采用各式各样的圣经批评方法，如历史批评、叙事学、符号学、社会—修辞分析和社会—历史方法等。

东亚的女性主义圣经研究起步较晚，正因如此，澳大利亚学者梅兰克森（Monica Jyotsna Melanchthon）在文章《亚洲女性圣经诠释》中首先指出女性主义圣经研究在亚洲所面临的问题。[1]在她看来，由于亚洲在文化、宗教、语言、民族群体、种族、社会经济状况等方面呈现出多元状态，因此关于亚洲/亚洲人的构成充满了争议。亚洲的圣经诠释者代表着拥有不同地理、政治、历史和文化背景的人们。而且，关于“女性主

1 Monica Jyotsna Melanchthon, “Toward Mapping Feminist Biblical Interpretations in Asia,” in Elisabeth Schüssler Fiorenza, ed., *Feminist Biblical Studies in the Twentieth Century: Scholarship and Movement*, Atlanta: Society of Biblical Literature, 2014, pp.105–109.

义”和“女性主义者”的界定也有多重解释。一般说来，“女性主义者”指的是那些把改变妇女从属与边缘地位作为己任的男男女女。“女性主义”是一种社会运动，人们意识到女人在社会与家庭中受到压迫与剥削，于是自觉地要改变这种局面。[1]

按照梅兰克森的观点，亚洲的女性主义圣经诠释可以追溯到20世纪70年代和80年代，其产生受到了各种社会环境的刺激与影响。限于目前的研究状况，她只列举了朝鲜、日本等东亚国家和菲律宾、印度等东南亚及南亚国家的女性主义圣经诠释的发展情形，未将中国的女性主义圣经研究囊括其中。从19世纪80年代以来，韩国妇女有机会阅读和探讨圣经。对于韩国妇女来说，基督教所宣称的平等观念推动着她们去证实自己的价值。但是这一尝试充满了艰辛，在接下来的半个多世纪，尽管基督教在韩国发展起来，但妇女依旧被边缘化，成为教会中的“第二性”。

1961年，韩国成立了《旧约》研究协会，但是直到1981年才有女会员。玛丽·达里的《超乎圣父》、米利特（Kate Millet）的《两性政治》（1976）以及鲁塞尔的《从女性主义角度来探讨人类解放》（1979）等西方女性主义著述在韩国的译介与流行，刺激了韩国妇女女性意识的觉醒。1977年，韩国成立了妇女学院，首尔的女子大学也开始设立女性研究的课程。到了20世纪80年代，韩国相继成立了各种女性团体，并且出版了一些女性主义杂志，探讨圣经与女性问题。

犹太女性介入圣经学研究为我们提供了族裔女性从事圣经研究的一个例证。犹太女性主义研究首先应该是犹太女子所从事的研究，具有犹太人的特点、女性主义特点和圣经主义特点。《希伯来圣经》是用犹太人的母语希伯来语写成的书，但由于它是由男性撰写于父权制社会，因而反映了男性的视角和兴趣。妇女在圣经故事中并不是中心人物，即使是被描写的中心对象，也表现出父权制和以男性为中心的兴趣。而在犹太文化史与解经历史上，妇女长期以来处于被排斥的边缘地位，尽管到了犹太启蒙运动以来的现代这种情况有所改观，但犹太女

1 Monica Jyotsna Melanchthon, “Toward Mapping Feminist Biblical Interpretations in Asia,” in Elisabeth Schüssler Fiorenza, ed., *Feminist Biblical Studies in the Twentieth Century: Scholarship and Movement*, Atlanta: Society of Biblical Literature, 2014, p.106.

性从事圣经研究仍然起步较晚。

1973年的犹太妇女大会和1974年的论犹太妇女与男子民族大会都设立圣经专场。对于犹太女性来说，在形成犹太女性角色与身份方面，拉比律法和释经远比《希伯来圣经》重要，因此女权主义者号召改变犹太宗教习俗主要集中在拉比训诫方面。犹太女子的最早选集，即1973年出版的《回应》专号只有一篇关于圣经的文章，即基恩德勒（Mary Gendler）的《瓦实提的无辜》（“The Vindication of Vashti”）。

19世纪80年代《希伯来圣经》研究领域的重要学者当中有一批犹太女性，包括伯尔德、弗莱玛-堪斯基（Tikva Frymer-Kensky，1943—2006）、弗赫斯及迈耶斯（Carol Meyers）等。弗赫斯认为迈耶斯的方法是20世纪90年代主要的阐释理论，与之并驾齐驱的还有帕德斯（Ilana Pardes）和弗莱玛-堪斯基。由此可见，女性主义圣经研究进入了一个新的历史发展阶段。

犹太女性主义者对于圣经的解读与非犹太人不同。犹太女性主义圣经学研究涉及犹太女权主义圣经学研究中的犹太性问题，以及占主流地位的“基督教性”问题，或者说学术化的女性主义圣经学问题。犹太妇女学者论圣经与非犹太妇女学者的区别主要在于前者在某种程度上与古典犹太来源一致，此乃其文化遗产的一部分。

弗赫斯曾经指出，女性主义在研究《希伯来圣经》时呈现出三种趋向：第一种趋向集中探讨女性的历史体验和文学表达，集中探讨女性真正的文化和声音。[1]这一派女性主义者寻求女性活动与影响的痕迹，重视那些反映女性历史与修辞力量的段落，因此这一研究包括的内容有：把女性描述成女神与领袖，先知和智慧的化身；女性改变历史的方法，创造其自己的仪式与实践，男女平等的权利等。她们认为有些段落是女性创造的，有些表达无疑是女性的。这一派的代表人物有：特利波、迈耶斯、帕德斯和弗莱玛-堪斯基等。

第二种趋向是接受圣经是由男人写的、是关于男人的书这样一个前提，但论证说它对古代妇女生活作了全面而多样的反映。在历史语

1 Esther Fuchs, “Feminist Approaches to the Hebrew Bible,” in Frederick E. Greenspahn, ed., in *The Hebrew Bible: New Insight and Scholarship*, New York: New York University Press, 2008, p.77.

境中，女性既是富有影响力的领袖，又是顺从的追随者。在文学语境中，女性既得到重视，又受到轻视；既中心又边缘。她们发现，在圣经中既有男性的声音，也有女性的声音；既有男性文化和传统，也有女性文化和传统。她们承认女性文化、力量和声音在某种程度上被男性语境和框架禁声。这一派学者可以对同样的文本与材料采取不同视角进行观察。在历史领域，她们强调不同时期不同阶级的变化与多样性。在文学领域，她们集中于读者，而不是文本。主要学者有伯尔德、巴尔、布伦纳以及阿克曼（Susan Ackerman）等。

第三种趋向始于这样一种假定，即圣经不只是由男人创作、编辑、传播和经典化的一部著述，也是一种父权制的编撰物，而且给父权制公共机构的实践以声音，赞同男人在社会性和象征性方面的至高无上。与那些把圣经当作某种特殊时间与地点的文学产品的认识不同，这些批评家认为圣经创造和发明了性别范畴和等级制度，认为圣经赞同引起性欲的行为方式，对在宗教与世俗语境中对当代妇女的界定方式是一种贡献。因此这种研究以反对一种性别超乎另一种性别之上为基础。从历史上看，圣经并非只是男性中心文化的产物，而是积极主动地创造了男性中心主义文化的文本，对于以前女性被当作神，被当作富有潜能的领袖，当作平等之人的文化是一种瓦解与取代。这种研究认为，圣经中女性角色看起来多样，实际上隐藏着一种统治阶层的“错误的意识”：女性被边缘化，在以男性为中心的历史中是从属人物与配角。这一派的代表人物有艾克萨姆（Chery Exum）、巴赫（Alice Bach）、坎普（Claudia Camp）等。

迈耶斯乃前任圣经文学学会主席，任职于美国杜克大学，是圣经学界一位重要学者，以圣经女性研究见长。其《发现夏娃：语境中的古代以色列妇女》（1988）被称作运用历史主义批评方法，展示圣经以女性为中心的观点，所作的第一次广泛的尝试。2013年，她又出版了《重新发现夏娃：语境中的古代以色列妇女》。[1]迈耶斯教授在这本新作的前言中指出了她在1988年发表《发现夏娃》一书的两个目的：一是提供理解《创世记》中夏娃的新路径，二是重建古代以色列妇女

1 Carol Meyers, *Rediscovering Eve: Ancient Israelite Women in Context*, Oxford: Oxford University Press, 2012.

的生存方式。二十年过后，当她接受牛津大学之邀欲对旧作加以修订时却发现：学术界对古代农耕社会及神话的认识之更新，对文学批评的拓展，加上她本人学术视野的变化，仅靠修改与更新，靠补充一些新材料则远远不能作出反映，于是改弦易辙，决定重写对夏娃的发现。这样的重写，无疑成为新世纪女性主义圣经研究的又一发展趋向。

2014年5月，由美国哈佛大学神学院伊丽莎白 · 菲奥伦扎编辑、多位学者撰写的《20世纪女性主义圣经研究》一书在美国问世。菲奥伦扎在导言中开宗明义，指出本书的重要目的并非是要在圣经接受史的“博物馆”内占据一席之地，而是要绘制男流（malestream）圣经接受史上出现断裂的一幅图景，包括女性对圣经的阅读；她运用女性主义这把钥匙把圣经研究重新概念化，藉此实现这一目的。该书使用极具反驳色彩的“女性主义”这一术语，并非从狭窄的女性或者性别研究角度出发，而是引入一种“述行”意识，它在不同的社会—文化和理论—宗教场所拥有不同的资格。“女性主义”研究在此被当成一个包罗万象的术语，指性别、妇女主义（者）、自由主义（者）、后殖民主义（者）、亚洲人、非洲人或本土人、拉丁美洲女子、同性恋、各宗教之间的和跨国界的研究，以及至高无上的统治者（kyriarchy）—批评者的视角和路径。然而，该书将范围定在20世纪似乎有些误导，因为女性主义圣经研究植根于19世纪的妇女运动。[1]从这个意义上看，该书虽名为“20世纪女性主义圣经研究”，实则它是上溯至19世纪，发轫于第一次妇女运动，贯穿整个20世纪并延伸至21世纪的女性主义圣经研究，并且在相当程度上透视出新世纪女性主义圣经研究中的一些新的发展趋向。

同以往的女性主义圣经研究著述相比，菲奥伦扎这位在国际女性主义圣经研究领域居于领军地位的女学者则表现出一种不同寻常的跨洲际、跨文化眼光。诚如她在该书导论中所言：本书首先尝试的是不仅勾勒出局限在欧美范围内的女性主义圣经研究的起源与发展，而且要

1 Elisabeth Schüssler Fiorenza, ed., *Feminist Biblical Studies in the Twentieth Century: Scholarship and Movement*, Atlanta: Society of Biblical Literature, 2014, p.3.

呈现世界范围内的女性主义学者之间的对话。[1]换句话说，该书首先在勾勒女性主义圣经学的发展演变时突破了欧美中心论的窠臼，将视域从北美、欧洲拓展到非洲、拉美、亚洲等诸洲。其次，本书另一个较为醒目的特征是展示了在“他者”的，包括族裔、同性恋、后殖民等的文化背景下的女性主义圣经诠释视角，一并探寻文本与读者、修辞与伦理等女性主义圣经学研究的方法与路径。

3. 马克思主义圣经批评[2]

运用马克思主义观点进行的《希伯来圣经》研究来源于针对圣经的社会科学批评（Social Scientific Criticism），特指“运用社会科学的观点、理论、模式和方法，来分析圣经文本及其外在环境的社会和文化特征”。[3]

将马克思主义的唯物史观运用于圣经批评中，肇始于20世纪六七十年代，兴盛于七八十年代的解放神学、政治和唯物主义释经浪潮中。[4]无论是对社会和文化进行批判还是辩护，以往学者曾经视马克思主义与《希伯来圣经》毫无相通之处，神学家与马克思主义者也分属于两个不同的阵营。马克思主义理论很少被公开应用于圣经研究，圣经学者亦很少公开承认自己采用了马克思主义分析方法。虽然他们认为马克思主义的救世情结、对历史终局的思考与某些神学理念存在着同构关系，而且在某种程度上，马克思主义的某些论断潜隐于部分圣经研究结论的背后，但是，这一模式致使部分马克思主义者与圣经学

1 Elisabeth Schüssler Fiorenza, ed., *Feminist Biblical Studies in the Twentieth Century: Scholarship and Movement*, Atlanta: Society of Biblical Literature, 2014, p.3.

2 本节由河南大学文学院梁工、河南师范大学侯林梅、信阳师范学院厉盼盼合作撰写。

3 John H. Elliott, *Social Scientific Criticism of the New Testament and Its Social World*, London: SPCK Publishing, 1995, p.7.

4 罗兰·博尔认为，马克思主义圣经批评不主张机械运用圣经文本和考古学资料，而倡导细查一系列被不断争论和审视的问题。它经常探讨但不局限于意识形态、生产方式、剥削方式、阶级和阶级斗争等概念，特别注重考察不同经济形态的特殊本质。详见罗兰·博尔：《西方马克思主义圣经批评二十五年历史回顾》，张靖译，《基督教文化学刊》2010年第2期，第58页。

者之间存在着误解，不利于马克思主义圣经批评的顺利展开。正如哥特瓦尔德（Norman K. Gottwald）所言："尽管随着马克思主义理论和方法的大力传播，西方学者已将其广泛运用于圣经研究中，但是，一些学者要么担心此类研究不被西方社会所容，慑于压力而对此事实予以否认，要么并不了解自己所采用的理论和方法有着马克思主义的根源。"[1] 社会科学的发端虽然通常被追溯到孔德（Anugste Comte），但对圣经社会科学研究产生重要影响的奠基性理论家却被认定为斯宾塞（Edmund Spenser）、马克思、韦伯和涂尔干，尤其是马克思。[2]在哥特瓦尔德看来，马克思主义社会科学理论提供了最有效、最科学和最精致的分析工具，[3]为圣经的社会科学研究注入了强劲活力，圣经研究则由于引入唯物史观而增加了批评的深度和广度。

马克思主义理论在解放神学中的运用

作为一种神学思潮，政治神学（Political theology）是政治哲学与实践神学相互联姻的一个分支，强调宗教在社会政治历史嬗变中的作用，认为圣经带有显见的政治性质，圣经研究的内容往往涉及社会、政治、经济、文化的斗争。作为政治神学的典型代表，解放神学是20世纪六七十年代风靡拉丁美洲的社会主义神学思潮，它试图将神学思辨与马克思主义观念结合起来，为备受压迫的当代拉美民众找到一条求得解放之路。[4]

秘鲁的古铁雷斯（G. Gutiérrez）的《解放神学：历史、政治与拯救》[5]是解放神学的首要代表作，一经问世就在神学界和马克思主义研究界掀起轩然大波。解放神学家大多生活在拉丁美洲民众反对殖民主义、

1 Norman K. Gottwald, *The Tribes of Yahweh*, Maryknoll: Orbis Books, 1979, pp.637–638.

2 R. R. Wilson, *Sociological Approaches to the Old Testament*, Philadelphia: Fortress, 1984, pp.13–16.

3 Norman K. Gottwald, *The Tribes of Yahweh*, Maryknoll: Orbis Books, 1979, p.633.

4 罗兰・博尔：《天国的批判——论马克思主义与神学（下）》，胡继华、林振华译，台湾基督教文艺出版社，2010年，第396页。

5 G. Gutiérrez, *A Theology of Liberation: History, Politics, and Salvation*, Maryknoll: Orbis Books, 1973.

争取民族解放的时代洪流中，不仅关注神学本身，更把研究重点放在反抗压迫、寻求解放的现实主题上，突出神学的社会政治功能，强调上帝对穷人的优先选择，论证上帝国度寓含的政治意义。部分学者甚至投身于民族解放运动，以实际行动践行其神学思考和政治主张。[1]

以《出埃及记》的“解放”主题为例，克罗阿托提出，该卷书的中心场景是以色列人摆脱埃及法老的奴役和剥削而获得解放，在自己的故土迦南重建家园，最终建成一个独立自由的民族国家。他认为，那个事件具有历史真实性，对无数遭受帝国主义压迫和殖民剥削的种族及民众都能带来鼓舞和激励；即使对于当代政治斗争，也能提供行之有效的借鉴。在克罗阿托看来，《出埃及记》作为宣扬解放的政治和神学事件，在整部《希伯来圣经》中处于核心地位。[2]与其遥相呼应，皮克斯利援引《出埃及记》的文本，提出《希伯来圣经》的中心场景是革命。[3]塔梅斯则系统分析圣经文本中随处可见的“压迫”术语，用以佐证类似的见解。[4]

在处理拉丁美洲的现实问题时，宗教神学有所选择地将马克思主义的某些学说引进神学，使神学变得“革命化”。一如古铁雷斯所言，将神学与社会科学，尤其马克思主义结合起来，有可能找到宗教信仰与科学理性相结合的现实样式。[5]

受到解放神学的影响，自20世纪70年代起，黑人神学、女性主义神学、民众神学、斗争神学、后殖民神学、解构神学等各具特色的政治神学此伏彼起，它们无不体现出宗教神学对马克思主义的借鉴，促进了马克思主义理论指导下的圣经研究。

1 约翰·理奇斯：《圣经在后殖民世界》，梁工译，《圣经文学研究》第2辑，人民文学出版社，2008年，第296页。

2 J. Severino Croatto, *Exodus: A Hermeneutics of Liberation*, trans. S. Attanasio, Maryknoll: Orbis, 1981.

3 Jorge Pixley, *On Exodus: A Liberation Perspective*, trans. R. R. Barr, Maryknoll: Orbis, 1987.

4 Elsa Tamez, *Bible of the Oppressed*, trans. M. J. O'Connell. Maryknoll: Orbis, 1982.

5 G. Gutiérrez, *A Theology of Liberation: History, Politics, and Salvation*, Maryknoll: Orbis Books, 1973, p.5.

马克思主义理论家与圣经

马克思毕生擅长从圣经中汲取话语典故，论证和丰富自己的学说。恩格斯是运用马克思主义方法研究圣经的首倡者，他熟谙圣经文本，得出一个深刻的论断：早期基督徒是由下层人民，包括奴隶、农民和城镇失业者构成的，他们实际上展开了一场有组织的革命运动，与早期共产主义运动颇为类似。[1]卡尔·考茨基(Karl Kautsky)、罗莎·卢森堡(Rosa Luxemburg)[2]认为共产主义分配原则在《使徒行传》中有所体现："凡物公用，并且卖了田产、家业，照各人所需分给各人。"[3]至于共产主义社会与《使徒行传》所述模式的差异性，罗兰·博尔指出："这是消费的共产主义，而非生产的共产主义。也就是说，早期基督徒愿意向与其共同生活的人贡献一切，但他们尚未试图改变生产方式。而现代马克思主义则向前迈进了一步，主张改变生产方式本身。"[4]

在西方现代马克思主义理论家中，布洛赫(Ernst Bloch)对圣经推崇备至。他追求一种彻底政治化的革命神学，在神学架构中极力强调圣经的重要性，对圣经文本做出独辟蹊径的颠覆性解读。本雅明(Walter Benjamin)有力论证了上帝创世等圣经神话的功能，借助于一套阐释寓言的理论，为读者提供了透过乌托邦神话反观社会现实的途径。论及西方马克思主义理论家与神学及圣经的关系时，罗兰·博尔发表过精辟见解："如果没有神学和圣经，就没有布洛赫的神话理论及其乌托邦诠释学、本雅明的历史片段理论、阿多诺(Theodor Adorno)的禁止圣像理论、阿尔都塞(Louis Althusser)的意识形态理论，也不会有葛兰西对于普世主义及有机知识分子的论断、列斐伏尔(Henri Lefebvre)的

1 参见罗兰·博尔：《西方马克思主义圣经研究方法》，厉盼盼译，《圣经文学研究》第10辑，人民文学出版社，2015年，第124—125页。

2 Karl Kautsky, *Foundations of Christianity*, trans. H. F. Mins, London: Socialist Resistance, 1908; Rosa Luxemburg, "Socialism and the Churches," in *Rosa Luxemburg Speaks*, ed. Mary-Alice Waters, New York: Path Dnder Press, 1905, pp.131–152.

3《圣经·使徒行传》2:44–45；4:32–35。

4 罗兰·博尔：《西方马克思主义圣经研究方法》，厉盼盼译，《圣经文学研究》第10辑，人民文学出版社，2015年，第126页。

热情、伊格尔顿对圣经内部范畴的偏好。神学和圣经对他们都产生了根深蒂固的影响，甚至构成其思想的中心要素。”[1]

细究之，这类学者有的致力于神学的世俗化，如伊格尔顿、齐泽克(Slavoj Žižek)和布洛赫，其意图是将神学思辨引进唯物主义论域。伊格尔顿认为，左派应该从神学和教会中学习一些有价值的东西。齐泽克试图全面启用一系列神学观念。布洛赫最为人称道的是其对圣经的批判，特别是他的神话分析和政治诠释。他甚至提出，圣经研究并非神学的分支学科，而是拥有世俗学术的性质。这群学者中的另一些则反对神学，视其为不速之客，认为世俗化神学的危害较之常规神学更大，如阿尔都塞和本雅明。

然而现代诸多批评理论都对马克思主义圣经批评产生了重要影响，推动了该领域研究的深化。其中应当特别提到马克思主义文学理论家詹姆逊(Fredric R. Jameson)和伊格尔顿的贡献。詹姆逊的重要著作《政治无意识》[2]通过揭示潜隐于文学文本背后的意识形态和阶级冲突背景，启迪圣经学者将思辨重心从文本自身转移到它赖以生成的历史语境和文学生产方式上。伊格尔顿是最早倡导马克思主义圣经文学批评的理论家之一，他将神学议题纳入文学理论和批评范畴，在《批评与意识形态：马克思文学理论研究》中，[3]系统论及马克思主义与文学批评的关系、生产方式与社会历史和意识形态的关系，及其与圣经文本剖析之间的关系。

马克思主义《希伯来圣经》研究的基本议题

20世纪下半叶以来，马克思主义《希伯来圣经》批评呈现出相当强劲的发展势头，涌现出愈益增多的创新成果和杰出学者。总体而论，他们沿着两个方向展开工作：社会科学批评和审美批评。前者运用马克

1 罗兰·博尔：《天国的批判——论马克思主义与神学(下)》，胡继华、林振华译，台湾基督教文艺出版社，2010年，第305页。

2 Fredric R. Jameson, *The Political Unconscious, Narrative as A Socially Symbolic Act*, Ithaca: Cornell University, 1981.

3 Terry Eagleton, *Criticism and Ideology: A Study in Marxist Literary Theory*, London: Verso, 1976.

思主义的唯物史观和辩证法研究《希伯来圣经》内部及外部的种种问题；后者运用马克思主义文艺美学理论，包括詹姆逊、伊格尔顿等人的当代马克思主义文学理论，对《希伯来圣经》文本进行文学剖析和审美鉴赏。下面依次简介其中学术关注度较高的四个议题：《希伯来圣经》文本与其周边语境的关系，《希伯来圣经》文本与意识形态的关系，《希伯来圣经》文本与阶级的关系，针对《希伯来圣经》文本的马克思主义美学批评。

(1)《希伯来圣经》文本与其周边语境的关系

论及圣经文本与其周边语境的关系，研究者通常认为，那种关系颇为复杂。他们将目光投向社会意识的最终决定因素——社会的物质生产方式，对其予以详尽探讨和论述，提出许多颇具价值的新发现和新观点。关于生产方式，学者们的争论主要环绕着亚细亚生产方式的可行性、不同生产方式的变更，以及新生产方式出现的可能性来进行。[1] 较早、较全面亦较深入研究古代以色列社会生产方式的当推诺曼 · 哥特瓦尔德。他认为王国时期及后王国时期以色列社会的生产方式都属于亚细亚生产方式的变体，可称为纳贡制生产方式，但王国时期以色列民众须纳贡给本土君主，后王国时期则须纳贡给异邦君主及其在本土的代理统治者。余莲秀(Gale Yee)等人认同其观点；希姆金斯、乔布林、休斯敦、博尔等则对亚细亚生产方式之于古代以色列社会研究的可行性提出质疑。希姆金斯试图以恩主制生产方式取而代之，博尔兼以庄园制和恩主制形式描述古代以色列特定时期的社会经济运行状况，认为诸多研究者之所以彼此争论，是因为他们都犯了普遍主义(universalism)的错误，误将某一制度形式当作生产方式。

学者们还对以色列前王国时期的生产方式做出深入剖析。继哥特瓦尔德首倡公有制生产方式后，多位学者以之为基础，将其定义为家庭(族)生产方式。虽然名称互异，大部分学者几乎一致同意，在那种生产方式下，女性在生产和分配过程中的地位较高，拥有一定的权力和影响力。博尔和希姆金斯对那个所谓的“理想社会”发出质疑，

1 Roland Boer, “Twenty-Five Years of Marxist Biblical Criticism,” in *Currents in Biblical Research* 5, 3(2007), pp.298–321.

指出女性在经济和社会关系上依旧处于从属地位。有关家庭（族）生产方式的争论呈现出很强的反男权意识，研究者为女性构建了一个堪与男权社会分庭抗礼的理想国度——母系社会，且认为女性的地位和影响力是随着历史发展而日渐衰微的。然而究其实质，上述研究中的“女性主义”论调无意中支持了父权社会的神话：女性本是家庭的象征。[1]

（2）《希伯来圣经》文本与意识形态的关系

《希伯来圣经》学者主要从阶级、性别和种族视角展开意识形态批评，其中阶级意识形态批评的成果较多。梳理迄今可见的此类成果，不难发现，研究者主要聚焦于圣经文本与古代以色列社会上层阶级意识形态的关系。具体说来，他们发现《希伯来圣经》文本大致体现了王国时期统治阶级，申命派、祭司派编者，以及文士阶层（属犹大贵族下层）的意识形态。然而，从圣经文本中依然能发现某些被边缘化或遭到驱逐与压制的其他群体的微弱声音。

相对而言，同属弱势群体的女性、少数族裔批评者更热衷从性别及种族视角展开解读。由于古代以色列男性在教育和社会活动中常居优越地位，《希伯来圣经》体现出明显的男性意识形态，主要表现为男性与女性之间呈现出显见的等级差别，女性被描写成服务男性的工具，或被男性当作替罪羊，几乎处于无声状态。尽管如此，读者依然能在男性意识形态的黄钟大吕之外发现女性细若游丝的反抗之音，它们存在于诸多鲜活的圣经女性形象及其话语周围。

少数族裔和第三世界学者更倾向于立足自身的种族立场，质疑圣经文本，抵制文本内部的种族意识形态，抗拒弥漫于释经史上的殖民主义意识形态。他们指出，异族人在秉持种族优越论的圣经编订者笔下每每呈现为他者、工具和替罪羊。在该领域作出最大贡献的当属黑人圣经学者，无论是非洲黑人还是非裔美国人。他们致力于揭露和抵制弥漫于圣经学术中的白人中心地位及其释读传统，努力消解无所不在

1 Milena Kirova, “The Early Fathers of Marxist Feminism and the Holy Book,” in *Marxist Feminist Criticism of the Bible*, eds. Jorunn Økland & Roland Boer, Sheffield: Sheffield Phoenix, 2008, pp.26–46.

的欧洲中心主义，连同欧美学术的霸权位置。

(3)《希伯来圣经》文本与阶级的关系

阶级分析是马克思主义理论的核心概念之一，但在《希伯来圣经》批评实践中运用得较为滞后。在哥特瓦尔德的倡导和带动下，当代学者逐渐取得一些成绩，围绕着圣经文本呈现的生产方式和阶级关系，对阶级利益的隐晦表达，以及阶级与性别和种族之间的错综关系等问题展开研究和探讨。他们发现，对《希伯来圣经》进行阶级分析时，统治阶级的利益、诉求和声音极易被察觉，而穷苦人、下层阶级的声音及其反抗行为则常常被遮蔽和掩盖。

正是上层统治阶级的文化垄断、社会经济与教育水平的低下、底层农民在封闭式乡村经济体制下生存的艰辛，及其遭受盘剥的深重，共同导致了被剥削阶级文本的匮乏。余莲秀指出，在古代以色列社会，被边缘化群体——除了圣经中通常所谓的“外邦人、寡妇、孤儿”，还包括妇女、农民、工匠、服徭役者、流浪者及奴隶等——的声音不可避免地被圣经文本所屏蔽，处于失语状态。透过“公开记述”的圣经文本，能发现下层阶级的声音和反抗行为大都属于“隐秘记述”，其外在表现往往是归顺、服从和驯良。[1]这要求批评家特别敏感于反叛者形象，因为读者所能看到的通常都是经过统治阶级过滤的文本，无论见之于文稿残篇、艺术品、纪念碑文，还是其他历史遗迹。[2]

(4) 针对《希伯来圣经》文本的马克思主义美学批评

当代马克思主义学者从事《希伯来圣经》研究时不仅关注社会历史问题，而且注重对圣经文本进行文学探析和审美品鉴。他们致力于圣经叙事艺术、修辞技巧、篇章结构、文体类型等方面的实证考察，表明圣经之所以能承载博大精深的社会历史内容，乃是得力于其匠心独运

1 Milena Kirova, “The Early Fathers of Marxist Feminism and the Holy Book,” in *Marxist Feminist Criticism of the Bible*, eds. Jorunn Økland & Roland Boer, Sheffield: Sheffield Phoenix, 2008, pp.26–46.

2 Roland Boer, *The Sacred Economy of Ancient Israel*, Louisville: Westminster John Knox Press, p.176.

的语言功力和美学特质。他们借鉴了多种文学批评流派的理论，诸如叙事学批评和修辞学批评。萨拉·曼德尔（Sara R. Mandell）从隐含叙事者、真实叙事者、叙述视角、叙事的可靠性等角度详细分析了《希伯来圣经》中构成“基本历史”——指从《创世记》到《列王纪（下）》——的所有经卷，认为那部历史反映了隐含叙事者或真实作者的世界观；采用了特权阶层的视角，塑造出一个无阶级社会；其读者或接受者亦属于特权阶层，而非农民或下层民众。[1]纵观圣经文本，研究者发现其作者擅长运用多种多样的修辞技巧，诸如隐喻、夸张、反讽、对比、排比、类比、重复、呼告等。与此同时，他们对《希伯来圣经》文本的形式、结构、题旨、意象、核心词语、句法、体裁等也做出详尽的语言文体学剖析。

研究者尤其注重借鉴当代马克思主义文论家詹姆逊和伊格尔顿的美学理论，尤其是前者的三层诠释系统理论和后者的审美意识形态生产理论，对特定圣经篇章展开解读，得出诸多令人耳目一新的结论。罗兰·博尔出版专著论证多位西方马克思主义理论家，诸如阿尔都塞、列斐伏尔、葛兰西、伊格尔顿、布洛赫、本雅明、齐泽克、阿多诺、德勒兹等的理论与圣经的亲缘关系，指出他们运用各自的论点，对自《创世记》至《但以理书》的圣经卷籍做出的别开生面的马克思主义文学批评。[2]上述学术实践均注重揭示圣经“文学表达”与“历史内核”的会通，二者彼此印证，相得益彰，共同深化了对《希伯来圣经》文本意蕴的探索和发现。

马克思主义《希伯来圣经》研究的代表人物

20世纪下半叶，国外马克思主义《希伯来圣经》研究呈现出强劲的发展势头，涌现出一批颇有建树的批评家，如诺曼·哥特瓦尔德、罗兰·博尔、余莲秀、卡罗尔·迈耶斯、大卫·乔布林（David Jobling）等，其中美国学者哥特瓦尔德堪称首屈一指的领军者，澳大利亚学者罗兰·博尔被公认为年富力强的后起之秀。

1 Sara R. Mandell, “Primary History as a Social Construction of a Privileged Class,” in *Concepts of Class in Ancient Israel*, ed. Mark R. Sneed, Atlanta: Scholars Press, 1999, pp.21–36.

2 Roland Boer, *Marxist Criticism of the Hebrew Bible*. London: Bloomsbury, 2015.

(1) 哥特瓦尔德及其《亚卫的众支派》

哥特瓦尔德(1928—)作为极负盛名的马克思主义圣经学者,成功地将唯物史观运用于对《希伯来圣经》的分析中,不仅把近现代以来针对圣经的社会科学研究推上新层次,也为马克思主义与宗教的对话开辟了广阔前景,被推崇为"名副其实的马克思主义理论家"。[1]数十年来,他出版多部具有持久影响力的马克思主义研究圣经著作。他是诸多学术活动的组织者和领导者,在多家学术机构任职,且担任《激进宗教》(*Radical Religion*)等重要期刊的编委。同时他还活跃在社会政治舞台上,密切关注现实问题,为推动社会进步而奋斗。他以巧妙的构思和独特的观点实现了宗教研究与马克思主义理论的结合,将这两种看似相去甚远的领域和谐地融会在学术探索和社会实践中。他的理论和实践表明,圣经学者应从马克思主义理论中汲取营养。他那激进的政治态度、敏锐的思想洞察力、辩证的学术融通能力,以及博学的创新才华,都显示出其思想和创作的异常丰富性和特别深刻性。

哥特瓦尔德丰硕的著述,首推《亚卫[2]的众支派》。[3]此外,他还出版了之后影响深广的著作《〈希伯来圣经〉:社会学—文学概论》[4]《圣经与解放:政治社会学阐释》[5]等,并发表多篇极具影响力的论文。

哥特瓦尔德的代表作《亚卫的众支派》是一部观点新颖、论证细密、

1 Jacques Berlinerblau, "The Delicate Flower of Biblical Sociology," in *Tracking "The Tribes of Yahweh": On the Trail of a Classic*, ed. Roland Boer, London: Sheffield Academic Press, 2002, p.63.

2 圣经学术界普遍同意,希伯来上帝的名称之一以四个字母YHVH表示,读音为"亚卫"(或"雅威""雅赫维"等)。中国学者李荣芳于1931年翻译《耶利米哀歌》时首倡此名,其后朱维之等人沿用之。详见梁工:《当代文学理论与圣经批评》,人民出版社,2014年,第130页。本文所论"亚卫宗教",系指"崇拜独一神亚卫的宗教"。

3 Norman K. Gottwald, *The Tribes of Yahweh: A Sociology of the Religion of Liberated Israel 1250–1050 B.C.E.*, Maryknoll: Orbis Books, 1979. 通常简称为*The Tribes of Yahweh*,即《亚卫的众支派》。"众支派"是对"以色列十二支派"的泛称。

4 Norman K. Gottwald, *The Hebrew Bible: A Socio-Literary Introduction*, Minneapolis: Fortress Press, 1985.

5 Norman K. Gottwald, *The Bible and Liberation: Political and Social Hermeneutics*, Maryknoll: Orbis Books, 1983.

激情恣肆、充满思辨张力的学术杰作，堪称当代圣经社会科学批评的奠基性著作。全书分上下两卷，由十一个部分组成，共五十六章九百多页，实属鸿篇巨制。它“既是一部马克思主义批评理论的经典，也是一部卓越的圣经研究著作，不仅对丰富马克思主义理论，而且对圣经研究作出了显著贡献”。[1]

该书的贡献体现在三个方面：其一，对古代以色列社会的政治经济模式进行了富有创建性的分析；其二，对以色列民族起源的历史做出富有说服力的重构；其三，对圣经文本及亚卫宗教（Yahwism）进行了别出心裁的唯物主义解读。哥特瓦尔德将马克思主义理论创新性地运用于圣经批评中，对传统释经学发起挑战。在他看来，“亚卫宗教”与以色列共同体所奉行的“平等主义”（egalitarianism）之间存在着密切关系。他极力强调亚卫宗教作为一种社会意识形态所发挥的政治功能，主张把对亚卫宗教的研究与对早期以色列生产关系、生产方式、经济组织、社会结构和政治制度的剖析结合起来，进而提出“部落制重现”（retribalization）的宗教社会学假说。他还运用马克思主义阶级理论对以色列起源的历史加以探究，提出著名的“起义模式”（The Revolt Model），由此重构了以亚卫宗教发展史为主线的古代以色列社会嬗变史。这不仅为圣经的社会科学研究提供了新思路，也为古代希伯来民族的社会历史研究开拓了新路径。

《亚卫的众支派》标志着当代《希伯来圣经》研究的转型。其中心线索是哥特瓦尔德采用马克思主义的社会科学方法提出的一种激进假设，即亚卫宗教的起源与社会的经济政治密不可分，它作为一种以色列全民的社会性组织，与其赖以产生的社会经济结构之间原本存在着相互依存、彼此作用的关系。亚卫宗教是早期以色列人为追求平等主义社会而发起的一场激进运动，它实现了社会政治运动的功能。基于马克思主义理论视野，他认为亚卫宗教应被理解成一个唯物主义的意识形态术语，以色列的社会关系先于那种宗教而存在。同时，亚卫宗教不仅是追求平等社会的一种运动，也是导致一场社会革命的

1 Roland Boer, “Marx, Method and Gottwald,” in *Tracking “The Tribes of Yahweh”: On the Trail of a Classic*, ed. Roland Boer, London: Sheffield Academic Press, 2002, p.10.

"催化剂"。[1]

哥特瓦尔德较早注意到了圣经所载以色列早期社会中极为广泛的文化对立和阶级斗争。他依据马克思主义的阶级分析原理，着眼于以色列古代社会的冲突和变革，提出阶级斗争和农民起义的假说。他认为，亚卫宗教运动是由生活于以色列下层的贫困者和处于社会边缘的迦南民众共同发起的；他的"部落制重现"宗教社会学假说乃是在对比考察以色列平等主义社会与迦南分化对立社会的差异性基础上提出的。

哥特瓦尔德致力于"在对异乎寻常的社会问题进行研究时，综合传统的文学、历史和神学方法"，创作出一部能"反映激烈的历史变革，且展现社会革命和解放"的著作。[2]由此《亚卫的众支派》的研究重点并非神学，目的亦非神学批判，而是建构《希伯来圣经》批评的历史唯物主义理论范畴。他通过解读圣经文本，论证了"革命"在圣经话语中的地位和作用，贡献出一部充满革命斗争意味的圣经时代以色列民族史。

（2）罗兰·博尔的探索及建树

罗兰·博尔是澳大利亚纽卡斯尔大学人文与社会科学学院教授，当代最活跃的马克思主义圣经批评家，擅长进行《希伯来圣经》批评及马克思主义与宗教关系的研究。已出版二十余部专著，十一部编著，发表二百余篇学术论文，编写八十余个百科全书条目，其中部分著作被译成十余种语言，且多次再版。在其具有里程碑意义的专著《马克思主义〈希伯来圣经〉批评》[3]中，他探讨了马克思主义理论如何应用于《希伯来圣经》研究，寄希望该书成为"将马克思主义文学理论运用于圣经批评的导论性著作"，"使圣经批评家能够运用马克思主义理论，或者至

1 Walter Brueggemann, review of *The Tribes of Yahweh: A Sociology of the Religion of Liberated Israel, 1250–1050 B.C.E.*, by Norman K. Gottwald, in *Journal of the American Academy of Religion*, Vol. 48, No. 3(1980), pp.441–451.

2 Norman K. Gottwald, *The Tribes of Yahweh: A Sociology of the Religion of Liberated Israel 1250–1050 B.C.E.*, Maryknoll: Orbis Books, 1979, p.xxii.

3 Roland Boer, *Marxist Criticism of the Bible*, London: Sheffield Academic Press, 2003.

少能注意到，他们的批评实践中暗含着马克思主义观念的多种元素”。[1]在那部书中，他对哥特瓦尔德所论古代以色列社会经济模式做出精彩分析。他还推出“历史唯物主义著作系列”（Historical Materialism Book Series），其中包括《天国的批判——论马克思主义与神学·第1卷》《宗教的批判——论马克思主义与神学·第2卷》《神学的批判——论马克思主义与神学·第3卷》，专注于马克思主义与神学的关联性、圣经研究中的社会科学因素，以及马克思主义圣经批评的未来。[2]他被多所国际知名大学聘请为客座教授或主讲嘉宾，足迹遍及美国、英国、中国、丹麦、瑞典、挪威、芬兰、荷兰等数十个国家。

小　结

上述回顾表明，20世纪下半叶，尤其是最近三十年来，马克思主义指导下的《希伯来圣经》研究取得了重要成果。一方面，哥特瓦尔德、罗兰·博尔、余莲秀、乔布林、迈耶斯、希姆金斯等学者从宗教维度对马克思主义的核心概念予以别具一格的解读；另一方面，马克思主义理论也为其研究圣经提供了行之有效的哲学框架和分析思路。他们基于唯物史观，揭示出以色列神圣文化与世俗文化错综交织的状态，多方面论述了亚卫宗教与当时社会经济基础、政治体制之间的内在关联性，从抽象的神学思辨转向对以色列社会历史处境的研究；向两千年来基于神学唯心论的圣经释经学发起挑战，将奉行唯物论的圣经探索推向一个崭新阶段。

这批学者揭示了《希伯来圣经》文本与它生成于其中的古代以色列社会语境之间的关系，认为其中起决定作用的是当时社会的主导性生产方式。他们对以色列前王国时期、王国时期、殖民地时期的生产方式做了深入考察，结合《希伯来圣经》的创作和编修过程，指出圣经文本体现了当年统治阶级各阶层（诸如申命派、祭司派编者及文士阶层）的意识形态。部分学者甚至敏锐地搜索到隐藏在文本深处的性别、

1 Roland Boer, *Marxist Criticism of the Bible*, London: Sheffield Academic Press, 2003, p.4.

2 Roland Boer, *Criticism of Heaven: On Marxism and Theology* Ⅰ, Leiden: Brill, 2007; *Criticism of Religion: On Marxism and Theology* Ⅱ, Leiden: Brill, 2009; *Criticism of Theology: On Marxism and Theology* Ⅲ, Leiden: Brill, 2011.

种族和阶级意识形态，对古代以色列阶级的社会性质、阶级划分、阶级关系、各类文本与阶级利益的关系做出论证。这批学者也对圣经文本展开不同角度的文学批评和审美透视，抑或进行详尽的修辞学辨析，分析其隐喻、象征、夸张、讽刺、双关等言说技巧；抑或展开文体考评，诸如词源考证、语法学分析、句法学分析、文本结构分析、文类分析、体裁解读等。

然而，这批学者的学术事业毕竟处于初创阶段，还存在种种有待商榷和提高之处。他们在大胆运用经济基础、上层建筑、意识形态、阶级分析、革命斗争等马克思主义术语剖析古代以色列社会时，对亚卫宗教源流的理解难免在一定程度上存在泛政治化倾向。大致说来，他们对以色列宗教传统本身的丰富实在性显然关注得不够，论证问题时缺少充足的考古学材料以支撑；其笔下鲜见精深细致的圣经文本剖析，或多或少地犯了“理论先行，材料在后”的弊病。欲在该领域深入探讨，得出更加科学而稳妥的结论，尚有待于借鉴其周边诸多学科——如考古学、人类学、人种学、古代民俗学、社会历史学等——中的不断涌现的最新成果。

该学派的当代圣经学者应警惕被潜在的“简化经济决定论”（oversimplified economic determinism）所误导。可以说，其《希伯来圣经》研究在一定程度上还存在着简单化、模式化、公式化问题。他们倾向于把千变万化的社会现象纳入一个普遍适用的理论架构中，似乎只要冠以生产方式、经济要素、阶级分析之类概念，就能无往而不胜。经济基础对社会肌体的深层制约作用毋庸置疑，但未必往昔的每件事、每项成就都直接受制于经济原因。[1]此外，还应反思《希伯来圣经》研究中的“现时主义”（presentism）或“时代错误”（anachronism），即以今人之心度古人之腹，或采用当代学科的观察视角及批评范畴，对那部古老文本进行现代化的解读。例如，不少学者对古代以色列家族生产方式下“大家庭”与“核心家庭”的关系各执一词，罗兰·博尔指出，“核心家庭”是伴随着初期资本主义形成才逐渐出现的家庭单位，该词直至

1 Beth M. Sheppard, *The Craft of History and the Study of the New Testament*, Atlanta: Society of Biblical Literature, 2012, p.143.

1925年才首次出现于《牛津英语词典》中。[1]又如，乔布林早已敏锐地观察到，在对《希伯来圣经》进行社会科学批评的过程中，文学及审美分析缺乏必要的深度。[2]

展望未来，相信马克思主义《希伯来圣经》学者必将追求其自身研究与诸多相关学科融会贯通，不断破除其发展过程中的学术壁垒，真正践行马克思主义理论那深邃、广博、开放的精神内核，对当代学术形成更加深广的影响力。

二、区域圣经研究

1. 北美的圣经研究：研究重镇的转移

20世纪北美的圣经研究已经在全球占据了优势。19世纪与20世纪之交，众多北美学者到德国学习。仅在19世纪90年代，就约有四百多位美国人在德国的神学院读书。当然并非所有人都在德国获得了学位，也有一些教授到德国待上一年左右，为的是能与圣经学研究保持同步。刚开始，德国的现代批评方法在美国遭到抗拒，但后来逐渐被接受。耶鲁大学教授培根（Benjamin W. Bacon）公开接受较为新型的研究视角，1891年，他发表了《创世之创世》，[3] 1894年发表了《〈出埃及记〉的三重传统》。[4]他显然受到了格拉夫—威尔豪森学派的影响。其他在德国学习过的学者有摩尔（George Foot Moore），他在安多弗神学院和哈佛大学任教，曾在1895年、1909年和1910年数次到德国进行学术交流。1895年，他发表了关于《士师记》的评注，晚年发表了三卷本的《第

1 "Nuclear family," https: //en.wikipedia.org/wiki/Nuclear_family.

2 大卫·乔布林：《女性主义与古代以色列"生产方式"：方法论思考》，徐俊译，《圣经文学研究》第12辑，人民文学出版社，2016年，第62—86页。

3 Benjamin W. Bacon, *The Genesis of Genesis: A Study of the Documentary Sources of the First Book of Moses in Accordance With the Results of Critical Science Illustrating the Presence of Bibles Within the Bible, 1891*, Cornell University Library, 2009.

4 Benjamin W. Bacon, *The Triple Tradition of the Exodus: A Study of the Structure of the Later Pentateuchal Books, Reproducing the Sources of the Narrative, and Further Illustrating the Presence of Bibles Within the Bible, 1894*, Cornell University Library, 2009.

一世纪基督教时期的犹太教》。还有一个受到德国圣经学研究影响的北美学派是芝加哥大学学派,其研究主要以所谓的科学方法为中心。

第一次世界大战结束后,一些北美学者产生反德倾向,去德国深造的人数有所减少。他们倾向于到英国留学,尤其喜欢牛津和剑桥。许多英国学者到美国授课,包括雷克(Kirsopp Lake),他在牛津接受教育,1914年在哈佛大学任职。到英国学习的美国学者有古迪纳夫(Erwin Ramsdell Goodenough, 1893—1965),他于1923年在牛津获得博士学位,并开始在耶鲁大学教书。在这一阶段,研究重点不再是宗教观念,而是有一种从黑格尔的唯心主义到经验主义转移的倾向。圣经批评家对英国的经验主义尤其表现出一种执着。这一时期的圣经学者强调科学的语言学和历史、社会和文化史,以及圣经考古学。

其后,美国学者与欧洲其他国家的学者,包括意大利、斯堪的纳维亚地区国家的学者的交流日渐增多,美国也聘请这些地区致力于圣经神学、形式批评、编修批评,以及传统与正典批判的学者到美国讲学。新一代圣经学者不再限于语文学与历史考察,对圣经神学的兴趣愈加浓厚。关于美国圣经神学运动的兴衰问题在柴尔兹(Brevard Childs)的著作中得到了追溯。[1]第二次世界大战之后,北美大学的圣经学术课程与研究范围得到拓展,州立大学也开始开设圣经课程。有一些大有可为的圣经学者到欧洲教书,一些教授到欧洲大学休创作假,也有一些欧洲学者到北美任职。其结果是,20世纪50年代之后的北美成了国际圣经学术的大熔炉。即使欧洲仍然具有吸引力,但多数人在美国大学,尤其在耶鲁大学、哈佛大学、芝加哥大学、普林斯顿大学等名校获得圣经学博士学位。随着从事圣经学研究的人数增加,北美的圣经学者很快做出了全面而深入的研究,有些研究可以同以前的欧洲学术分庭抗礼。

到了20世纪70年代,圣经文学学会(the Society of Biblical Literature)扩展了其规划,吸收了众多成员。除《圣经文学评论》杂志外,学会又在1974年创办了《塞麦亚》(*Semeia*)杂志。1988年,又与美国宗教学会合办了《宗教图书评论》。由于英文图书市场至关重要,重要的德文

1 Brevard S. Childs, *Biblical Theology in Crisis*, Philadelphia: The Westminster Press, 1946.

著作被迅速翻译成英文。从1965年开始,罗马天主教学者也加入圣经学术研究的阵容之中。第二次世界大战后,北美学者参与了一系列重大项目,提升了对圣经文本、考古学、语文学以及背景研究的理解。

20世纪80年代北美的圣经批评研究已经成熟,最为优秀的学者不再到欧洲攻读圣经,而是在北美的大学与神学院攻读圣经。欧洲、亚洲、非洲和澳洲的圣经学者也到北美来攻读圣经,并学习新的批评方法。较新的批评方法包括叙事分析、修辞分析、文学批评、意识形态批评、女权主义诠释以及想象重构,等等。但即便如此,北美的多数圣经学者还是在传统研究的"参数范围"内工作。

一些著名的学术团体在相当程度上推进了美国的圣经研究。圣经文学学会(SBL)的前身是圣经文学与解经学学会,成立于1880年,1962年更名为圣经文学学会。成立第一年只有44人,到2012年其成员已有8 700人,乃迄今世界上最大的圣经及其同源研究学会。此外,在性别与种族上,其人员构成也发生了极大变化。成立之初,其成员为清一色的男性白人学者,但是到2012年,已经有23%的女性学者,7%的亚洲学者,4%的非裔美国学者,等等。成立于1842年的美国东方学会(the American Oriental Society, AOS)也为推进美国的圣经学研究作出了很大贡献。其成员有些也是圣经文学学会会员,尤其是从事近东研究与考古学研究的学者更是双栖人士。1900年,这两个团体与美国考古研究所(the Archaeological Institute of America, AIA)一起成立了美国东方研究学院(ASOR),成为美国最为专业的从事黎凡特研究的考古学家与历史学家团体。其成员来自美国和加拿大的数十所大学。另一个重要团体圣经指导协会(the Association of Biblical Instructors in American College and Secondary School)成立于1909年,后更名为全国圣经指导协会(National Association of Biblical Instructors)。1963年被命名为美国宗教学院(American Academy of Religion)。从20世纪初期到70年代,美国学者主要通过德语和法语来阅读圣经研究成果,有时也用另外一两门现代语言来阅读。即使今日,在美国从事圣经研究的研究生也被要求用英语之外的另外两种现代语言来阅读。大量的圣经研究著述被翻译成了英语,或者被从英语翻译成了其他语言,北美学者把欧洲的圣经研究奉为自己的学术传统,但在20世纪最后30年,情况发生了急剧转变。[1]

奈特(Douglas A. Knight)教授把20世纪的美国《希伯来圣经》研究或旧约研究分作三个时期。

第一时期:1900—1940年

20世纪初期北美的圣经研究深受欧洲圣经研究与保守的宗教传统的双重影响,这一时期的三场论争均源于19世纪。第一场论争牵涉传统的基督教信仰问题,焦点是:源于欧洲的圣经批判路径是否破坏了圣经的权威性与不可侵犯性?布里格斯(Charles A. Briggs)、联合神学院的爱德华·罗宾逊教授试图在圣经的高级批评与承认圣著的权威性之间做出清晰划分,但因其允许圣经学者持有批评立场,因而在1893年遭到指控,被称作异教。

第二场论争比第一场论争影响更加广泛,主要围绕着人类是由上帝创造,还是由动物进化而来展开。1925年,公立学校老师斯科普斯(Jone T. Scopes)遭到指控,被认为违背禁令,教授否定上帝创造人类故事的内容,教授人从低级动物进化而来的内容。直至1968年,美国高级法院才规定,这样的州立禁令是违背宪法的。令人吃惊的是,2010年的一次民意测验表明,40%的美国人口认为上帝按照自己的形象造人,另有38%的人口还能够接受进化论的学说,前提是上帝要指导这一进化进程。二者的冲突在20世纪与21世纪变得非常政治化。[2]

第三场论争与圣经阐释相关。1895年至1898年,一些女性在斯坦顿夫人的带领下出版了《妇女圣经》,因为她们认为原圣经中有诋毁女性的内容。大约一个世纪之后的1992年,一些圣经学者出版了与之相匹敌的《〈妇女圣经〉评注》。[3]与此同时,北美引进了欧洲,尤其是英国与德国的圣经批评研究。自19世纪上半叶以来对黎凡特地区所进行的考古的兴趣仍然持续着。这些考古成果影响到对许多圣经文本的年代界定。

---

1 Magne Sæbø, ed., *Hebrew Bible/Old Testament: The History of Its Interpretation*, Vol. Ⅲ / Ⅱ, Göttingen: Vandenhoeck & Ruprecht, 2015, pp.224, 229.

2 Ibid., p.236.

3 C. A. Newsom and S. H. Ringe, eds., *The Women's Bible Commentary*, London: Westminster John Knox Pr, 1992.

第二时期：1940—1968年

美国圣经批评在20世纪的前40年主要借鉴的是欧洲圣经批评方法，尤其是历史批评的方法，尽管二者所处的文化与政治气候不尽相同。德国尽管是圣经科学的摇篮，但是到了20世纪40年代，德国的圣经科学遭到重创。因此一些美国学者认为，圣经研究的重任转到了北美人的肩头。[1]在当时的圣经文学学会主席摩根斯特恩（Julian Mogenstern）看来，《旧约》文献分析的技巧越来越过时，文献假说的原则以及形式批评的原则越来越值得质疑。[2]

奥尔布赖特乃20世纪圣经研究的天才，是著名的考古学家、语文学家和陶瓷艺术家，对圣经阐释产生了重大影响。奥尔布赖特学派在北美的圣经学研究领域起到掌控作用。他虽然不是在英国接受的教育，但是和英国学者具有广泛的学术联系，他的设想反映出美国人的英国经验主义。第一次世界大战之后，他到耶路撒冷美国东方研究学院任职，1929年又到霍普金斯大学做闪米特语教授。

20世纪早期，因为威尔豪森等学者在19世纪对圣经所作的历史文学批评，许多学生确信圣经叙事无法与可信历史相比；另一方面，传统人士则深信圣经叙事具有历史可信性，以色列的一神教信仰具有独特性，等等。

在《从石器时代到基督教》[3]一书中，奥尔布赖特使用考古和历史文献，在表述以色列信仰时与前人，尤其与威尔豪森有很大的不同。他试图发展一种他所谓的“历史生物哲学”，注重文化的价值。他把旧石器时代到现代的南黎凡特历史划分为六个时期。作为一位考古学家，奥尔布赖特确信，圣经关于以色列历史的多数叙述，比如先祖时期、出埃及、约书亚的征服，具有历史可信性。奥尔布赖特不仅奉献了具有价值的研究成果，而且在霍普金斯大学也培养了众多圣经学研究的学者。他的学生从第二次世界大战之后至今，一直在美国旧约研究领域

1 Magne Sæbø, ed., *Hebrew Bible/Old Testament: The History of Its Interpretation*, Vol. Ⅲ / Ⅱ, Göttingen: Vandenhoeck & Ruprecht, 2015, pp.240–241.

2 Ibid., p.241.

3 William Albright, *From Stone Age to Christianity*, Baltimore: John Hopkins University Press, 1942.

居于代言人之列。这些学生包括莱特(George Ernest Wright)、门登霍尔(George Mendenhall)、布莱特(John Bright)等。

"奥尔布赖特"学派中的一位重要人物乃为莱特,他比较重视宗教与神学。在他看来,《旧约》表现出代表以色列人的神性活动,比如召唤亚伯拉罕、出埃及、颁布律法、征服土地、建立王权,等等。这些活动不仅表现出圣经上帝的特征,也表现出圣经文学的特征。另一位重要人物布莱特熟谙圣经、考古学和古代近东历史,发表了深具影响力的《以色列史》,[1]试图在圣经与以色列历史之间建构坚实的联系。《以色列史》数十年来一直是全美主流教派及各所神学院的历史教科书。对于布莱特来说,"出埃及"与"西奈山"是构成以色列核心特征的两根支柱。但数十年过去后,其观点受到了学界明显的争议。尽管他把自己称作历史学家,但哈佛大学的列文森教授等学者倾向于将其视为神学家。[2]

在20世纪50年代到60年代,美国学术界和普通民众对圣经考古学、圣经神学运动都颇感兴趣,在基督徒圈子中更是如此。但是到了20世纪60年代末期与70年代初期情形则大为改观,原因在于圣经考古学遭到了严厉批判。特别是在运用跨学科手段解释过去的可能性证据的"新考古学"出现后,传统的考古学的价值就大打折扣了。圣经神学也遭受到了致命的打击。先是巴尔发表了富有创见的语言学研究著作——《圣经语言的语义学》,[3]证明一味拘泥于从神学角度解释圣经具体词语和概念的反常之处,同时也挑战了把《旧约》与《新约》视为一体的研究方法;而后奥布赖克森(B. Albrektson)指出(与圣经神学的主张相反),以色列信仰行动的上帝的主张并无新奇与独到之处,因为多数近东文化传统也在想象上帝代表其信徒在历史上发挥着作用;最后是柴尔兹在1979年发表《〈旧约圣经〉导论》,[4]提出圣经神学应在基

1 John Bright, *A History of Israel*, Philadelphia: Westminster Press, 1959. 中文版译本《〈旧约〉历史》,周南翼、张悦等译,罗宇芳审校,四川人民出版社,2014年。

2 参见威廉·布朗:《以色列历史研究新动向》,见《〈旧约〉历史》附录,周南翼、张悦等译,罗宇芳审校,四川人民出版社,2014年,第465—518页。

3 James Barr, *Semantics of Biblical Language* , Oxford: Oxford University Press, 1961.

4 Brevald S. Childs, *Introduction to the Old Testament as Scripture*, Philadelphia: Fortress Press,1979.

督教教会经典的背景下加以引导，应把着眼点从圣经文本的历史批评转向经典批评，包括转向圣经的经典化过程，后圣经时期的圣经阐释历史，以及作为经典圣著的价值所在。

奥尔布赖特在碑文、正字学和古文字学方面产生了很大影响。他的两位弟子克罗斯（F. M. Cross）与弗里德曼（D. N. Freedman）对西北闪米特语言进行辨识，分析《创世记》《出埃及记》《撒母耳记》中一些具体的诗歌文本，确定其成书年代。克罗斯注重审视早期史诗与神话，并将其视为理解迦南语以色列宗教的窗口；弗里德曼则致力于研究早期诗歌。克罗斯对地方文本的研究乃是美国学者对《希伯来圣经》文本历史研究的一个重要贡献。他在奥尔布赖特的引导下，提出巴比伦、巴勒斯坦和埃及三种具有地方色彩的文本传统。库姆兰与撒玛利亚文本是在巴勒斯坦的语境中发展起来的，而埃及是“七十子译本”的发祥地，主要的马索拉版本则源自巴比伦的犹太社区。这三个文本体系在从公元前5世纪到1世纪之间逐渐发展起来，只是后来相互之间才发生关联。[1]

第三时期：1968年—21世纪之初

民权运动、越南战争等历史事件以及文学出版物逐渐增多、人文研究发展迅速等因素导致圣经研究领域的变化。历史研究方法让位给一些富有革新色彩的批评方法。早期的一些批评方法仍然存在，但是一些新批评方法的出现改变了圣经学术研究的风貌，尽管这些批评方法并非都是美国人首创。

首当其冲的当推女性主义批评方法。前文已经对女性主义圣经学做了较为详尽的述评。此处需要指出一个有趣的现象，多位女学者任圣经文学学会的主席，她们当中有菲奥伦扎（1987）、特利波（1994）、柏林（Adele Berlin，2000）、迈耶斯（2013）等。女学者已在圣经研究领域逐渐得到认可。第二种批评方法指在拉丁美洲出现的“解放神学”。[2]第三种批评方法出现于20世纪70年代，与社会分析方法相关，包括历史社会学、社会历史分析、历史人类学、马克思主义分析，等等。其中，比较著名的研究成果有弗里克（F. S. Frick）以及戈特瓦尔德（N. K.

1 Magne Sæbø, ed., *Hebrew Bible/Old Testament: The History of Its Interpretation*, Vol. Ⅲ / Ⅱ, Göttingen: Vandenhoeck & Ruprecht, 2015, pp.241,244

2 见于后文中魏然撰写的关于拉美世界的圣经研究的内容。

Gottwald)合写的论文《古代以色列的社会世界》,[1]以及前者独著的《亚卫的众支派》。20世纪90年代,出现了两部尤为关注社会历史的著作,一部发表在北美,一部发表在欧洲大陆。前者以时间顺序布局,针对不同历史时期的文学文本进行探讨(从资料、历史、社会证据等方面);后者根据研究领域,比如社会组织、政治、宗教、文字能力、律法、伦理、经济、物质文化、领袖、经典形成等来安排结构。

第四种批评方法与圣经文学协会主席梅伦堡(James Muilenburg)在1968年发表的致辞《形式批评及其超越》有关。梅伦堡分析了赫尔曼·贡克尔的形式批评方法的利弊,提出对圣经进行风格与审美上的批评,用他的术语讲便是"修辞批评"。他十分关注希伯来叙事与诗歌的语言范式、结构形式、行文技巧(如重复、修辞、关键词等方面的问题等)等方面的内容。继之,涌现出一系列的圣经文学批评著述。这些新的文学批评方式不仅关注文本的意义,而且也关注为什么意义如此。梅伦堡的学生特利波在《修辞批评》一书中详细讲述了方法论的问题。许多富有见地的论文均收集在罗伯特·奥特等编辑的《圣经文学指南》一书中。修辞批评具有比较广泛的语境。20世纪60年代,英语教授对圣经修辞产生了兴趣,从那以后,哲学家、科学哲学家、人类学家以及其他许多学人对修辞产生了兴趣。修辞批评包括了许多不同的批评,包括现代主义,形式主义,读者反应批评,巴特(Roland Barthes)、索绪尔(Ferdinand de Saussure)等人的解构主义与符号学,德里达(Jacques Derrida)和保罗·德曼(Paul de Man)的解构主义,福柯等人的心理与精神分析批评,威廉姆斯(Raymond Williams)的马克思主义与新历史主义,弗莱的少数民族与正典概念研究。这些批评已经完全延伸至前文所说的意识形态批评、女性主义释经学以及意象主义视角等诸多方面。

20世纪最后三十余年,一些边缘群体所从事的圣经批评使圣经研究发生了变化。除了非裔美国人之外,还有亚裔美国人对圣经进行阐释,他们在圣经研究领域发表了越来越多的成果。多数新型的批评方法均出自20世纪的最后三十年,这种变化也反映出20世纪60年代以

1 "The Social World in Ancient Israel," co-authored by F. S. Frick and N. K. Gottwald. 详见梁工撰写的《国外马克思主义圣经批评研究概览》,载《圣经文学研究》2019年第1辑。

来的文化巨变与挑战。基本表现为两大形式：一是对释经学的怀疑，一是恢复文本与文化语境中前所未闻的声音。到了20世纪70年代末期，众多圣经学者认识到其研究主要服务于国际圣经学术，而不是教会。美国学者遵循以前的研究路径，但是加进了社会分析、社会学、人类学、女权主义、修辞学、叙事学以及意象批评的方法，似乎在逐步统领国际的圣经研究。一些著名的圣经学者甚至提出要把圣经批评当成科学。

当然，对于文学从业者来说，20世纪一个重要的研究话题便是圣经与文学、圣经与文学理论的关联。对此，我们将在第二编予以进一步论证。

2. 澳大利亚与新西兰的圣经研究

位于大洋洲的澳大利亚与新西兰两个国家，在圣经研究领域具有几个明显特征。首先，这两个国家都是英国的殖民地，均是多元文化的社会，面临着巨大的社会挑战。这些因素在很大程度上造成：占人口比例大多数的基督徒和占少数的犹太定居者在圣经经典的确立、翻译与阐释方面不尽相同，因此就等于拥有其不同的圣经。随着新移民人口不断增长，不同的宗教派别相互摩擦。逐渐，新移民也把自己当成了原著民，他们也有自己的圣经与信仰。对于圣经的理解也决定了其融入新文化的过程。当“高级批评”传入澳大利亚与新西兰时，当地的教会对其采取好奇、接受、对抗，甚至敌意等多种态度，但他们逐渐还是被外来者进行了不同程度的“殖民”。这时神学院也开始教授新的批评方法。这些因素都对当地的教会产生了影响。

按照奥布莱恩（Mark A. O’Brien）的说法，圣经研究在澳大利亚与新西兰也经历了三个阶段：19世纪到第一次世界大战前夕，两战期间与战后阶段，1960年之后。

从19世纪到第一次世界大战前夕，教会与神学院的圣经研读基本上是欧洲圣经研究的翻版。澳大利亚与欧洲和美国不同，根据宪章大学是世俗化的，与教会是分离的，因此不教授神学与圣经研究，但是教会可以为大学生服务或在大学校园附近办寄宿学院。这些地方就成了神学中心，教会的牧师们可以在这里进行圣经研究。与此同时，澳大利亚还建有许多神学院，同英国国教相关。新西兰的情况大体相同，从

19世纪中叶以来也建立了一些神学院。这些神学院对澳大利亚与新西兰的圣经研究创新非常重要。首先，它们拥有自己在海外培养的学者，熟悉时下涉及《希伯来圣经》的争论，包括历史批判分析，比如格拉夫—威尔豪森关于《五经》编纂的文献假说，进化论与科学对圣经创世叙述的影响，等等。其次，人们把教会视为在新国家里对母国延续的象征，尽管引进了富有争议的想法，但是在殖民地这些想法却被赋予了一种地方色彩。这一期间，墨尔本的几位学者史密斯（T. J. Smith）、哈泊尔（A. Harper）以及伦托尔（J. L. Rentoul）之间爆发了针对威尔豪森文献假说的争论，后两位支持威尔豪森的观点。与其他地方的情况不同，澳大利亚当时既没有关于神学研究或圣经研究的杂志，也没有圣经研究社团。因此这些争论只能反映在当时的一些报刊上，连普通民众都可以知晓。但墨尔本的激烈论争似乎没有在悉尼的同仁当中引起过多反响。[1]

新西兰的新教学者也在对圣经的看法上经历了挑战和争论。与澳大利亚不同的是，毛利人在解释以色列人历史时联系到了自身境遇，比如在侵略者的魔爪下遭受苦难，饱受流亡之苦，期待弥赛亚的降临，等等。

虽然从1920年到1945年澳大利亚出版了许多神学著作，但是缺乏深度。[2]战后澳大利亚与新西兰的圣经研究交叉发展。苏格兰出生的澳大利亚学者汉特（S. F. Hunter）编辑了《国际标准圣经百科》，兰斯顿（H. Ranston）出版了《圣经智慧书及其训诫》，但是天主教会内部的圣经研究，在1900年到1942年却经历了其黑暗的年代。也许，战后同《希伯来圣经》研究关联密切的重要发展便是圣经学院的形成，但是，澳大利亚的圣经研究由于受到战争影响，没有特别重要的成果。

20世纪60年代以后，战争前后成长起来的一批人接受了很好的教育，高等教育的发展对神学研究也产生了影响。澳大利亚与新西兰的圣经研究此时得到了长足发展，进入新旧方法交替的时期。以前引进的历史批判分析此时获得了成功。新西兰人汤普森（R. J. Thompson）

1 Magne Sæbø, ed., *Hebrew Bible/Old Testament: The History of Its Interpretation*, Vol. Ⅲ / Ⅱ, Göttingen: Vandenhoeck & Ruprecht, 2015, p.274.

2 Ibid., p.276.

认为,多数从事圣经研究的学者欣赏格拉夫-威尔豪森关于《五经》编纂的假说。此外,澳洲的圣经文学研究也受到了美国圣经研究的影响。众所周知,关于历史分析的价值在20世纪受到争议。澳大利亚与新西兰的读者因为自身遭际,受女权主义与后殖民主义圣经批评的影响极大,在与原著民的关系上尤为如此。

3. 亚洲的圣经研究

以色列的圣经研究

作为世界上迄今仍旧使用最初书写圣经使用的希伯来语的国家,以色列的圣经研究具有其独特性。复兴希伯来语与创建犹太新国家乃现代犹太历史的两大支点。而在这一进程中,圣经的作用不容忽视。犹太复国主义运动从一开始就用圣经希伯来语,主张回归"锡安"(《诗篇》126),主张复兴圣经,并把圣经学习置于巴勒斯坦希伯来学校的中心位置,并将其作为民族复兴的组成部分。同时,犹太复国主义运动又在某种程度上提升了圣经的荣耀,因为要实现圣经中的先知预言。而且,圣经上的地理名称与圣经考古也在某种程度上证实了犹太新移民及其后裔与这片古老新土地的关联。[1]这样一来,以色列的圣经研究在追求学术化的同时不免又蒙上了浓重的意识形态特征。

(1)以色列圣经研究的政治化

人们可能以为犹太复国主义解经学在学术界没有立足之地,因为它没有语文学和历史研究作为支撑。然而,政治家与学者们往往又以各种方式强调了犹太复国主义者关于圣经的世俗概念。以色列第一任总理大卫·本-古里安(David Ben-Gurion)认为,圣经是他们的创造,不再需要身份证明。他从犹太复国主义领袖的立场出发,表明了圣经同以色列民族的关系。甚至在以色列独立宣言中也出现了"以色列之石"的字样,将圣经视为上帝的替代物。

以色列历史学家、海法大学教授阿妮塔·沙培拉(Anita Shapira)曾

1 Uriel Simon and David Louvish, "The Place of the Bible in Israeli Society: From National 'Midrash' to Existential 'Peshat'," in *Modern Judaism*, Vol. 19, No. 3 (Oct., 1999), pp.217–239.

经发表数篇论文，讨论大卫 · 本-古里安与圣经、圣经与以色列人的身份建构问题。在《本-古里安与圣经：历史叙事的铸造》[1]一文中，沙培拉认为，本-古里安对于犹太历史的影响就像丘吉尔之于英国，戴高乐之于法国。在历史观上，本-古里安把历史视为科学，因为历史映照出过去的现实，这一观点本身充满了矛盾。但当面对《约书亚记》之类的历史是否具有真实性之类的问题时，他本人也陷入疑虑之中。沙培拉认为，在1948年以色列建国之前，本-古里安并没有深入探讨犹太历史与文化，相反，倒是其助手卡茨尼尔森（Katznelson）从20世纪30年代开始便努力塑造带有社会主义内容的世俗文化。

1948年以色列建国后，本-古里安频繁召见他心目中的"思想家"，探讨古老民族的当代生存与出路问题。一些知识分子提议以色列应该成立文化部，但本-古里安认为如今的文化部就是国防部。他试图用军队来塑造来自流散地的犹太移民的精神，以及正在形成的犹太民族精神。他强调学习希伯来语文化（包括犹太历史）的重要性。要向军人讲授圣经，以及现代希伯来文学的特征，同时还要让他们熟悉以色列土地。在这个过程中，圣经在他的精神与知性世界里占据了中心位置。[2]确切地说，从1948年以色列"独立战争"结束后，本-古里安对圣经的看法便增加了新的维度，从土地与人的关系上升到国家主权问题。他认为一个民族只有在自己的土地上拥有主权，才能领会圣经的精神实质和直接阐释圣经。在他看来，非犹太人，以及那些没有用圣经的语言阅读圣经、没有耕耘故乡土地的犹太人不可能抓住圣经的实质。[3]圣经文本的字面含义与《密释纳》《塔木德》的文字以及中世纪解经学家拉什的精细解读之间的对照，被本-古里安视为在以色列诞生的原创圣经与在大流散中形成的经院哲学之间的差异。这样一来，他眼中的英雄便是圣经中所描绘的第一圣殿时期的英雄。而在对待第二圣殿问题上，他的看法则截然不同，因为在第二圣殿时期，犹太人只有八十年是独立的，其余年代均沦于异族统治之下。本-古里安在研究中试图证明：希伯来人从很古老的时

1 Anita Shapira, "Ben-Gurion and the Bible: the Forging of Historical Narrative," in *Middle Eastern Studies*, Vol. 33, No. 4 (Oct., 1997), pp.645–674.

2 Ibid., p.657.

3 Ibid., p.658.

期就定居迦南，亚伯拉罕不过是居住在迦南的希伯来人之一。[1]

沙培拉认为，本–古里安与圣经的关系充满了矛盾。一方面他经常引用先知们的社会与道德训诫，以及他们关于世间和平的观点；另一方面其真正兴趣往往在圣经中充满血腥的事件，如犹太人对巴勒斯坦的征服、出埃及、大卫与哥利亚等。他实际上试图借用圣经来证明犹太人在巴勒斯坦生存的合法性。[2]更重要的是，他反对学者们所倡导的圣经批评，把圣经当成了意识形态的工具。

本–古里安对圣经文学的态度与其历史思想密切相关。希伯来文学，尤其是希伯来诗歌，在建构犹太复国主义运动与圣经的双重联系时起到了重要作用。阿尔特曼（Natan Alterman）与吉尔伯阿（Amir Gilboa）在以色列建国后的第一个十年便作诗歌颂扫罗王的英勇之死。吉尔伯阿试图证实犹太民族在这片土地上具有一种地理身份与民族身份的延续，圣经与之同在。这样一来，圣经就成了犹太复国主义者的圣典。而对文化犹太复国主义者阿哈德·哈阿姆（Ahad Ha'am）来说，圣经则成为犹太伦理与精神生活之源。但这种现象并非一成不变。在1963年的作家大会上，哈扎兹（Haim Hazaz）便尖锐地抨击本–古里安，认为位于流散地的犹太乡村，乃是学习《托拉》、获取知识的场所，也是巨大的精神力量来源。他攻击本–古里安对圣经的狂热崇拜，认为他本人并不适用"选民"，或者"民族之光"一类的词语，这些词语只不过是修辞，是一种自我装饰的姿态。"圣经对我们没有任何益处。是口传律法，而不是圣经，使犹太人成为永恒的民族。那些声称圣经就是一切，圣经拯救了我们的人，是错误的，是在欺骗别人。"[3]

沙培拉在圣经研究领域的另一篇重要论文《圣经与以色列人的身份》中则指出，当今以色列人，包括国家学校系统内许多犹太毕业生和阿拉伯毕业生，其在日常讲话、商业语境与公共话语中自由进行的对圣经的清晰阐释、参考资料的共同来源以及思想—情感内涵具有某种程度的

1 Anita Shapira, "Ben-Gurion and the Bible: the Forging of Historical Narrative," in *Middle Eastern Studies*, Vol. 33, No. 4 (Oct., 1997), p.658.

2 Ibid., p.659.

3 Ibid., p.664.

一致。[1]

海法大学另一位历史学家范妮亚·奥兹(Fania Oz-Salzberger)曾经讨论过以色列对圣经的政治运用问题。她认为,圣经直至现在仍然强烈地呈现在以色列的公共话语中,它拥有情感力量,拥有思想与政治暗示。更重要的,它不是任何人的专属特权。1948年以色列建国后,采用了一系列圣经象征,尤其是《出埃及记》第37章第17节至第24节描述的耶路撒冷圣殿里的七支烛台。另一方面,促进人权与犹太—阿拉伯人和平的民间团体组织也从圣经中寻找依据。

范妮亚·奥兹还认为,圣经是文化的组成部分,也是律法与民族传承的组成部分。它几乎作用于论争的所有声音,从超正统到超世俗,从种族主义者到博爱主义者。尽管圣经对于时下事务话语来说有点像超级市场,但不要让它来误导你:每一位读者与阐释者都确信他的阅读、他的阐释是正确的,或者至少是优美的。以色列圣经依然存在,但以前从未这么政治化。[2]范妮亚虽然并非专门致力于圣经研究,但其观点别具特色,在与父亲合著的《犹太人与词语》中对圣经中的许多人物进行了重释。[3]

犹太学者承认圣经在以色列的意识形态化,亦对这种现象有所批评。摩西·格林伯格在《论现代以色列对圣经的政治运用:参与批判》中,曾经高度评价美国著名圣经学者雅各·米尔格罗姆(Jacob Milgrom)的圣经研究,称其研究在深广程度与说服力方面远非当代学者所能企及。米尔格罗姆确信,圣经中的话语仍旧活在当今世界中,但在政治舞台上对圣经有很多误用。[4]格林伯格称自己出于友谊与感激,

1 Anita Shapira, "The Bible and Israeli Identity," in *AJS Review*, 28, pp.11–42, 2004.

2 Fania Oz-Salzberger, "Political Uses of the Hebrew Bible in Current Israeli Discourse: Transcending Right and Left," in *The Australian Journal of Jewish Studies*, Vol. XXV: (2011), p.28.

3 阿摩司,范妮亚·奥兹–扎尔茨贝格尔:《犹太人与词语》,钟志清译,译林出版社,2019年。

4 Moshe Greenberg, "On the Political Use of the Bible in Modern Israel: An Engaged Critique," in David Pearson Wright, David Noel Freeman, and Avi Hurvitz eds., *Pomegranates and Golden Bells: Studies in Biblical, Jewish, and Near Eastern Ritual, Law, and Literature in Honor of Jacob Milgrom*, Winona Lake: Eisenbrauns, 1995, pp.461–472.

撰文批判圣经在当代以色列的政治运用。在格林伯格看来，对于以色列国家来说，《希伯来圣经》乃是犹太—以色列人（亚伯拉罕、以撒、雅各和约瑟的后裔）生存在以色列土地（上帝对族长的允诺）上的依据，是他们对其他民族的态度（以色列人乃是上帝“special treasure”）、道德价值（“正义”“帮助贫贱”等）、讲述与使用的语言、希望（民族救赎、世界和平）、智慧等的来源，是犹太人对人类文化的贡献。因此，圣经对于以色列教育至关重要，所有政党与运动通过引用圣经来证实其本身的权威性与合法性，以寻求民众支持。这样一来，以色列在使用圣经过程中便产生了一些问题，在讲述圣经时有多重声音，有些声音之间矛盾重重。而且，文本本身被在其中发现新意与暗示的阐释所覆盖。这些传统的意义整个被公众当作圣经的原创的意义。[1]

格林伯格把当今以色列发出的关于圣经的不同声音分为三种：第一种声音来自恪守宗教礼仪的犹太人（observant Jews），指那些在大流散期间与“六日战争”之前的以色列内恪守《托拉》的犹太人。其声音通过《塔木德》—米德拉西—拉比文学，以及哈拉哈、阿格达与法典编纂传统慢慢发送。由于拉比们有力量管理社会、商业或政治行动，因此如今的布道与公共宣讲限于上帝与人的关系。但圣经中对社会腐败或者权力滥用等问题则很少在拉比宣讲中体现出来，并且对国家举措采取沉默态度。第二种、第三种声音来自非恪守宗教传统的犹太人（non-observant Jews），他们也崇拜圣经，但是讲述方式却有所不同。其中又可以分为两大类（代表了两种声音）：一类是提倡各种社会主义主张的“劳工阵营”。对于这些人来说，圣经为进步之源。他们认为先知们赢得了很大的尊重，代表着反对统治者、富人与剥削阶层的受压迫阶层，主张社会正义与社会平等。他们从圣经中吸取了一些表达方式，如“土地救赎”，指耕种土地；以及“人的救赎”，指使犹太人摆脱大屠杀的生存状态。另一类是“民族”阵营。对于民族主义者来说，圣经首先是他们通往以色列的特许。他们非常喜欢圣经地理——风光与军事斗争路

1 Moshe Greenberg, “On the Political Use of the Bible in Modern Israel: An Engaged Critique,” in David Pearson Wright, David Noel Freeman, and Avi Hurvitz eds., *Pomegranates and Golden Bells: Studies in Biblical, Jewish, and Near Eastern Ritual, Law, and Literature in Honor of Jacob Milgrom*, Winona Lake: Eisenbrauns, 1995, p.462.

线，他们渴望认同古代犹太人的定居地点。他们十分珍视圣经中所描绘的古代以色列画卷，比如强健、能征惯战、建功立业的百姓。对于他们来说，圣经传达出独立与主权的新鲜气息，他们乐于将圣经称作“书中之书”。在现实生活中，这三种声音往往融合在了一起。[1]

格林伯格认为，在他撰写这篇论文时的20世纪90年代，犹太民族正在士气与道义上面临着危机，这是“六日战争”占领老城与锡安山等领土带来的后果。而一些极端主义者试图用圣经来证明合法化的做法更加剧了这一危机。[2]

格林伯格还通过引用一些学者与解经学家对《诗篇》第15篇、《以赛亚书》第33章第15节、《利未记》第19章第18节的讨论，试图说明圣经的一些核心思想，如正义、爱邻如己等。他认为在圣经所表达的基本的社会关系中，没有所谓“征服与在土地上定居”的戒律，但在《托拉》、《先知书》与《诗篇》中却包含着建立正义、人与人相互爱戴的社会的教导。[3]

年轻一代不再满足于扎根这个国家，而是要展翅探索世界。可以说，犹太复国主义作为世俗宗教已经失去了魅力，圣经也不再是某种宗教的圣典了。具有浪漫色彩的犹太复国主义理想、以色列复兴的奇迹、民族自豪感统统减弱。现实与具有神话色彩的过去之间的距离日渐增大。民族的释经不再能够解释圣书与现实之间的差异，于是便失去了其力量。圣经再也不能像过去那样，成为人们的灵感之源与行为指南，进而也逐渐失去了魅力。一旦这种民族的阐释失去了魅力，也就失去了创造力。作家沙莱夫在《今日圣经》中，提出了一种平等阅读圣经的方法，把圣经拉到日常生活当中。其幽默的解读为读者开辟了一条新的路径，同时又使得自己的观点不带有亵渎之嫌。圣经在年轻一代以色列人中逐渐失去掌控。

在圣经阐释世俗化的进程中，学生们便产生了学习圣经的社会动

---

1 Moshe Greenberg, “On the Political Use of the Bible in Modern Israel: An Engaged Critique,” in David Pearson Wright, David Noel Freeman, and Avi Hurvitz eds., *Pomegranates and Golden Bells: Studies in Biblical, Jewish, and Near Eastern Ritual, Law, and Literature in Honor of Jacob Milgrom*, Winona Lake: Eisenbrauns, 1995, p.464.

2 Ibid.

3 Ibid., pp.467–468.

机。他们认为，通过学习圣经，可以更好地领会集体话语，为未来的人生做准备。宗教犹太复国主义尽管反对世俗的犹太复国主义运动，但也成了当时集体话语的组成部分。宗教学校的学生也参与了与圣经相关的一些世俗化活动，被民族阐释的魅力俘获，承认"土地救赎"等等。也许这种民族的解经方式既可以证实犹太复国主义的合法性，同时又能保证圣经在犹太社会的中心位置。[1]

但同时也应该看到，圣经研究领域中这些革命性的变化对正统派犹太教徒影响甚微。这一派犹太人反对任何把圣经与口传律法分开的尝试，认为圣经在犹太民族与文化的生存中占据着中心位置。《塔木德》的世界观认为书写律法不可侵犯，但是并不具有权威性。口传律法是最为权威的圣经解释，并且决定着那些内容如今依然有效。在正统派犹太人的学校里，男孩和女孩都要学习圣经，但是，当男孩子决定学习《塔木德》之后，就不再学圣经了。也有成人把时间一分为三，分别用来学习圣经、《塔木德》和米德拉西之说。《巴比伦塔木德》三项内容全包括了，所以到了中世纪就只学《巴比伦塔木德》。在过去的几个世纪，说教阐释有所减弱，其结果是，当代正统派犹太人群体把学习《塔木德》提升到史无前例的地位，因此对于圣经在犹太国复国主义阵营中地位的变化不闻不问。其代价便是任何关于圣经评注方面的著述都没有出版，只出版了一些古典评注集锦。

一些守教人士在犹太会堂会接触到圣经的一些重要内容，比如听周末读经，在日常祈祷和安息日仪式上背诵诗篇。他们把学习圣经当成宗教责任，其子女也会参加圣经竞赛。是把圣经当成宗教经典，还是要对其进行带有世俗色彩的民族意识的解读，始终充满着矛盾。近年来，世俗的以色列人逐渐把他们自己和圣经拉开了距离。民族解经在过去与现在之间建立了一种类比关系。他们寻求字面意思，也就是寻求文本的主要意思，却没有忽略过去与现在之间的区别。无论是宗教信仰还是社会习俗（如女性权利）都有赖于历史语境的理解。

（2）学院派的圣经研究

在过去的几十年间，以色列的圣经学术研究有了长足发展，并且成为

1 参见奥兹《爱与黑暗的故事》中的相关描述，钟志清译，译林出版社，2017年。

国际圣经研究的重要组成部分。学者们参考了几个世纪以来基督教学者所从事的圣经研究与批评，试图还原圣经历史的本源。1950年，便有希伯来语《圣经百科》问世。逐渐，以色列这个创造了圣经的民族在国际圣经研究领域找到了自己的位置。对圣经进行自由的学术研究有助于摆脱某些先入为主的意识形态需求，摆脱所谓民族的与宗教的束缚。但是，对圣经的学术研究也难免会打上时代精神的烙印。1948年以色列建国之后，圣经研究在所有的大学均有所体现，有时作为独立的系，有时作为整个犹太学系的组成部分。有的新学院甚至把圣经当作一门专业，因为在中小学都要学习圣经。以色列圣经研究的成果包括包罗万象的《圣经百科》（1958—1988，五卷本），以及部分完成的《以色列圣经》系列。

建立于1925年的希伯来大学成为犹太人从事《希伯来圣经》批评研究的平台。佩莱斯（Felix Perles）在1927年致希伯来大学犹太学院的献词《我们为什么需要圣经研究》中倡导圣经研究，认为圣经研究乃是一切犹太研究的基础。应该根据科学与犹太教来解释圣经，但犹太学者从事圣经研究的人数确实太少，不免令其感到遗憾，他认为这是以色列的一大损失。[1]最初，希伯来大学一直争论如何设置圣经这门课，不知是按照现代批评方法还是从传统的犹太视角来教。尽管那时一直有著名的圣经学者在希伯来大学教课，但没有为圣经找到一席之地。1932年，大学建立了二级系叫作米克雷（Miqra），这是犹太拉比对《塔纳赫》的称呼，1940年它才升级为一个完整的系。1949年到1950年，希伯来大学的圣经研究发生突变。圣经研究的职位由叶海兹凯尔·考夫曼（1889—1963）和西里格曼（Isac Leo Seeligmann，1907—1982）共同承担，他们都是圣经批评学者。

考夫曼生于乌克兰，曾在敖德萨和彼得格勒的犹太学院学习《塔木德》，后在瑞士伯尔尼大学接受哲学与圣经教育，1918年获得哲学博士学位，1920年其博士论文在柏林发表，1928年开始在希伯来大学任教。考夫曼有意识地选择用希伯来语写作，他用希伯来语写就的七卷本《以

1 Marc Zvi Brettler and Edward Breuer, “Jewish Readings of the Bible,” in *The New Cambridge History of the Bible: From 1750 to the Present*, ed., John Riches, Cambridge: Cambridge University Press, 2015, p.307.

色列宗教史：从初始到巴比伦流亡》[1]，囊括了以色列宗教与圣经文学史。在学界被誉为“极富有独创性，对《希伯来圣经》研究做出了重要贡献”。[2]考夫曼接受了来源批评，但是观点与当时依然具有影响的威尔豪森和欧洲学派观点迥然相异。

在圣经的成书与编纂年代上，考夫曼的主要观点为：完整的《托拉》文学（《五经》与前先知书）形成于巴比伦流亡之前。后先知书约在公元前5世纪中叶完成。许多作品，包括《约伯记》、《箴言》与《诗篇》也是流亡前的作品。也许，与普遍观点形成极大反差的是对《诗篇》成书年代的界定。[3]他坚持认为P底本先于D底本，圣经宗教乃是一神论，对基督教的发展产生必要的影响，乃基督教与伊斯兰教之源。同时，他还认为圣经文本具有历史真实性。在他看来，外部世界对以色列宗教的影响只发生在摩西之前，但以色列的一神教始于摩西时代，并非外部世界影响的结果。这套书的删节本被摩西・格林伯格翻译成清晰的英文，删节本共分为以色列宗教的特征、古典预言前期的以色列宗教史、古典预言三个部分，讨论了叙事中的民族诸神、诸神及其神话、神话的缺失、古典批评的地位、文学与时代等诸多问题，对犹太圣经研究产生了深远影响。

西里格曼是古典学博士。1907年生于阿姆斯特丹，曾在荷兰以色列神学院学习拉比犹太教，并在阿姆斯特丹大学攻读希腊文与拉丁文。在博士论文《〈以赛亚书〉的七十子版本》中把犹太拉比传统与希腊罗马语言学结合起来，认为七十子版本圣经诗作是犹太—亚历山大神学文献。1950年加盟希伯来大学，在那里执教二十五年，发表了大量的圣经史学著述，对主流圣经研究作出了重大贡献。他把圣经当作对过去的反映，在以色列圣经研究领域掌控了几十年，培养了一批学者，并同欧洲学术界建立了广泛联系。

在以色列，一些人沿袭考夫曼的路径，主要用希伯来语为以色列读者写作；另一些则像西里格曼那样也用英语等欧洲语言写作。一

1 Yehezkel Kaufmann, *The Religion of Israel*, trans. Moshe Greenberg, New York: Schocken Books, 1972.

2 David Noel Freedman, “Review: *The Religion of Israel*, from Its Beginnings to the Babylonian Exile,” in *Journal of Biblical Literature*, Vol. 81, No. 2 (Jun., 1962), p.185.

3 Ibid.

批学者，如梅厄·韦斯（Meir Weiss）及其弟子雅伊尔·扎科维奇（Yair Zakovitch）均从文学角度来研究圣经。韦斯在1962年出版了希伯来文版《圣经与现代文学理论》，1984年又将它扩展修订为英文版《来自圣经内部》[1]，意在呈现圣经批评研究路径。扎科维奇是以色列一位著名的圣经研究专家，也是以色列教育部圣经研究委员会主任，宾夕法尼亚大学、加州大学伯克利分校、哥伦比亚大学、哈佛大学的访问学者，多次到美国和欧洲讲学，具有广泛的学术影响。扎科维奇1945年生于海法，1978年在希伯来大学获得博士学位，1995年到1997年任希伯来大学犹太研究学院院长，1997年到2001年任希伯来大学人文学院院长。其主要研究领域为圣经的文学分析、圣经信仰与思想史、圣经历史文献、早期基督教与犹太教的圣经阐释等。他用希伯来语发表了大量著述，包括《路得记》与《雅歌》的评注、《圣经的内在与外在阐释之间》、《大卫：从牧羊人到弥赛亚》、《雅各：意想不到的族长》等。如今虽然他已经从希伯来大学退休，但仍致力于《诗篇》的文学与意识形态阐释研究，并在撰写《哀歌》评注。

另有一批学者，如塔尔蒙（Shemaryahu Talmon）致力于圣经的校勘批评、圣经的文学研究和《死海古卷》的研究，哈兰（Menahem Haran）致力于祭司文学研究、圣经编撰与经典化的研究，维恩菲尔德（Moshe Weinfeld）致力于《申命记》与智慧文学的研究，卢泽尔（Serge Ruzer）致力于《新约·希伯来书》对《旧约圣经》的阐释，还有一些学者致力于后流亡文学的研究以及晚期圣经希伯来语的研究。

前文提到的摩西·格林伯格是第二次世界大战后首位在世俗大学任职的犹太圣经学者，对圣经研究的发展产生了重大影响。格林伯格1928年生于费城，在一个讲希伯来语的犹太复国主义家庭长大，自幼攻读圣经与希伯来文学。1854年获得宾夕法尼亚大学博士学位，既攻读圣经与亚述学，也攻读后圣经时期的犹太文学。后来被任命为美国犹太神学院的拉比。从1964年到1970年，格林伯格在宾夕法尼亚大学教授圣经，1970年移民以色列，讲授传统的中世纪犹太解经学。后在耶路撒冷希伯来大学任犹太研究系主任。此外还在斯沃摩尔学院、加州大

1 Meir Weiss, *The Bible from Within*, Jerusalem: The Hebrew University Magness Press, 1984.

学伯克利分校等地任教。他还是美国犹太出版协会“圣经新译·圣著卷”的主编。发表有著作与译著十部和论文多篇。他的研究侧重点不仅在于圣经宗教与律法，而且也在于圣经文本阐释的理论与实践，以及圣经在犹太思想中的作用。他主要的研究论题有“祈祷文与赞美诗的发展”，“《托拉》中的经济、政治、社会与宗教律法”，圣经评注，等等。在他看来，圣经叙事中的散文祷词反映出平民的虔诚，经常进行的自发祈祷强化了以色列宗教中的平等倾向。而以圣著为基础的宗教必须避免原教旨主义。

格林伯格撰写的《作为古代以色列流行宗教窗口的圣经散文祷词》[1]一书虽然篇幅不长，但是对圣经研究与宗教历史研究都非常重要。他认为，《希伯来圣经》中有两类祷文。第一类以《诗篇》中的正式创作为代表，出自技艺纯熟的宗教诗人之手。第二类祷文乃即兴之作，乃是不同身份、不同层次的男男女女的创作。他们当中既有贵族，也有普通人；既有老人，也有年轻人；既有以色列人，也有异教徒。圣经中这些祷文的出现证明普通人当中也普遍流行着一些祷文。他们向上帝祈求帮助，祈求正义，或者单纯的鼓励。[2]而在《希伯来圣经》叙事文本中的散文祷词中可以看到古代以色列流行宗教的迹象。[3]

在20世纪70年代和80年代，希伯来大学的圣经研究阵容非常庞大，研究力量分布在圣经、考古学、闪米特语言、希伯来语言和亚述学五个系。

特拉维夫大学也具有很强的研究阵容。梅厄·斯腾伯格（Meir Sternberg）乃特拉维夫大学诗学与比较文学讲座教授，与罗伯特·奥特、阿黛拉·柏林并列为20世纪最杰出的圣经文学研究的实践者。[4]早

1 Moshe Greenberg, *Biblical Prose Prayer as a Window to the Popular Religion of Ancient Israel*, London: University of California Press, 1983.

2 Louis Jacobs, "*Biblical Prose Prayer as a Window to the Popular Religion of Ancient Israel* by Moshe Greenberg," in *Religious Studies*, Vol. 21, No. 3 (Sep., 1985), p.436.

3 Jeffrey H. Tigay, "*Biblical Prose Prayer as a Window to the Popular Religion of Ancient Israel* by Moshe Greenberg," in *Journal of the American Oriental Society*, Vol. 105, No. 1 (Jan.–Mar., 1985), p.156.

4 James L. Crenshaw, "Foreword," in *The Psalms in Israel's Worship,* Eerdmans, 2004, p.xxx.

在20世纪70年代，斯腾伯格便出版了《小说中的解释范式与暂时秩序》[1]，运用了亨利·詹姆斯把叙述人转移到主人公身上的做法，叙述人和主人公只能表达部分图景，但不是全部画面。至于解释手法进入叙事当中引起读者兴趣的现象则令斯腾伯格颇为关注，也影响到他的圣经研究。他的代表作是问世于1985年的专著《圣经叙事诗学》，[2]此乃印第安纳大学出版的圣经文学研究丛书系列的第一卷，在学界引起广泛关注，但人们的评价褒贬不一。

在《圣经叙事诗学》中，斯腾伯格把圣经与古代和现代的文学做了区分，依据在于圣经隐含的作者是上帝，因此这位作者无所不能。普通作者的认知是有限的，而圣经的叙述人无所不知，因此说话做事总是故意的。"他"确实在选择：是否有人进行交流，是否透露信息，是否延宕他所知晓的启示？斯腾伯格认为这一前提对理解圣经作为文学的独特性及其阐释至关重要。但也有学者提出异议，认为圣经的作者囿于历史局限，在文化与思想上均受到限制，不可能无所不知。尽管斯腾伯格注重圣经叙事的文化语境，但是却时常贬低历史研究对文本的阐释，攻击来源批评。此外，他还攻击了诸多对圣经进行文学研究的学者，包括罗伯特森、贡克尔、奥特、奥尔巴赫等。[3]斯腾伯格还提出"无误解写作"（foolproof composition）的概念，指出"圣经阅读困难，过与不及，甚至错读都很常见，但基本上不可能反阅读（counter read）。当然这里与其他地方一样，无知、随意、先入为主、偏见……可能造成巨大的扭曲……但只要心平气和地跟随叙事者，不用太费劲，你就会对你所处的世界及其意义有相当程度的理解"。[4]这一观点也引起一些学者的批评。此外，还有学者对他的性别意识表示异议，斯腾伯格于是写下《圣经诗学与性别

1 Meir Sternberg, *Expositional Modes and Temporal Ordering in Fiction*, Baltimore: The Johns Hopkins University Press, 1978.

2 Meir Sternberg, *The Poetics of Biblical Narrative*, Bloomington: Indiana University Press, 1985.

3 Alice L. Laffey, "The Bible as Literature," in *Cross Currents*, Vol. 35, No. 2/3 (Summer/Fall, 1985), pp.331–332.

4 斯腾伯格：《圣经诗学与性别政治：从阅读到反阅读》，张晓梅译，见《圣经文学研究》2010年第1辑，第100页。

政治：从阅读到反阅读》予以回应。

另一位与格林伯格同在20世纪60年代国际圣经文学研究领域取得突破性进展的特拉维夫大学学者为佩里教授，他是特拉维夫大学文学系的奠基人。二人联袂发表了《反讽视角中的王：圣经叙事与文学阅读过程》，论及大卫与拔士巴故事中的叙事设计，并为叙事文本理论做了补记。该文最早以希伯来文发表在《文学》(*Ha-Sifrut*, 263–292)上，乃特拉维夫大学诗学学派最早的几篇论文之一。该文主要观点为：为理解一部文学作品，在阅读过程中要回答一系列问题：何为所表现的情境？究竟发生了什么？为什么发生？在某一特殊瞬间发生的事情的前因及后果是什么？人物的动机与设计各是什么？等等。

斯腾伯格的女弟子阿密特(Yairah Amit)也是一位著名的圣经学者。早年曾经在希伯来大学读书，后跟随斯腾伯格在特拉维夫大学攻读博士学位，如今在特拉维夫大学任教，她从做博士论文期间就迷恋上了《士师记》的编辑艺术，1999年出版《士师记：编辑艺术》。[1]在书中，她没有像许多学者那样讨论《士师记》引人入胜的故事，或者古代以色列历史，而是意在理解《士师记》在形式上所体现的连贯性。[2]其主要观点是，无人会否认圣经漫长细致的编辑工作，收入圣经中的材料并非一蹴而就，而是经历了批判性的考虑与定夺，而且这是一个连续的过程。富有批评意识的读者不会想象圣经的编辑像现在的编辑那样伏案工作，而是认为这是一个不断渐进的经典化过程。2012年，她在自己过去三十年间写的大量论文里遴选了近二十篇，按照圣经的书写顺序排列出来，在每篇论文前加上前言，用英文结集出版，题为《赞颂圣经中的编辑工作》，试图表明编辑的决定乃是赋予圣经活力，并使之经受住漫长时间考验的因素之一。[3]

还有一些学者在研究中注重圣经与阿拉伯世界的关系。梅拉·波

1 Yairah Amit, *The Book of Judges: The Art of Editing* (Biblical Interpretation Series, Vol. 38), Leiden: Brill, 1999.

2 参见Frederick E. Greenspahn为该书撰写的书评，见*Hebrew Studies*, 41(2000), p.286。

3 Yairah Amit, *In Praise of Editing in the Hebrew Bible: Collected Essays in Retrospect*, Sheffield: Sheffield Phoenix Press Ltd, 2012.

利艾克(Meira Polliack)是特拉维夫大学圣经学教授,2016年至2017年任圣经研究系主任。她曾在希伯来大学攻读第一学位,后来在剑桥大学获得博士学位。其主要研究兴趣为中世纪圣经翻译与解经学、现代圣经文学研究、犹大-阿拉伯文学、圣经解经的发展与圣经叙事概念。自2012年以来,她是研究犹太人、基督徒与穆斯林所使用的阿拉伯语圣经这一国际项目的重要学者。主要著述有《阿拉伯语圣经翻译中的圣经派信徒传统》,从语言学与解经学角度研究10世纪与11世纪圣经派信徒如何把《五经》翻译成阿拉伯语。[1]此外,她还致力于圣经与以色列教育体制关系的研究。

不能忽略的以色列另一位著名圣经学者是巴埃弗拉特(Shimon Bar-Efrat)。巴埃弗拉特曾为耶路撒冷希伯来中等学校圣经研究部主任。在圣经文学研究领域颇有建树,甚至被视为与奥特、柏林、斯腾伯格并驾齐驱的圣经文学研究大师。其代表作《圣经的叙事艺术》[2]已有中译本。

在巴伊兰大学或其他学院执教的正统派圣经学者,对时下的圣经研究也有个人贡献。他们从科学方法和宗教信仰方面对圣经加以研究,在宗教教育体制内,也进行文学尝试。雷博维茨(Nechama Leibowitz)的五卷本著述比较适合做学校教材。她的评注给在校生和圣经爱好者提供了学习圣经的资料。这些同圣经相关的内容大多维护了马索拉版本的神圣性、圣经的整体性、传统的作者身份,并且还否定了历史批评与文学批评。在对待圣经的态度上,选择教育路径而不选择学术路径,选择传统而不选择革新,绝对具有合法性,但是代价却很巨大。在研究方法上缺乏创新往往会遏制学术的进步,有时也会遮蔽非犹太人对解释犹太圣典的贡献。

(3) 圣经的女性主义研究

曾任圣经研究学会主席的阿塔莉娅·布伦纳也在特拉维夫大学

1 Meira Polliack, *The Karaite Tradition of Arabic Bible Translation: A Linguistic and Exegetical Study of the Karaite Translations of the Pentateuch from the Tenth to the Eleventh*, Leiden: Brill, 1997.

2 巴埃弗拉特:《圣经的叙事艺术》,李锋译,华东师范大学出版社,2011年。

任教，布伦纳拥有以色列与荷兰双重国籍。她曾经在海法大学与希伯来大学攻读圣经，后来到曼彻斯特大学师从圣经研究大家詹姆斯·巴尔攻读博士学位，其博士论文论及《希伯来圣经》中的色彩概念，后来以专著问世，为她赢得了教职，在荷兰阿姆斯特丹大学与特拉维夫大学教授《希伯来圣经》/《旧约》。2013年她担任圣经文学学会副主席，2015年任圣经文学学会主席。她的主要学术贡献在于从圣经女性主义角度来研究圣经，有《以色列女性：圣经叙事中的社会角色与文学类型》[1]《我是圣经的女人：讲述其自己的故事》等专著。[2]《以色列女性》一书在1985年出版后，在学界引起强烈反响，但也遭到多方诟病。批评者认为女性主义圣经研究称不上真正的学术研究，没有意义。但是布伦纳教授十分执着，自1993年以来，与方坦（Carol Fontaine）合作，主编了多卷本的《女性主义圣经指南》[3]。2013年，又编纂了《女性主义阅读圣经指南：路径、方法与策略》[4]，在学界产生了很大的反响。从她自己亲自编辑的第二系列中的第三卷《〈路得记〉与〈以斯帖记〉》来看，[5]第二系列比第一系列的研究视角要更加广泛，提出了"当代生活情境"、"边缘化"以及其他一些原来未被归入女性主义研究范畴的问题。有些撰稿人依旧沿袭第一系列的书写方式，讨论圣经中的母女关系等问题，但多数文章采取了新的研究视角，展现出现代圣经文本研究的时代意义。在《路得，模范的移居者》中，霍尼格（Bonnie Honig）把《路得记》读作有关异族与移民的政治与伦理启迪的源泉。科克-达根（Cheryl Kirk-Duggan）则参照非洲—美国母女关系题材的短篇小说探讨与神明的关系。希尔伯（Ursula Silber）则把路得和拿俄米视为天主教农民运动中

1 Athalya Brenner, *The Israelite Woman: Social Role and Literary Type in Biblical Narrative*, Sheffield: JSOT Press, 1985.

2 Athalya Brenner, *I Am: Biblical Women Tell Their Own Stories*, Minneapolis: Fortress Press: 2004.

3 Athalya Brenner, Carol Fontaine, eds., *A Feminist Companion to Genesis* (*Feminist Companion to the Bible*), London: Bloomsbury T&T Clark, 1993.

4 Athalya Brenner, Carol Fontaine, eds., *A Feminist Companion to Reading the Bible: Approaches, Methods and Strategies*, Abingdon: Routledge, 2013.

5 Athalya Brenner, ed., *Ruth and Esther (A Feminist Companion to the Hebrew Bible, Second Series, 3)*, Sheffield: Academic Press, 1999.

女成员的榜样。布伦纳本人则结合现代以色列社会的状况，把观察焦点置于客居以色列的东欧与远东女工身上。[1]

另一位引人注目的圣经研究女学者是来自希伯来大学的伊兰娜·帕德斯，她对《希伯来圣经》研究的贡献主要在于女性主义研究与文学研究两方面。帕德斯毕业于加州大学伯克利分校比较文学系，师从圣经文学研究大家罗伯特·奥特及其弟子汉娜·克罗恩菲尔德教授，接受过扎实的希伯来语言与文学批评训练，深谙圣经研究成果。自1992年始便任教于希伯来大学比较文学系，并相继在普林斯顿大学、加州大学伯克利分校、哈佛大学任客座教授，在教学中引进了女性主义批评的维度。其著作主题主要集中在圣经与历史、文学、文化的关系，以及审美与诠释问题。从20世纪90年代开始，帕德斯实践了圣经女性主义研究范式的转移，从处于边缘地位的女性传统的历史研究，转向对《希伯来圣经》某些诗文段落中所表达的女性权力进行文学研究，试图挖掘圣经中女性的反传统特征。她在方法论上注重探讨古代近东神话，而不是历史。这些"反传统"表明受压抑的古代女性的生活痕迹。帕德斯通过填充神话或叙事语境，重新体验到了这些受压抑的女性之音。[2]其主要著作有：《圣经中的反传统：女性主义研究》[3]、《古代以色列传记：圣经中的民族叙事》[4]以及《阿格农笔下多愁善感的恋人：以色列文化中的〈雅歌〉》[5]。她在圣经研究领域的代表作当推《圣经中的反传统：女性主义研究》，该书第一章简要回顾了相关评论以及关于米利亚姆的一些讨论，强调其本人的异质性。在接下来的几章中，分别讨论了

1 参见Diana Lipton, "Ruth and Esther," in *The Journal of Theological Studies, NEW SERIES*, Vol. 52, No. 1 (APRIL 2001), pp.151–152。

2 Esther Fuchs, "Feminist Approaches to the Hebrew Bible," in *The Hebrew Bible: New Insights and Scholarship*, ed., Frederick E. Greenspahn, New York: New York University Press, 2008, p.86.

3 Ilana Pardes, *Countertraditions in the Bible: A Feminist Approach*, Cambridge: Harvard University Press, 1992.

4 Ilana Pardes, *The Biography of Ancient Israel: National Narratives in the Bible*, Oakland: University of California Press, 2000.

5 Ilana Pardes, *Agnon's Moonstruck Lovers: The Song of Songs in Israeli Culture*, Seattle: University of Washington Press, 2014.

夏娃、拉结、西坡拉、路得与《雅歌》。在结论章节讨论了约伯的妻子，并配以很好的书目文献，是一部规范的学术著作。著名圣经研究大家阿黛拉·柏林亲自为她撰写了书评。[1]柏林认为，这部专著代表着第二代或第三代学者圣经文学研究的成就。

在柏林看来，帕德斯所受的教育和学术经历使之具备了对《希伯来圣经》进行文学研究的重要条件。作为第二代或第三代女性主义学者，她不必像其前辈特利波那样具有防御性，也不必像埃斯特·弗赫斯和巴尔那样义愤填膺，行事激进。帕德斯试图"恢复"圣经的过去，尽管她也使用了"父权制""压抑"等代码词语，但是研究本身在很大程度上保持了平衡。帕德斯审视圣经及其世界，找到了比其女性主义前辈所能找到的更为复杂的画面，她重视圣经中的不同来源与类型，以及交织在文本中的不同声音。对于圣经历史语境与文学史的关注在其他文学批评家当中并不常见（尽管已经初露端倪），值得赞同。[2]

在讨论创世故事时，帕德斯举出了一系列以往的研究成果，包括斯坦顿、波伏娃等人的观点，以及哈罗得·布鲁姆在《J之书》中的相关论述。但柏林作为专业圣经研究者，毫不客气地指出，除特利波、弗赫斯与巴尔之外，其他人所作的都不是严格意义上的圣经研究，但他们在女性主义阐释传统中显然又至关重要。帕德斯对于前辈的研究也提出了质疑与批评，尤其对于布鲁姆的《J之书》，帕德斯一针见血地指出它并非一部女权主义著作，但布鲁姆从感觉出发，称J典的作者为女性，进而使之成为畅销书。而布鲁姆并没有关注J典中的女性人物，只认定其作者为女性显然站不住脚。

在对夏娃的分析中，帕德斯不仅显示出自己是一位文学家、女权主义者，而且也是一位犹太人。尽管她在使用基督教关于人类堕落（the Fall）的术语时没有任何障碍，但在她看来，圣经中没有关于人类堕落的故事。[3]有学者认为，在圣经语境中，与夏娃相关的问题不是母亲之神的问题，而是把夏娃视为在造人问题上与上帝抗衡的人的问题。而在这

1 Adele Berlin, "Countertraditions in the Bible: A Feminist Approach by Ilana Pardes," in *MLN*, Vol. 107, No. 5 (Dec., 1992), pp.1078–1082.

2 Ibid., p.1078.

3 Ibid., p.1079.

方面，帕德斯提出一个有趣的观点，即人类繁殖模仿的是上帝的创造。

《路得记》的主要人物均为女性，在谈及男人时甚至匿名（如拿俄米的丈夫），这引起了女性主义者们的诸多兴趣。帕德斯把路得和拿俄米视为共同的妻子，乃拉结和利亚故事的翻版。但在柏林看来，这样的观点不具有说服力。而在论及《雅歌》经典化、它与上帝爱以色列人这一先知比喻的关系、欲望特征等问题时，帕德斯则贡献出真知灼见。她认为《雅歌》具有反父权制特征。与把《雅歌》视为自我实现的花园的特利波相对，帕德斯读出了女性欲望与父权制禁忌之间的矛盾。[1]除柏林外，前任圣经文学协会主席迈耶斯也为《圣经中的反传统》一书撰写了书评，同样肯定了帕德斯的学术功力，称这是一部引人入胜、富有价值的著作。[2]

此外，以希伯来大学伊爱莲（Irene Eber）教授为首的一批学者致力于圣经对于中国的文化与知性影响的研究。伊爱莲教授生于1929年，是以色列著名的东方学学者，汉学家。1999年，她与同仁编辑出版了《圣经在现代中国：文学与知性影响》[3]一书。据伊爱莲教授在前言中所述：1996年6月，二十二位来自亚洲、欧洲、北美的学者聚集在以色列耶路撒冷希伯来大学，举行了为期五天的学术会议，讨论圣经在现代中国所扮演的角色。主要议题为：圣经中文译本之分析、中译本在中国文化语境中的接受以及圣经和合本在中国所受的文化影响与改造。伊爱莲教授探讨的是上帝一词如何被翻译成中文的问题，这个问题无论对翻译家还是传教士说来都非常重要。面对19世纪中期以来存在了一个多世纪的争论，中文版圣经则采取了汉语中几个不同的术语才得以出版。[4]另一位以色列学者雅丽芙博士（Dr. Lihi Yarif-Laor）则从语言学角度来探讨圣经的中文翻译。她选取了《路得记》第一章中几个希伯来语特有的构词形式与句法，探讨希伯来语所具有的信息和理念如何被传送

1 Adele Berlin, "Countertraditions in the Bible: A Feminist Approach by Ilana Pardes," in *MLN*, Vol. 107, No. 5, *Comparative Literature* (Dec., 1992), p.1081.

2 Carol Meyers, "Work(s): *Countertraditions in the Bible: A Feminist Approach* by Ilana Pardes," in *Journal of Church and State*, Vol. 36, No. 1 (Winter, 1994), pp.175–176.

3 Irene Eber, Sze-Kar Wan, Knut Walf and Roman Malek, eds., *Bible in Modern China*, Sankt Augustin: Institute Monementa Serica, 1999.

4 Ibid., pp.135–161.

到汉语中的方法。[1]

雅丽芙在文章中提到，在所有的圣经译本中，只有施约瑟的译本直接从希伯来文翻译成中文，而其他译本主要依据的是钦定本圣经或者七十子圣经翻译。从希伯来文原典翻译圣经这一问题固然重要，但迄今为止似乎没有在中国学界引起广泛的重视。一般读者提圣经必言和合本，但往往对圣经从何种文字翻译成中文这一问题不敏感，也鲜少关注在圣经和合本问世前，施约瑟从希伯来文翻译过来的圣经译本具有广泛的影响，是一部平民圣经。而伊爱莲教授身为犹太人，对希伯来语十分敏感，她在1999年出版了专著《犹太主教与中国圣经》[2]，专门探讨施约瑟其人及其圣经翻译，弥补了圣经翻译研究历史上的一个空白。

(4) 以色列的圣经考古研究

圣经考古研究一方面体现出历史学家与考古学家科学的工作态度，另一方面也渗透着意识形态色彩。早在1949年，时任以色列总理的本-古里安就强调犹太人考古挖掘的重要性。希望通过考古挖掘证明犹太人从远古时期就在巴勒斯坦地区创造了丰富的物质文化。

圣经对以色列的考古研究也产生了很大影响。圣经考古研究首次把土地与圣经故事结合起来。这方面的著述有本雅明·马扎尔(Benjamin Mazar)[3]的《圣经时代的以色列》(1941)、《上帝之山》(1975)、[4]《圣经时期的以色列：国家与人》(1992)等；约哈南·阿哈隆尼(Yohanan Aharoni)的《圣经的土地：以色列历史地形》[5]；以及伊戈尔·亚丁(Yigal Yardin)[6]的《圣经土地上的战争艺术》[7]。在一些历史学

1 Irene Eber, Sze-Kar Wan, Knut Walf and Roman Malek, eds., *Bible in Modern China*, Sankt Augustin: Institute Monementa Serica, 1999, pp.101–121.

2 Irene Eber, *The Jewish Bishop and the Chinese Bible*, Boston: Brill, 1999.

3 https: //www.britannica.com/biography/Benjamin-Mazar.

4 Benjamin Mazar, *The Mountain of Israel*, New York: Doubleday, 1975.

5 Yohanan Aharoni, *The Land of the Bible: A Historical Geography*, London: The Westminster Press, 1962.

6 伊戈尔·亚丁(Yigael Yadin, 1917—1984)，以色列考古学家、政治家、以色列国防军副总司令。

7 Yigael Yadin, *The Art of Warfare in Biblical Lands*, Pennsylvania: McGraw-Hill, 1963.

家的著作中,也可以看到类似的论述。马扎尔堪称以色列圣经史学家与考古学家先驱,曾任希伯来大学主管教学的副校长和校长。他生于波兰,曾在德国读书,1929年移居巴勒斯坦,从20世纪30年代便开始从事考古事业,是以色列建国后第一位被官方认可的犹太考古学家。其最重要的业绩为发掘耶路撒冷圣殿山,时间为1967—1977年。这项工作也具有政治色彩,得到犹太爱国者的称赞但遭到阿拉伯领袖的批评。阿哈隆尼是以色列考古学家、历史地理学家、特拉维夫大学近东研究系主任与考古研究院院长。他生于德国,1933年移居巴勒斯坦,曾在希伯来大学学习考古,1954年开始在那里任职,1966年任全职教授,1968年转入特拉维夫大学。曾经参与巴尔·科赫巴洞穴与《死海古卷》的发掘。

《死海古卷》的发现在以色列圣经研究历史上具有里程碑的意义。1947年,阿拉伯牧羊人在死海附近的山洞中发现了一些羊皮卷,1947—1956年间,考古学家在死海西北基伯库姆兰一带不断发掘,共发现了九百三十份手抄本残片。这些残片大约是公元前5世纪到公元4世纪期间写成的,其中一些乃是圣经文本,另一些则不得而知。《死海古卷》的发现不仅使阅读《旧约》的早期希伯来文本成为可能,同时也提供了了解《新约》背景的新的可能,被视为"20世纪最伟大的考古发现"[1]。

伊戈尔·亚丁在以色列圣经考古界是一位具有传奇色彩的人物。他出生于考古世家,其父亲舒克尼克(Eleazar Sukenik)乃希伯来大学考古学教授,也是希伯来大学考古系的奠基者之一,曾经参与为以色列国家购买《死海古卷》的工作。伊戈尔十五岁便参加以色列国防军的先锋队哈加纳,后因与上司意见不合而离去。1948年以色列国家尚未建立之前他便开始在大学读书,后被本-古里安召去服役。在1948年战争中,他参与了许多重要的作战部署,并指挥了一些重要战役。1949年被任命为以色列国防军副总司令,当时他只有三十二岁。1952年又因与当时的总理和国防部长本-古里安意见不合而辞职。

军旅生涯结束后,他开始致力于考古事业,翻译并解说他父亲1947

1 关于《死海古卷》的详细情况,参见[美]范德凯:《今日〈死海古卷〉》,柳博赟译,华东师范大学出版社,2017年。又参见提摩太·H. 林(Timothy H. Lim):《〈死海古卷〉概说》,傅有德、唐茂琴译,外语教学与研究出版社,2005年。

年在伯利恒购买的第一批《死海古卷》残篇，同时参与购买《死海古卷》其他残篇。1955年他完成关于翻译《死海古卷》的博士论文，获得希伯来大学博士学位，翌年获得以色列国家奖。他率领团队挖掘了以色列一些非常具有价值的古代遗址，包括库姆兰山洞、米吉多、哈措尔、马萨达等，并把挖掘基色的所罗门之门当作他一生中最杰出的成就。每一次考古发现之后，他都会撰写学术论文或著作，也会撰写通俗书籍。主要有专著《马萨达：希律王的要塞以及狂热者的最后看台》[1]等，论文有《哈措尔发掘第五季》[2]《以色列王的米吉多》[3]等。尽管他在考古学、政治、军事领域都取得了杰出成就，但人们往往把他当作杰出的考古学家加以铭记，称其将以色列历史带入了活生生的现实生活之中。[4]但近年来有些学者，尤其是特拉维夫大学的两位教授纳阿曼（Nadav Naaman）和芬克尔斯坦（Israel Finkelstein）建议将圣经和考古记录分开单独考虑。那后一位是中东著名的考古学家，曾经致力于用圣经考古信息来重构圣经时期的历史，著有《被遗忘的王国：考古与北方以色列历史》和《以色列居住区的考古》。[5]其实在以色列，就像在世界各个国家一样，有一些把圣经考古与以色列地的考古拉开距离的活动。以色列和国外的学者对出版与阐释《死海古卷》非常有兴趣。除伊戈尔·亚丁外，以色列还有一批重要的学者，如舒克尼克、阿维盖德（Nahman Avigad）以及托夫（Emanuel Tov）等均致力于古卷的研究。

传统上认为大学是犹太圣经研究的家园，但是在20世纪和21世纪初期，以色列的圣经研究并非局限在大学，圣经成为犹太公共生活的组

1 Yigael Yadin, *Masada: Herod's Fortress and the Zealots' Last Stand*, New York: Random House, 1966.

2 Yigael Yadin, "The Fifth Season of Excavations at Hazor, 1968–1969," in *The Biblical Archaeologist*, Vol. 32, No. 3 (Sep., 1969), pp.49–71.

3 Yigael Yadin, "Megiddo of the Kings of Israel," in *The Biblical Archaeologist*, Vol. 33, No. 3 (Sep., 1970), pp.65–96.

4 David Green, "1984: Archaeologist Who Brought Israel's History to Life, Dies," in *Ha'aretz*, November 6, 2017.

5 Israel Finkelstein, *The Forgotten Kingdom: The Archaeology and History of Northern Israel*, Atlanta: Society of Biblical Literature, 2013; also *The Archaeology of the Israelite Settlement*, Leiden: Brill, 1988.

成部分。20世纪最富有影响力的圣经学者之一是雷博维茨,她于1931年毕业于马堡,曾撰写关于中世纪犹太—德语圣经关系的文章。她于1968年被特拉维夫大学聘为教授。其研究路径并非批评性的,但很有影响。多数研究致力于中世纪与圣经的文学阐释,尤其是如何有助于圣经文本的文学细读。[1]

在批判性的圣经研究与传统的圣经研究之间建构桥梁从而得以发展,此乃以色列圣经研究的一个重要现象。

阿拉伯学者的圣经研究[2]

20世纪从事《旧约》(《希伯来圣经》)研究的阿拉伯学者可谓屈指可数,而其中不可不提的就是黎巴嫩历史学家凯马勒·萨利比(Kamal Salibi)。尽管他的《圣经来自阿拉比亚》(1985)在圣经研究界引起争议,但不可否认的是,这部可谓惊世骇俗的著作的确让凯马勒·萨利比有了不同一般的影响力。

(1)凯马勒·萨利比

凯马勒·萨利比(1929—2011)生于黎巴嫩贝鲁特,全名凯马勒·苏莱曼·萨利比(كمال سليمان الصليبي)。在贝鲁特美国大学完成本科学业后,他前往伦敦大学亚非学院深造,师从著名东方学家伯纳德·路易斯(Bernard Lewis),1953年取得历史学博士学位。博士论文《中世纪黎巴嫩的马龙派历史学家》于1959年付梓,1991年再版。20世纪60年代,凯马勒·萨利比执教于母校贝鲁特美国大学,专著《黎巴嫩现代历史》(1965)、《内战的十字路口:1958—1976年的黎巴嫩》(1976)、《伊斯兰统治下的叙利亚:处于考验中的帝国,634—1097年》(1977)奠定了其在黎巴嫩历史研究中的权威地位。作为一位历史学家,凯马勒·萨利比有着开放的心态,在后来的学术研究中不乏对早期结论的反思与批评。他在《多宅之家:重新审视黎巴嫩历史》(1988)中

1 Marc Zvi Brettler and Edward Breuer, "Jewish Readings of the Bible," in *The New Cambridge History of the Bible: From 1750 to the Present*, ed. John Riches, Cambridge: Cambridge University Press, 2015, p.310.

2 本小节由芝加哥大学近东语言与文明系张泓玮撰写。

竭尽全力破除奥斯曼帝国和法国委任统治时期构建的黎巴嫩“神话”，强调造就今天独立的黎巴嫩共和国的，是历史上不同族群的相互融合，而非某单一族群的主导。

在半个多世纪的学术生涯中，致力于黎巴嫩历史研究的同时，凯马勒·萨利比还活跃于宗教研究领域，自从其1985年发表《圣经来自阿拉比亚》开始，凯马勒·萨利比先后出版了《耶稣是谁？耶路撒冷的阴谋》(1988)等在《旧约》、犹太教、基督教研究领域独树一帜的专著。20世纪90年代初，凯马勒·萨利比移居安曼，出任约旦皇家宗教研究学院(Royal Institute for Inter-Faith Studies, المعهد الملكي للدراسات الدينية)院长，退休后被任命为终身荣誉主席。在约旦期间，他继续从事历史和宗教研究，出版了专著《阿拉比亚史》(1980)、《圣经民族的秘密》(1988)、《约旦现代史》(1993)、《圣经中的以色列之历史真实性：〈撒母耳记(上、下)〉研究》(1998)。2008年，凯马勒·萨利比又出版了英语—阿拉伯语对照的《重新审视阿拉比亚圣经》，推广自己的假说。

(2)“阿拉比亚圣经”假说

凯马勒·萨利比“阿拉比亚圣经”假说的核心内容是对传统的圣经解读提出质疑。在他看来，希伯来人来自阿拉伯半岛，他们移居今天的以色列巴勒斯坦地区后建立了哈斯蒙尼王朝(ממלכת החשמונאים)；在这个迁徙过程中，源自阿拉伯半岛的传统被承袭，但整个族群改用阿拉姆语[1]，不再使用希伯来语，语言的变更带来的混乱导致了圣经叙事

1 “阿拉姆语”(Aramaic, ܐܪܡܝܐ, الآرامية)的汉语译名较为“混乱”，除“阿拉姆语”外，尚有“亚兰语”“亚拉姆语”“阿兰语”“阿拉米语”“阿拉美语”“阿拉马语”等多种，如刘开古(1995：15)、徐向群(2006：18)即均选用了“阿拉米语”的译法。此外，《不列颠百科全书(国际中文版)》将词条Aramaic language译为“阿拉米语”(参见《不列颠百科全书(国际中文版)》，中国大百科全书出版社，1999年4月第1版，2000年1月第3次印刷，第1卷，第426页)。《辞海》中的词条“阿拉米人”(Arameans)中亦提及了其使用的“阿拉米语”(参见《辞海〈1999年版缩印本〉》，上海：上海辞书出版社，2000年1月第1版，2000年7月第3次印刷，第1218页)。然而，该语言得名于希伯来语אֲרָמִית——“ארם(Aram)的语言”(见于圣经《以斯拉记》4:7、《但以理书》2:4a，参见Alger F. Johns: *A Short Grammar of Biblical Aramaic*, Michigan: Andrews University Press, 1972, p.1)。其他译法中的“亚”或为圣经初译为汉语时，用以音译/ʔa/(转下页)

传统被扭曲。

凯马勒·萨利比论证的起点是圣经中的一些地名与阿拉伯半岛西部地区的某些地名似乎有些相似。在强调闪族语言之间的关联之后，作者试图在阿拉伯半岛西部寻找与圣经中的希伯来语地名“相似”的地名，并通过阿拉伯语和希伯来语的相似性将这些地名彼此对等。圣经中的“深渊” *təhôm*（תְּהוֹם）不带定冠词，因此一定是专有名词——半岛西部的红海海岸地带*tihāmah*（تهامة）；专有名词“约旦”（*h-yrdn*）并非约旦河（נְהַר הַיַּרְדֵּן, *nəhar hay-yardēn*）的名字，而是与阿拉伯半岛西南部的山地名*raydah*、*raydān*等同源；米沙石刻（*Mesha Stele*）第五行的词组*ymn rbn*并非传统解读的“许多年”[1]之意，而应是“Rabīn（麦加附近的一个村庄）以南”。

凯马勒·萨利比的论证本身存在一些不尽合理之处。一开始，作者明确表示，“我们不能排除两地的一些地方曾被取了同样的名字这种可能性，尤其是考虑到一些地名指代的是某些特定的地形、水文或者生态特征”（Salibi, 1985: 12）；这一点合情合理，毕竟阿拉伯语和希伯来语本身就是同属西闪米特语支中部分支的亲属语言。然而，当以两种语言命名的地名存在相似之处时，凯马勒·萨利比即断言该地位于阿拉伯半岛，这事实上就是无视了自己提出的可能性之一——地名的关联源自亲属语言命名思路的一致性，直接在预设的结论——地名关联性

（接上页）和/ʕa/的汉语方言字音，应是为/a/或近似/a/的零声母字，而非现代汉语普通话的/ja/，类似的音译还有圣经中的Adam（ארם）译为“亚当”、Amorite（אמורי）译为“亚摩利人”、Arkite（ערקי）译为“亚基人”等。同理，汉语中，“阿拉伯”亦曾被音译为“亚剌伯”：如胡适《几个反理学的思想家》：“宗教皆创自亚剌伯民族，印度亦受其影响，故一为神秘，一为虚玄……”鲁迅《坟》：“盖希腊罗马之科学，在探未知，而亚剌伯之科学，在模前有，故以注疏易征验……”因此，综上，本文未采用含“亚”字的译法，并参考《中华人民共和国国家标准外语地名汉字译写导则》的英语（BG/T 1769.1—2008）和阿拉伯语（BG/T 1769.1—2008）标准，按照现代汉语普通话音，将ארם（Aram）音译为“阿拉姆”。

1 米沙石刻第四行末至第五行中：*ʿ⌈m⌉⌈r⌉(5)y. mlk. yšrʾl. wyʿnw. ʾt. mʾb. ymn. rbn*，“Omri（和合本译“暗利”）是以色列的王，压迫Moab（和合本译“摩押”）许多年”，参见Aḥituv（2008, pp.387-418）。“许多年”可参考希伯来语表达*ymm rbm*（ימים רבים），在圣经中见于《创世记》21:34、37:34，《利未记》15:25，《民数记》9:19、20:15，《申命记》1:46、1:1 等处计二十九次。

表明圣经叙事地点为阿拉伯半岛西部——的基础上进行论证。

作者这样处理的理论依据是历史比较语言学。历史比较语言学的基本观点，是历史音变的规则性；被归入闪米特语族的语言，不论如何具体细分，都在基本词汇方面体现了规则的音系对应关系，从而构成词源研究与语音比较的基础。通过考察闪米特语同源词，我们知道希伯来语的*š*，或对应阿拉伯语的*s*，源自原始闪米特语 **s*（如“天空”[1]），或对应阿拉伯语的*ṯ*，源自原始闪米特语 **θ*（如“女性”[2]）。然而似乎在凯马勒・萨利比看来，“撒玛利亚”的希伯来语*šōmərôn*（שֹׁמְרוֹן）和阿拉伯语*sāmirah*（سَامِرَة）并不足以体现这一历史音变的规则性，反而半岛西部的部落*šimrān*才是圣经中“撒玛利亚”的真正所指（Salibi, 1985: 130–131）。但是，比较闪米特语的结论告诉我们，阿拉伯语的*š*对应的是希伯来语*ś*，源自原始闪米特语 **ɬ*（如“毛发”[3]）。

诚然，绝对规则的音变是理论上的理想化模型，一些特殊的变迁的确存在——凯马勒・萨利比引用的（Salibi, 1985: 3）的沙姆阿拉伯语的*žawz*[4]（对比标准阿拉伯语*zawğ-*）就是阿拉伯语中著名的词根辅音换位（root metathesis）的例子，但因此将这种换位现象视为常见的演变机制，且在不考虑语义关联的情况下，在地名考证中扩展利用，则显然有失偏

1 希伯来语שָׁמַיִם（*šāmayim*），对应阿拉伯语سَمَاء（*samāʾ*）；参考其他闪语同源词：阿卡德语*šamû*，叙利亚语ܫܡܝܐ（*šmayyā*），乌加里特语*šmm*，古典埃塞俄比亚语ሰማይ（*sämay*），古代南阿拉比亚语s_1*my*。

2 希伯来语（*ʾiššāh*），对应阿拉伯语أنثى（*ʾunṯā*）；参考其他闪米特语同源词：阿卡德语*aššatu*，叙利亚语ܐܢ̈ܬܬܐ（*ʾa(n)ttā*），乌加里特语*ảṯt*，古典埃塞俄比亚语አንስት（*ʾänəst*）。

3 阿拉伯语شَعْر（*šaʿr*），对应希伯来语שֵׂעָר（*śēʿār*）；参考其他闪语同源词：阿卡德语*šārtu*，叙利亚语ܣܥܪܐ（*saʿrā*），乌加里特语*šʕrt*，古典埃塞俄比亚语ሥዕርት（*śəʿərt*），索科特拉语*śaʿihor*。

4 为保持本文中闪米特语拉丁化转写系统的一致性，笔者将正文和参考文献著录的阿拉伯语转写统一为按德国标准化学会（Deutsches Institut für Normung）的DIN 31635方案。该转写系统基于1935年在罗马召开的国际东方学大会（参见Brockelmann et al. 1935），强调一音一符，在Carl Brockelmann及Hans Wehr等著名学者的影响下，尤其是在Hans Wehr的阿拉伯语词典被译为英语后，如今为多种阿拉伯语、伊斯兰研究的学术期刊出版物所采用，如《阿拉伯语语言学刊》（*Zeitschrift für Arabische Linguistik*）、《阿拉伯语言与语言学百科全书》（*Encyclopedia of Arabic Language and Linguistics*, Brill 2006–2009）等。

颇：作者认为，《申命记》第11章中的基利心山（הַר גְּרִזִּים，*har gərizîm*），其名被保存在今天的阿拉伯村庄*ṣuqrān*（Salibi, 1985: 131–132）；作者为了构建两个地名间关联而提出的*g-r-z*到*ṣ-q-r*的换位假设，还基于语音上两个不规则变化（*g*~*q*，*z*~*ṣ*），同时阿拉伯语地名的后缀-*ān*被认为是希伯来语复数后缀-*îm*的"阿拉伯化"，却只字未提两个地名间在语义方面的联系。

同样有失偏颇的，还有凯马勒·萨利比有关希伯来语的论断。首先的一点，是对马索拉诵读传统的过度质疑：作者认为由于"希伯来语不再被广泛使用"，以至于马索拉学者被迫构拟圣经希伯来语，因此他们标注的元音"很有可能是错误的"（Salibi, 1985: 5）。我们知道，《希伯来圣经》传世的不同传统渠道之间的确存在一定的差异，这些差异也构成了圣经文本批评研究的基础。[1]但是考虑到《死海古卷》通过一些辅音字母（*matres lectionis*）体现的元音很大程度上佐证了马索拉传统并非空穴来风，以及圣经希伯来语同期的陶片石刻记录的希伯来语也体现了与传世文本接近的语言特征，对于马索拉诵读传统，我们的确应批判考察，但将其全盘否定实为矫枉过正。另一点，同样是作者坚持的一个预设，即到公元前5世纪，犹太人在语言上已全盘"阿拉姆"化，无法理解自己的宗教经典。考虑到拉丁语在"死亡"后都可以继续作为学术语言保持生机，即便希伯来语不再是犹太民族的日常口语，笔者很难想象，掌握释经话语权、几千年来在犹太社区竭力维系希伯来语书面活力的宗教学者们，会无法理解写就犹太教圣书的神圣语言。

凯马勒·萨利比的《圣经来自阿拉比亚》成书于以色列入侵黎巴嫩的时期，先后出版了德语、英语版本，英语版由伦敦Jonathan Cape出版社出版，引发了不小的震动。然而随后，不少相关学术期刊刊发了专业学者，如A. F. L. 比斯顿（Beeston, 1988）、菲利普·汉蒙德（Hammond, 1990）等人对"阿拉比亚圣经"假说的质疑与批评。除了以上笔者列举的一些细节问题外，比斯顿还从语文学的角度，详细批评了凯马勒·萨利比关于"约旦"、"深渊"、米沙石刻等关键论据的解读。

1 如圣经研究学者参考的*BHS*（*Biblia Hebraica Stuttgartensia*，1997年第五次修订重印），其编者基于列宁格勒抄本和阿勒颇抄本的希伯来语原文编辑正文，在参考注释中还加入了诸如希腊语七十子译本、早期叙利亚语译本、撒玛利亚五经等众多版本之间的差异。

由于其方法论方面存在的问题，凯马勒·萨利比的理论并未能在圣经研究界立足，但却一直吸引着大量的爱好者。

19世纪一批又一批的圣经学者来到巴勒斯坦地区进行考古发掘，彼时兴起的圣经考古、历史研究，至今在欧美学术领域仍有着重要的地位。验证圣经的权威与真实性，或许在最初曾是基督徒学者的初衷，但随着学科的发展成熟，学者已经渐渐转向批判圣经文本、客观考察圣经叙事的史料价值、利用圣经辅助相关近东语言文化研究。

凯马勒·萨利比的假说独树一帜，大不同于其他圣经学者，他认同托马斯·汤普森（Thomas L. Thompson）的观点——圣经叙事与巴勒斯坦地区的考古发现之间存在不少差异，但并没有依此客观剖析圣经文学叙述中的史料成分，而是试图通过地名分析将犹太文化传统的中心南移至阿拉伯半岛西南部。结合20世纪中叶蓬勃的犹太复国主义运动以及以色列建国后阿以冲突的时代背景，或许真如汤姆·塞格夫（Tom Segev）所言："这位黎巴嫩历史学家试图将以色列人从'以色列地'移除，这事实上与以色列政府竭力挖掘卷轴、陶片、石刻以证明犹太人确实源自'以色列地'，并没有什么本质的不同。"（Segev，2011）

（3）其他阿拉伯学者

除凯马勒·萨利比之外，曾经涉足《旧约》研究的还有巴勒斯坦学者齐亚德·穆纳（Ziad Muna，زياد منى）。齐亚德·穆纳曾直言，他在留学期间，凯马勒·萨利比的理论对他产生了巨大的影响。

齐亚德·穆纳1950年生于巴勒斯坦，于前民主德国的卡尔·马克思大学[1]取得哲学博士学位后，他在洪堡大学神学系攻读博士后，其"B论文"[2]的主题，即与凯马勒·萨利比的"圣经来自阿拉比亚"假说有关——《在巴勒斯坦确定圣经地名的问题及这些地名与西南阿拉比亚的关系》。旅德期间，对相关学术文献数量之大、获取之易，深有感触。齐亚德·穆纳在洪堡大学神学院图书馆一读到基斯·怀特岚

1 民主德国时期，莱比锡大学（Universität Leipzig）被更名为"卡尔·马克思大学"（Karl-Marx-Universität）。

2 德语Promotion B或称Habilitation，前民主德国学术体系下的博士后论文。

(Keith Whitelam)的《创造古代以色列:消音巴勒斯坦历史》[1],就决定将其译为阿拉伯语,介绍给阿拉伯世界的读者。1999年离开德国后,齐亚德·穆纳到大马士革[2]和贝鲁特[3]创建了卡德摩斯出版社(Cadmus Press, قدمس للنشر والتوزيع),近二十年来致力于译介欧美的学术书籍,其中就包括凯马勒・萨利比的历史宗教专著的阿拉伯语版。齐亚德・穆纳自己亦曾用阿拉伯语发表关于《旧约》的专著,如《〈旧约〉地理:埃及与以色列的子民在阿西尔(阿拉伯半岛西南部)》[4](1994)、关于示巴女王的《拜勒吉斯:谜之女,性之妖》[5](1997)、《〈塔木德〉中对他人形象的杜撰(耶稣基督,阿拉伯人,基督徒和文盲)》[6](2004),等等。

值得一提的是,在阿拉伯世界的区域文化背景下,其他一些从事古代近东研究的阿拉伯中青年学者,在与《旧约》有千丝万缕联系的其他研究中,逐渐崭露头角,甚至已逐渐成为其所在领域的世界权威学者之一。这方面最典型的是在近东研究领域,就是与"古代南、北阿拉比亚语"[7]相关的研究:在德国海德堡大学从事古代南阿拉比亚

1 Keith Whitelam, *The Invention of Ancient Israel: The Silencing of Palestinian History*, London, New York: Routledge, 1996.

2 Cadmus Press: Maysaloun Street, dar AlMuhandiseen 0905, AlFirdaws, PO Box 6177, Damascus, Syria. 参见http: //www.cadmusbooks.net。

3 Cadmus Press co. Ltd.: Hamra Street, Rasamni Building. PO Box 113/6435, Beirut, Lebanon. 参见http: //www.cadmusbooks.net。

4 منى، زياد. جغرافية التوراة: مصر وبنو إسرائيل في عسير. لندن: رياض الريس للكتب والنشر، ١٩٩٤ .

5 منى، زياد. بلقيس: امرأة الألغاز وشيطانة الجنس. لندن: رياض الريس للكتب والنشر، ١٩٩٧ .

6 منى،زياد.تلفيق صورة الآخر في التلمود(يسوع المسيح والعرب والمسيحيين والأميين).بيروت:قدمس للنشر والتوزيع، ٢٠٠٤ .

7 "古代南阿拉比亚语"的传统英语术语为Old South Arabian,英语文献中亦有Ancient South Arabian及Epigraphic South Arabian的称谓,德国学者则一直称之为Altsüdarabisch,一定程度上导致了早年英语术语的"误译"——Old South Arabic。类似的术语混乱同样存在于"古代北阿拉比亚语"。英国的古代北阿拉比亚语权威学者M. C. A. 麦克唐纳德(M. C. A. Macdonald)一直致力于废弃易导致歧义的术语North/South Arabic,法国的古代南阿拉比亚语权威学者克里斯蒂安・罗班(Christian Robin)也在法语学界推动以nordarabique/sudarabique取代nord-arabe/sud-arabe。笔者亦遵从同样的考量,以汉语"阿拉比亚语"译Arabian,以示这两个语群与"阿拉伯语"(Arabic)相异,避免暗示错误的亲属关系。

语[1]相关研究的穆罕默德·马拉格腾（Mohammed Maraqten）、先后在荷兰莱顿大学和美国俄亥俄州立大学从事古代北阿拉比亚语[2]相关研究的艾哈迈德·贾拉德（Ahmad Al-Jallad），都已在各自领域中跻身世界权威之列。

韩国的圣经研究[3]

（1）韩国早期的圣经翻译

近世纪以来由于地理发现以及由此带来的探险旅游，引来了西势东渐，并且伴随着西势东渐形成了西学东渐的契机，因此很早以前天主教便传入了韩国的近邻中国和日本。

天主教传入韩国是在壬辰倭乱时期（1592—1598）。在此时期，已传入日本的耶稣会派遣葡萄牙籍耶稣会神父塞斯佩代斯（G. Cespedes）到朝鲜，负责日本人天主教官兵的信仰。塞斯佩代斯于1598年（宣祖三十一年）底到达朝鲜，在釜山附近的日本军营滞留了约一年半时间，在此期间向日本官兵传播福音，主持圣事。

但是日本的耶稣会认为被日本人强制拉去做苦役的朝鲜百姓中许多人可能改信了天主教，由此看到了在朝鲜传道的希望，试图通过改信的朝鲜人在朝鲜传教，然而受挫。

另一方面，进入中国的耶稣会传教士也试图通过与北京来往的朝鲜使臣逐渐在朝鲜传道，尤其是利玛窦（M. Ricci）、汤若望（A. Schall）等传教士，其学识品德得到中国皇室的信赖和尊敬，具有很高

1 古代南阿拉比亚语是阿拉伯半岛南部的四种铭文语言的统称，出土石刻时间跨度约从公元前1000年到公元300年，除了在也门、沙特阿拉伯，还见于半岛北部以及埃塞俄比亚等地；最新的研究成果（Nebes，1994）将古代南阿拉比亚语与阿拉伯语和西北闪米特语共同归入西闪米特语支中部分支下。

2 古代北阿拉比亚语是发掘于叙利亚、约旦和沙特阿拉伯等地的一系列铭文和涂鸦文字（或并非均有亲属关系的方言）的统称，断代约自公元前8世纪至公元4世纪；最新的研究显示，其中的萨法语（Safaitic）或与阿拉伯语的关系非常紧密（Al-Jallad，2015），而泰马语（Taymanitic）似与西北闪米特语关系更近（Kootstra，2016）。

3 本节由中国社会科学院外文所金成玉撰写。

的信任度；加之到北京的朝鲜使臣们为了获得西方文化新知识，有机会便想接触传教士，而传教士们对他们也很热情，使他们得以进行关于学问和宗教的笔谈。因此，西洋文化最终通过赴京使传入朝鲜。[1]

1873年（高宗十年），苏格兰传教士罗斯（J. Rose）与其妹夫麦金泰（J. McIntyre）——早年两个人立志于到朝鲜半岛传教而来到通化县高丽门——在当地和李应赞、李盛夏、金镇基、徐相崙等朝鲜宜州出身的青年学者会面，给他们讲授圣经的内容，并与之着手圣经翻译。朝鲜青年学者于1876年成为基督徒，随后于1882年翻译完《耶稣圣教〈路加福音〉全书》，并在沈阳出版，而后终于在1887年出版了完整的《新约圣经》译本《耶稣圣教全书》。这就是第一部完整的《新约圣经》朝鲜译本。因此，上述朝鲜青年学者受洗礼的1876年，可以说是朝鲜第一个基督教教会成立之时。徐相崙于1884年春在他的故乡黄海岛长渊、松川传教并建立教堂，这件事实证明朝鲜民族用自己的所作所为确立了朝鲜的基督教会。

另一方面，朝鲜李树廷作为前任统理衙门协办，跟随外交使节朴泳孝一行于1882年前往日本，第二年成为基督徒。1885年，他翻译的《〈新约马可传福音书〉朝文解读》在横滨出版。朝鲜最早的传道士恩德伍德（H. G. Underwood）在日本求得这本书后，于1885年4月与美国传教士阿朋泽勒（Henry G. Appenzeller）牧师夫妇一起自仁川登陆朝鲜半岛。阿朋泽勒创立了新教在朝鲜的第一个教会即汉城贞洞监理教会，恩德伍德则创立了长老会在朝鲜的第一个教会，两人因此而被称为朝鲜新教的开拓者。[2]

1900年，由恩德伍德、阿朋泽勒、特罗洛普（M. N. Trollope）、盖尔（J. S. Gale）、斯克兰顿（W. B. Scranton）、崔炳宪、赵闲奎、郑东鸣、李昌植、金明濬、洪埈等翻译的第一部公认的完整的《新约圣经》朝文译本出版了。

1911年，恩德伍德、盖尔、李承斗、金鼎三等翻译的第一部完整的

1 参见《한국 민족문화대 백과사전: 천주교》，한국학중앙연구원，http://100.daum.net/encyclopedia/view/14XXE0008156。

2 参见《한국 민족문화대 백과사전: 개신교》，한국학중앙연구원，http://100.daum.net/encyclopedia/view/14XXE0008157。

《旧约圣经》朝文译本出版。从此,朝鲜拥有了结合《旧约圣经》朝文译本和《新约圣经》朝文译本的圣经。[1]

(2) 朝鲜圣经(《旧约》)研究的萌芽及生根(1900—1956)[2]

1900年《神学日报》创刊,崔炳宪担任主笔,由此终于“开始了朝鲜人的神学活动”。不过,正式的神学事业的起步,其实始于1901年创办平壤神学院。这一萌芽期是传教士给朝鲜教会植入圣经观的时期,也是开始创办主要的神学院并以各神学院为中心开始创办神学杂志的时期。以1901年平壤神学院的创办为起始,1905年在京城创办了一般神学院(现监理教神学大学),1906年创办了顺安义明学校(现三育大学),1911年创办了圣书学院(现首尔神学大学),1916年创办了监理教刊物《神学世界》,1918年创办了长老教刊物《神学指南》等,开始记录有关神学的问题。[3]在韩国,监理教对神学的变迁持自由主义的态度,所以就具有明显的自由主义倾向。而长老教一开始就固守神学的传统,20世纪30年代后,它虽然受到自由主义思潮的影响与渗透,但仍然是坚守保守的正统神学的堡垒。

初期传教士中的多数人把朝鲜传统文化视为落后的东西而加以否定,但在教会上层,也有努力寻找民族文化的真义、探究挽救民族文化整体性问题的人们,其主要代表人物是崔炳宪。

崔炳宪(1858—1927)是儒教出身的监理教牧师,他的研究从基督教与其他宗教的关系入手,试图揭示出民族传统文化中的合理因素。他认为,各种宗教本身所具有的真理性都是相对的而不是绝对的,基督

1《Daum 백과: 성서》,http://100.daum.net/encyclopedia/view/b12s0798b。

2 参考以下两篇论文划分了各个时期:김정우,〈한국 구약학 연구사와 과제(1900년~현재)〉,《장로교회와 신학》제12권,2015;[한국]강성열,〈한국의 구약학 어제와 오늘, 그리고 내일〉,《구약논단》제23권제1호,2017。前者分为“奠定时期(1900—1956)、成长时期(1957—1989)、统合·融合·复合时期(1990—)”;后者则分为“围绕接受历史批评学与否问题的纠葛与分裂(1957—1989)、西方《旧约》学的接受与改观以及韩国《旧约》学的发展(1957—1999)、教会的危机与韩国《旧约》学(2000—2016)”。

3 김정우,〈한국 구약학 연구사와 과제(1900년~현재)〉,《장로교회와 신학》제12권,2015,pp.55—56。

教也只是众多宗教现象之一，就其教会的分裂与堕落的历史看，基督教也并非是什么绝对的宗教。概言之，崔炳宪在宗教现象的比较研究中，既反对正统神学的排他主义，又不简单地采取一般宗教学的客观主义和相对主义原则，而是采用一般与个别的辩证方法，来考察基督教与东方宗教的关系，力图揭示出民族传统文化之精华，以振奋民族精神。可是，由于他是圣书绝对主义的信奉者，所以他的思想观点明显带有基督教中心主义的思想倾向。[1]

从翻译圣经的角度看，这一时期最引人注目的，是《圣经全书》（1911）和《冠注圣经》（1911）的出版。韩国的首部《冠注圣经》以英国修订版圣经（1885）为基础，参照了1889年对《新旧约圣经》全集加入了完整冠注体系的The Revised Version of 1881 with Fuller References (Oxford: University Press, 1910)，于1911年出版了朝文版，可以说这是极为迅速的。此后《冠注圣经全书改译韩文版》（1956，1962）作为韩国教会学习圣经和传教的主要指南，受到大众的喜爱，一直被用作犹如今日注释书一样的必备工具。另外，通过《圣经全书改译修正版修正冠注》（2002）对以往的冠注进行了修正，形成了错误更少的冠注。

监理教中被认为最早具有专业性并写出《旧约》论文的韩国人，是监理教协成神学大学教授梁柱三，尽管梁柱三在其论文中没有使用高级批评一词，却用了"《五经》批评"一词，明确指出了关于《五经》形成过程的后世编辑说。对于摩西著述《五经》之说，尽管梁柱三没有表明其立场，但在当时能够介绍批评学，无疑是具有划时代意义的，也即说明他对批评学持有某种程度的开放立场。

在朝鲜—韩国《旧约》研究史上，最一惯性地对高级批评保持否定立场的，是长老教的《神学指南》，此杂志自创刊号开始就登载了很多关于《旧约圣经》的研究论文。自生根期伊始，《神学指南》便对高级批评采取了否定态度。

但是监理教的《神学世界》则不同，作为传教士的监理教协成神学大学教授都伊明（C. S. Deming）在《神学世界》第五卷中极力强调了文本批评的必要性，同时对形式批评进行了具体介绍，主张对圣经的解释

1 李正奎：《韩国近代社会的变迁与基督教》，《延边大学学报（社会科学版）》2001年第2期，第93—94页。

应在语法性的、历史性的含义上进行，同时采纳了高级批评。

由此，韩国教会自生根期伊始便出现了三个分支，即反对高级批评与赞成高级批评的对立的两个分支，以及居于二者之间的、具有开放的中庸立场的分支。

自20世纪30年代开始，有相当数量的在外学习和研究神学的朝鲜留学生陆续归国，从事传教事业和神学研究工作，这时的韩国教会就逐渐具备整理出自己信仰内容和思想特点的能力。

在1934年至1936年，有关日后在历史批评方面如何明确画出界线的深刻问题接连出现在长老教总会面前。而在总会层面的大事件的幕后，实质性地引领神学争论的人物是朴亨龙和金在俊。

20世纪30年代的神学类型，以神学家们对圣经的理解为标准区分开来，尤其是分别以长老教的朴亨龙、金在俊，监理教的郑景玉三人为中心形成了不同的类型。此三人打下了韩国神学的基础，开辟了三条不同的道路。

一、以朴亨龙（1897—1978）为中心形成的保守主义神学，以圣经的灵感论和圣经无误论为根据，对历史批评方法采取了从初始就予以封锁的态度，确立了以组织神学为中心、拥护教理的神学，通过《神学指南》形成了保守性的长老教会神学基础。

二、以郑景玉（1901—1945）为中心形成的自由主义神学，认为圣经是以人类的语言记录的宗教文学，是上帝教导的一部分，他以1933年在《神学世界》上发表的《约翰一书讲解》为开端展示了自己的立场。

三、以金在俊（1901—1987）为中心的新正统主义神学，他们坚持认为：对圣经的解释应结合解释者所生存的社会、历史环境进行，应阐明圣经的社会、历史性质，并按照上帝现今给我们的教导去理解圣经。[1]

金在俊认为上帝与人之间存在着人格的对话关系，圣书上的记录是通过受上帝之灵感的人的主体性活动而形成的，因此，圣书无疑就是对现实学问的否定。我们应当区别对待古代文化要素与其中的上帝之言，这种做法就是高级批评。为此，他在圣书研究中特别重视社会历史

1 김정우,〈한국 구약학 연구사와 과제(1900년～현재)〉,《장로교회와 신학》제12권,2015,pp.56—67.

背景和文化环境的研究。金在俊认为基督教原本含有神与人、来世与现世、律法与恩赐等二元要素，基督徒是在这两极间过着紧张的生活。历史的现实是不能逃避的，任何人都应该成为剧中人，站在事件之中，自己演出背负十字架的生活，这就是作为基督徒生活于今日的本意。所以，基督徒在任何时候都应站在救赎史的立场上，对现实历史进行批判，同时使现实历史指向拯救的目标，而在这种批判与指向中，基督徒不得不觉悟十字架的意义。这就是他的社会参与思想。[1]

上述三位学者所持有的基本立场及方向在这一时期完全分别开来，形成了各自的传统。在这种神学性的紧张和对立中，以长老会神学校为中心编撰的《标准圣经注释》得以出版。

进入20世纪40年代，朝鲜教会遭遇日本帝国主义严厉镇压，其神学活动只能被迫停滞，甚至其对《旧约》的传教活动也被禁止，平壤神学校被关闭，许多保守的神学者和信仰者或逃亡至伪满洲等地，或被投入监狱。在此历史混乱中，1940年4月，韩国神学大学的前身朝鲜神学学校在胜洞教堂开始讲课，金在俊指出了创办这所学校的意义，说它是“从西方宣教者的支配下和保守神学下的解放”。此神学学校首先在圣经观方面没有坚持圣经无错的加尔文主义（Calvinism）立场，从而引发了韩国长老教内关于圣经观的争论，由此开始了在神学和方法论方面完全两极化的过程。

此后，1947年4月10日朝鲜神学学校的建校获得许可。历史批判学在朝鲜神学大学成为讲授的正规课目。最终，韩国长老教会因为圣经批判学问题，于1953年分成了耶稣教长老教会和基督教长老教会两个长老教会。1953年6月10日，追随金在俊神学路线的牧师和教会共同组织了总会，以基督教长老教会之名分立而出；同年9月2日，长老教总会神学学校任命朴亨龙为第二任校长。由此形成了分别以金在俊和朴亨龙为中心的两个长老教。[2]

1 李正奎：《韩国近代社会的变迁与基督教》，《延边大学学报（社会科学版）》2001年第2期，第95页。

2 김정우, 〈한국 구약학 연구사와 과제(1900년～현재)〉, 《장로교회와 신학》제12권, 2015, pp.64—67.

(3) 圣经(《旧约》)研究的"开花"及展开(1957—1999)

这一时期韩国教会围绕着历史批评走上了对立之路,并且总体上倾向于保守的解释,不过批评学界确立了独立路线。

得力于出国留学后归国的年轻《旧约》学者的活跃,在实现韩国神学的大众化的过程中,于1957年创办了刊物《基督教思想》,随之各种西欧神学思潮开始逐渐被介绍到韩国教会和神学界。与《神学指南》始终如一地对高级批评持否定态度不同,《基督教思想》以客观视角介绍了与圣经相关的欧美各种神学思想,努力确立韩国教会所需的基督教思想,同时十分关注基督教的本土化。

《基督教思想》创刊后,陆续涌现出了《现代与神学》(延世大学,1964)、《教会与神学》(长老会神学大学,1965)、《神学展望》(光州天主教大学,1968)、《现存》(韩国神学大学,1969)、《世界与传教》(首尔神学大学,1971)、《神学与传教》(1972)、《神学思想》(1973)等一系列学术刊物,给韩国的《旧约圣经》阐释学带来了新生机。

《神学思想》设定了追求走向世界的韩国神学的明确目标,各神学大学的教授论文集刊载了大量以批评的视角解释《旧约圣经》的《旧约》学者的论文。正当各种学问研究开始逐步积累之际,创立了韩国《旧约》学会(1961),继而成立了全国神学大学协议会(1965)和韩国基督教学会(1973)。

自《基督教思想》创刊前后至1977年,韩国《旧约》学开始逐步拓展,接受西欧《旧约》学界的批评性解释,并将运用范围扩大到神学教育。而属于这一时期的韩国《旧约》学,大致上以概论形式介绍了西欧《旧约》学的各种方法论,同时谨慎地将其应用于《旧约》文本的解释。[1]

这一时期在进步主义层面最具影响力的,是韩国《旧约》学者金正俊(1914—1981)。他是以批评观点深入研究《旧约》学和《旧约》神学的学者,在其论著《以色列的信仰与神学》(1967)中,他将当时的时代精神彻底投影于其对《旧约》的解释,提出解释《旧约》的课题是将几千年前上帝对旧以色列的教导变成上帝对今天的我们的教导。他生动地展现了通过文献、样式、传承、生活场所等熟识的批评性《旧约》解

1 강성열,〈한국의 구약학 어제와 오늘, 그리고 내일〉,《구약논단》제23권제1호,2017, pp.112—115.

释,将上帝教导现实化的方法。[1]金正俊试图创立韩国神学,主张创立基于韩国魂的、为韩国教会所用的本土化神学。[2]他晚年着力于研究在圣经中发现的对贫困受苦的人们即民众关心的文字,并将其作为民众神学的基石。[3]

1973年以后,韩国的《旧约》历史批评学方法论完全确立了其地位,而且批评学的所有方法论均被应用于各种文本。[4]

这一时期出现了众多研究解释《旧约》方法论的论文及专著和译著,发表或出版了研究文本批评的重要基础资料,有关《死海古卷》的论文、研究古代近东世界的概括性的研究论著、与古代近东世界相关的圣经考古学论文及专著和译著、介绍西欧《旧约》神学的专著译著和研究论文、聚焦1970年代国内状况的民众神学研究论著等。同时,还出版了关于《旧约》神学的历史和《旧约》解释方法论的、以批评的视角对《旧约圣经》进行说明的概论书籍。大韩基督教书会于1972年出齐了始自1963年出版的、由《创世记》起始的总共十四卷《旧约》注释书籍,它是向韩国教会和《旧约》学会介绍欧美《旧约》学界的学问成果的很好事例。

尤为引人注目的变化,是自1980年开始逐渐介绍和活用了共时性(synchronic)文学批评方法,而共时性文学批评方法是克服历时性(diachronic)历史批评学缺点的方法论。仰赖韩国《旧约》学者的努力,西欧学术界正在形成的解释圣经的新方法被迅速引入了韩国的神学教育和学问讨论之中。

其第一个方法就是美国学者柴尔兹主张的正典批判(canonical criticism)。他指出了圣经神学的危机,主张越过历史批评学,采用正典

---

1 김정우,〈한국 구약학 연구사와 과제(1900년~현재)〉,《장로교회와 신학》제12권,2015,pp.69—70.

2《한국 민족문화대 백과사전: 김정준》, 한국학중앙연구원, http://100.daum.net/encyclopedia/view/14XXE0010415.

3《한국 향토문화 전자대전: 김정준》, 한국학중앙연구원, http://busan.grandculture.net/Contents?local=busan&dataType=01&contents_id=GC04200662.

4 김정우,《한국 구약학 연구사와 과제(1900년~현재)》,《장로교회와 신학》제12권,2015, p.72.

批判的共时性解释，他的方法被依次介绍到韩国国内并且得到了运用。几乎在介绍正典批判的同时，被较早介绍进韩国的是结构主义批评，由此出现了有关结构分析的论文。修辞批评同样被韩国国内学者广泛使用于《旧约》文本的解释之中。

但是，在广义的文学批评方法论中，韩国《旧约》学者表现出最积极反应的是社会科学批评。因为它强调人的尊严性，并关注正义社会建设的时代背景，所以韩国《旧约》学者们偏爱这种批评。他们力图在《旧约》文本中寻找民众神学者们研究的依据，追求探索第三世界的自由和解放的圣经解释学，借鉴在女性解放的层面解释圣经的诸多理论，以及唯物论性质的圣经解读等等。

然而，这并不是说以往的历史批评的解释已在韩国《旧约》学界的研究中消失，因为依然需要与对《旧约》文本共时性的解释并行的、涉及文本的过去和整个历史的历时性的解释。因此，一方面翻译介绍文本批评方法论等基础知识的书籍，一方面断断续续进行着有关《旧约》文本形成的文献批评性的研究、传承性的研究以及编辑批评性的研究。

除了解释方法论之外，韩国《旧约》学者们对于西欧《旧约》学界的关心也进一步增强，翻译了介绍西欧《旧约》学界的书籍，发表了聚焦于《旧约》神学各种主题的论文，还出版了《旧约》神学书籍。尤其引人注目的，是研究分析《旧约圣经》中有关神灵的中心概念，将承诺和成就概念当作解释《旧约圣经》的重要基础的论文，还有将压迫和苦难等概念作为《旧约圣经》解释基础的论文，以及提倡摆脱人类中心主义或历史中心主义而追求人类与自然共存的创造神学和生态神学的论文。

韩国神学研究所在翻译出版《创世记》之后，又出版了德国和英美《旧约》学者们的《旧约》注释书《国际圣经注释》，大韩基督教书会于1993年依次出版了自《申命记》开始的“纪念创立100周年圣经注释”，出版社为了给牧会者和福音主义圈的学者们提供进行广泛神学讨论和牧会情报交流的平台，于1989年创刊《牧会和神学》，接着于1992年又创刊《语录》，这些都是为韩国《旧约》学的学问发展与牧会相结合而做出努力的重要表现。另外，1987年发行了韩国基督教学会的学术刊物《信仰与神学》(现为《韩国基督教神学论丛》)第1辑，大韩圣书公会为探讨翻译圣经的各种问题，于1997年创刊了《圣经原文研究》，每年发行两次，这些均在韩国《旧约》学的发展中令人大受鼓舞。

进而，20世纪后半期韩国《旧约》学界一直发表介绍作为《旧约圣经》背景的古代近东世界，以及把它与《旧约圣经》做比较的论文，并创办了与之有关的定期刊物。比如，1993年韩国圣书考古学会创刊了《圣经考古学》月刊，发表了与圣经考古学相关的诸多文章，其中有比较古代近东世界和《旧约》世界，或者从普遍性和特殊性的角度探讨两者之间关系的研究论文，也有涉及古代近东世界政治和社会结构，以及文化的论文。

具体而言，有将巴比伦的洪水传说《吉尔伽美什》史诗和创世神话——美索不达米亚的《埃努玛·埃利什》(《创世的七块泥板》)与《旧约圣经》进行比较，并探求其间的关系的；也有把古代近东的各种文书和法律、王权思想、智慧文学、占术、荒宴(marzeah)、太阳崇拜(Atomism)等与《旧约圣经》进行比较的；还有对乌加里特(Ugarit)文献与《旧约圣经》之间关系进行研究，对圣经考古学进行各种研究的，都取得了一定成果。[1]

总之，在这一时期，历史批评的学者们对于批评学失去圣经启示的超越性而沉陷于历史主义的情况进行了反省，对于此方法论的局限性进行了更深刻的神学方面的思索；而站在保守主义立场上的学者们则认为，虽然历史批评学的前提和方法论存在严重问题，但处在权威的神学传统之内。他们彼此不固执地坚持各自的解释，努力站在对方视角观察，探索沟通方式，就此而言是很值得肯定的。

这一时期，在《旧约》学领域最令人刮目相看的集体作品，是《标准新翻译》(1993)及《改译改订》。

直至20世纪末，韩国的《旧约》学历经初期的朴亨龙和金在俊的绝对对立，成长发展期的批评学和保守主义的正面冲突与相互接受的过程，逐渐开始了在各种方法论的混合中彼此融合与保持多样性的过程。[2]

1 강성열,〈한국의 구약학 어제와 오늘, 그리고 내일〉,《구약논단》제23권제1호,2017,pp. 114—120.

2 김정우,〈한국 구약학 연구사와 과제(1900년~현재)〉,《장로교회와 신학》제12권,2015,pp.76—77.

(4) 方法论的统合及多重研究(2000—)[1]

进入21世纪,韩国《旧约》学接连取得了飞跃发展,这是因为在国内外获得博士学位的人数有所增加,其研究活动逐渐增多;能够发表研究成果的各种学会刊物也大量增加;而韩国财团给予的研究资助,也给韩国《旧约》学的发展助了一臂之力。2010年韩国《旧约》学会的学刊《〈旧约〉论坛》被韩国研究财团确定为登载刊物(2010),2008年7月14—16日在韩国监理会神学大学校举行了亚洲圣经学者第一届学术大会,这是亚洲圣经学会(Society of Asian Biblical Studies)召开的会议。

在取得如此长足发展的过程中,一千多名韩国《旧约》学会会员和韩国福音主义《旧约》神学会会员通过各种学会刊物和大众神学杂志发表了大量研究成果。

21世纪初,韩国《旧约》学会最重要的变化出现在对《旧约圣经》的解释学领域,即采用共时性解释方法的研究越来越多,当然也包括在以往的历时性解释方法中加入共时性解释方法,从而谋求两者平衡的研究。

分析解释圣经的相关论文,我们可以十分清晰地看到,它们主要使用了重视《旧约》文本的正典批评,甚至包括对文本的结构分析、修辞批评乃至互文性文本批评。另外,也有更独特的研究,如在追求心理学和圣经解释学对话的学际研究层面上,将荣格的分析心理学运用于《创世记》第16章的夏甲故事分析。

另一个值得注目的变化是,随着女性《旧约》学者比重的增加,女性主义批评成了《旧约》解释学中的重要关注点。许多女性《旧约》学者试图从女性主义批评或非殖民主义女性主义视角解读《旧约圣经》中有关女性的故事。由此更进一步,男性《旧约》学者也着眼于社会最基础的构成因素——家庭脉络,对《旧约》圣经中出现的女性的社会、文化价值和祭仪功能进行考察,或者以社会史的视角研究《申命记》中女性解放的问题。

同时,涌现出了有关作为《旧约》世界背景的古代近东研究,即出版了有关古代近东世界的历史和宗教、法律和条约的专著和译著,以及

1 这一部分参见강성열,〈한국의 구약학 어제와 오늘, 그리고 내일〉,《구약논단》제23권제1호,2017,pp.120—131.

对古代近东世界与《旧约圣经》平行的内容按主题分门别类研究的专著和译著，也出版了涉及以色列周边国家的历史和宗教的著作及统一王国时代和分裂王国时代考古学的著作。

由总论研究进入分论研究阶段，也有研究认为上帝与以色列的最早的契约关系，与其说是依赖了赫梯的宗主权条约，不如说是依赖了以撒哈顿王位继承条约。此外，引人注目的还有：对近东地区的法律和希伯来法中共同出现的社会正义概念进行比较的研究，将《汉谟拉比法典》与古代近东的其他法律进行比较的研究等。有学者慎重提出，《申命记》(*Deuteronomy*)的施玛篇（"Shema"）文本是从神学角度接受以撒哈顿(Esarhaddon)的王位继承条约等政治文献的结果，它们是出于同样的脉络。而聚焦于王政和家庭，以及社会各阶层的研究，对古代近东和以色列的社会制度进行比较的研究，同样为在古代近东的背景下理解《旧约圣经》提供了很大帮助。

由此更进一步，将在巴勒斯坦人的主要遗址中发现的柱子(Masseboth)、神殿及祭祀场所与《旧约圣经》中提到的各种柱子联系起来进行的分析，对理解有关柱子的《旧约》文本提供了很多帮助。

进入21世纪初，韩国《旧约》学在《旧约》神学方面显示了令人刮目相看的成长趋势。首先，翻译出版了西欧《旧约》学者的《旧约》神学著作，从中可以窥见西欧《旧约》神学的最新动向。尽管国内学者所著《旧约》神学书很少见，研究《旧约》神学中心主题的专著和论文却很丰富，例如出现了将通过各种工具和方法显露的上帝的启示，压缩整理为通过历史的启示和通过真言的启示的论文，以及将神灵分为最初的创造和持续的创造来进行考察的论文。

另外引人注目的是，这一时期出现了详细考察《旧约》伦理结构的著述和各种主题的《旧约》伦理指南，以及揭示与废除死刑制度相关的《旧约》伦理方法论的论文。从广义上讲，聚焦《旧约圣经》中生态神学的研究书籍和论文，也属于《旧约》神学和《旧约》伦理的范畴。

韩国的《旧约》学尽管最初只是机械地引进西欧神学界的方法论和研究成果，但是后来随着接受西欧神学洗礼的学者人数增加，以及在学问方面的业绩和研究的积累，逐渐形成了以自身力量构筑与西欧《旧约》学联系起来考察的韩国《旧约》学，乃至出现了立足于韩国人的生活状况进行研究的韩国式《旧约》学的力量。韩国《旧约》学者的诸多论文内容都证明了这一点，因为其中不少论文已经超越了认识西欧学者的论点和理论的层次，包含了批判性地进行考察并提出方案的内容。

日本的圣经研究[1]

1549年（日本天文十八年），西班牙人弗朗西斯科·沙维尔（Francisco de Xavier，现通译方济各·沙勿略）在日本的伊集院城（今鹿儿岛县日置市）等地宣讲基督教，《旧约圣经》的故事在日本各地流传开来。[2]随后在1553年的圣诞，修道士席尔瓦·胡安德（Silva Juan de）四处朗读《旧约圣经》里有关人类的创造和原罪、挪亚方舟、约瑟的故事，摩西出埃及记等篇章。[3] 1579年首度踏上日本土地的意大利人范礼安（Alessandro Valignano）积极推动适应日本文化的传教方式，譬如在日式的教堂里设置茶室[4]等。随着《旧约圣经》的部分章节译成日文，其宗教思想逐渐被处于社会底层的日本民众所接受。1587年丰臣秀吉以“日本乃神国，岂容基督教国之邪法”为由颁布“驱逐神父令”[5]，并于1596年将弗朗西斯科会的二十六名教徒处以极刑[6]。为了防止日本信众大规模暴动，江户幕府于1612年颁布禁教令，严禁基督教国家人员和曾有逗留海外经历的日本人进出日本。1639年日本正式进入长达二百多年的闭关锁国期，从此，圣经在日本这片土地上几乎销声匿迹。也就是说，直到19世纪末期，日本的圣经研究仍然处在“婴儿阶段”或“幼儿园时期”。[7]阅读人群基本上就是少数日本基督徒和传教士，圣经入日之路异常艰难。

1 本节由中国社会科学院外国文学研究所唐卉撰写。

2『文語訳 旧約聖書I律法』、東京：岩波書店、2015年、『日本語訳旧約聖書の前史』、第455頁。

3『イエズス会士日本通信上』、新異国叢書1、雄松堂書店、1968年、第125頁。

4 松田毅一他訳『日本巡察記』、東京：平凡社東洋文庫、1973年、第17—21頁。

5『日本大百科全書』(全26卷)、東京：小学館、1984—1994年。

6 吉川圭三ら編『国史大辞典』(全17卷)、東京：吉川弘文館、1983年。

7 John L. Dearing, “Bible Study in Japan,” in *The Biblical World*, Vol. 12, No. 2 (Aug., 1898), p.99.

明治维新后，日本加快追随西方的步伐。圣经，这一西方经典被正式纳入学习西学的日程当中。1876年以外国传教士为主要成员的东京圣经翻译委员会成立，后有美国长老会的戴维·汤普森等人加盟，最终于1888年将圣经内容全部译成日文，命名《旧约全书》，也称《明治元译圣书》。[1] 在接下来的几十年里，圣经在日本传播得非常广泛。仅从1890年到1898年这八年间，圣经或部分圣经在日本就发行了七十五万册。当时日本只有四千万人口。接下来的几年，在横滨、名古屋等城市，出现了挨家挨户推销圣经的局面，几乎每家都有节本圣经。圣经的年销量大约十万册，读者群也发生了变化，不光有基督徒，而且包括试图了解基督教的读者。伴随着天主教传教士在日本传教，武加大版本圣经（Biblia Vulgata）被翻译成日文，当然有些内容显然参考了英文版本。

最初，日本的圣经协会（Scripture Union Japan）做了一些简要的圣经学习的推介工作。这个学会成立于1883年马丁·路德诞辰四百年之际，每年出版一个小册子，规定当年每天需要阅读的圣经内容，并且订有一些规则。该协会每月推出一篇文章，大都是圣经的评论，并对难以理解的段落加以解释。对于传播圣经知识，并且进行简单的学习（研究）很有帮助。但是，其阅读范围主要限定在《新约》方面，按照迪尔令（John L. Dearing）的说法，这是由于人们对于《旧约》的内容不感兴趣。[2] 1893年日本基督教思想家内村鉴三编述的《贞操美谈〈路得记〉：一对婆媳的福音》由警醒社书店出版。该书通过对《旧约·路得记》里婆媳二人“神意的教导”“贞女的谦让”“贫者的教养”“贱妇的荣誉”等篇章的介绍，倡导美德和贞操带来的荣誉。[3] 直到1895年左右，日本的圣经协会才在阅读篇目中加进了《诗篇》的内容。

20世纪，日本的圣经研究逐渐成熟，并发展为一门学科。1900年10月3日由内村鉴三发起的《圣书之研究》创刊，成为日本最早的圣经

1 鈴木範久著『聖書の日本語　翻訳の歴史』、東京：岩波書店、2006年、第101—106頁。

2 John L. Dearing, “Bible Study in Japan,” in *The Biblical World*, Vol. 12, No. 2 (Aug., 1898), p.99.

3 内村鑑三編述『貞操美談路得記：一名媳と姑の福音』、福音社、警醒社書店、1893年。

杂志。在创刊号里，内村鉴三亲自执笔了“感话”、“说教”、圣书的“讲话”和“研究”等文。1903年8月由山田丰彦主编的《〈旧约圣经〉解题》由教要社出版，这本只有七十余页的小册子用汉字标出《旧约》各章节——《创世记》《出埃及记》《利未记》《民数记》《约书亚记》《士师记》《路得记》，等等，对它们做了比较全面的介绍分析，这对于20世纪的日本圣经研究具有划时代的意义。1907年今泉真幸著《〈旧约圣经〉文学一斑》出版。全书分为《旧约》梗概、最初的六书、《士师记》、《撒母耳记》、《列王纪》略、大小预言书、《诗篇》、《箴言》、《约伯记》、《历代志》略、以色列史及《旧约》文学史的梗概等章节，序言阐述了“《旧约圣经》研究的利益、学术研究的必要、《旧约圣经》的历史研究”，结论部分总结了“《旧约圣书》、以色列民族、希伯来宗教的特色”。这本书的意义在于：一、它是20世纪初由日本人所著的《旧约》圣经研究；二、作者将圣经放置于文学领域进行解读，在日本学界，《旧约》的研究视野得到进一步扩展。1914年落合吉之助所著《〈旧约圣经·撒母耳前后书〉注释》由日本圣公会出版，著者对《撒母耳记》做了详尽的注释，该书的贡献在于对《旧约圣经》具体篇章的注释为后人的圣经研究提供了方便。

在此之后出版的研究专著有：宫川巳作《现今的〈旧约〉圣书》(1927)、松田明三郎《爱国心和基督教：〈旧约圣经〉的爱国诗人》(1939)、植松英雄《〈旧约圣经〉中的女性》(1952)、山中峰太郎《荒野中树立的火柱：〈旧约圣经〉故事》(1958)、小出正吾《〈旧约圣经〉故事》(1964)、田中澄江《在爱中生存：〈旧约圣经〉中的女人们》(1976)、岩谷元辉著《内村鉴三：关于其〈新旧约圣经〉注解的疑问》(1989)、小屿润《〈旧约圣经〉的时代：其中讲述的历史和宗教》(1995)等。尤其在战后，随着经济情况好转，研究经费变得充足，圣经研究在日本蓬勃发展。

这一时期对《旧约圣经》进行文本细读、批判，从各个角度进行考察、注释、讨论的日本学者众多，其中以浅野顺一，关根正雄、关根清三父子二人和山我哲雄等人较为活跃和突出：

浅野顺一(1899—1981)曾留学英德两国，系统地学习了圣经学，著有《〈诗篇〉：古代人之心》、《〈旧约圣经〉与现代》、大思想库《旧约圣经》等。《旧约圣经》一书于1936年由岩波书店出版，全书共分六章，分别从《旧约圣经》的意义和价值、《旧约圣经》的正经性(canon)、律法的意义及其发展、预言者和预言文学、诗歌、教训和默示等方面对《旧约圣经》进行阐述。浅野顺一首先肯定《旧约圣经》在语言、文学、历史研究方面的价值,并强调作为世界三大宗教之一的基督教根基的《旧约圣经》的文化史意义。"《旧约》的神一方面是对人类历史极为关心的全世界的神,另一方面雅赫威也是以色列的神。此神与此民之间有着特别的契约关系,因此两者紧密相连……《旧约圣经》虽然记录的主要是以色列人民的历史,然而在此选民的历史中发挥作用的神业,却对他国家乃至全世界,都发挥了极大的作用。可以说,《旧约》是神指导的缩图。"[1]他认为《旧约》的伦理是神圣的神对义的要求,《旧约》的历史既是审判的连续也是拯救的历史。"《旧约》的宗教意识并没有在巴比伦之囚事件之后便全然脱离该国国民,换言之,以色列人的宗教观念建立在一种团体的意识之上。《旧约》与《新约》有着历史必然的和本质的联系,然而在欧洲的历史上由于自古以来的种种理由,《旧约》屡屡被排斥在外。我们首先要搞清《旧约》写作的目的。它不是科学探究的记录,也不是哲学教科书,更不是严密的古代历史记述与近代历史记述。圣经首先是以向我们传达神的旨意,让人们有信仰为目的的。"[2]

关根正雄(1912—2000)毕业于东京大学法学部,曾受内村鉴三的熏陶。1939—1945年留学德国,以研究《旧约》神的论文获得神学博士。著有《〈旧约〉中神的独一性》、《〈旧约圣经〉及其历史·文学·思想》、《以色列宗教文化史》、《〈约伯记〉注解》、《〈诗篇〉注解》(上下)、《〈旧约圣经〉文学史》(上下)等。译有《旧约圣经·创世记》《旧约圣经·撒母耳记》《旧约圣经·耶利米书》《旧约圣经·出埃及记》《旧约圣经·约伯记》等系列。由岩波书店分别于1978年和1980年出版的《〈旧约圣经〉文学史》可以看作他一生研究《旧约圣经》最重要的代表作。该著上册分别从研究史概观、学问的诸前提、《旧约圣经》文学史的方法、《旧约圣经》文学的发生、家庭共同体的文学、部族共同体的文学(摩西时代、联合成立之前)、部族联合公共体的文学、国家共同体的文学(历史记述、救济史家)等角度

1 浅野順一著『舊約聖書』、東京:岩波書店、1936年、第20頁。

2 同注、第28頁。

将“文学类型研究”放置于《旧约圣经》的文献学研究当中，认为“文学类型研究”与“《旧约圣经》绪论”等旧有形式不同，“文学史”要素自然会引入到现代的“《旧约圣经》绪论”当中，这一变迁不可避免。其实对《旧约圣经》文学史叙述，根本意义上的困难在于《旧约圣经》所包含的作品在多大程度上算是“文学的”，或者说《旧约》里的“文学”是什么样的，这些问题仍悬而未决。即便如此，文学史叙述对于《旧约圣经》研究来说不失为一种可能的研究形态。论者在上册的前半部分讨论圣经文学的方法论，从希伯来语的音声、音律、韵律的文艺学观点出发详细地对《旧约》文本进行考察，说明以赛亚其实是一位听觉敏锐的诗人。[1]在此基础上，他认为：“圣经文本中出现的词句反复也是一种抒情的文学表现形式，预言者以‘启示文学’的形式，在激发灵感的状态下从神那里听取旨意。”[2]另外，关根正雄注重文学产生的地理环境因素，他分析后认为：“《旧约》文学根本的风土环境和背景就是沙漠。”[3]另外，他大致将《旧约》文学形式分为“预言文学”“默示文学”“智慧文学”“祭司文学”“物语文学”这五大类[4]。在下册中他具体对《雅歌》《诗篇》《申命记》进行文本细读，并对上述五类文学进行逐一解释。

关根清三（1950— ）是关根正雄之子，子承父志，对《旧约圣经》展开多角度研究。1989年他以博士论文《〈旧约〉里的超越和象征——解释学经验的系谱》获得东京大学博士学位。除此之外他相继出版了《〈旧约圣经〉思想二十四断章》《伦理思想的源流——希腊和希伯来的情况》《伦理的探索——从圣经出发》《〈旧约圣经〉与哲学——现代发问中的一神教》《希腊、希伯来的伦理思想》《亚伯拉罕的以撒献祭物语》等专著，1987年获得和辻奖，1998年获得第88届日本学士院奖。除了主张运用文学分析的方法，他提出运用哲学方法进行分析的可能性。在由岩波书店2008年出版的《〈旧约圣经〉与哲学——现代发问中的一神教》一书中，他关注用哲学对《旧约》这一经典进行解释，尝试构建旧

1 関根正雄著『旧約聖書文学史』(上)、東京：岩波書店1978年、第20頁。

2 同注、第32頁。

3 同注、第39頁。

4 同注、第49頁。

约学与哲学之间的对话。从这一立场出发，他将以往的历史方法归类为“遵循匿名解释者的一般方法”[1]，强调所谓的客观，即历史意义等规定，几乎是不可能达成的。通过《旧约圣经》和哲学的关系、《旧约》思想和现代的关联以及预言者和救济论这样的内外三部分对传统意义上的《旧约圣经》的历史学解释方式提出质疑，他以“摩西十诫”为例，认为哲学解释可以弥补历史学解释的缺陷，进而挣脱狭隘的视角，将《旧约圣经》的解释推至更为宏观的广义视阈中来。例如第六诫，按照历史学的观点分析是“不要杀以色列人”；如按照哲学观点来说，则应该是“不要杀人”。一旦这种哲学思维的分析方式得以成立，那么对圣经就有了现代意义上的解释。另外，《旧约》中一神教的神灵超伦理的行为等，都可以用哲学的方法进行阐释。他坚持：“圣经，说到底是通过人和神的关系来探究人的真实价值。太过执着于‘事实’的历史学解释，难免剑走偏锋，出现龃龉的情况。”[2]

另一位专攻《旧约圣经》的学者是山我哲雄，代表作为《圣经时代史》。他于2013年出版了《一神教的起源：〈旧约圣经〉的“神”从哪里来？》，该书在最新圣经学和古代以色列史学论述的基础上探讨古代以色列一神教的成立。通过具体讨论一神教、“以色列”人民、被称作雅赫威的神、初期以色列的一神教、预言者和一神教、《申命记》和一神教、王国灭亡、巴比伦之囚和一神教、“第二以赛亚”和一神教的诞生等问题，推及现实情况，试图表达这样的观点：“在神道方面，日本向来信奉‘八百万个神灵’，却在‘大日本帝国时代’将天皇崇拜强加到亚洲各国，企图实行不容宽恕的支配的行为。”[3] 和关根清三一样，山我哲雄也将《旧约圣经》学的研究推广至对现代社会现实情况的讨论当中。

此外，还有一些长期致力于《旧约》研究的学者，如著有《犹太教犹太人和日本人》《圣经和日本人》《新宗教和日本人》等的浅见定雄，

1 関根清三著『旧約聖書と哲学：現代の問いのなかの一神教』、東京：岩波書店、2008年、序言viii。

2 同注、第16頁。

3 山我哲雄著『一神教の起源：旧約聖書の「神」はどこから来たのか』、東京：筑摩書房、2013年、第18頁。

通过研究《旧约圣经》思考日本社会和日本人的现状及未来走向；著有《〈旧约圣经〉之心》《〈旧约圣经〉的预言者》《〈旧约圣经〉读解》等的雨宫慧；著有《犹太民族的悲剧和光荣——一位历史学者对现代的进言》《阅读圣经：从天地创造到巴别塔》等的石田友雄；著有《〈旧约圣经〉的中心》《和平的默示：〈旧约圣经〉的和平思想》《〈旧约圣经〉的语言和默示：其本质及系谱》等的木田献一；著有《诗篇研究》《照向混沌的光芒：翻译成现代语言的〈旧约圣经〉》《神民信仰〈旧约〉篇》《〈旧约圣经〉绪论讲义》等的左近淑；著有《〈申命记〉的文献学》《〈旧约圣经〉中的女性》《亚伯拉罕背负着约定的父子》《希伯来法思想的源流》等的铃木佳秀；著有《亚伯拉罕故事解读：文艺批评的尝试》，译了罗伯特·詹森的《雅歌》（现代圣经注解）等的水野隆一；著有《圣经学论集》《对我们来说圣经是什么？——现代天主教圣经灵感论序说》《圣经Q&A〈旧约〉篇》《圣经年表·圣经地图》等的和田幹男；著有《〈创世记〉注解》《〈诗篇〉的思想和信仰》《回应悲哀：〈旧约圣经〉中的历史和信仰》《〈圣经旧约〉中的幽默和反语》等的月本昭男；译过《古代文字之谜——东方诸语言的解读》《古代东方和〈旧约圣经〉》并著有《创造和洪水》等的津村俊夫；著有《古代以色列及其周边》《〈旧约圣经〉中的社会和人间：古代以色列和东地中海世界》《〈旧约圣经〉中的文化与人间》《〈约伯记〉论文集成》《解读〈创世记〉讲义录》《圣经的想象力和说教》《〈旧约圣经〉的水脉》的并木浩一等。这些学者几十年如一日著书立说，从文学、哲学、历史、宗教等多个视角尝试对《旧约圣经》做出更为广泛和深入的分析，为《旧约圣经》研究做出了个人的贡献。

不难看出，20世纪日本圣经研究几度沉浮。20世纪30年代之前仍然属于大量译介期，此时的日本还未取得"阐释圣经的话语权"；二战期间对圣经的译介和研究暂告一段落，即使进行一些研究，也是为了顺应战时需要，例如松田明三郎在《爱国心和基督教：〈旧约圣经〉的爱国诗人》中硬是把《旧约》中的故事与爱国思想联系起来。战争结束后，对圣经的研究热情重新点燃。日本人在重振经济的过程中思考犹太人复兴家园时的艰难，思考战争罪责问题和生命观。而主题的选择和关注点也与日本的时代背景息息相关。到了80年代中期，为日本女性劳动权利提供法律保障的《男女雇佣均等法》实施后,对《旧约》中女性的形象和地位的研究逐渐多了起来。90年代泡沫经济崩溃后,研究者又在《旧约》中寻找对由盛转衰的描述,联系现实进行反思。

除以上这些专著外,较有影响的论文主要有:

1936年山崎亨在《基督教研究》上发表了论文《〈旧约圣经〉中出现的阴曹地府》,介绍《诗篇》和《约伯记》中阴曹地府的位置,借以探讨生与死,以及灵魂永生等问题。同年,清水护在《英文学研究》上发表了《〈旧约圣经〉中的固有名词》一文,解释《旧约圣经》里出现的一些人名、地名,介绍以色列这个民族的特点;1939年又在该杂志上发表了《〈旧约圣经〉中的神名复合名》,从语言学的角度解释Adon(上帝)等词单复数形式的指称和意义。1949年田中周友在《法律文化》上发表了一篇短文《从〈旧约圣经〉中看父子关系——省察父权问题》;同年在该杂志上又发表了《〈旧约圣经〉中表现的劳动》一文。1950年渡边善太发表论文《〈旧约圣经〉中出现的女性形象》介绍其中出现的路得等人的形象。1953年浅野顺一发表的《〈旧约圣经〉中的"契约概念":作为主的以色列预言者》认为,所谓《旧约圣经》体现的是契约的宗教。同年中泽洽树在《宗教研究》上发表《〈旧约圣经〉中的义》。1956年小林三卫发表《〈旧约圣经〉中的末子相继》一文,以以撒的儿子雅各的故事为例,讨论末子相继的社会经济问题及其历史成因。1957年植田重雄发表《〈旧约圣经〉中的"创造"观》;同年,中泽洽树发表《〈旧约圣经〉中的性》一文。1958年海野一隆从地理学的角度撰写《昆仑四水说的地理思想史考察——佛典即〈旧约圣经〉中的四河说》。1959年植田重雄在《宗教研究》上发表《〈旧约圣经〉中漂泊的意义》;三善敏夫发表《〈旧约圣经〉中神的容貌(Panim)》;关谷定夫发表《死海写本与〈旧约圣经〉——新文本对于〈旧约圣经〉文本批评的贡献》。

1960年植田重雄发表《〈旧约圣经〉中的历史意义》;星野三雄的论文《〈旧约圣经〉中的色彩研究》从褐色、白色、红色、绿色、黑色、紫色等色彩讲起,挖掘其背后所体现的神学意义。1963年三浦敏明在《日本文学研究》上发表《〈旧约圣经〉中"该隐与亚伯"的"该隐后裔"的影响——根据比较文学的方法》。1964年植田重雄发表《〈旧约圣经〉中的〈底波拉之歌〉研究》,考察该歌的历史背景以及歌背后所体现的以色列思想。1970年武田胜彦发表《川端康成和〈旧约圣经〉》一文。1976年黑川钟信发表《〈旧约圣经〉中的女性们》。1977年平野节雄发表《〈旧约圣经〉中的"智慧"——研究史》,梳理了马蒂(K. Marti)、迈因霍尔德(J. Meinhold)、艾斯菲尔特(O. Eissfeldt)等人关于智慧的理论,认为"智慧"研究是理解《旧约》的一把钥匙,但对"智慧"的理解和研究有其历史语境;智慧文学是以"谜语""比喻"这些形式传达所谓"智慧"的,贯穿的是关于创造神对人恩惠的信仰。1978年三枝礼三发表《论〈旧约圣经〉中的儿童形象》,通过《旧约》中使用频率较高的词语"子",解释其语源后体现出的家族关系,展示"基督教的儿童观"。

1981年内田满在《〈旧约圣经〉中"脸"的比喻:人格概念的一个源泉》中通过《旧约圣经》对神拟人化的叙述,对神的手、腕、脚、脸、眼、鼻、口、唇、耳及其背影的描绘,尤其是对神的面部的比喻用法,强调了神和民之间的人格关系。1984年夜久正雄发表《〈古事记〉、〈荷马史诗〉和〈旧约圣经〉的类型对比试论:神话与英雄叙事诗以及历史之间的关系》,介绍古希腊的《伊利亚特》、希罗多德的《历史》,将古希腊的古典与日本古典倭建命的故事作比较,进而谈到与《旧约圣经》的横向比较,非常宏观。1988年平泽弥一郎和臼井永男撰写论文《古典中的人和身体:从〈诗篇〉出发》,讨论《诗篇》中对于人体的讴歌,借由希伯来原文考察其在旧约圣经中的意义。1989年小板桥又久发表《〈旧约圣经〉所见作为mšrr的歌手》,认为《旧约圣经》中的mšrr(歌手)一词派生自动词šr,目前我们只能在《以斯拉记》(*Ezra*)、《尼希米记》(*Nehmiah*)和《历代志》(*Chronicles*)中找到mšrr这一词。mšrr连同"利未人(Levites)"出现了几次,指的是属于神庙,尤其是耶路撒冷神庙的歌手。论者认为mšrr并非是对某一种类歌手的特殊指称,而是对普遍意义上的歌手的指代。这一年还有金井美彦发表短小书评《山我哲雄译〈旧约圣经〉的历史文学》。

1990年泽田助太郎发表《〈旧约圣经〉希伯来语、日语、英语、德语翻译的比较研究——关于省略的文体》。大野惠正的《〈旧约圣经〉中的赎罪之血:〈利未记〉第17章第11节研究》关注希伯来语词根KPR,分析《利未记》第17章的构造,摘出有关赎罪和流血的章句进行分析。向井考史的《〈旧约圣经〉中的"雨"》分析希伯来文中描写"雨"的情况——春雨、秋雨、刚下过的雨等，也分析了祭祀仪式。饭谦在评价铃木佳秀的新作《〈旧约圣经〉中的女性》时认为，固有的说法是《旧约圣经》遵从的是家族父权制，而该书的作者却试图在古代以色列的精神背景下寻找父权制未必全然坚固的论证。田中孝雄发表《〈旧约圣经·约伯记〉论考》；竹田裕发表《〈旧约圣经〉"契约"中的"他者"问题》；赖恩（Ryne Spencer Richards）发表英文论文"The Pentateuch and Its Relationship to the Culture of the Far East"（《摩西五书与远东文化的关系》），通过洪水、人种的起源、从单语言到多语言的发展、大陆的分离等情况，推断书写于公元前9—前6世纪间的摩西五书对远东的古代文化产生过强烈的影响；定方晟发表《神圣的憎恶》，讲述《旧约圣经》中神对以色列人民的憎根与遗弃。佐佐木哲夫的《底波拉故事中的战争》通过对希伯来语"压抑""正义""追击"等词汇的研究，推论底波拉·巴拉库的故事与《士师记》(6:36–40)中的犹太勇士基甸（Gideon）的战争故事不同，认为该战争既不是侵略战争也不是圣战，而是典型的为正义而进行的战争；伊藤利行的《〈约伯记〉中的对话考察》强调《旧约圣经·约伯记》作为关于义士受苦的重要篇章，在世界宗教史上是不可越过的宗教文书，通过讨论《约伯记》中的人物对话，进一步探讨围绕宗教问题的对话性质，对宗教的质疑、沉默、确信，直到对宗教的告白等过程。

进入21世纪，日本对《旧约圣经》的研究成果和视角越发丰富和多元，关注《旧约》的历史学意义及其在东方文学中的位置的研究逐渐多了起来，例如佐佐木哲夫《〈旧约圣经〉和信仰：〈吉尔伽美什〉叙事诗和挪亚方舟》、加藤久美子《〈旧约圣经〉中"义"概念形成前史：关于词根SDQ的论考》、太田道子《〈旧约圣经〉的诗文学》、近藤二郎《古代东方史和〈旧约圣经〉：以埃及学为中心》、山我哲雄《〈旧约圣经〉的历史观——以〈申命记〉史书为中心》等。奥田和子的《〈旧约圣经〉中神的赠品：食物群像》认为食物（包括水果、牛奶、面包、肉、鱼，以及盐和醋这些调味料）在圣经当中是继水与火之后第三大重要的物质，它不仅充当可以果腹的物质，而且还是神与人之间维系关系的精神食粮。池田晶的《〈旧约圣经·路得记〉的成书时期和文学润色》谈到《路得记》虽是《旧约圣经》中最短的一篇，里面却包含着涉及土地相继和结婚等的古代以色列的法律、外国人观以及语言学等诸多问题。按照圣经中希伯来语的时代区分,《路得记》成书年代分为三个部分:公元前586年巴比伦之囚事件前、事件中和事件后;相应地有初期圣经EBH、中期圣经SBH和后期圣经希伯来语LBH;通过对第一人称独立代名词,第二、第三人称女性复数形式的进一步考察,指出《路得记》不排除属于经过时代、地域、媒体等复杂因素整合而成的后期圣经的可能性。日置孝三郎的《〈旧约圣经〉和女性》分析:表面看来《旧约圣经》体现的是男子中心主义、女性受到压制、男尊女卑的社会现象,但是仔细比较《旧约》和《新约》会发现,《旧约》里体现着神的意志——男女在本质上是平等的。

还有一些学者重点考察《旧约》对日本文学创作的影响,如中岛贤介《室生犀星论〈旧约圣经·但以理书〉对童话〈绿色文字〉的影响》,指出日本作家室生犀星1921年创作的童话《绿色文字》受到了《旧约圣经》的影响,小说借用了大量的《旧约圣经》词汇,原出处就在《但以理书》第5章。室生犀星曾于1912年花了五块钱买了一本圣经,日夜捧读。左近丰《你那如海般深邃的哀伤,谁能治愈?——〈旧约圣经·哀歌〉第2章的文学研究》通过细读《哀歌》中有关救赎的文字,观照第二次世界大战结束时在长崎的原子弹爆炸。问题引向两个方向:首先,认识到文学本身的独一无二性,带着专家学者走入圣经解释学(hermeneutical)的转换中;其次,论者认为《哀歌》这一组由救赎之火锻造的诗歌,应该放置于广岛和长崎的阴影之中进行解读,给日本人提供它本身独特的诗的安慰。山田朱音《明治元年翻译的〈旧约圣经·创世记〉的成书之考察》认为,日本对《旧约圣经》的翻译,部分从16世纪中期就开始了,全文翻译完成是1888年即“明治元年”。作者通过比较几个译本和它们所使用的底本,重点考察了日本对《创世记》的翻译历史,肯定最初是1877年。该文对圣经的日译历史研究很有价值。

总体说来,日本的圣经学(圣书学)仍然属于传统训诂学的一种。主要以圣经为对象,利用文献学的方法,以及人文科学的方法如语言学、考古学、地理学等方法对圣经文本提出批评,其目的在于从基督教的立场出发,阐明最初的圣经和基督教。主要批评形式有文本批评、圣经批评、高级批评(上层批评)、低级批评(本文批评)、原典批评、形式批评、编修批评、社会历史批评、修辞学批评等。圣经学主要分为《旧约圣经》学和《新约圣经》学两大领域。由于对圣经信仰立场的不同,日本学者对圣经也会产生不同程度的解释和误读。有的日本圣经学者身兼学术研究者和神职人员两种身份。一般来说,日本的圣经学者被划分为两大派别:一派是批判的圣经学者,例如田川建三等;另一派是保守的圣经学者,以尾山令仁、内田和彦为代表。值得一提的是目前为日本圣经基督教会会长的尾山令仁,早年于早稻田大学获得博士学位,著有《〈旧约圣经〉的希伯来语语法》《日本人和基督教》《圣经翻译的历史和现代翻译》《圣经的教理》等,战后作为日本福音派的指导者,为了确立圣经信仰而四处奔走。他还任第二届日本传道会议京都宣言起草委员长,站在基督教信众的立场,主张日本应该承认战争罪行,向亚洲各国人民谢罪。

从整体分析,日本的圣经学研究具有其独特性。曾经被沙勿略盛赞为"实现基督教千年王国"的日本,的确拥有捕捉圣经研究风向的异常敏锐的触觉,不过因为日本文化多重性的特征,日本终究未能成为沙勿略理想中的基督教圣地。起步较晚的日本圣经学,几经波折慢慢走向成熟,为世界圣经研究做出了贡献。

圣经与中国

(1)圣经在中国的翻译

《圣经》在中国的传播经历了漫长的过程。历史上看,圣经中译与基督教传入中国相关。最早的圣经中译本可追溯到7世纪的"景教本"。据对公元1625年在西安出土的"大秦景教流行中国碑"考证,景教即为唐代传入的基督教,在公元7世纪上半叶已有翻译圣经之举,并有部分译本在中国出现与流传。[1]此后因传教需要,圣经不断有各种译本出现。元朝时期欧洲天主教方济各会曾派传教士到中国传教,当时传教士给罗马教皇的书信中记载,他们将全部《新约》和《诗篇》翻译

1 顾长生:《传教士与近代中国》,上海人民出版社,2013年,第361页。又参看汪维藩:《圣经译本在中国》,《世界宗教研究》1992年第1期。

成了汉语。明末清初，天主教耶稣会士在中国传教，除在著作中引用圣经外，没有翻译过一部完整的圣经。

18世纪末期，法国耶稣会传教士贺清泰（Louis de Poirot）开始陆续将圣经从拉丁文翻译成中文，即《古新圣经残稿》。19世纪初，英国浸信会传教士马殊曼（Joshua Marshman）与亚美尼亚人乔安斯·拉萨（Joannes Lassar）一同翻译圣经。1822年，他们翻译的中文圣经《新旧遗诏全书》在印度塞兰坡问世。与此同时，英国长老会传教士马礼逊（Robert Morrison）1807年抵达中国广州，在东印度公司等的支持下，于1814年出版了其单独翻译的《新约全书》。1819年他又与英国传教士米怜（William Milne）合作，完成《旧约全书》的翻译。1823年，“马礼逊译本”在马六甲出版，取名《神天圣书》，共二十一册，对后来的圣经中译产生了很大的影响。马礼逊去世后，英国传教士麦都思（Walter H. Medhurst）受邀修订马礼逊和米怜译本，并与美国传教士裨治文（E. C. Bridman）和德国传教士郭实腊（K. F. A. Gützlaff）等合作，于1837年出版《新约全书》，名为《新遗诏书》。后郭实腊独自完成《旧约》翻译，1839年出版《旧约全书》；他又多次修改《新约》，于1840年出版，名为《救世主耶稣新遗诏书》。1843年8月在香港举行了传教士大会，决定修订麦都思等人翻译的译本，王韬加入，对文体风格产生了重大影响。1852年出版《新约全书》，1854年《旧约全书》翻译完成，由大英圣书公会出版，史称“委办译本”，译文符合古代汉语规范。

1857年，南京官话译本《新约》出版，在南京范围使用。由麦都思和施敦力完成，开创了官话本圣经先河。1863年，裨治文单独翻译的“神”版全译本问世。1868年，浸信会组织翻译的《新旧约全书》全译本问世，被称作“高德译本”。

1874年《旧约》官话本发行，又称作“施约瑟北方官话译本”。该版本忠实于原文，译文流畅。施约瑟、包约翰（英国圣公会）、艾约瑟（英国伦敦会）、白汉理（美国公理会）和丁韪良（美国长老会）组成北京官话译经委员会，共同合力推动了《新约全书》北京官话的翻译出版。出版年代虽有争议，但对1872年由大英圣书会和美华圣经会在上海出版修订版的日期没有争议。北京官话《新约全书》“远远超过了翻译者的期望，带来了更直接、更广泛、更长久的成功，它是《圣经》中国历史上的一个划时代事件”，带来了一个新时代。[1]

1890年在上海召开的宣教大会，决定由英美新教传教士成立三个委员会分头负责圣经深文理、浅文理与官话和合译本三种中文和合版本的翻译工作。其中官话本翻译于1891年开始，《新约》汉译由狄考文（Calvin Wilson Mateer）负责，于1907年出版。《旧约》汉译由富善（Chauncey Goodrich）负责，1919年初与《新约》合订，出版官话和合译本《新旧约全书》，有“神”和“上帝”两种版本，销售量极广，这也是外国传教士在华集体翻译的最后一版中文《圣经》。其中“和合”二字不是指中文说的，而是指新教各教派对《圣经》中一些关键的词的正确译法及人名的标准音译达成的一致意见而说。

在中国历史上，《圣经》汉译曾出现过“以佛老释耶”和“以儒释耶”两种模式。为了反驳这两种做法，后来的译经活动都强调对于圣经原文的忠实。1979年在香港出版了“现代中文译本”的圣经，这个译本由中国学者许牧世、骆维仁、周联华、王成章和焦明完成。2010年，香港圣经公会出版了圣经和合本修订版。

时至2019年，圣经和合本已经出版整整一百年，圣经中文译本一百多种。从目标语言看，版本众多的圣经翻译语言有文言、国语和方言等多种版本。但是，除施约瑟直接把圣经从原创语言希伯来文翻译成中文外，其他译本依靠的均是欧洲版本。

在圣经汉译历史上，施约瑟是第一位提出用官话翻译圣经的人，也是从希伯来文原文直接翻译《圣经·旧约》的人，开创了圣经汉译史上官话和“浅文理”版本的先河。在我们今天所通用的圣经和合本出版之前，施约瑟的圣经译本被誉为“四十年无竞争对手”。希伯来大学伊爱莲教授甚至认为其把圣经翻译成中文可与路德把圣经翻译成德文相比，或可与钦定本英文媲美。

然而，目前对施约瑟其人及其译本的研究仍然寥寥无几。曾经在武昌大学任职、原德国波恩大学教授、美国麻省剑桥天主教神学院教授穆勒（A. Muller）先生，在1937年出版的《中国的使徒》[2]一书，基于大量

1 赵晓阳：《传教士施约瑟与〈圣经〉汉译》，《金陵神学志》2008年第3期。

2 James Author Muller, *Apostle of China*, New York: Morehouse Publishing House, 1937.

史料以及施约瑟与家人和教会同仁的通信，较为全面地勾勒了施约瑟的人生轨迹。

以色列学者雅丽芙在其文章《圣经中译的语言学风貌》中列举《路得记》第一章作为例子，探讨了施约瑟将原文所具备的信息和观念传送到汉语中的方法。[1]这方面最为出色的当推伊爱莲教授，她在专著《犹太主教和中国圣经》中推断，犹太启蒙运动、基督教在中国的复兴，以及中国被迫门户开放均以不同的方式在施约瑟的性格中留下痕迹，帮助其确定目标及在人生中要从事的工作。[2]而施约瑟从孩提时代到青年时代生活的几个地理位置，恰恰对上述历史变革做出了实际诠释。

施约瑟1859年抵达中国后，主张把圣经翻译成平民语言，有助于提高圣经在中国的接受度。1864年，他建议把圣经翻译成满洲方言，这种方言实质上是当时中国的通用语，通用于全国四分之三以上地区。1863年，施约瑟受命以希伯来语原本（马索拉版本）为基础翻译圣经。施约瑟的翻译原则是：忠实原文，符合语言习惯。他认为翻译并非仅仅把文本翻译成目标语言，还要使翻译融入一种新的文化语境。

施约瑟有三个注释原则：一是注释人名和地名的翻译含义。他做得最多的是在《创世记》中，在其他卷中少一些。如：亚伯拉罕——多国之祖，雅各——欺骗。二是在翻译时，如果语义发生变化，那么则对词汇的最初意义加以注释。三是在翻译从句时要加以解释、澄清和改变。例如《诗篇》第126篇第4节："耶和华啊，求你使我们被掳的人归回，好像南地的河水复流。"他注释了"南地"，解释说这里指的是内盖夫沙漠，干旱地带，很少下雨，也很少有水流，因此这里的水流便隐喻着从流亡中回归。

在这三者当中，最后一点最为重要。在翻译时，他经常联系拉什的评注，尤其在翻译《创世记》时更是这样，有时他会呼应伊本-以斯拉的评注，以及中世纪的米德拉西文学。而他对《诗篇》的翻译则更多地借

1 Lihi Yarif-Laor, "Linguistic Aspects of Translating the Bible into Chinese," in Irene Eber, Sze-Kar Wan, Knut Walf and Roman Malek, eds., *Bible in Modern China*, Sankt Augustin: Institute Monementa Serica, 1999, pp.101–122.

2 Irene Eber, Sze-Kar Wan, Knut Walf and Roman Malek, eds., *Bible in Modern China*, Sankt Augustin: Institute Monementa Serica, 1999, pp.1–17.

鉴了德维特的《〈诗篇〉评注》(1823)。1899年的版本比1875年的版本在注释上更为详尽。在翻译《创世记》时,他基本上根据希伯来文来音译人名。

施约瑟自从19世纪90年代委员会建立起就反对圣经和合本的翻译。他认为没有人能够超过自己的译本,而且还认为委员会的翻译完成将遥遥无期。他明显感到和合本对他本人是一种伤害,因此婉拒担任《旧约》委员会的通讯委员。伊爱莲教授认为施约瑟的反对并非没有道理,浅文理《旧约》翻译1915年才结束,整部官话圣经1919年才完成。如果施约瑟活到1919年,那么他可以认为自己是正确的:圣经和合本《旧约》的翻译十分受惠于其早期的翻译,许多基本的姓名、地名和术语均沿用了他的译法,总之新翻译在很大程度上是以他的译文为基础的。[1]但与此同时,和合本基本上抛弃了施约瑟的文本注释,至少是多数弃之不用。它主要是在施约瑟没有注释的地方加注。新译本逐字逐句翻译的现象比较明显,而施约瑟倾向于更流畅的文本。施约瑟把文本融入另一种文化语境的做法,在圣经和合本中未能得到延续。

施约瑟的《旧约》翻译是按照基督教文本排列顺序,没有按照马索拉文本排列顺序,但他调整希伯来文句式的做法,大多在和合本中得到了更改。在文本中国化的问题上,施约瑟应该说比圣经和合本做得要成功。施约瑟的译文运用的是较富有文学性的口语,而和合本更接近于20世纪20年代的国语,但与周作人、徐志摩等20世纪的文体学家相比在风格与文学性上都要逊色。有时圣经和合本在语言上也显得十分卓越。

总体来看,在1919年官话和合本出现之前,施约瑟的译本影响最大,流传最广,被沿用四十余年之久。圣经和合本问世于1919年,一些知识分子将其视为白话运动的先驱。施约瑟在此前二十或者四十年的革新成就或者被忽略,或者被遗忘。施约瑟以他严谨的工作,确定了他作为改变信仰的犹太人、忠心耿耿的基督徒和学者的身份。"他生来是一位俄国犹太人,采取了美国身份。他早期对《旧约》的研读使之具备了出色的翻译工作资格。他是一位博学多才的学者,尤其在语言学方面。他的工作能够完全符合语言习惯,这一点确定无疑。他的犹太背

1 Irene Eber, *The Jewish Bishop and the Chinese Bible*, Leiden, Boston, Koln: Brill, 1999, p.186.

景对于其在传教领域所选定的翻译职业是一笔财富，这一点得到他的传教士同仁与教会管理人员的认可。”[1]

1898年在日本东京出版了浅文理《新约全书》，1899年出版了《旧约》中的《摩西五经》，这便是著名的施约瑟浅文理译本，即“二指译本”[2]。在这一译本中，施约瑟采用上帝作为God的译名。1901年出版浅文理《圣经全书》串珠本，1902年完成了浅文理译本的翻译，由美华圣经公会出版，史称“施约瑟浅文理译本”，这个译本曾在华北基督徒中广泛使用。后又编写官话和“浅文理”《参考圣经》。直到今日，施约瑟的《参考圣经》仍然是我国的重要版本。[3]

施约瑟注重圣经翻译的文学性。其翻译原则是毫无保留地接受传统，严格遵循教会的诠释，但在对待传统方面，他不同于前任译者，注重汉语的表达形式，用他自己的话说，尊重原著也要以汉语的承受程度为限。[4]

（2）《圣经》与中国现代文学

1919年圣经和合本的问世，其出色的白话翻译，在客观上对中国新文学的发轫起到了积极的借鉴和示范作用。大体上看，圣经汉译的目的不在文学，而在于宣传宗教，但因为圣经本身便是文学佳品，它是基督教文化传播的一部分，同时又是世界文学的组成部分，因此对于中国的知识分子产生了很大影响，在不同程度上启迪了鲁迅、周作人、沈从文、许地山、林语堂、冰心、茅盾等杰出作家进行创作。

鲁迅先生曾经说：新文学是在外国文学潮流的推动下发生的。从中国古代文学方面，几乎一点遗产也没摄取。[5]我们从此话中可以看到

1 Irene Eber, *The Jewish Bishop and the Chinese Bible*, Leiden, Boston, Koln: Brill, 1999, p.122.

2 在翻译圣经期间，施约瑟中风，只好用能活动的两根手指工作，故称该圣经译本为“二指译本”。

3 张利伟：《施约瑟及其〈圣经〉汉译的原则和方法》，《中国翻译》1994年第6期，第40—45页。

4 同上，第43页。

5 参见鲁迅：《“中国杰作小说”小引》，《鲁迅全集》第8卷，人民文学出版社，1981年，第399页。

鲁迅当时对外国文学的推重。在散文的各种门类中，西方传教士和他们的中国合作者们运用中国白话，在外国散文文体的影响下，尝试创作了一批与中国古代散文不同的现代白话散文，从而推动了白话文全面进入中国书面语言的表达领域，为五四后的白话取代文言做了铺垫。这应该称作最早的“新文学”实践。[1]

早在圣经和合本出版之前，西方传教士就意识到小说在宗教传播中的作用，他们有意识地利用小说来宣传基督教教义，扩大西方影响。班扬的《天路历程》是一部宣传基督教新教观念的小说。1853年，西方传教士宾威廉（William Chalmers Burns）将《天路历程》第一部翻译成文言，在厦门出版。1865年又译成官话，在北京出版。1867年，宾威廉又翻译出版了《天路历程》第二部的官话本（北京版）。此外，该书还被翻译成广东话等多种方言，在中国影响很大。用人物形象宣传观念与理论，这种写法是中国古代白话小说所缺乏的，而这恰恰又是梁启超《新中国未来记》之后的新小说、新文学的一大特点。[2]《天路历程》采用的是平民化的语言和大众化的表达方式，即用通俗易懂的方式来阐释圣经中的丰富内涵，打动了无数读者，也被教会视为仅次于圣经的重要传教书籍。[3]

中国作家接受圣经大致有以下几个途径：

首先是宗教途径：圣经的翻译、流传和发行主要集中在教会、教会学校和印书馆范围内，圣经读者也主要是基督徒和教会学校的学生。现代作家中的冰心、许地山、卢隐、萧乾、林语堂、张资平、陈梦家、陆志伟、熊佛西、涂上沅、梁宗岱、杨刚、张秀亚等都曾有过在教会学校的学习经历。

其次是世俗途径：五四时期，圣经逐渐成为社会大众购买和阅读的普通读物。鲁迅一生中多次购买圣经，他在1925年2月21日和1928年12月12日的日记里有购买圣经的记载。周作人借圣经“学习外国语

1 袁进：《新文学的先驱》，复旦大学出版社，2014年，第257页。

2 袁进：《新文学的先驱》，复旦大学出版社，2014年，第277页。又参见宋莉华：《宾为霖与〈天路历程〉的汉译》，《上海师范大学学报》2009年第5期；段怀清：《〈天路历程〉在晚清的六个译本》，《杭州师范大学学报》2012年第3期。

3 袁进：《新文学的先驱》，复旦大学出版社，2014年，第279页。

言”，也因此对基督教产生了一种特殊的感情。郭沫若在日本读圣经，赞赏所读圣经译本。巴金从与母亲来往甚密的英国女医生那里得到一本圣经，喜欢上了圣经的白话译本。

还有一些作家留学海外，有了直接了解西方社会和文化原貌的机会。

这样一来，20世纪中国文学也就有了谈论圣经的话题。鲁迅对《旧约》中的《耶利米哀歌》尤为偏爱，曾说：“然哀歌以下，无庚响矣。”[1]鲁迅在《破恶声论》和《摩罗诗力说》中比较了希伯来民族与中国的信仰差异，肯定了希伯来民族的宗教精神和圣经的文学价值，认为《旧约》有着丰富的意义。鲁迅称之：“虽多涉信仰教诫，而文章以幽邃庄严胜，教宗文术，此其源泉，灌溉人心，迄今兹未艾。”[2]

周作人在五四新文学作家中，是直接承认接受圣经影响的作家之一。周作人在《圣书与中国文学》中，论及文学与宗教的起源密切相关。在他看来，《旧约》对中国文学的影响集中在内容与形式两个方面。希伯来古文学中的牧歌和恋爱诗，在中国很少见，当然希望它能够帮助中国文学衍生出一种文体。周作人觉得圣经的白话译本实在很好，在文学上也有很大的价值；在当时是少见的好白话文。他认为还有标点符号的使用，也给新文学一个极大的教训。[3]周作人把圣经里的故事看作“艺术的高尚作品”。[4]他认为《旧约》也是“国民的文学”，“这里面的杰作，即使不管著作的年代与情状，随便取读，也很是愉快而且有益。”[5]

从圣经对中国新文学影响的角度来看，多数中国作家深受《圣经·新约》的影响，如冰心、许地山等，所以学者们多探讨基督教与中国作家乃至中国现代文学的关系，但也有一些作家受到《圣经·旧约》的影响，如鲁迅、郑振铎、周作人、茅盾、沈从文等。其中，圣经里的《雅歌》深得现代作家的偏爱。许地山重译《雅歌》，发表在《生命》杂志上。继之，吴曙天、陈梦家也将《雅歌》翻译成汉语。[6]茅盾先生在20世纪40

1 鲁迅：《摩罗诗力说》，《鲁迅全集》第1卷，人民文学出版社，1981年，第64页。

2 同上。

3 周作人：《圣书与中国文学》，《小说月报》1921年第12卷第1号。

4 周作人：《自己的园地》，人民文学出版社，1998年，第20页。

5 周作人：《艺术与生活》，岳麓书社，2019年，第43,48页。

6 详见本书第二编的《雅歌》专节。

年代曾经取材圣经《士师记》撰写短篇小说《参孙的复仇》，表达中国人民不屈不挠的抗日信念。

在中国现代作家中，冰心与沈从文受圣经影响尤甚。冰心以清新纤丽、细腻、婉约的笔法打动了一代又一代的读者，在20世纪的中国作家中别具一格。其问题小说、小诗、散文等在中国现代文学上都占有一席之地。其作品主题一般是“爱的哲学”，这一主题的形成与她优越幸福的家庭条件密不可分，同时也与其受到西方圣经文化的影响有关。

冰心与圣经的接触主要是通过在教会学校阅读圣经，接触基督教思想。读书期间，她们的圣经课从《旧约》读到《新约》，基督耶稣爱的思想开始在她的头脑中占有一定空间，逐渐地萌发了一种思想，这便是以后形成的“爱”的哲学的雏形。

中学毕业后，她考入女子协和大学，该学校也设有圣经课程，冰心得以继续进行基督教文化的学习，且受了基督教的洗礼。1921 年大学毕业，她接触了八年的基督教文化使她认同了“上帝”的意义，认为人不能独立“自足”，需要“他力”救助和指引，这种潜移默化的影响对她日后的创作起了重大作用。冰心接受基督教文化是有甄别的，那是在中国传统文化下的一种接受。她对于基督教文化的理解带有浓厚的儒家文化的色彩。

高利克认为：冰心大概是20 世纪20 年代用祈祷诗进行文学创作的第一人，无论如何，她对此形式比其他任何诗人都更加关注。在1921年新创刊的《生命》上，她发表了总共十五篇仿照《新旧约全书》的诗作，其第一首阐释的是《创世记》第3 章第8节：

天起了凉风，耶和华神在园中行走。那人和他妻子听见神的声音，就藏在园里的树木中，躲避耶和华神的面。

冰心的祈祷诗所涉及的时间都是开始于亚当和夏娃与上帝会见之前，再延续到他们堕落以后。人类遭受的惩罚以及乐园的丧失是这个悲剧性相会的结果。[1]冰心在二三十年代的创作中运用了大量的圣经意

1 高利克：《以圣经为源泉的中国现代诗歌：从周作人到海子》，《人文杂志》2007年第5期。

象。如上帝、十字架、天使、乐园、使者、羊群、牧人、宇宙、婴儿等，这些意象是经过作者加工润色后的意象，带有明显的中国文化气息。

圣经对沈从文早期小说创作风格的形成，产生了明显的影响。沈从文对于圣经的接受途径，有别于冰心、许地山、林语堂等接受过西方教育的作家。他既没有进过教会学校，也没有留学经历，因此他接触圣经的途径比较特殊。我们大体上可以从以下途径加以认知：

沈从文通过阅读来了解圣经。沈从文1922年从湘西到北京之前，并未真正受到圣经的直接影响。由于没有接受过正规教育，他连基本的标点符号用法都不熟悉。沈从文曾于1957年回忆说："初到北京时，对于标点符号的运用，我还不熟习。身边唯一师傅是一部《史记》，随后不久，又才偶然得到一本破旧圣经。我并不迷信宗教，却欢喜那个接近口语的译文，和部分充满抒情诗的篇章。从对这两部作品的反复阅读中，我得到极多有益的启发，学会了叙事抒情的基本知识。"[1]

沈从文到北京后认识了许多接受过西方教育和教会教育的知识分子，包括周作人。周作人对圣经的文学意蕴非常感兴趣。当时，1919年，圣经和合本已经出版，产生了重大影响。

此外，沈从文接受圣经也因为生活现实，他刚到北京时，四处碰壁，认为圣经中有一种博爱思想，因此不排除有在圣经中寻求精神寄托的需要。1925—1926年，曾在其亲戚、曾任北洋政府总理的熊希龄办的香山慈幼院里做过事，与不少基督教信仰者有往来，耳濡目染。金介甫（Jeffrey Kinkley）亦曾在《沈从文传》中指出：北京基督徒当时接近过他，至少他在香山时接触过。从那时起，他小说中的人物都手持一本圣经。[2]

西方学者在著述中最早论及沈从文与圣经关系者，当推金介甫。在《沈从文传》中，他便提及沈从文借鉴圣经意象的表达方式。20世纪90年代以来，中国大陆一些学者在研究中涉猎沈从文与圣经的关系，大体上在以下几个方面：

1 沈从文：《〈沈从文小说选集〉题记》，《沈从文全集》第16卷，北岳文艺出版社，2002年，第372页。

2 金介甫：《沈从文传》，符家钦译，中国友谊出版公司，2000年，第125—126页。

1. 文体与抒情方式的借鉴。有学者认为沈从文以创作实践对圣经做出响应，通过借鉴《雅歌》而为中国现代文学创造出新的文学样式——“牧歌体”。[1]

2. 直接引用或化用《雅歌》中的句子或词语。如在《第二个狒狒》中，直接引用《雅歌》第1章写下“耶路撒冷的众女子啊！我虽黑，却是秀美”；化用《雅歌》第7章写下：“女王啊，你的脚在鞋中何其美好！你的大腿，圆润好像美玉；是巧匠的手做成的。”[2]

3. 采用《雅歌》式的爱情诗歌唱答。如《月下小景》《龙朱》《神巫之爱》，把民歌和圣经式的抒情诗融合起来，“文字排比上从圣经取法，轻柔而富有弹性”，并使用圣经诗歌的“平行体”。[3]

4. 主人公形象的借鉴。沈从文许多作品中的人物可概括为“所罗门王系列”和“书拉密女系列”。如《龙朱》中对龙朱的描写：“族长的儿子龙朱年十七岁，为美男子中的美男子。这个人，美丽强壮像狮子，温和谦驯如小羊。是人中模型。是权威。是力。是光。”《神巫之爱》中把“神巫”描写为“神之子”，“美丽骄傲如狮子”，“他才是神，因为有完美的身体与高尚的灵魂”。《西山的月》里的牧羊女，“美丽如月亮，皎洁如日头”。《媚金·豹子·与那羊》中的媚金：身体“丰腴滑腻如油如脂”，散发着“香甜气味”，头发“比黑夜还黑”。[4]

5. 文学意象的借鉴，主要是借用圣经中的比喻意象。早期作品中的许多意象直接来自圣经，如玫瑰、百合、苹果树、葡萄、香草等二十一种植物，以及鸽子、小鹿、小羊、蜜蜂等十五种动物。沈从文在《篁君日记》中写道：“‘我的妹子，你身如百合花，在你身上我可以嗅出百合花的香气。’我轻轻唱着一首所罗门的歌，颂我对神的虔诚。”[5]

---

1 持此观点者主要有王学富：《沈从文与基督教文化》，《中国现代文学研究丛刊》1996年第1期；胡立后：《湘西世界的〈雅歌〉》，《文史资料》2011年12月号。

2 持此观点者主要有龚敏律：《沈从文眼中的基督教文化》，《中国现代文学研究丛刊》2012年第9期；厉盼盼：《〈雅歌〉对沈从文创作的影响》，《圣经文学研究》第4辑。

3 参见王学富：《沈从文与基督教文化》，《中国现代文学研究丛刊》1996年第1期。

4 同上。

5 王本朝：《20世纪中国文学与基督教文化》，安徽教育出版社，2000年，第151—164页；《沈从文与基督教文化》，《赣南师范学院学报》2001年第2期。

6. 乌托邦想象。沈从文在《月下小景》等作品中构建了一个充满原始神秘、交织野蛮与优美、杂糅神性与魔性的独特世界。如“他们用另一种语言，用另一种习惯，用另一种梦，生活在这个世界一隅，已经有了许多年”，这里的人们“生活在夏娃亚当所住的乐园里”。[1]

7. 对爱欲主题的借鉴。周作人认为《雅歌》中表现出男女官能之爱，而且说“实在恋爱可以说是一种宗教情感的爱慕”（这种宗教情感是什么？《自己的园地·情诗》）。当代学者在谈到“《雅歌》与爱欲主题”时，认为沈从文的《月下小景》是把“宗教上用以教训男女的故事，完全按照自己的解说，写成平常的爱欲故事”。[2]当然也不能忽略其中有边民宗教习俗因素，并夹杂着基督教思想，但落脚还是男女之爱。

我们从上述例证中可以看到，学者们对沈从文和圣经的研究，视点几乎清一色地集中在沈从文与基督教的关系，或者沈从文与圣经中某一部书卷的关系上；即使谈及《旧约》也将其归结为基督教圣典，鲜少提及希伯来语圣经原典，即犹太教圣经，有时甚至把基督教传统等同于希伯来文化传统。这其中也透视出圣经在中国的传播特点，即圣经是伴随着基督教传入中国进而走入中国作家的视野的。

有待探讨的问题是沈从文对于圣经的接受，究竟是出于宗教体验，把圣经当成宗教经典，还是出于世俗与社会体验，把圣经当作文学文本？抑或二者兼而有之？

正如前文所示，沈从文在《题记》中曾说，他本人并不迷信宗教，而喜欢具有抒情意味的圣经译文。与此同时，沈从文之所以接受基督教，部分是因为试图在“博爱”中寻求安慰。在沈从文的一些作品中，对社会有所批判，对神职人员的虚伪予以揭露、揶揄与讽刺，比如在《建设》中他写了一个外国牧师，“一个到中国来引渡人到天堂去的上品美利坚人，在本国时那脑子里充满了知识，来到中国后，又在那空地方装满了虚伪的数不清的诡计”。从这个层面上看，他并没有把基督教神圣化、理想化，或者说唯一化。基督教在某种程度上具有排他性，但是沈从文

1 黄勇军：《沈从文早期创作与〈圣经〉》，《重庆师范大学学报（哲社版）》2005年第3期。

2 王学富：《论沈从文两大文学主题中的基督教因素》，《金陵神学志》1994年第2期。

并非只接受了一种宗教思想，除基督教之外，他还接受了佛教和泛神论思想，并且融合了湘西文化传统。另外，《雅歌》也描绘出人的肉体之爱，写了人的欲望、追求、失落、再追求，以寻求真爱；而沈从文诸多作品中的主人公也在对情感和欲望的追求中诠释生命的意义。从这个意义上说，沈从文对于圣经的接受应该说不是宗教性的，而是世俗性的，至少二者兼而有之。

如果我们对沈从文与圣经关系的研究并不局限于基督教，而且能够参照其他文学传统，或许能对沈从文如何引入圣经主题与抒情范式有更好的理解。王德威在谈到沈从文的早期小说时指出："《龙朱》与《神巫之爱》所写的苗族少女均通过与神灵的化身——部落中最俊美的男子龙朱，或是神巫——交合而成其所欲。"[1]"在这些作品中，沈从文描写青年男女间的真情挚爱，宛若神恩显现，或神人间的绝美诸事。"[2]《雅歌》中感官描写的色彩也非常浓厚，这一点在翻译中甚至被予以弱化。在希伯来传统中，解经学家认为《雅歌》描绘了上帝与以色列人之爱，或者说人神之爱，这也是《雅歌》被收入正典的原因。在基督教传统中，亦有将《雅歌》视为表现上帝对教会之爱之说。由此可见，我们在沈氏的人神关系描写中可看到数种文化的有趣交汇。

(3) 中国学者的圣经研究

前文已对圣经在中国的翻译以及中国作家对圣经的接受做了大致梳理，也正是在这一进程中，中国的学者开始研究圣经。与西方、非洲及亚洲其他国家相比，中国的圣经研究起步较晚，且有明显的中国特色。限于篇幅，笔者只能作简要勾勒，挂一漏万，请大家海涵。

圣经在中国的传播始于圣经汉译，而圣经汉译始于西方传教士，这是一个不争的事实，但汉译本身就有这些传教士与中国知识分子、中国语言的深层次交流。[3]正如前文所示，早期圣经研究的介入者多为作家

1 王德威：《写实主义小说的虚构：茅盾、老舍、沈从文》，复旦大学出版社，2011年，第259页。

2 同上，第258—259页。

3 卓新平：《中国文化处境中的〈圣经〉理解》，《宗教学研究》2010年第2期，第94页。

和翻译家，其关注点主要在圣经中《雅歌》《诗篇》《耶利米哀歌》等作品，或《传道书》等带有训诫色彩的篇目。他们对圣经的评注多散见于其文学见解之中，但称不上系统研究。真正学术意义上的圣经研究，当推中国圣经文学研究的先驱者朱维之先生出版于1941年的《基督教与文学》，全书共分"耶稣与文学""圣经与文学""圣歌与文学""祈祷与文学""说教与文学""诗歌散文与基督教""小说戏剧与基督教"七章，[1]对圣经在中国的流传、中国翻译家的圣经汉译、不同译本批评、圣经翻译文学等问题都有涉及。特别是他针对包括和合本在内的已有译本的不足，并根据李荣芳和自己采用骚体翻译《耶利米哀歌》的译诗实践，提出了译者根据自己文体翻译特长选择圣经篇章、依照文类风格采用不同体裁的文学翻译法的主张，对以后的圣经汉译乃至世界范围内的圣经翻译都具有重要启示作用。[2]

从20世纪50年代到70年代末期，中国大陆的圣经研究出现断层。直到1980年，朱维之先生在《外国文学研究》杂志上发表了《希伯来文学简介——向〈旧约〉文学探险》，才打破了圣经文学研究的沉寂局面。[3]继之，许鼎新、牛庸懋等学术前辈撰文对圣经文学做出了进一步的评介，[4]揭开了新时期希伯来文学研究的序幕。四十余年来，中国的圣经研究呈现出一种多元态势，涉及文学、历史、宗教、哲学、社会、考古、生态等多个层面。

仅在圣经文学研究领域，中国已拥有一支实力雄厚的研究队伍，并且取得了令人瞩目的成就。朱维之先生1989年的《圣经文学十二讲》（人民文学出版社）系统详尽地介绍了圣经文学的有关情况，包括希伯来历史及文学对东、西方的影响，圣经、《次经》、《伪经》、《死海古卷》的

1 朱维之：《基督教与文学》，青年协会书局，1941年。

2 任东升：《朱维之对圣经汉译研究的奠基作用》，《四川外语学院学报》2005年第5期。

3 参见朱维之：《希伯来文学简介——向〈旧约〉文学探险》，《外国文学研究》1980年第2期。

4 参见许鼎新：《希伯来诗歌》简介，《宗教》1982年第1期；牛庸懋：《漫谈圣经文学》，《外国文学研究辑刊》第4辑。又参见梁工：《中国圣经文学研究二十年（1979—1999）》，《荆州师范学院学报》1999年第6期。

来历和内容等。他2001年主编的《古代希伯来文学史》(高等教育出版社)是国内编撰的第一部希伯来文学史,囊括了以希伯来语圣经为主要成就的希伯来古典文学和犹太民族大流散早期的塔木德文学,达到了使一部古代希伯来文学的发展史趋于完整的创作初衷。他与韩可胜合作撰写的《古犹太文化史》从古代犹太文化模式入手,论及上古、氏族社会文化、王国及前后、俘虏之后等不同历史时期的犹太文化与文学发展脉络与主要特征,填补了国内一项研究空白。

1992年徐新主编的《犹太百科全书》中,列入了"圣经文学""《希伯来圣经》"等条目,清晰阐明了《希伯来语圣经》与《新旧约全书》的关系。杨慧林等主编的《圣经新语》论及圣经与西方美学、文学、艺术、政治法律制度、神学,以及与中国文化等的关系。丁光训在序言中对此书予以高度评价,称之"能看到一种文化型、道德型,反映着人类终极关怀的宗教的价值,象征着地平线上新一代知识分子的出现"。卓新平的《圣经鉴赏》深入浅出地介绍了圣经的成书、版本、译本及其主要内容、基本思想、故事梗概、常见典故,是一部可读性很强的圣经导读著作。[1]梁工1990年出版的《圣经文学导读》(漓江出版社)和1993年出版的《圣经指南》(辽宁人民出版社)对《旧约》《新约》《伪经》等内容进行了详尽介绍与全面评析,虽然书中许多内容涉及基督教传统,但希伯来文学方面的内容给读者以知识与启迪。梁工2000年完成的国家社科基金项目《凤凰的再生:希腊化时期的犹太文学研究》(商务印书馆)以翔实的资料论证了希腊化时期犹太文学的基本主题、形式特征、美学风格、精神特质等,并且把犹太教传统与基督教传统加以比较与对照。

除对整个希伯来古典文学或某一特定历史时期希伯来文学的总体把握外,学者们还展开了对某一特定文学类型、叙事艺术、文学理论的研究。王立新的论文《特质、文本与主题:希伯来神话研究三题》(《外国文学评论》2003年第2期)对古代希伯来神话特征进行了专门探讨。其专著《古犹太历史文化语境中的〈希伯来圣经〉文学研究》综合运用历史学、语言学、宗教学、文化人类学以及文学批评理论等领域的方法,系统研究了《希伯来圣经》的文学成就,涉及希伯来神话、族长传说、史

1 参见梁工:《中国圣经文学研究二十年(1979—1999)》,《荆州师范学院学报》1999年第6期。

诗、历史文学、先知文学、诗歌、智慧文学、小说等各种主要的文类。陈贻绎2006年出版的《希伯来语圣经——来自考古和文本资料的信息》（昆仑出版社）对希伯来语圣经中和以色列历史相关的部分进行了比较全面的介绍，着重点在希伯来语圣经文本和巴勒斯坦地区文字及实物的考古发现，同时对创世神话等希伯来文文本进行了专门解读，并与美索不达米亚地区的神话进行类比。刘意青2004年出版的《圣经的文学阐释——理论与实践》（北京大学出版社）、2003年发表的《圣经的阐释与西方对待希伯来传统的态度》（《外国文学评论》2003年第1期），刘锋的《圣经的文学诠释与希伯来精神的探求》，梁工2006年出版的《西方圣经批评引论》、2014年出版的《当代文学理论与圣经批评》，李炽昌和游斌的《生命言说与社群认同》等著述则对圣经文本本身、圣经文学的品质，以及西方圣经文学批评理论与方法等问题进行了深入探讨。此外，还有梁慧、张晓梅、程小娟、邱业祥、田海华、张缨、孟振华等年轻一代学者关于圣经文学的专著都值得一提。

近年来，一些在海外接受专门的圣经研究训练的青年学者回国就职，如分别在美国和以色列接受过教育的陈贻绎、曹坚等人。在中国国内也有人才交流：李炽昌教授在中国香港的香港中文大学培养的众多弟子来到大陆地区任教，陆续出版学术成果，提升了大陆地区的圣经研究水准。梁工教授二十余年培养的众多博士与硕士亦在高校从事比较文学与圣经文学方面的教学与研究。梁慧、杨克勤等学者主持翻译出版了系列圣经研究著作。梁工教授主编的《圣经文学研究》与杨慧林教授主编的《基督教文学学刊》为学者们提供了展现圣经研究成果的平台。中国每年一度的基督教研究论坛自2017年起下设圣经研究分论坛，该论坛及李炽昌教授主持的年度《希伯来圣经》研讨会使众多的圣经研究学者能够汇聚起来，交流学术成果。这些研讨会出现了跨文本、跨学科、跨语境的多元特征，而且正在逐渐与国际接轨，吸引了海外越来越多的学者来参加交流。在最新版《〈希伯来圣经〉/〈旧约〉：圣经阐释史》中，已经列有中国的圣经研究词条，朱维之、刘小枫、梁工、游斌等学者榜上有名。[1]

此外，北京大学、清华大学、山东大学、南开大学、河南大学、浙江大

1 Magne, Sæbø, ed., *Hebrew Bible/Old Testament: The History of Its Interpretation*, Vol. Ⅲ/Ⅱ, Göttingen: Vandenhoeck & Ruprecht, 2015, pp.296–298.

学等高校开设了同圣经相关的课程，中国社会科学院大学等高校在讲授欧美文学经典时加入圣经的文学阅读，上海复旦大学刘平等学者翻译了圣经希伯来语教材，圣经文学成为中国许多高校外国文学课程的组成部分。[1]

4. 非洲的圣经研究与其他地区学者对非洲的圣经接受研究[2]

《旧约》在非洲的传播可以追溯到公元2世纪左右基督教早期。当代学界对基督教及圣经在非洲的传播的研究主要集中在三方面：

第一，探讨非洲的译经和释经活动。既有从宏观上对非洲的圣经（《旧约》）翻译情况的总结，也有按国别探讨卢干达、肯尼亚等国家（以及斯瓦希里民族）的圣经翻译史及《旧约》的阐释情况的专门研究，如：1999年10月在肯尼亚内罗毕召开的关于非洲《旧约》理解与阐释情况的会议；[3]肯尼亚圣保罗大学教授阿洛·奥索茨·莫乔拉（Aloo Osotsi Mojola）发表的《东非斯瓦希里语圣经（1844—1996）》(2000)、《卢干达圣经百年史（1896—1996）》(2000)、《翻译研究中的圣经翻译》(2003)、《非洲的圣经翻译》(2007)等一系列文章。[4]

第二，探讨《旧约》与非洲文学、以色列民俗的关系，如：美国学者克拉维茨（Nathaniel Kravitz）的《希伯来文学3000年》(1973)、法国文

---

1 参见钟志清：《中国的犹太文学译介与研究》,《重庆大学学报》2009年第1期。

2 本节由北京外国语大学孙晓萌、中国社会科学院历史理论研究所黄畅撰写。

3 M. Getui, K Holter, V Zinkuratire, *Interpreting the Old Testament in Africa: Papers from the International Symposium on Africa and the Old Testament in Nairobi,October 1999*, New York: Peter Lang Inc., 2001.

4 Aloo Ostosi Mojola, "The Swahili Bible in East Africa from 1844 to 1996: A Brief Survey with Special Reference to Tanzania," in *The Bible in Africa : Transactions, Trajectories, and Trends*, Leiden: E. J. Brill, 2000, pp. 511–523; Aloo Ostosi Mojola, "100 years of the Luganda Bible (1896–1996): A General Survey," in *The Bible in Africa: Transactions, Trajectories, and Trends*, Leiden: E. J. Brill, 2000, pp. 524–537; E. R. Wendland and Aloo Osotsi Mojola, "Scripture Translation in the Era of Translation Studies," in *Bible Translation: Frames of Reference*, Manchester: St. Jerome, 2003, pp.1–25; Aloo Osotsi Mojola, "Bible Translation in Africa," in *A History of Bible Translation*, Rome: Edizioni Di Storia E Letteratura, 2007, pp. 141–162.

学批评家罗兰·巴特(Ronald Bartel)的《文学中的圣经意象》(1975)、加拿大文学批评家弗莱的(Northrop Frye)《伟大的代码:圣经与文学》(1982)、乌克兰学者利普欣(Sol Liptzin)的《世界文学中的圣经主题》(1985)等著作中都有关于非洲文学中的圣经主题和意象的论述;[1]英国学者弗雷泽(James G. Frazer)的《〈旧约〉中的民间传说》(1988)运用人类学、民俗学的方法,以《旧约》中的传说为基础,追溯古代以色列人的某些信仰和习俗来源。[2]其中,讨论了非洲相传的大洪水与《旧约》里所记载的大洪水之间的关系,并将非洲的末子祭祀制习俗与《旧约》中所记载的雅各的继承权或末子祭祀制进行类比,追溯末子祭祀制的渊源。在非洲文学及文学史的研究中,有一些学者提到了基督教对非洲文学的影响,如苏联学者伊·德·尼基福罗娃等著《非洲现代文学:北非和西非》(1981)及《非洲现代文学:东非和南非》(1981)、美国学者克莱因的《20世纪非洲文学》(1991)、俞灏东等的《非洲文学之作家作品散论》(2012)等,这些著作虽没有明确提出圣经对非洲文学的影响,但我们可以从中找到线索。

第三,运用后现代主义、后殖民主义、女性主义等理论,探讨非洲圣经学与非洲民族及其发展之间的关系,如美国圣经学会2012年所编的论文集《后殖民主义视野下的非洲圣经解读》[3]、南非学者斯蒂凡·黑格森所著的《南部非洲文学中的跨国主义》等。

《旧约》在非洲的早期传播

《旧约》在非洲的传播与基督教进入非洲密切相关。基督教在公元2世纪前后就传到了北非,埃及和埃塞俄比亚在新兴教会早期的时候就

1 Nathaniel Kravitz, *3000 Years of Hebrew Literature: From the Earliest Time Through the 20th Century*, London: W. H. Allen, 1973; Roland Bartel, *Biblical Images in Literature: The Bible in Literature Courses*, Oxford: Abingdon, 1975; Northrop Frye, *The Great Code: The Bible and Literature*, New York: Harcourt Brace Jovanovich, 1982; Sol Liptzin, *Biblical Themes in World Literature*, New York: Ktav Publishing House, 1985.

2 James G. Frazer, *Folklore in the Old Testament*, London: MacMillan, 2012.

3 Musa W. Dube, Andrew M. Mbuvi, Dora Mbuwayesango, *Postcolonial Perspectives in African Biblical Interpretations*, Atlanta: Society of Biblical Literature, 2012.

成了基督教国家。此后，基督教沿着地中海沿岸传到罗马统治下的非洲各地。公元2世纪和3世纪，亚历山大城、安提阿与罗马成为基督教的三个中心。一批对后世影响深远的神学家出生于北非，如出生于亚历山大的奥利金、出生在迦太基的德尔图良、出生在塔加斯特（今阿尔及利亚）的奥古斯丁。从某种意义上说，在基督教初创时期，北非是教会发展最快的地区之一，其教会在早期教会中有一定的影响。

基督教在非洲最早传入埃及，因为那里有大量的犹太人。在基督教传入早期，非洲基督徒使用的是希腊文圣经，因为埃及人还未拥有自己本土的复杂书写方式，仅使用简单的象形文字书写。但在与基督教的接触中，其语言中吸收了很多希腊词汇，形成科普特语（Coptic），不久埃及本土语言的译本就出现了。公元200年左右，《旧约》被翻译成上埃及使用的一种方言沙哈迪语（Sahidic），稍后又译成博哈里克语（Boharic），这是下埃及三角洲地区使用的一种方言，博哈里克语最终成为科普特教会的方言。[1]

基督教传入埃及并很快被埃及科普特人迅速接受，原因是基督教及《旧约》中的教义和信条与埃及的原始宗教相契合。《旧约》中的创世、耶稣复活、末日审判、“三位一体”等神话、传说和观念与埃及原始宗教中的天地初创、复活、向往来世等神话内容相契合。田明（2009）就认为：“基督教文学中的一些词汇、题材和体裁明显受到埃及文化的影响：埃及传统的宗教思想与基督教神学之间有很多相通契合之处：古埃及艺术，特别是宗教题材的艺术，为后来的基督教留下了一些素材。”[2]

基督教早期传入的非洲国家还有埃塞俄比亚，《使徒行传》中就记录了使徒腓力向一位埃塞俄比亚的太监传道，使之皈依并受洗（《使徒行传》8∶25–39），据说这位太监后来建立了埃塞俄比亚教会。大约4世纪时，在埃塞俄比亚，《旧约》就被译成了当地语言，即古埃塞俄比亚语，大约是所罗门时代移居到埃塞俄比亚的以色列人后代、非洲犹太人翻译的。埃塞俄比亚教会的《旧约正典》在所有教会使用的圣经中，是

1 斯蒂芬·米勒、罗伯特·休伯：《圣经的历史：〈圣经〉成书过程及历史影响》，黄剑波、艾菊红译，中央编译出版社，2013年，第322页。

2 田明：《试论古埃及文化对基督教的影响》，《内蒙古民族大学学报（社会科学版）》2009年第1期。

内容最多的，除了天主教圣经中的所有书卷外，还包括《以诺书》《禧年书》《巴录三书》。

公元429年，非洲教会的发展因遭受未开化的汪达尔人（Vandal）的袭击而受挫。公元5世纪末，非洲的基督教经历了再次繁荣，大约4世纪到7世纪之间，出现了最早的埃塞俄比亚语《新约》。7世纪晚期，随着阿拉伯人入侵北非，占领北非大部分地区，伊斯兰教在北非兴起，很多非洲人成为穆斯林，仅有埃及和埃塞俄比亚还有少量基督徒，因此很多世纪再没有圣经译本出现。

基督教再次在非洲得到发展已经是在15世纪。15世纪时，整个非洲大陆基本上还是非基督教地区。随着葡萄牙传教士和探险者的到来，非洲的传教工作得以继续开展。传教士们尝试吸引人们归信基督教，如葡萄牙传教士使刚果王国[1]国王成为基督徒。圣经福音在尼罗河三角洲开始传播，传教士在赞比西河建立了教会，这对赞比亚和莫桑比克等地区基督教的传播也产生了一定影响。

18世纪时，除了沿海欧洲人的居民点或贸易站点，以及古代的埃塞俄比亚王国有基督徒外，非洲大陆几乎没有基督徒。18世纪中期，伴随着英国、荷兰等欧洲国家沿黄金海岸建立港口，基督教传教会陆续派遣传教士到达这些沿海港口。而基督教在非洲广泛传播及圣经在非洲大范围译介始于18世纪末，此时随着欧洲贸易活动和殖民活动展开，传教活动自沿海向非洲大陆渗透。由于语言不通和文化差异，欧洲传教士在与非洲内陆教徒的接触过程中常常面临交流的问题，于是一些反对奴隶贸易的基督徒们，安排了一群非洲裔的被解放的奴隶定居在狮子山的自由城（Freetown），三十年后建立了一所福拉湾学院（Fourah Bay College），这是非洲的第一所现代高等教育学校。他们教已经信教的非洲本地教徒学习欧洲语言，让他们把圣经中的话语传讲给他们的非洲同胞，这里便成为传播基督教的中心。但是在传达过程中，一些概念的内涵无法准确表达，如“圣灵”这一概念，对于非洲人来说，“灵”指的是死人的“灵魂”。[2]总之传教活动推动了19世纪圣经在非洲的译介活动。

1 今安哥拉和扎伊尔。

2 参见斯蒂芬·米勒，罗伯特·休伯：《圣经的历史：〈圣经〉成书过程及历史影响》，黄剑波，艾菊红译，中央编译出版社，2013年，第320—324页。

19世纪以来圣经在非洲的译介与传播

19世纪随着殖民活动在非洲加剧，基督教会在非洲的传教运动高涨，出现将圣经翻译成本土各种语言的积极活动，这对非洲人影响很大。在这样一个充满变数和困扰的时期，非洲古典宗教式微，基督教提供给人们可以依赖的某种东西，成为一种选择。对于非洲人来说，圣经开始突显其神秘而又超凡的力量。由于各种条件限制，在非洲的欧洲传教士数量有限，所以非洲本地传教士开始承担圣经的译介工作。19世纪早期翻译者就开始从事这项工作，以后的几年，译本不断出现。第一部翻译成现代非洲语言的经卷是根据《马太福音》翻译的《福音书》，1816年用一种塞拉利昂南部语言布隆语（Bullom）出版。1829年，出版了用现代埃塞俄比亚官方语言阿姆哈拉语（Amharic）翻译的《新约》。1835年第一本用非洲语言（马尔加什语，Malagasy[1]）写成的完整版圣经出现在马达加斯加。

随后，欧洲传教士投身于将圣经翻译成非洲语言的工作。1857年莫法特（Robert Moffat），著名的探险家和医生传教士列文斯通（David Livingstone）的岳父，将圣经翻译成南非的一种方言茨瓦纳语（Tswana）。茨瓦纳人拥有茨瓦纳语《圣经全书》，这是第一部把圣经全书译成以前没有文字的非洲语言的译本。[2] 这个译本是分几个部分先后印制出来的。一段时间之后，其他非洲语言的圣经译本也相继面世。

自19世纪中期，先在商队贸易的影响下，后来又在传教士的影响下，斯瓦希里语开始由沿海一带传到大陆内地。19世纪50年代至80年代，传教士们发表了第一批关于斯瓦希里语的重要著作和用斯瓦希里语写的经文。德国传教士克拉普夫（Jonathan Ludwig Krapf）于1850年出版了语法书，1882年出版了斯瓦希里语大词典，随后他还出版了一系列斯瓦希里语经文。

19世纪70年代，这位德国传教士还将圣经翻译成另一种埃塞俄比亚方言盖拉语（Galla）。1857年，纳塔尔（Natal）的圣公会的主教考莱索

1 马尔加什语系今非洲南部岛国马达加斯加的国语。

2 1835年，圣经已被译成马达加斯加的马尔加什语；到了1840年，圣经也被译成埃塞俄比亚的阿姆哈拉语。这两种语言在翻译圣经之前早已有了文字。

(John William Colenso)用祖鲁语(Zulu)出版了《四福音书》。19世纪后期,全本祖鲁语圣经出版了。

1872年,阿诺尔德斯·潘尼维斯(Arnoldus Pannevis)提出将圣经翻译成南非荷兰语的主张。1933年,第一本完整的南非荷兰语圣经完成翻译并正式出版。

并非所有的翻译者都是欧洲传教士,有些就是非洲人。19世纪60年代和70年代,尼日利亚基督徒克劳瑟(Samuel A. Crowther)将大部分圣经翻译成他的母语约鲁巴语(Yoruba)。

19世纪末,已经有了十四种非洲语言的全本圣经。20世纪翻译工作的进展更为迅速,非洲出现了南非荷兰语(Afrikaans)、本巴语(Bemba)、柏柏尔语(Berber)、齐切瓦语(Chichewa/Chinyanja)、邵佩语(Chope)、伊博语(Igbo)、科伊科伊语(Khoekhoegowab)、卡姆巴语(Kamba)、卢干达语(Luganda)、马拉加西语(Malagasy)、米吉肯达语(Mijikenda)、奥罗莫语(Oromo)、恩东加语(Ndonga)、赫雷罗语(Otjiherero)、茨瓦纳语(Tswana)、塞索托语(Sotho)、斯瓦希里语(Swahili)、科萨语(Xhosa)、尧语(Yao)、约鲁巴语(Yoruba)、豪萨语(Hausa)、祖鲁语(Zulu)等语言的《圣经》译本。

基督教专门从事圣经出版和发行的组织机构圣经公会(Bible Societies)推动了上述的译经活动。对于那些尚未出现书面文字的非洲民族语言,在圣经公会的资助下,传教士在翻译圣经的过程中,依据当地口语创制了其民族文字,推动了本民族语言文字的产生。如:列文斯通、斯坦利、马凯、莫法特、斯蒂尔和克劳瑟等传教士将圣经翻译成当地语言,他们最初的工作是发明一套音标符号,将口语记录下来,而后整理出该民族的语言文字。但是如何在本民族语言中找到与圣经对应的神学概念用语,基督教教义如何与本民族传统宗教进行对照、关联和融合,这些问题又继续推动了圣经在非洲的研究。

到20世纪末,已经出现了一百多种非洲语言的全本圣经,全本《旧约》或者全本《新约》也有一百多种,少部分经卷有二百二十五种语言。到20世纪末,部分经卷出现了五百多种非洲方言的译本。

早期的圣经译本,不论在《希伯来语经卷》(《旧约》)里,还是在《希腊语经卷》(《新约》)里,都可以读到上帝的名字耶和华。可是,后来印制修订本和翻译新译本的人，却不尊重圣经的作者耶和华的圣名。他们受犹太人的迷信传统影响，用神或主等头衔来取代上帝的名字。由于这些缘故，非洲那些爱上帝的人有必要获得一个新的圣经译本，就是一个恢复上帝名字的译本。

自20世纪80年代以来，中央长老团致力于把《圣经新世界译本》译成非洲多种主要语言。由此，现在非洲许多热爱圣经的人，都能读到用自己母语写成的《圣经新世界译本》。到目前为止，《圣经新世界译本》已经有十七种非洲土语的版本，以全书或部分经卷形式发行。

2005年8月，非洲语圣经的印制工作又到达了一个新的里程碑。南非印刷和装订了超过76 000本非洲语《圣经新世界译本》，其中包括30 000本绍纳语版本。这个版本的《圣经新世界译本》在津巴布韦举行的“服从上帝”耶和华见证人区域大会上宣布正式发行。

非洲文学作品与《旧约》

《旧约》中所包含的希伯来文化因素，如神话、传说、民间故事、诗歌等，对非洲文学的影响主要体现在三方面：1. 引用或借用《旧约》中的故事和典故；2. 借用《旧约》赞美诗的诗体；3. 在圣经文本的基础上创造新的文学样式。

(1)引用或借用《旧约》中的故事和典故

在有书面语言的文学作品之前，早在公元7世纪时，埃塞俄比亚就出现了许多以圣母马利亚故事和圣徒故事为主题的壁画和圣人传记故事折叠双连画，通常描绘他们之间的见面、会话和行动，宣扬消除罪恶和保护弱者。从15世纪至20世纪初，基督教对埃塞俄比亚的文学写作具有很大影响力，埃塞俄比亚的赞美诗是以基督、圣母、圣徒和天使的名义写的。当时的世俗诗歌及其他形式的口头传统文学艺术也都体现了基督教特征。[1]

南非黑人民族语言文学在19世纪大部分时间里以翻译《圣经》和

1 参看萨义德·A. 阿德朱莫比：《埃塞俄比亚史》，董小川译，商务印书馆，2009年，第19—25页。

写宗教赞美诗为主。19世纪初,传教士创造了南非班图语言(祖鲁语、科萨语、苏陀语和茨瓦纳语)的文字,随后又逐渐出现了这些语言的文学习作。创造当地语言的文字和推广识字的工作是由基督教会进行的,因此这些语言的早期作品(所谓托管文学[1])中渗透着《旧约》所宣扬的逆来顺受和勿抗恶的思想。

1841年,传教士为了印制圣经译文(1878年完成)和宗教宣传册,将印刷机引进南非莱索托,他们鼓励莱索托人民使用当地的苏陀语进行文学创作。莱索托长篇小说家托马斯·莫福洛于1907年发表了他的第一部长篇小说《东方旅行者》,这也很可能是南部非洲发表的第一部黑人写作的长篇小说。这是一部道德说教的故事,以巴苏陀兰为背景,故事情节围绕青年主人公费吉西的主要活动:他探求世界上存在恶的原因。最终他在基督教天国发现善良和诚实。作者认为,希伯来先知看到了社会罪恶与人们道德沦丧之间的关系。"这地上无诚实、无良善、无人认识神。但起假誓、不践前言、偷盗、奸淫、行强暴、杀人流血,接连不断。"(《何西阿书》4:1–2)以赛亚痛感到处黑白颠倒,是非混淆,"称恶为善,称善为恶,以光为暗,以苦为甜,以甜为苦"(《以赛亚书》5:20)。他也认为非洲道德观念表现为衰败状态,因此他极力想把非洲价值观念同欧洲基督教价值观念结合在一起,融合成一个整体。在他看来,基督教精神是恢复古代非洲文明纯洁性的一种力量。他的长篇小说《恰卡》[2]的发表标志着现代莱索托文学的开始。主人公恰卡逐渐由一个有德之人堕落成一个魔鬼,深陷在一个尊奉巫术和偶像崇拜的世界,为了权力不惜出卖灵魂。莫福洛借恰卡表达爱与信赖是善的来源,而挫折与狂热则是恰卡邪恶的基础,这其实还是在探讨善恶的根源。[3]

20世纪初英国和南非布尔人之间各方面的冲突激发了南非布尔文学家加紧进行保卫和发展本族语言的文化活动。他们把圣经译成阿

1 托管文学(literature of tutelage)一词见西德文学研究家杨·海因茨的著作《新非洲文学史》。

2 这篇小说写于1910年,发表于1925年,英译本出版于1931年/1981年。

3 伦纳德·S. 克莱因主编:《20世纪非洲文学》,李永彩译,北京语言学院出版社,1991年,第115—117页;C. F. 斯旺波尔:《关于托马斯·莫福洛的艺术的反思》,《里米》1979年第7期,第63—76页。

非利卡语（这部供教会用的译作直至1936年才译完）。“真正阿非利卡人协会”发起人布尔诗人托狄乌斯[1]及其父亲，将福音书和赞美诗翻译成阿非利卡语，并发表多首长诗。在描写布尔人的“光荣过去”的长诗《拉希尔》(1915)，以及描写古风的诗集《黑非洲诗选》(1936)等作品中，渗透着圣经尤其是《旧约》的影响。对民族独立的要求和为独立而斗争的热情，决定了这一时期布尔族诗人和散文家以民族为题材进行创作。这些创作中一般都有《旧约》的痕迹。如马勒尔布以《旧约》中古希伯来先知之言，以《阿摩司书》中受苦者也能获得公正对待，从而建立公平的社会秩序这样的认识为主题，陆续创作了长篇小说《莫阿弗的心》(1933)、《先知者》(1937)和话剧《母与子》(1945)。

南非的英语文学中也有圣经的痕迹，南非最有影响力的女作家之一萨拉赫·杰尔楚德·米林在其代表作《被上帝遗弃的人们》(1924)一书中，借用了《旧约》中创世等思想，通过一个有色人种家族数代人的例子，深入研究南非居民中部分有色人种的起源和生存的历史，讲述的是英国传教士在科伊人（霍屯督人）中传教而迭遭失败的故事。她借主人公科伊姑娘西蕾之口提出这样的问题：“上帝创造出来的人有些是白人，另一些是黑人，如果不是以此来表示他们之间的不同，那又是为了什么？”[2]另一南非英语作家鲍林·史密斯使用圣经式语言把阿非利卡人的“自我形象”描绘成“上帝的选民”。与史密斯同时期的南非英语作家阿兰·佩顿在长篇小说《呼唤吧，可爱的祖国》(1948)里，也使用同样的圣经式语言表现了他的基督教世界观。这篇小说的副标题是“荒凉之中的舒适故事”。该小说表明南非文学中的自由人道主义达到了顶点。[3]从20世纪60年代起，南非作家形成了所谓的“塞斯塔格尔”群体。阿非利卡诗歌成为南非文学中最保守的部分，以狄·奥帕尔曼为代表的诗人，逃避现实，从基督教等宗教中寻求精神支柱，崇拜假定的偶像，对现代生活方式进行强烈的批判。

南非的瑞士教会于1875年开始在聪加人中间传教，此后不久将圣

1 其笔名为：雅柯布·丹尼厄尔·久·图阿(1877—1953)。

2 郑家馨：《南非史》，北京大学出版社，2010年，第397页。

3 伦纳德·S. 克莱因主编：《20世纪非洲文学》，李永彩译，北京语言学院出版社，1991年，第228页。

经译成了聪加语，于是创造了一种书面语言。自20世纪50年代起创作的聪加语小说中到处都显示了宗教倾向，如：F. A. 图凯塔纳用聪加语写的长篇小说《希索米萨那》(1968)，通篇都在使用基督教，包括《旧约》中的教义，如“因为耶和华知道义人的道路，恶人的道路却必灭亡”(《诗篇》1:6)。图凯塔纳希望借基督教教义肯定基督教拯救人们。

扎伊尔河口地区是撒哈拉以南非洲最早使用欧洲语言创作文学作品的地区。圣歌是刚果文学的主要题材，如刚果文学家费吉奥·吉亚·朋塞吉所创作的诗篇《生命轮回》(1966)，将基督教前的刚果传统的世界观与接受了圣经基督教教义之后的世界观进行对比。

直到20世纪20年代，茨瓦纳语的出版物都主要是圣经译本和基督教教义的译文，基本为白人传教士所翻译，目的在于改变茨瓦纳人的信仰，使他们皈依基督教。因此在茨瓦纳语的文学作品中，有许多以基督教的道德说教为主题的文学作品，卫理公会牧师S. A. 莫罗凯、J. M. 恩则米等作家的作品是代表。莫罗凯的长篇小说、短篇小说、剧本和诗歌大多以罪与赎罪为主题，他的长篇小说《塞帕帕蒂》(1959)讲了浪子回头的故事，他的剧本《洛比莎·拉迪彼采》(1962)的重要人物因为罪而死于酗酒。[1]恩则米十分关注人同上帝的关系，在他创作的剧本《黑袍》(1968)和《黑心》(1972)中，将基督教同巫术并列比较，希望以基督教与巫术的冲突说明基督教带来救世恩典，使人幸福，让人赎罪，巫术则导致人们走向毁灭。[2]

喀麦隆的巴芒族[3]是非洲为数不多的拥有自己文字的民族之一。这种文字为尼奥雅苏丹(1880年登基)所创制。该国大部分文学作品都是经由传教士介绍，专门供大众学习圣经之用。现代喀麦隆文学最著名的作家之一费尔南德·奥约诺在他的代表作，长篇小说《童仆》中，讲述奴仆童第在同基督教接触之后受到了这样的教育："原始" 世界是

1 伦纳德·S. 克莱因主编：《20世纪非洲文学》，李永彩译，北京语言学院出版社，1991年，第239页。

2 伦纳德·S. 克莱因主编：《20世纪非洲文学》，李永彩译，北京语言学院出版社，1991年，第240页；A. T. 马里普：《茨瓦纳语现代文学初探》，《里米》1968年第6期，第68—75页。

3 亦称西部高地人。

罪恶的，欧洲人带来善。童第坚信这种教育，但随着时间推移，童第成熟了，他知道牧师的教导必须从不同方面理解。[1]

西非尼日利亚作家、剧作家沃莱·索因卡在他的《杰罗教士的考验》这部剧作中就提到了忏悔这一主题。[2]在希伯来文明中，人们对待错误的方法是忏悔。在《五经》中，虽然没有明确指出忏悔这一主题，但它已经具备了出现的各种条件。犹太教特别注重个人的内省、自新和精神上的自我净化，这种精神为后来的基督教所继承。

(2)借用《旧约》赞美诗的诗体

除了借用《旧约》的神话和典故表达民族独立的要求和爱国情感，非洲作家也借用圣经《旧约》中赞美诗的诗体，如南非最早发表南苏陀语文学作品的作家扎基亚·道尔平·曼戈意拉，他的作品多以宗教问题为主题，他仿照赞美诗的诗体，第一次以书面形式发表了苏陀语口头赞美诗《赞颂苏陀酋长》(1921)。[3] 占据塞内加尔法语诗坛统治地位的列奥波德·塞达·桑戈尔页在他的第一部诗集《阴影之歌》(1945)中展示了后来成为他作品特色的风格与主题：长长的圣经诗行以及对非洲历史文化与价值观念的颂扬。这种圣经诗行风格最最明显地体现于他在1948年发表的《黑人和马尔加什法语新诗选》以及在1956年出版的《埃塞俄比亚诗集》，它们奠定了他在现代非洲法语文学史上的重要地位。E. P. 恩达姆比发表的最早的聪加语诗集《赞颂》(1949)也使用了赞美诗的形式。[4] 1877年科萨人地区被完全征服前，创作圣经诗体与风格的赞美诗和翻译圣经一直是科萨人最主要的文学活动。

(3)在圣经文本的基础上创造新的文学样式

《旧约》的浪漫主义色彩也催生了非洲新的文学体裁，如尼日利亚

1 Ferdinand Oyono, *Une vie de boy (Houseboy)*, Paris: René Julliard, 1956.

2 Wole Soyinka, *The Trials of Brother Jero*, London: Oxford University Press, 1963.

3 A. J. 莫洛依：《南苏陀语诗歌的萌芽》，《里米》1969年第8期，第28—59页；A. S. 杰拉德：《非洲语言文学》，1981年，第190—223页。

4 伦纳德·S. 克莱因主编：《20世纪非洲文学》，李永彩译，北京语言学院出版社，1991年，第237页。

的基于圣经文本的新的文学样式——“约鲁巴歌剧”就是对非洲文学的一种贡献，这种文学样式一般出现于教会学校演出的圣经剧本，代表作家有休伯特·奥贡德（Hubert Ogunde）、E. 科拉·奥贡莫拉（E. Kola Ogunmola）等。

在非洲广泛流行的，通常在节庆日表演的即兴歌曲（由一人喊出几句话，讲述某一事件，全组伴唱，重复同样的歌词，类似诗歌中的重叠句），与希伯来《旧约》中用来歌唱的诗的特点一致，这些即兴的歌曲也蕴含着关于灾难等的主题。在尼日利亚著名诗人克里斯托费尔·奥基格勃（Christopher Okigbo）的被称为“最后的圣经”的组诗《雷电的道路》（*Path of Thunder*, 1967）的第五首诗《鼓之歌》中，就能明显看出引诗与重复句间的联系。

综上所述，我们可以看出：在《圣经》影响下的非洲文学，从神话故事、诗体到基督教思想与《旧约》都有所关联。非洲文学或对圣经内容有所借鉴，或对基督教历史事件、仪式和教会进行描绘，或对上帝观、恶魔观、伊甸园观等基督教观等有所借鉴、反思和批判，非洲文学作品与圣经的罪性论、救赎论、末世论等有着内在的联系。

圣经（《旧约》）对非洲的影响

（1）《旧约》与非洲的奴隶贸易

18世纪，一些到非洲的传教士强烈反对奴隶制，他们教授那些获得自由后返回家乡的奴隶以知识。很多传教士主张以商品自由贸易取代非洲的奴隶贸易。而当奴隶制度受到打击时，奴隶主利用圣经为自己辩护，他们引述《旧约》中保罗的书信以及《利未记》里的律法等说明奴隶制的合法性，如：“你们作仆人的，要凡事听从你们肉身的主人……无论做什么，像是给主做的，不是给人做的。”（《歌罗西书》3:22–23）使徒保罗写信给腓力门时，尽管他暗示腓力门，希望能释放他的奴隶阿尼西母，但他最终没有坚持。奴隶主们以保罗没有要求释放阿尼西母为藉口，为奴隶制辩护。但他们也无视了保罗所说的要公正、公平对待奴隶：“你们作主人的，要公公平平地待仆人，因为知道你们也有一位主在天上。”(《歌罗西书》4:1)他们还说,族长们自己也有奴隶,亚伯拉罕甚至与他妻子的奴隶夏甲生有一个孩子,而且族长雅各的儿子们出于嫉妒,把他们的兄弟约瑟仅以二十舍客勒银子卖为奴隶:“有些米甸的商人从那里经过,哥哥们就把约瑟从坑里拉上来,讲定二十舍客勒银子,把约瑟卖给以实玛利人。”(《创世记》37:28)

整个19世纪,奴隶贸易在非洲极为盛行,许多非洲男女被贩卖到美洲为奴。与奴隶主相反,奴隶们在圣经中看到的是安慰与希望,被卖到美国的这些黑人奴隶开始皈依基督教,成为基督徒。他们口头传诵圣经里的故事,《出埃及记》引起了他们的共鸣,在美洲的非洲奴隶们认识到自己与在埃及的以色列奴隶一样,被强迫做苦工。他们喜欢听摩西如何面对法老,请求法老让以色列人到旷野敬拜,以及摩西最后如何带领以色列人跨过红海,走向完全自由的故事。他们开始用音乐表达宗教情感,这就促使黑人灵歌这种文学形式的产生,如他们以《出埃及记》第7—12章的内容,即神通过摩西多次命令法老“容我的民离开这地”为基础,所创作的灵歌《去吧,摩西》(*Go Down Moses*):

去吧,摩西,
去到埃及。
向法老说,
容我民离去。
以色列人民在埃及。
容我民离去。
压迫甚重,无法担当。
容我民离去。
摩西进言:
我主曾言,如若不然,击杀头生。
容我民离去。[1]

由此可见,圣经,尤其是《旧约》中的许多故事,给予了在美洲的这

1 参见斯蒂芬·米勒,罗伯特·休伯:《圣经的历史:〈圣经〉成书过程及历史影响》,黄剑波、艾菊红译,中央编译出版社,2013年,第325页。

些非洲奴隶巨大的精神力量，支撑着他们寻找像摩西这样可以将他们从奴隶制下解放出来的英雄。也为此后的美国独立和奴隶解放运动奠定了一定基础。

(2)埃塞俄比亚主义

19世纪下半叶，欧洲传教会和它们在非洲的教区牧师普遍接受了“黑人是非常低劣的种族”这种种族主义思想，在教会和政府部门偏袒白人，对受过教育的非洲人抱有种族歧视，因而激起了非洲宗教和政治民族运动——“埃塞俄比亚主义”运动的兴起。1880年5月，西非革命先驱者爱德华·威尔莫特·布莱登在对美国殖民协会发表的演说中宣扬，“埃塞俄比亚向上帝伸出她的双手”这句圣经上的名言，并且把埃塞俄比亚人和非洲人等同起来，宣传“非洲属于非洲人”的思想。“埃塞俄比亚主义”及此后的泛非主义运动，促进了黑色人种觉醒。

结语

北非在基督教初创时期，就曾占据举足轻重的地位。基督教教义和《旧约》译本在北非传播历史悠久，古埃及与埃塞俄比亚分别在公元2世纪和4世纪就已经出现了《旧约》译本。虽然在将近两千年的发展历史中，由于经济、政治、文化等方面的恶劣条件的限制，尤其是近代以来西方的殖民活动，非洲的发展和基督教在非洲的发展都举步维艰，但自20世纪初以来，基督教在非洲的发展十分迅猛，基督徒人数激增。正如沃尔斯之言：至20世纪，基督教运动的中心已从欧洲和北美转向拉丁美洲、亚洲的部分地区和非洲。在此背景下，当代非洲已成为圣经传播最快的地区之一。对圣经文学的研究、对《旧约》对非洲文学的影响的研究业已展开，但大多数都局限于非常突出的作家及作品，研究过于集中，因此，关于这一课题，还有进一步研究和挖掘的必要。

5. 拉丁美洲的圣经研究[1]

圣经被引入美洲，哥伦布自然是肇始人物，实际上，这位征服者的

1 本节由中国社会科学院外国文学研究所魏然撰写。

名字的意大利文写法——Cristóforos——直译就是“基督的输送者”。当秘鲁征服者弗朗西斯科·皮萨罗,象征性地将圣经递给印加君主阿塔瓦尔帕时,对后者说,“此乃上帝圣言”。然而,这一历史性场景已然透露出圣经的跨文化理解的艰难之处:史载,阿塔瓦尔帕将圣经贴到耳侧,沉默片刻,而后漠然道:“你的上帝可没对我讲话。”他随即将圣经掷到地上。这则典故,被西班牙殖民者拿来论证种族大屠杀的合法性。[1]

原住民古典文明的后裔,大部分成了虔诚的天主教徒。据统计,20世纪60年代之前,拉丁美洲居民中至少有90%是天主教徒;新世纪以来,虽然信众减少,但仍有67%的成人自认为是天主教徒,约为4.2亿人,约占全世界天主教徒总人数的40%。[2]鉴于拉美长期高居不下的贫困率,可以说,这片次大陆上的绝大多数,是“贫穷而有信仰的人”。正如学者索飒所说,“穷苦和信仰在拉丁美洲是一对相依为命的姐妹”[3]。

但同时,自15世纪以来,天主教会几乎始终站在保守势力一边。教会高层占据大量土地和社会财富,他们的生活远离大多数教众。幸运的是,拉美神职人员当中,始终存在一支富于正义感和创新思想的队伍:从征服时代初期的拉斯·卡萨斯神甫、独立运动时期的伊达尔戈神甫,再到20世纪60年代的哥伦比亚的教士—游击队员卡米洛·托雷斯神甫、尼加拉瓜的解放神学家—文化部长埃内斯托·卡德纳尔神甫,都是这支队伍的代表人物。他们长期呼吁教会贴近底层,为正义事业服务,甚至直接归纳出“爱穷人就是爱上帝”这样的信条。

他们的言说或实践为重新阅读圣经提供了诸多启示,其中最重要的结果就是助推了20世纪50年代之后的“大众读经运动”(lectura popular de la Biblia)。大众读经运动、解放神学的学理思考,再加上20

---

1 关于这则逸事的权威记录,来自秘鲁原住民编年史家古阿曼·鲍玛(Guaman Poma),也可参见米格尔·雷昂-波尔蒂利亚:《战败者见闻录》,孙家堃、黎妮译,商务印书馆,2017年,第331—332页。

2 详见皮尤研究中心(Pew Research Center)2014年关于拉美宗教情况的统计报告,“Religión en América Latina: Cambio generalizado en una región históricamente católica,” www.pewresearch.org.

3 索飒:《丰饶的苦难:拉丁美洲笔记》,广西师范大学出版社,2003年,第211页。

世纪60年代的青年学生运动和工人运动，给《旧约》《新约》阐释提供了新的烛照。其结果是，拉美大众读经和学界的圣经研究结合在一起，对圣经的研读与日常生活及斗争结合在一起，形成了“大众释经学”（Hermenéutica popular）的脉络。巴西的克洛多维斯·博夫（Clodovis Boff）、埃尔德·卡马拉（Hélder Câmara），阿根廷的塞维里诺·克罗阿托（Severino Croatto），墨西哥的埃尔莎·塔梅斯（Elsa Tamez），智利的巴勃罗·理查德（Pablo Richard）等人，都被认为是这一脉络的代表人物。

《圣经》激进阐释的社会文化背景

圣经学术在拉美的发展，不是少数基督教精英向壁虚构的结果，更广阔的历史潮流催动了这样的阅读，滋养了这样的学术。

首先，不能忽视1959年古巴革命胜利的影响。在教众看来，古巴革命的胜利是挫败殖民主义的胜利，是多数人抵制少数剥削者的胜利，这场革命预示了整个地区解放运动的前景。自此之后，拉美各国经历了一系列政治斗争与反抗运动，诸如游击队斗争、无地农民运动，也包括诸如智利人民阵线这类反对暴力的斗争、主张以民主方式改变不平等现状的试验。

在古巴革命胜利前后，20世纪50年代末至60年代初，在南美大陆上，贫穷的基层天主教徒已经悄然创建一种群众性的自我教育、自发抵抗的宗教团体，后来这些团体在宗教研究中有了共同的名称，叫作“基层宗教社团”（comunidad eclesial de base），这类组织构成了“大众读经运动”和解放神学的群众基础。需要指出，基层社团并非平行于官方天主教会的另类组织，毋宁说，这场运动是自下而上兴起的教会内部的自我革新。

其次，20世纪60年代和70年代初，拉美社会普遍进入一种高度政治化的氛围当中，部分教会左翼人士介入激进变革中。在哥伦比亚，神学家、社会学家卡米洛·托雷斯神甫加入了民族解放游击队，即便在他1966年遇害之后，托雷斯的选择仍旧激励着相当多的神职人员投身武装斗争。20世纪70年代初，萨尔瓦多·阿连德赢得总统大选，智利成为唯一通过选举渠道建立社会主义的国家；在阿根廷，激进庇隆主义运动鼓舞了工人组织；在巴拿马，左翼人士托利霍斯执政；在秘鲁和玻利维亚，左翼军人贝拉斯科将军和托雷斯将军分别成为总统。中美洲游击队运动更加高涨，尼加拉瓜的游击队甚至夺取了政权。虽然巴西在1964年就发生了保守力量的政变，但知识界还没有失去活力，左翼思想在巴西天主教教会内部赢得了相当大的空间。

再次，从1965年至1975年，拉美普遍遭遇了一轮高速城市化浪潮，同时经历了深刻的文化变革。城市人口激增，大众传媒出现；民间音乐融入了社会抗议的内容，例如智利新歌运动；新的读者群助推了"文学爆炸"的主要作家登场。正是在上述语境中，出现了本土哲学与神学思想的勃兴与发展。

最后，在天主教系统内部，一个引起拉美文化界深刻震荡的事件，是第二届梵蒂冈大公会议（Concilio Vaticano Ⅱ）。著名的"梵二会议"提出了穷人和社会正义的问题。拉美神学研究界的激进派抓住了教皇约翰二十三世推动教廷改革的契机。在这一背景下，1968年8月，第二届拉丁美洲主教会议在哥伦比亚麦德林召开，继承约翰二十三世改革思路的教皇保罗六世也"巡幸"现场。在大会最终颁布的纲领性文献中，激进派的立场占据了主导。这份文献强烈谴责拉美社会的不公正现象，在"贫穷"一节，直接提出了"穷人教会"的主张。[1] 同在1968年，智利爆发了反对迎候教皇的奢靡仪式的斗争，青年神甫们攻占了圣地亚哥大教堂；"解放神学"作为一股潮流在拉美各地正式登场；最后，麦德林主教会议也通过了立场激进的纲领性文献。国际社会惊呼，这一年是拉丁美洲的宗教年。

"大众读经"与圣经阐释

在上述历史氛围中，一股重新阅读圣经的思潮从拉美社会底层浮现。由于最初的记录都来自基层社团中普通神甫的即兴布道、草根男女的率直发问，所以一开始，新的阐释都是口语化的、零碎的片段，而且往往以历史批评的方法，把圣经叙事联系到当下的苦难现实。这种历史批评法慢慢挑战了原先占统治地位的经典释经学。

1965年，尼加拉瓜神甫埃内斯托·卡德纳尔（Ernesto Cardenal）出任尼加拉瓜首府马那瓜地区的主教，他在尼加拉瓜湖上的索兰蒂纳梅群岛，创建了一个穷苦基督徒的新兴宗教团体，推广新农业种植技

1 关于麦德林会议的具体情况，参见索飒：《丰饶的苦难：拉丁美洲笔记》，广西师范大学出版社，2003年，第223—227页。

术，也倡导新的解读圣经的“技术”。此后，他编辑了这批基层信众之间对《福音书》的讨论和解读，将其命名为《索兰蒂纳梅的福音》(*El Evangelio en Solentiname*)。虽然该书直到1978年才首次出版，但它记录了此前持续了大约十五年的尼加拉瓜基层读经运动。

解放神学对拉美圣经研究的影响，到20世纪70年代开始在学术层面“显影”。1971年，古斯塔沃·古铁雷斯神甫的《解放神学》出版，借由此书，这股激进的宗教潮流在整个拉美次大陆获得命名。由于该书受到天主教保守势力的严厉批评，古铁雷斯不得不将讨论“阶级斗争”的一节更名为“社会冲突”，但仍有教会高层认为此书确定了解放神学的异端本质。[1] 该书出版两年之后，在大众释经学的脉络中，出现了第一本重要的圣经研究专著——《解放与自由》[2]，作者是阿根廷《旧约》阐释学者塞维里诺·克罗阿托(José Severino Croatto, 1930—2004)。这本小书，以如何实现受压迫群体的社会与政治解放为解经锁钥，重新解读了《出埃及记》《创世记》《先知书》《彼得前书》《彼得后书》等篇，特别是第一次对《出埃及记》做了详细的解说。克罗阿托选取了“出埃及”的意象和经验，对他而言，“出埃及”预示着拉美解放斗争的曙光。实际上，在麦德林会议上，这种解经修辞已初露端倪，其纲领文献结束部分写道，“出埃及”即是让穷苦人“从不够人道的状态转向更加人道的状态”。《解放与自由》现已翻译成多国文字。

此外，墨西哥耶稣会释经学家何塞·波菲里奥·米兰达(José P. Miranda, 1924—2001)的《马克思与圣经：对压迫的批判》[3]和《存在与弥赛亚》[4]、葡萄牙神学家费尔南多·贝罗的《福音的政治阅读》[5]也值得

1 详见叶健辉：《托邦：拉丁美洲解放神学研究初步》，中央编译出版社，2015年，第24—25页。

2 José Severino Croatto, *Liberación y Libertad, Pautas hermenéuticas*, Buenos Aires: Ediciones Mundo Nuevo, 1973.

3 José P. Miranda, *Marx y la Biblia: crítica a la filosofía de la opresión*, Salamanca: Sígueme, 1972.

4 José P. Miranda, *El ser y el Mesías*, Salamanca: Sígueme, 1973.

5 Fernando Belo, *Lectura política del evangelio*, Buenos Aires: Ediciones La Aurora, 1984.

重视。波菲里奥·米兰达不算解放神学的主要创立者，但《马克思与圣经》确实是最早以圣经阐释的形式回应解放神学主要议题的著作。波菲里奥·米兰达早年在法兰克福大学研修神学，返回墨西哥后，致力于神学与哲学研究，是墨西哥都市自治大学（UAM）哲学专业的创立者。《马克思与圣经》实际上提出了多个重要命题，其中与解放神学关联最密切的是，作者认为《新约》《旧约》都坚信“世上有解救之道”，这一点是圣经与马克思主义最契合的地方，只不过圣经把解救之道通过耶稣道成肉身的方式说得更为明显。葡萄牙的神职人员费尔南多·贝罗（Fernando Belo）倡导针对《马太福音》的唯物主义阅读，他的思想被整理为《福音的政治阅读》后得以刊行。虽然该书的西班牙文译本要等到拉美回归民主化之后的1984年方在阿根廷问世，但其思想早已给拉美圣经研究界带来了启示。

需要指出的是，解放神学脉络下的圣经阐释在拉美并非孤立现象，不管是天主教系统还是新教系统，均能以开放的心态研读圣经，因此，拉美圣经研究才得以在20世纪50—70年代刷新，并有圣经新译本问世。德国天主教神甫、圣经研究学者约翰内斯·施特劳宾格（西语为Mons. Juan Straubinger）在二战期间为逃避纳粹迫害来到阿根廷，于1951年出版了他执笔的新版天主教西文圣经，史称“拉普拉塔圣经”（Biblia Platense，又称“评注本圣经”）。此外，施特劳宾格创办了拉美第一份圣经研究杂志[1]，这份杂志一直延续到今天，现由阿根廷圣经教师协会（Sociedad Argentina de Profesores de Sagrada Escritura，SAPSE）主办，许多圣经研究者和教师都把关于如何指导大众读经运动的文章发表在该杂志上。

然而，20世纪70年代初，随着南美国家相继进入军事政府时期，圣经研究也显示出两种倾向。其一，是保持一种“纯粹”的学院研究倾向，这种倾向出现在与天主教体制关系更密切的研究者身上，他们号召坚守梵蒂冈批评解放神学的训谕，与社会斗争拉开距离。其二，与之相反，另一批学者要求解经向着政治、社会问题更加敞开。各个教派之间规定的松紧差异，让上述分野越发明显。

1 施特劳宾格创办的期刊名为《圣经杂志》（*Revista Bíblica*），1939年创刊于布宜诺斯艾利斯。

大众读经运动、圣经研究的发展、释经者的个人命运，与20世纪70年代的政治语境密切相关。在“肮脏战争”(las guerras sucias)时期，大众读经变得越发艰难。阿根廷、巴西等国基层宗教组织的负责人、社区神甫、圣经学者中的许多人被迫流亡或遭受刑讯折磨，甚至遇害、被抛尸街头。据统计，自1968年到1978年的十年间，拉丁美洲被逮捕、杀害、拷打和流放的主教、神甫、教士和修女(不包括没有教职的普通信徒)大约有八百五十多人。有些人转入半地下状态，在阿根廷、智利的基层街区和村镇，都曾存在着许多秘密读经小组，参加者包括神甫、青年学生、工人、社工等，他们用学术和社会批评的方式，冒着生命危险，结合自身的痛苦经验阅读圣经。鉴于“肮脏战争”时期人权侵害事件频繁，不少教会人士纷纷撰写、私印诸如“圣经当中的人权问题”这类主题的小册子。

这一阶段，主张圣经阐释向社会问题开放的代表作品之一，是巴西神甫卡洛斯·梅思特斯(Carlos Mesters, 1931—)的《上帝，你在何方？——重新发现圣经》[1]。梅思特斯是巴西基层大众读经运动的重要推动者，还是巴西圣经研究中心(CEBI)的创建成员。他的主要释经方法被总结为“阐释三角法”(triângulo hermenéutico)，即通过个人现实、共同体现实和社会现实三者之间的永恒互动以理解经文。梅思特斯将20世纪中期的巴西比作公元1世纪的巴勒斯坦，他认为相似的社会结构使得信众能易于理解圣经原义。他一生独著或合著的圣经导读书籍近百册，但《上帝，你在何方？》一书最为著名。该书的主要贡献在于，将圣经的基本知识和阅读路径传递给基层读经群体。为此，梅思特斯特意写下不少短评，以便社群集会时能快速吸收、传播关于某段经文的阐释。

还应提及出生于芝加哥而终生与拉美解放神学密切相关的浸礼会神甫豪尔赫·皮克斯利(Jorge Pixley, 1937—)。皮克斯利是美国传教士之子，少年时代在中美洲度过，后来在芝加哥大学神学系获得圣经研究的博士学位。皮克斯利在阿根廷神学高等研究院、墨西哥城神学高等研究所和尼加拉瓜浸礼会学校教授圣经课程。在1982年出版的《约

1 Carlos Mesters, *Deus, onde estás?* Belo Horizonte: Editôra Vega, 1971.

伯记：拉美圣经评述》[1]一书中，皮克斯利为解放神学“打开了上帝的维度”。引导皮克斯利论述的主线，是“穷人的选择”。皮克斯利强调，上帝是所有人的上帝，这里包含富人和穷人；假如没给穷人预留选择，那么就等于诋毁上帝是偏袒富人的上帝。

20世纪70年代，在中美洲左翼游击队活跃的地区，大众读经运动更为蓬勃，如在尼加拉瓜，桑地诺阵线的领导者和游击队员在战斗间歇仍坚持组织小组读经。尼加拉瓜左翼革命者对宗教人员表现出了最大的信任。这些经验，都是拉美圣经阐释历史上的组成部分，但遗憾的是，留下的文字材料并不丰富。

相较而言，在那些政治情况平稳、政治压抑程度较轻的国家，如中美洲的哥斯达黎加和南美洲的乌拉圭这两个小国，圣经研究著作的出版情况更为活跃。这类著作常常在表面上貌似泛泛之谈，但文字深处往往另有“微言大义”。墨西哥圣经学者埃尔莎·塔梅斯（Elsa Tamez）于1979年在哥斯达黎加出版了《被压迫者的圣经》[2]。该书献辞明白无误地写道：“献给桑地诺解放阵线中的基督徒们，献给为尼加拉瓜大众革命而战的广大人民。”总览全书，这一献辞其实是作者释经的基本原则。还有智利神甫、神学家巴勃罗·理查德（Pablo Richard Guzmán，1939— ），他在20世纪60年代先后就读于罗马圣经学院和耶路撒冷圣经学校，主修圣经考古学。20世纪70年代初，他回到智利，投身于阿连德政府支持的“基督徒为社会主义而努力”的宗教运动。1973年皮诺切特将军发动政变后，理查德流亡海外，辗转到哥斯达黎加，在国立大学担任圣经研究教授。他的主要研究领域是《四福音书》。理查德主张从社会史的角度理解耶稣和《四福音书》，主张“偏向穷人的阐释选择”，以实现“上帝王国”为基本目标，从日常生活的努力助推更加公正的社会结构的诞生。理查德和他的合作者特别强调向大众阐释圣经的实际意义。他流亡到哥斯达黎加之后，逐渐成为中美洲大众读经运动的领袖人物。在乌拉圭，曾经就读于比利时卢文大学的路易斯·塞贡

1 Jorge Pixley, *El libro de Job: comentario bíblico latinoamericano*, San José: Ediciones Sebila, 1982.

2 Elsa Tamez, *La Biblia de los Oprimidos. La opresión en la teología bíblica*, San José: Departemento Ecuménico de Investigaciones, 1979.

多(Juan Luis Segundo, 1925—1996)发展出一套释经的基本结构，相关思想主要收入他的代表作《神学之解放》[1]一书。

在军事独裁时代末尾的1984年，又是阿根廷的神学家克罗阿托，完成了拉丁美洲20世纪70，80年代的圣经研究的总结之作《圣经阐释学：迈向作为意义生产之阅读的一种理论》[2]。该书可能是迄今为止概述拉美圣经阐释学最权威的一部著作。克罗阿托强调意义不能驻留于文本产生的源头，而应在不断重读中重新产生意义。[3]在方法论上，克罗阿托深化了拉美圣经阐释学，为这一学科在下一阶段超越历史社会批判的方法论打下了基础。

圣经研究的机构化

20世纪80年代南美诸国开启民主化进程之后，原先处在隐秘的、半地下状态的大众读经运动获得了发展机遇。受到这种激励，整个学界的相关著述、杂志与课程都更为丰富了。

但首先要补充说明，在拉丁美洲，原先有两座圣经研究的学术重镇，其一是巴西圣保罗卫理公会大学(Universidad Metodista de San Pablo)，其二是阿根廷福音神学高等研究所(Instituto Superior Evangélico de Estudios Teológicos，缩写为ISEDET)。这两个教学与研究机构在拉美最早开设圣经诠释的研究生课程，又最早设立神学博士学位。值得注意的是，这两个机构中最早的神学博士学位就是授予“圣经研究”专业方向人才的。上文多次提及的阿根廷释经学者克罗阿托，自1975年起担任阿根廷福音神学高等研究所的《旧约》研究教授。在新教背景下的高等研究所，他是第一位天主教讲师，给新教学员上《旧约》阐释的研讨课。

由于哥斯达黎加在20世纪70年代积累了相对丰富的神学研究资源，初创于1923年的神学院在1997年拓展、组建了拉丁美洲圣经大学

1 Juan Luis Segundo, *La liberación de teología*, Buenos Aires: Ediciones C. Lohlé, 1975.

2 José Severino Croatto, *Hermenéutica bíblica. Para una teoría de la lectura como producción de sentido*, Buenos Aires: Viamante, 2da edición, 1994.

3 Ibid., pp.17–20.

(Universidad Bíblica Latinoamericana,缩写为UBL)。圣经大学以培养拉美基督教领袖为目标,现已成为拉美及加勒比地区最大的神职人员培训机构,圣经研究也属该校强项。

除去前文提到的施特劳宾格在阿根廷创办的、资历最老的拉美圣经研究刊物,巴西《圣经研究》杂志是民主化之后的新时期,整个拉美创办的第一份专门研讨圣经的、连续发行的学术刊物。该杂志创办于1984年,起先作为《巴西教会研究》杂志的副刊面世,后来单独发行。杂志第1期的主题就值得玩味:"圣经作为穷人的记忆"(A biblia como memória dos pobres)。这一期收录了C. 梅思特斯、P. 理查德、施万特斯(Milton Schwantes)等人的代表性文章。20世纪80年代后期,拉美各国圣经研究的专著、文章单行本、论辩小册子也愈发丰富,许多学习小组、基层教会、大学院系纷纷组织工作坊或成立圣经研究中心,刊发研究成果。《伊比利亚美洲神学评论概览》(*La Bibliografía Teológica Comentada del área Iberoamericana*)[1]和《拉美圣经研究概览》(*La Bibliografía Bíblica Latinoamericana*)[2]两本书目导览显示了20世纪80年代的众多成果。

1989年,广有影响力的《拉美圣经阐释杂志》(*Revista de Interpretación Bíblica Latinoamericana*,缩写为RIBLA)在哥斯达黎加首都圣何塞创刊。迄今为止,这一刊物共出版了七十二期,只不过后期杂志出版地转到了厄瓜多尔首都基多。杂志出版的前期,主要强调圣经研究的方法论,以及从释经学的角度探讨如何理解大众读经的历史经验,例如前三期的主题分别为"拉美大众读经运动""暴力:权力与压迫""穷人的选择"。《拉美圣经阐释杂志》自第14期"日常生活"开始,以圣经各段经文为出发点,呼应拉美社会特定的社会问题,如贫穷和债

1 该书目概览由阿根廷福音神学高等研究所(ISEDET)编辑,收文时间始于1976年,止于1996年。二十年内拉美和伊比利亚半岛主要神学期刊上的重要文章,该概览均有收录,并作简评。第一主编为克罗阿托。部分年份有印刷本刊行,亦可从高等研究所网站(www.ISEDET.edu.ar)下载。

2《拉美圣经研究概览》由巴西圣保罗宗教学研究生项目(Programa Ecuménico de pos-graduacao em Ciencias da Religiao)主持发行,首次出版于1988年,主编为弥尔顿 · 施万特斯。该概览主要关注拉美圣经研究文章,但不限于期刊,也包括小册子和单独文章。

务、军事政权统治、暴力与公民权、生态与经济等。还有几卷的主题以"兴起当中的多元主体"为线索,关注拉美女性的圣经阅读、原住民读经问题、非洲奴隶后裔读经问题。相关文章不只是借经文来解释社会现象,而且通过观照社会经验,对经文做批判性的、修正性的阅读,给文本提供新的烛照。杂志创造的圣经研究场域,不仅挑战了经典阅读法,而且产生了一种拉美内在的、延续性的、文化性的批评视角。

重新定义圣经的人民性

大众读经运动兴起之初,就浮现出一种左翼的文辞主义(literalismo de izquierda)倾向。积极投入社会斗争的人们,常常从圣经里寻章摘句,搜寻一些适合于对教会上层和社会结构进行批判的文字,久而久之,形成了一座更受左翼"青睐"的圣经语词的"武器库"。譬如《马太福音》(11:25),"就在那时候,耶稣发言说:父啊,天地的主宰!我谢谢你,因为你将这些事瞒住了智慧和明达的人,而启示给小孩子",这段话常常被用来论证穷人和单纯的人更易领会上帝之言,说明唯有那些经济、政治地位低下之人才能接近福音的真义。确立穷人得救的优先权的同时,拉美各地的圣经研究中也出现了不同程度的"反智倾向"。原本内在要求研究技能及古代语言,甚至是东方古代语言能力的圣经研究,由于疏远了大众信仰和日常宗教生活,反而被人们讥刺为"知识分子的学问"。既然圣经被看作"穷人的记忆",来自草根民间,那么,其文本也只应以民间方式来阅读——许多圣经阐释者不同程度地信奉类似表达。人们愿意相信圣经原本就是"人民之书",只是在某些历史阶段,被权力者和殖民者"窃取"了;为此,在当下,圣经学者所要做的,似乎只是帮助穷人重新夺回先祖的遗产,解放文字的真意。

在这种情况下,受到大众读经运动影响的圣经研究中,树立了一批"经典当中的经典"。阐释者会一遍遍反复引述某些文本的段落,这些文本包括:《出埃及记》《申命记》的某些片段,"史书"当中的《撒母耳记》(上下)、《列王纪》(上下)、《先知书》的某些段落,《阿摩司书》、《以赛亚书》和《耶利米书》的前半部分,《诗篇》的部分篇章——这些段落构成了《旧约》当中最常被引述的部分;对于《新约》则突出"对观福音书"(los evangelios sinópticos)、《使徒行传》的前几章,而《启示录》通常是被当成反对帝国主义的隐喻来读的。上述文本被称为“解放的文本”(textos liberadores)。

这种偏好“解放的文本”的读法，造成了20世纪90年代前的拉美圣经研究在总体上反复引述、阐释上述语段，而圣经的其他章节、段落往往缺席。因此，当冷战结束、历史语境改变时，人们不再满足于解放神学的旧规矩，进而提出读解其他圣经段落的要求。新的释经者一般不再谋求设立某种“语词武器库”，转而寻找一种整体处理圣经文本的路径，以满足基层大众完整把握《圣经》的需求。《拉美圣经阐释杂志》在进入20世纪90年代之后，有多期专门讨论先前相对冷僻的《约翰福音》和《保罗书信》等，这就反映了当时对读解圣经的其他章节的期待。应当指出，引入相对冷僻的章节，有助于激发思想的原创力，与此同时，圣经文本的复杂面貌也被愈发清晰地揭示出来。

拉美女性主义圣经研究提出，不能毫无思辨地默认圣经在整体上等同于“穷人的记忆”。圣经写作是一个非常复杂的历史过程，从经文中对上帝的不同称谓，至少能分辨出四位以上的执笔者。圣经内部的多重脉络造成了经文往往具有多元性和一定的矛盾性。文字经过几代人的改写，有些原意已随着历史变化而剥落，但有些旧时代父权制的烙印仍旧保留在圣经文本当中。不同的霸权意识形态都希图把圣经改造成统御人民的工具。圣经文本和圣经阐释，都构成了文化霸权斗争的场域和历史证明。

延续女性主义的思辨，1992年新、旧大陆“相遇”五百周年纪念之际，墨西哥和安第斯国家的原住民思想者也提出了自己对圣经的新的解读。有些原住民运动甚至提出否定圣经，强调圣经与文化侵略的伴生属性，要求恢复本土宗教和原住民宇宙观。有些社群则略为温和，期待从自身文化传统理解、更新基督教，让新的圣经阐释成为连接西方文化和本土文化的桥梁。在巴西北方和加勒比地区，那些西非文化色彩更浓厚的基层农民宗教组织也有类似的跨文化理解圣经的表达。换言之，20世纪60—70年代被解放神学家们认为理所当然的“人民性”(lo popular)现在需要重新界定，时代要求一种能涵纳多元主体的人民性概念。

实际上，拉美圣经研究的多元主体倾向，还越出了传统的拉丁美洲范围，影响到与之关系密切的美国西裔神学(Hispanic theology)。美国南部的几个州，由于历史上即属于墨西哥，在当下又接纳了数量庞大的拉美新移民，因而出现了文化梅斯蒂索认同或奇卡诺认同。美国天主教西裔神学研究者费尔南多·塞戈维亚（Fernando F. Segovia）撰写的《去殖民圣经研究：一种边缘视角》[1]就呼应了20世纪90年代以来拉美圣经研究的动向，结合了拉美和美国南方宗教教育领域的变化。该书总结说，女性主义批评，原住民等非西方视角实质上已造成了圣经研究的范式转换。作为一位古巴移民，作者倡导“不必贬斥自我偏狭以‘客观地’阅读圣经，而应把自我的丰富性带入与文本的对话当中”[2]。

阿根廷圣经研究学者内斯托尔·米格斯（Néstor Míguez）认为，“（圣经）经典经历了修正过程，必须放弃原先狭窄的教条，经典必须变成一种处理多种经验的富于弹性的工具。”[3]一方面，历史形成的圣经文本也包含着文化偏见，而另一方面，当今的丰富经验，已非原先单纯的“穷人”范畴所能概括。假如呼唤一种批判性的圣经阐释学，那么这种理论必须是自反性的，必须善于自我批判。在理论实践过程中，既要注意文本的复杂性和矛盾性，也要注重阐释主体的复杂性和矛盾性。在拉丁美洲的具体情境中，更新之后的圣经研究不得不引入跨文化维度；被引入的原住民视角、女性视角和族裔视角，不但不会挑战《圣经》的权威，反而让阐释“经典”的意涵更加丰富。因为阐释不仅是一种通过语言完成的思想操练，还是一种超越不义和偏见的解放实践。就这一点而言，冷战之后的拉美圣经研究超越了原先封闭的“解放的经典”，它通过自我批判，实现了对圣经内部更丰富层面的发掘，因而走向了“经典的解放”。

从“挑战之书”到“慰藉之书”

解放神学理论家米格斯·博尼诺（José Míguez Bonino，1924—

1 Fernando F. Segovia, *Decolonizing Biblical Studies: A View from the Margins*, New York: Orbis, 2000.

2 Mona Tokarek LaFosse, “Decolonizing Biblical Studies: a View From the Margins,” in *Consensus*, Vol. 29(2004), Iss. 2, Article 12.

3 Néstor O. Míguez, “Lectura latinoamericana de la Biblia: Experiencias y desafíos,” in *Cuadernos de Teología*, Vol. XX(2001), pp.77–99.

2012）的名言——“在革命情境下做神学”（haciendo teología en un contexto revolucionario），已经透露了20世纪60—70年代拉美圣经研究的基本走向。激进年代的经验，鼓励圣经读者追求更加公正的社会秩序。似乎圣经文本召唤人们去行动，而人们坚信，经文也只能在行动中充分阅读。为了完成这一指向实践的阅读，当年的许多神职人员和学者甘心忍受牢狱之灾、流亡之苦。在这种语境中，圣经被读作“挑战之书”。研读上帝之言与挑战不义的秩序，混合成了一项共同的使命。

然而，流血和牺牲实现了，人们热切希望的变革终未到来。20世纪90年代之后，作为新自由主义经济政策的试验场，从经济剥削的视角来说，拉丁美洲大众反而进入了另一段艰难岁月：公共财物私有化、贫困人口增加、社会排斥指数上升、城市暴力泛滥。全球化并未惠及拉丁美洲的边缘人群，他们反而面临着全球化带来的财富集中与权力集中的威胁。可悲的是，拉美当代社会相当比例的边缘人，正是“普通的读经人”。更糟糕的是，虽然人们容易想象世界的末日，就像好莱坞反复为我们演示的，却很难设想资本主义的终结。一种全球保守主义意识正在崛起，即便是遭受深刻压抑的人们，也难以设想变革的愿景能在一代人的时间里实现。

在这种语境中，一些圣经研究者提示我们要重新学会阅读圣经，不只让其成为鼓动斗争的“挑战之书”，还应回归圣经作为“慰藉之书”的传统，帮助人们在日常的磨难里抵抗和坚守。墨西哥女学者埃尔莎·塔梅斯的晚近之作《地平线封闭之后：重读〈传道书〉》[1]是这一动向的代表。塔梅斯1950年出生于墨西哥，在瑞士洛桑大学（University of Lausanne）获得神学博士学位，当下在拉美圣经研究的重要机构之一、哥斯达黎加拉丁美洲圣经大学任教。发表《地平线封闭之后》的时代，人们最常引用的圣经词句，已经变成了“太阳底下无新事”。但恰好在这样的时代，塔梅斯提出了重新阅读《传道书》的可能，她结合中美洲的经验，认为这一古代篇章传达了当代讯息：《传道书》书写的时代与当代近似，也是乌托邦希望均被否定的时代，经由塔梅斯的阅读，我们发现，即便在《传道书》时代，通过饮食和交谈之道，与亲人相处之

1 Elsa Tamez, *Cuando Los Horizontes Se Cierran: Relectura del libro de Eclesiastés o Qohélet*, San José: Departemento Ecuménico de Investigaciones, 1998.

乐，被压迫者也能满怀信仰，乐观地活下去，同时对差异性的未来保持开放态度。[1]《地平线封闭之后》所代表的拉美圣经研究，鼓励人们聆听那些关于处在压抑结构中，却努力寻找幸福、友谊和快乐的人的小叙事，强调如何在绝望边缘抓住希望。对这批研究者来说，"解放" 这个神学语词，在今天或许不复是一个意识形态的大词，它指涉着点点滴滴的有关人类尊严的新鲜经验。

这种小叙事倾向让圣经阅读更加开放，但也在某些神学研究的圈子里引起了焦虑。人们一方面承认认同政治给圣经提供了更为丰富的读法，但另一方面也担心圣经阅读的 "原子化倾向" 可能会破坏拉美基督教传统最重要的价值，即 "团结"（solidaridad）。"原子化倾向" 可能会减少相互承认、共同行动的可能性，便于统治阶层分而治之，甚至利用一派穷人打击另一派穷人。

为此，阿根廷神学家内斯托尔・米格斯强调，圣经研究者应认识到，全球化的市场拜物教（idolatría del mercado）、单一的发展主义和消费主义思想，是不可能通过碎片化的原住民主义、女性主义、少数族裔自己享受的传统文化及其祖先的宗教经验来抵抗的。拉丁美洲神学与圣经研究者虽然应该鼓舞人民在日常生活的痛苦中坚守，但不能逃避到自我的小世界中，因为圣经已提示我们，个人痛苦都发生在不义的大结构之中。那些后现代的小叙事，要归结到 "应许" 的大叙事里，一如圣经的做法，"面对没有牧人的多个羊群，牧人需将它们归拢到一处，引向生命之泉"。[2]

阐释圣经的过程，就是接近意义的过程。在当代拉丁美洲不公正的社会结构中，如何寻找日常生活的意义？释经者没有现成答案，于是，又一次，在焦虑和希望中，他们重返圣经叙事。

1 Elsa Tamez, *Cuando Los Horizontes Se Cierran: Relectura del libro de Eclesiastés o Qohélet*, San José: Departemento Ecuménico de Investigaciones, 1998.

2 Néstor O. Míguez, "Lectura latinoamericana de la Biblia: Experiencias y desafíos," in *Cuadernos de Teología*, Vol. XX(2001), pp.77–99.

第二编

希伯来经典学术史研究

第一章

早期现代圣经文学批评的论争

《希伯来圣经》文学史批评之滥觞可上溯到理查德·西蒙、赫尔德及其他学者的著述，但在德国学者威尔豪森发表《以色列历史绪论》以前，在圣经学研究领域尚谈不上真正的文学史分支。19世纪，首先使用"文学圣经"这一概念的乃是马修·阿诺德（M. Arnold）。[1]此后一直有学者沿用圣经文学批评方法来研究圣经。20世纪七八十年代，圣经文学批评史进入了一个新的拐点，出现了重要的范式转移。此类学者中一个极具影响力的人便是美国加州大学伯克利分校的罗伯特·奥特教授。

一、奥特的学术贡献

早在20世纪70年代，奥特便在以发表犹太学研究成果为主的《评论》（*Commentary*）杂志上发表了《圣经的文学探索》[2]和《圣经叙事》[3]等论文，较为详尽地论述了"圣经文学"及其流变。奥特指出，在圣经叙事艺术的形成中，文学扮演了至关重要的角色，但当今对圣经的文学分析方法尚处于初级阶段。此处的文学分析，指从多方面、多角度来细辨其语言的灵活运用，关注其观念、习俗、语调、语音、意象、句法、叙事视角、篇章结构以及其他各种要素。奥特将这种严格的分析等同于解读但丁诗歌、

1 Steven Weitzman, "Before and After *The Art of Biblical Narrative*," in *Prooftexts*, Vol. 27, No. 2(Spring, 2007), pp. 191–210.

2 Robert Alter, "A Literary Approach to the Bible," in *Commentary* (Dec., 1975).

3 Robert Alter, "Biblical Narrative," in *Commentary* (May, 1976).

莎士比亚戏剧与托尔斯泰小说所使用的方法，应该主要是欧美文学批评方法，而这种方法在传统圣经批评领域是缺乏的。以往学者在较为全面地考量圣经研究成果时，缺少一些文学工作者从文学批评角度的认识。[1]

20世纪70年代以来，在较为年轻的学者中从文学角度探索圣经之风日盛，但最初没有代表性的批评论著出现，更没有看到对《希伯来圣经》文学有令人满意的评论，曾经风行一时的解构主义语言学对这些圣经学者影响甚微。人们看到的是他们经常把文学理论套用到古代文本上。[2]20世纪70年代中期后，美国学者迈克尔·费施贝恩（Michael Fishbane）在《文本与结构》[3]中提出了一系列对圣经文本的有悟性的细读，但没有提出任何一种总体评论方法，且对说教的关注胜于对诗学的关注。荷兰学者福克尔曼（J. P. Fokkelman）在《〈创世记〉的叙事艺术》[4]一书中给大家提供了一些精彩的分析，如希伯来散文的规范模式及其表现主题的作用等，但也流露出过分阐释的倾向。以色列学者西蒙·巴-埃弗拉特（Simon Bar-Efrat）撰写的《圣经的叙事艺术》[5]被视为圣经叙事诗学研究领域的第一部重要专著，他在书中对某些独特情节提出了精辟的见解，恰到好处地把握了圣经叙事的一些总体原则，但美中不足的是他用大量篇幅对某些浅显问题做了过多的解释。[6]

1981年，奥特（也译为“阿尔特”）出版了《圣经叙事的艺术》单行本，[7]在该书中他运用英美文学批评方法来研读圣经，述及神授记史

1 参见罗伯特·阿尔特：《圣经叙事的艺术》，章智源译，商务印书馆，2010年，第5，18—19页。“阿尔特”一般如本书正文译为“奥特”。

2 同上，第23页。

3 Michael Fishbane, *Text and Texture*, Now York: Schocken, 1979.

4 Jan Fokkelman, *Narrative Art in Genesis: Specimens of Stylistic and Structural Analysis*, Assen/Amsterdam: van Gorcum, 1975.

5 Simon Bar-Efrat, *Narrative Art in the Bible*, Sheffield: Almond Press, 1989. 希伯来文版在1979年出版于特拉维夫。

6 参见罗伯特·阿尔特：《圣经叙事的艺术》，章智源译，商务印书馆，2010年，第23—24页。

7 Robert Alter, *The Art of Biblical Narrative*, New York: Basic Books Inc. Publishers, 1981. 又参见罗伯特·阿尔特：《圣经叙事的艺术》，章智源译，商务印书馆，2010年，第22—23页。

与虚构文学的起源、圣经的类型场景和常规手法的运用、叙述与对话、重复的技巧、人物塑造与含蓄艺术等诸多方面。后来，奥特又与克莫德(Frank Kermode)共同编写出版了《圣经文学指南》[1]，发掘圣经这部被许多人当作人生指南之作品的文学艺术价值，内容包括精心策划、暗示、歧义、声音、对话、重复所产生的声音和效果。

奥特在越来越多的学者认为圣经文本不连贯却具有内在张力之际强调圣经文本的连贯性与整体性。当许多学者把目光集中在读者身上以及读者如何把意义强加于文本之上时，他认为圣经作者与编撰者掌握并控制着圣经文本的意义。奥特的著作一度在销量、被关注度和引用率方面非常突出。当时做圣经文学研究的学者不止奥特一人，以色列学者斯腾伯格和佩里的著作也极具突破性。[2]奥特承认斯腾伯格、佩里与奥尔巴赫是其前辈，他们的行文优雅得体，具备学术著作与流行作品的共同优点。奥特在《圣经的文学探索》一文中，称奥尔巴赫在《摹仿论》的第一章中把《创世记》和《奥德赛》的逼真描绘的对称模式进行了详细比较，认为奥尔巴赫比以往任何学者都更清楚地揭示出含蓄而简洁的圣经叙事是怎样一种深奥且非原始的艺术。当然在奥特看来，奥尔巴赫的这种卓见得益于他敏锐的批评本能，而非依靠对圣经文学形式之特点的实在分析。而在就圣经叙事进行诗性分析时，有两位以色列学者超过了奥尔巴赫，其分析本身也非常鲜明透彻，[3]而他们在解读圣经时所具有的严密性和敏锐性，有力地支持了他们关于把圣经视为文学作品是对其进行文学研究之唯一出路的断言。

二、库格尔、列文森等人与奥特的论争

奥特的圣经研究可被视为反对传统理论的一种尝试，在学界引起

1 Robert Alter, ed., *The Literary Guide to the Bible*, Boston: Belknap Press, 1990.

2 Meir Sternberg, *The Poetics of Biblical Narrative*, Bloomington: Indiana University Press, 1985; Menahem Perry, Meir Sternberg, "The King Through Ironic Eyes," in *Poetics Today* Vol. 7, No. 2, 1986.

3 罗伯特·阿尔特:《圣经叙事的艺术》，章智源译，商务印书馆，2010年，第25—26页。

强烈反响，从一开始就有许多反对者。早在奥特的《圣经叙事的艺术》问世之前，哈佛大学教授库格尔就撰写了《论圣经与文学批评》的长文，断言说"圣经文学"研究方法从一开始就注定要失败，因为它基于一种错误的假定。

库格尔认为，圣经自希腊、罗马时期始便被当作文学作品来阅读，作为文学的圣经在某种程度上根据的是世俗文本标准，比如说是根据古典修辞的转义与形象、荷马与赫西俄德充满寓意的所指、史诗与抒情诗的六韵步和三音步诗行等标准来阅读与阐释的，它们与释经学一样古老，并受到希腊文学价值的影响。但是，现代圣经批评，按照库格尔的观点，始于16世纪，而不是始于18世纪，此时把圣经当作文学作品阅读，实际上就等于把它当作"人的文本"(human text)来阅读，将其视为与圣典相对的文学看待。他因此认为奥特在其著作中所使用的"作为文学的圣经"是一个草率并具有误导性的术语，在阅读那些指向正义的题目时尤其是这样，因为圣经在许多重要方面不是文学的。[1]

二人的主要分歧点在于：奥特声称自己为圣经研究引入了新的东西。库格尔则采用历史主义的方法批评奥特，认为圣经的文学研究没有价值。库格尔论证说，把圣经当作文学作品来阅读的问题在于，他们在对圣经进行文学类型分类（诗歌、戏剧等）并作审美评判（歧义、反讽）时，依据的是他们所处时代的标准，这与圣经时期的文化发生了偏离。在库格尔看来，圣经话语的特征可在某种程度上通过学者来理解（否则我们岂能知道对圣经进行文学类型分类不适合圣经证据本身），但是他论证说，文学研究凭借寻找动词的句型，互文联系，圣经文本中并不存在、也没有表达出来的人物动机，会在不知不觉中曲解圣经证据，使得圣经话语的本质含混不清，不能被阐明。库格尔本人主张做历史的阅读，以便找出圣经的真正内涵与文学批评家想象之间的差异。[2]

库格尔的批评中蕴含着当时流行的读者反应批评理论的观点，但他主要还是受柴尔兹的影响。柴尔兹在评注《出埃及记》时曾经引入

1 James Kugel, "On the Bible and Literary Criticism," in *Prooftexts*, Vol. 1, No. 3 (Sep., 1981), pp.217–219.

2 Steven Weitzman, "Before and After *The Art of Biblical Narrative*," in *Prooftexts*, Vol. 27, No. 2(Spring, 2007), p.197.

了“临危的”(pre critical)圣经阐释,并将其与现代批评解经学的洞见结合在了一起。

当时在印第安纳大学执教、后加盟哈佛大学神学院的圣经学者列文森(Jon Levenson)教授也撰写书评,对奥特的《圣经叙事的艺术》一书做了一分为二的评价。列文森认为:奥特试图填补传统《希伯来圣经》研究在语文学、历史学和神学研究之间的空白,而文学便是其采取的恰当立场,但这种“文学”显然与英语文学,尤其是新批评的意义密切相关。奥特的关注点集中在“巧妙地使用语言,集中在变化多端地玩味观念、习俗、格调、声音、意象、句法、叙事视角,以及创作单位等”方面。几乎在每个文本的讨论中,均充斥着他富有才华的洞见,即使讨论大家所熟悉的文本,都让人耳目一新。例证之一便是对《创世记》第38章第1节关于犹大与塔玛故事的讨论。与传统上“该叙事乃完全独立单位”之说相悖,奥特表明,它实际上概括、隐约预示或者提升了前一章(贩卖约瑟)以及后一章(波提乏妻子求欢)的主题。奥特发展了拉比解经提供的线索,解释了诸如失和、欺骗、丧亲、相认、性诱惑等主题,以此证明三章之间的内在关联。可见,《圣经叙事的艺术》一书的巨大价值不只在于表达了奥特自己的观点,而且在于将犹太解经学洞见与当代以色列学术研究加以调和,而二者依然不在多数圣经学者的知识范围之内。可是在历史研究,包括创作史方面,奥特则显得十分幼稚。

列文森认为奥特在很多情况下使用的是过时的研究方法,没有了解或者没有站在20世纪七八十年代圣经文学研究的前沿。在列文森看来,罗伯特 · 奥特并没有满足于正典文本的文学翻译,而是把其洞见理解为陈述文本创作史的基础,甚至是圣经时代以色列人的世界观,他在这里未得其所。这令人不免怀疑奥特没有意识到近年来的学术研究已经从古代近东世界的资料来源,甚至从被他视为带有推测与愚钝色彩、颇具文献分析特征的希伯来资料来源中发展了实证检验。更可悲的是,奥特在书中某些地方不但接受了文献假说,而且还提供了富有洞察力的“复合艺术技巧”一章(第7章)。另外,奥特的“异教信仰”在很大程度上借鉴了叶海兹凯尔 · 考夫曼以及各种持有异议的新正统神学家提供的过了时的漫画手法,而不是借鉴新近由奥布赖克森、罗伯茨(J. J. M. Roberts)以及萨克斯(H. W. F. Saggs)等学者进行的亚述学讨论，这些人对推翻“以色列意识是历史的，而其周边国家的意识是神话的”这一论断贡献很大。最后，奥特确实提出了一个重要问题，声称《希伯来圣经》中的历史散文化小说显示出古代以色列的一种新历史意识。至少，对那些运用比较方法提出以色列与古代近东其他地方具有相似性的人们，或者对否认在文类领域以色列确实与众不同的人而言，其理论是一种挑战。但是奥特没有看到，人不能如此轻易地从一种类型，尤其是从在文化上与众不同的类型中提炼出一种世界观，被称作标准文本中的一种来源的神学不能被假定为表示任何时代任何来源的神学。不注意奥特回避甚至小看的某种来源批评与年代，圣经学术研究将会退化到落伍了的文学同质（anachronistic homogenization of the literature）这一危险境地，无论这研究是否具有护教作用，它在现代世界里也仍然站不住脚。此外，在圣经的以色列一神教问题的讨论上，奥特也没有跟上时代的步伐。

然而，多数人反对奥特作为作家与读者的书写方式，但没有否认以他的方式来阅读圣经的技巧。荷兰文化学者、神学家巴尔（Mieke Bal）认为奥特对圣经艺术的描述有趣而有用，不过挑剔说他没有致力于意识形态批评，没有探讨性别构成圣经诗学的方式，比如对《底波拉之歌》的分析，等等。以色列学者格林伯格在《现代犹太研究能拥有犹太特性吗？》一文中，[1]盛赞此类犹太学者接触现代圣经批评方法与发现，且拥有使命感。作者意识到历史语境的阅读与宗教阅读之间的张力，但在文学研究中找到了把二者结合起来的方法。还有一些评论家认为奥特所做的努力在文化史的某一特定时期具有巨大的影响力，从此，从文学角度来审视圣经几乎成了一种自觉的行为。[2]

三、柏林为圣经文学批评的辩护及其研究实践

参与圣经文学批评讨论的还有马里兰大学的圣经学者，曾任圣经

1 格林伯格的这篇文章见Steven Weitzman, “Before and After *The Art of Biblical Narrative*,” in *Prooftexts*, Vol. 27, No. 2(Spring, 2007), p.192。

2 Steven Weitzman, “Before and After *The Art of Biblical Narrative*,” in *Prooftexts*, Vol. 27, No. 2(Spring, 2007), p.202.

文学学会主席的阿黛拉·柏林教授。柏林教授认为库格尔的论文不仅关涉到时下圣经批评正确与否的问题，而且间接地牵连到圣经阐释的所有范式。她本人愿意就库格尔提出的发人深省的问题做进一步讨论。柏林认为库格尔把圣经等同于美国宪法、《美国历史》等非文学文献是不公平的，认为这是一种两极分化的比较方式。有些历史书和宣言可以归于文学范畴，但有些不能。林肯的葛底斯堡演说、拉封丹寓言、阿哈德·哈阿姆论文以及冰岛传奇似乎更能与圣经建立一种类比关系。圣经之所以可被称为文学作品，是因为它具有纯熟的文字表达和引人入胜的思想。这当然不是库格尔想让大家认定的一种"幼稚的记录"。对库格尔来说，圣经就是圣典，仿佛与文学相对。在圣经阐释问题上，柏林认为库格尔援引了不同时代对圣经文本的各种文学特征所作的认知，追溯了圣经音韵史，并且认为现代圣经批评与米德拉西（即犹太解经）具有相似性。对此柏林并不反对，但在她看来，现代圣经批评并非对犹太解经有意回归，以此来抗衡将圣经视为剪贴簿的来源批评。柏林认为，人们可以用现代批评方法作工具来发掘古代文学能力，但需要与语文学、抄写实践、古代近东历史、文学等方面的知识相称，所有这些应一并归入现代圣经批评范畴之内。这种方法将较为古老的文学批评学派之优长与较为新颖的比较文学洞见结合起来，其目的并非把圣经变成符合当代批评标准的杰作，而是要由理想的读者重构对其文本的认识。柏林认为：库格尔强调人是时代的产物，具有认知的局限，从这个意义上说，圣经将会是一部封闭的书，与人的理解会产生距离。库格尔的观点只是部分正确。因为圣经与其他知识领域一样，每一代人都在前人的基础上超越前人，吐故纳新。尽管在每个时代人们不能完全理解圣经，但可以逐渐接近这一目标。[1]

库格尔专门撰文回应柏林。他一方面同意柏林所说的圣经中充满了富有艺术感的语言表达以及引人注目的思想，但强调圣经中包含了不同类型的文本，其中一些比另一些更接近我们所说的文学。在圣经的文学性与非文学性问题上，库格尔认为自己的文章提出了双重论证：一是如今所谓的圣经文学批评经常论及圣经文本中的类型、形式与文

1 Adele Berlin, "On the *Bible* as Literature," in *Prooftexts*, Vol. 2, No.3 (Sep., 1982), pp.323–327.

学传统等理念，与圣经创造的世界完全不相称。二是运用文学分析工具来研读圣经并非一种中立行为，关于这些文本特征与目的的说法，有些至少在某种情况下与文本创作环境不相称。其文章本意并非要从把圣经当作世俗文本回归到把圣经当作宗教文本，而柏林误解了其意图。而把《五经》中的律法部分比作美国宪法，把《以赛亚书》《耶利米书》比作现代训诫并非有失公允。[1]

柏林教授在长文《圣经文学的文学进路》[2]中，从比较文学、文学理论与文学批评的影响，以及阐释与阐释史几个方面探讨了圣经研究进程。她追溯了希腊罗马的早期圣经阐释，说因为其过于强调希腊模式，所以将这种模式运用于圣经研究时让人感到可怕，因为圣经研究并非总遵循希腊标准。20世纪，对圣经审美优越性的赞美有所减退。在柏林看来，奥尔巴赫的《摹仿论》代表着对圣经所作的现代文学研究的最高水准。奥尔巴赫的研究可以被视为圣经叙事诗学研究的开端，但这一研究的真正出现是在数十年以后，当时被称作叙事学的方法（对叙事结构与运行的研究）在文学研究者当中比较流行，并被熟练掌握这种方法的学者（以罗伯特·奥特和梅厄·斯腾伯格为代表）运用于圣经研究。她选取《创世记》第34章底拿的故事作为个案研究，认为对于这个故事所做的文学阐释的演进显示了《圣经》文学研究的发展进程。在对这个故事的文本意义进行探讨时，她又引进了斯腾伯格和费维尔、古恩的论争。在柏林看来，斯腾伯格与费维尔、古恩二人之间的差异，标志着现代主义与后现代主义的分水岭。

《检验文本》等杂志在圣经研究领域起到了重要的作用，它是一份重要的犹太文学学术研究期刊，1981年在印第安纳大学创刊。在1981年的创刊号上，它登载了费施贝恩、格林斯坦（Edward Greenstein）、库格尔三人的三篇重要论文与评论。该杂志既有意弘扬圣经文学研究，又显示出这种弘扬具有一定的偶然性。说其"有意"，正像杂志奠基人之一的格林斯坦所说，这份杂志除了试图把圣经包括在犹太历史中之外，

1 James Kugel, "James Kugel Responds," in *Prooftexts*, Vol. 3, No. 1 (Jan., 1983), pp.328–331.

2 阿黛拉·柏林：《圣经文学的文学进路》，钟志清译，见《希伯来经典研究文集》，钟志清编选，译林出版社，2019年。

还试图塑造一种学术话语的文学模式，不同于当时干巴巴的技术修辞研究；说其"偶然"，是因为这份杂志中出现的文章并非为某个专门的题目所写，而是在对圣经进行年代顺序研究时的副产品，他们的卓越的分析超出了编辑的期待。这份杂志提供了一个平台，犹太圣经学者可以在上面进行圣经研究、文学研究和犹太研究的讨论。大约二十五年后，杂志变得"强大"起来。格林斯坦1989年离开编委会这件事，成为杂志与圣经关系的转折点。编委会的魏茨曼先生（Steven Weitzman）也是一位圣经学者，他对历史语境和后圣经时期的文学比较关注，不像奥特和斯腾伯格那样关注圣经的文本特征。

第二章 圣经阐释与文学理论

首先应该强调的是，这里所谈的不是一般意义上的圣经阐释，而是犹太人的圣经阐释传统，即米德拉西传统。

最近数十年，在文学研究界，尤其是欧美文学理论界常常出现米德拉西（Midrash）这一词语。米德拉西的希伯来文原文为“מִדְרָשׁ”，意为“追求”与“寻求”。在犹太教传统中，米德拉西最初是犹太圣经诠释学中的释经方法，尤指对书面《托拉》与口头《托拉》（律法书）的解释与评注，又在拉比时代与中世纪有所发展，囊括了犹太拉比文学（阿格达，Aggadah）与从《托拉》中抽离出来的犹太宗教律法（哈拉哈，Halakha）的解释与评注。其目的在于运用拉比诠释学与语文学原则对阅读圣经时所遇到的困难处加以解释，进而被一些学者视为一种文类。[1]与之相对，哈佛大学詹姆斯·库格尔教授虽然说米德拉西既指阐释活动，又指阐释的结果，但并不认为米德拉西是一种文类，而是将其视为一种阐释的立场。[2]在中国语境中，我想在意义上把米德拉西理解为犹太圣经阐释更为合适。

米德拉西文本卷帙浩繁，有几十册之多，形成丰富的学术传统。它对圣经的阐释不仅仅局限于研习，而且要追求言外之意，对经文进行发挥性解释。米德拉西除原文外，还包括注疏，将各类资料合并起来进行评注，解释；还有一些地方直接用圣经中的原文作为引证，或者加上学者所说明的含义，所讲的故事，还有叙事文学资料，性质颇为复杂。

1 参见浦安迪在中国社会科学院外国文学研究所的演讲《米德拉西与文学理论》。

2 James Kugel, “Two Introductions to Midrash,” in Geoffrey H. Hartman, Sanford Budick, eds., *Midrash and Literature*, New Haven: Yale University, 1986, p.91.

在犹太传统中，米德拉西与在拉比文学中占据重要地位的《塔木德》相比，长期处于边缘状态，人们只是出于语文学或者神学的兴趣才去研习米德拉西。第一位尝试对米德拉西方法进行批评性审视的现代学者是德国的伊扎克·海涅曼（Isaac Heinemann）。海涅曼提出了“创造的语文学”与“创造的历史学”术语来描述米德拉西的特征。按照海涅曼的观点，这两种范畴代表着前理性、原始的思维方式的两个方面，比较像古代神话和通俗的民间文学，而不像现代哲学与科学话语。[1]在海涅曼看来，拉比们与现代历史学家与语文学家怀有同样的兴趣——了解过去与了解文本，但他们在理解这些内容时采取的是一种诗人的想象方式，做法不像具有反思与批评意识的学者，这其实是受到了19世纪末期与20世纪初期象征主义、关于人的创造力的理念与文学表达观念的影响。[2]

自从20世纪80年代以来，米德拉西的境遇发生了转变。变化的主要动力来自米德拉西与当代文学研究理论的相遇，这些当代文学研究理论包括结构主义、符号学、解构主义、文化研究，的确是几乎所有的风靡一时而又很快退去的后现代主义文学范式。在理论的冲击下，米德拉西经历了一场名副其实的巨变。与此同时，米德拉西在以前它从未出现于其中的较为广大的思想界，尤其是在文学界广为流传，成为人们的“热门”话题。[3]

从圣经学术史上看，长期以来，欧美学界注重讨论基督教对西方文学与文化的影响，而关注古代犹太解经学与现代文学创作及文学批评的关系确实是一种新现象。究其原因，按照哈佛大学斯特恩教授的分析：部分是后结构主义文学圈对米德拉西产生了新的好奇，部分是希伯来文学研究学科内部的发展，米德拉西本身被视为文学，米德拉西再次承担了犹太评注的一种范式，其历史受到学者们的关注。同时，美国的大学也经历着一种新的变化，学科壁垒被打破，注意力从“高雅”文

1 David Stern, *Parables in Midrash: Narrative and Exegesis in Rabbinic Literature*, Cambridge: Harvard University Press, 1991, p.43.

2 Ibid., pp.43–44.

3 David Stern, *Midrash and Theory: Ancient Jewish Exegesis and Contemporary Literary Studies*, Illinois：Northwestern University, 1997, p.1.

化中心——男人、白种人、古典的、基督徒，向女权主义者、少数族裔、“地位低下的”、“通俗的”这些以前只居于学术研究边缘的各种“他者”转移；也许更为突出的是新的批评理论的出现。米德拉西的逾矩(transgressive)特征——带着冷静跨越文本与评注界限——当然是米德拉西在后结构主义理论家那里显示强大魅力的原因。[1]但即便如此，米德拉西还是被当作诠释学，当作一种解经的活动，对米德拉西话语本身，比如米德拉西的文学语言、修辞、诗学形式，米德拉西的解经学范式感兴趣的人寥寥无几。[2]

早在1982年，美国马里兰大学女学者苏珊·韩德尔曼(Susan Handelman)在具有开创性的专著《摩西的杀手：现代文学理论中拉比阐释的出现》[3]中，提出现代思想结构与科学范式的基础是希腊的抽象思想范式与拉比阐释传统，较为全面地论证了犹太宗教思想对当代文学理论的影响。在韩德尔曼看来，犹太解经学经由弗洛伊德、拉康、德里达和布鲁姆等现代思想家而复活；但犹太学者大卫·斯特恩却认为，韩德尔曼并未富有说服力地证明她所探讨的作家深受拉比阐释范式的影响。[4]

进一步在犹太人的圣经阐释与现代文艺理论之间建立关联的文学理论家乃是20世纪80年代美国耶鲁大学的几位犹太学者，包括杰弗里·哈特曼、哈罗得·布鲁姆等。他们在耶路撒冷希伯来大学文学研究中心举办研讨班，并由杰弗里·哈特曼与布迪克(Sanford Budick)编辑出版了《米德拉西与文学》一书，里面收入了十二位美国与以色列一流犹太研究学者，包括德里达、库格尔、费希、斯特恩、谢克德等的论文，从理论与实践方面论及犹太解经学与现代文学理论的关系。从某种意

1 David Stern, *Midrash and Theory: Ancient Jewish Exegesis and Contemporary Literary Studies*, Illinois: Northwestern University Press, 1997, p.4.

2 David Stern, *Parables in Midrash: Narrative and Exegesis in Rabbinic Literature*, Cambridge: Harvard University Press, 1991.

3 Susan Handelman, *The Slayers of Moses: The Emergence of Rabbinic Interpretation in Modern Literary Theory*, Albany: State University of New York Press, 1982.

4 David Stern, "Moses-cide: Midrash and Contemporary Literary Criticism," in *Prooftexts*, Vol. 4, No. 2 (May, 1984), p.199.

义上说，米德拉西为文学诠释提供了一个制高点，由此可以看到现代阶段的文学阐释只是冰山一隅。诚如哈特曼所论证的那样：批评将“复原”其本身，通过增强我们对创造性释经（exegesis）可能性的认识，不可估量地丰富我们的文本想象。[1]典型的米德拉西偏好多重阐释，而不是追寻文本背后的唯一真理；它拥有无法抗拒的欲望来梳理圣经的细微差异，而不是运用阐释而将其叫停；特别是米德拉西话语混淆文本与评注的方式，模糊了二者的界限与差异，恰恰在释经与文学之间那没有人烟的灰色地带活跃起来——所有这些特征，即以前表现出的（至少从迈蒙尼德时期）米德拉西最成问题、最不合理的方面，如今成为其最迷人、最引人入胜的特征。[2]

哈特曼认为文学理论与米德拉西具有相似性，当然相似性并不等于完全同一，但考察米德拉西与批评现象的这种相似性也许更能切近同一，使之更有机会站在外部的阐释环境之中，更好地对其定位或者修正。[3]在他看来，米德拉西是拥有自我规则和历史发展的一种话语，我们不能假设它的唯一作用就是解经，文学批评与米德拉西交融在一起，以至于难以将其区分。[4]如今最为重要的是，我们需要提醒世俗文学的研究者关注那些奇特的拉比间的对话，长期以来因为人们偏爱更加客观和系统的阅读方式，这些对话往往被轻视。再者，对于任何仍然保持鲜活的文本，我们都需要给予关注、增补评论。[5]这样一来，便可允许在现代文化中为富有活力的米德拉西找到正确的位置。[6]而这个努力一旦成功，便可以把希伯来传统融入希腊传统之中，从此解决阿诺德所指的两者之间的永恒对立。而在现代犹太学的创始人聪茨（Leopold Zunz）眼

1 David Stern, *Midrash and Theory: Ancient Jewish Exegesis and Contemporary Literary Studies*, Illinois: Northwestern University Press, 1997, p.1.

2 Ibid., p.3.

3 Beth Sharon Ash, “Jewish Hermeneutics and Contemporary Theories of Textuality: Hartman, Bloom,and Derrida,” in *Modern Philology*, Vol.85, No.1(1987), p.67.

4 Geoffrey H. Hartman, Sanford Budick, eds., *Midrash and Literature*, New Haven: Yale University, 1986, p.12.

5 Ibid., p.x.

6 Ibid.

中，西方传统中的伟大诗人证明了在集体文学想象中存在着米德拉西，但是权威的阐释者——无论在教会还是在大学，对其影响视而不见，忽略作为学科的米德拉西，误解甚至滥用西方文化中的希伯来文化元素。[1]

而深入涉猎中国文化传统的犹太汉学家浦安迪教授，在解释其与米德拉西的关联时则显得更有说服力。浦安迪认为，从形式上看，米德拉西的做法十分特别，在每章开头援引句子或段落，这些起句与段落同圣经题目无关，有点类似中国古典文学的赋、比、兴传统中的兴。这样说来，米德拉西在联想上与文学理论建立了关联。这种联想可能是内容上的联想，也可能是在语言上引起联想，有时会有跳跃情况的出现。从美学角度看，跳跃可能是一个缺点，但在现代文学理论中则是一个特别重要的优点。

浦安迪还提出米德拉西可以理解为一种读法，一种方法论；读法起源于古罗马帝国时期，而十三种读法最为有名。浦安迪认为，在米德拉西原文中常有语言游戏、双关语，类似中国古文中的拆字法。他从多义性、连锁、文与评的区别等角度把对米德拉西的解释引入对现代文学理论的讨论，认为米德拉西的上述特征实际上与西方古典美学有相悖之处。亚里士多德主张同一性，而多义则违背了同一的原则。现代文学理论本身不太讲同一，而是追寻模棱两可、不确定性与反讽倾向。现代知识界具有的一个明显倾向便是追求更高的理想境界，美学理论也是如此，现代理论中提到的陌生化，应该是美学所追求的高层境界。

总体上看，西方学界一般从两大方面探讨二者的关系：一是米德拉西对文学理论具有多大的冲击与影响，二是当代文学理论能对米德拉西有何推进。

哈特曼试图把米德拉西引入文学理论，首先是因为米德拉西具有特别的阐释规则，追求文本意义的开放、多元与模糊，这样可以为读者提供更大的理解空间。其次是因为，如上文浦安迪所言，米德拉西所拥有的游戏、双关特征，可以为现代批评注入一种活力。[2]

1 Geoffrey H. Hartman, Sanford Budick, eds., *Midrash and Literature*, New Haven: Yale University, 1986, p.x.

2 王凤在《作为密德拉什的批评：杰弗里·哈特曼与犹太释经传统》一文中，也谈到米德拉西的这种活力。见《外国文学批评》2012年第3期。这里的“密德拉什”即“米德拉西”。

现代批评家往往将米德拉西与后结构主义相提并论。哈特曼认为罗兰 · 巴特的《雅各与天使摔跤》(《创世记》32：23–33的叙事结构分析)是除奥尔巴赫《摹仿论》相关章节外对圣经故事所作的最佳现代评论。在文中，巴特引用了普洛普功能的第15至19条，包括从一地到另一地的危险之旅，主人公与恶棍的搏斗，败坏主人公的名声或奖赏给他某一特殊的礼物，主人公的胜利，等等。相关的故事，如难以通过的渡口被恶灵守卫，也表明了雅各的搏斗与民间故事有着相同的结构。但是相同点并未吸引巴特的注意，这则故事令其感兴趣的“不是‘民间故事’模式，而是生硬的冲突、间断、可读性的不连续、叙述实体的并置在某种程度上似乎脱离了清晰的逻辑表达。这里似乎在解决某种转喻的剪辑组合(至少对于我来说是阅读的一大乐趣)：主题(渡口、搏斗、命名、饮食礼仪)被组合了起来，而不是一步步得到‘展开’”。这样一来，巴特让我们保持对这则圣经故事的意义理解完全开放，通过强调无连接词和转喻的逻辑扰乱所指，使故事的“散播，而非事实”成为可能，进而维持了文本意义的开放性。[1]

米德拉西不同于基督教的释经学。首先，两大派别所依据的圣经版本不同。米德拉西依靠希伯来文《托拉》，而基督教释经主要以拉丁文武加大版圣经为依据。其次，拉比们对口传律法，或者圣经评注，或者评注之评注加以评注，因此上帝之言与人的理解相互交织，难以分辨，因此拉比们认为圣经及其阐释乃是启示的两个方面，而不是像基督教那样把上帝视为一种精神存在。[2]

但若借用米德拉西方式来诠释现代文本也面临着巨大的挑战。首先，米德拉西毕竟是犹太传统内部的一种解经范式，若用其阐释世俗文本，其自由度当受到很多局限，也不可能完全适合。它所倡导的真实(truth)标准，与许多现代理论格格不入。其次，如果试图从米德拉西理论中寻找一种阐释系统以代替自古以来统治西方文学、文化的“逻格斯中心主义”的诠释传统，势必会在拉比阐释学中掺入其他文化的元素。

---

1 参见梁工:《当代文学理论与圣经批评》,人民出版社,2014年,第18页。

2 Beth Sharon Ash, “Jewish Hermeneutics and Contemporary Theories of Textuality: Hartman, Bloom, and Derrida,” in *Modern Philology*, Vol. 85, No. 1 (Aug., 1987), pp.65–80.

第三章 不同文化背景下的《雅歌》读法

在《希伯来圣经》中,《雅歌》是最为短小的书卷之一,全书只有8章,117节,但就是这短短的一卷书,却因内容极其复杂得到了历来解经学家与学者最为广泛的阐释。[1]近三年来,欧美仍有重要的《雅歌》研究著述面世,其中包括芝加哥大学圣经学者迈克尔·费施贝恩(Michael Fishbane)教授的新著《〈雅歌〉评注》(2015),舍尔曼拉比(Rabbi Nosson Scherman)等编辑、重新编排的《〈雅歌〉新译加选自〈塔木德〉评注,米德拉西和拉比来源评注》(2015),罗伯特·威廉姆森(Robert Williamson)的《圣经中被遗忘的〈雅歌〉:重新发现"五小卷"》(2018),哈佛大学列文森(Jon Levenson)教授的专著《上帝之爱》(2016),威斯康星-麦迪逊大学荣休教授福克斯(Michael V. Fox)应德国一家出版社之邀谈论自己三十年前发表的《〈雅歌〉与古代埃及爱情诗歌》的同书名文章(2016),[2]足见《雅歌》这部产生于遥远古代的作品

1 David Stern, "Ancient Jewish Interpretation of the *Song of Songs* in a Comparative Context," in *Jewish Biblical Interpretation and Cultural Exchange*, eds., Natalle B. Dohrmann, David Stern, Philadelphia: University of Pennsylvania Press, 2008. p.82.

2 Michael Fishbane, *The JPS Bible Commentary: Song of Songs*, Philadelphia: The Jewish Publication Society; Rabbi Nosson Scherman and Rabbi Meir Zlotowitz, *Shir Hashirim: A New Translation with a Commentary Anthologized From Talmudic, Midrashic and Rabbinic Sources*, New York: Mesorah Publications, ltd, 2015; Robert Williamson Jr., *The Forgotten Books of the Bible: Recovering the Five Scrolls for Today*, Monopoly: Fortress Press, 2018; Jon D. Levenson, *The Love of God*, New Jersey: Princeton University Press; Michael V. Fox, "Rereading *The Song of Songs and the Ancient Egyptian Love Songs* Thirty Years Later," in *Die Welt des Orients*, Bd. 46, H. 1, *The Song of Songs and Ancient Egyptian Love Poetry* (2016), pp.8–21.

仍旧在当代世界引起回响。

在《雅歌》的所有读法中，有两种解读最具有代表性。一是把《雅歌》当作纯粹的抒情歌集来读，认为其表达出男女相爱的主题。二是认为《雅歌》超越了男女之爱的主题模式，在犹太传统中表达上帝与以色列人的契约关系；在基督教传统中，则表现为基督与教会之间的关系。

一、阅读《雅歌》的一些基本问题

中国大陆通行的圣经和合本《新旧约全书》，沿袭了基督教传统，把《雅歌》置于《箴言》与《传道书》之后。犹太人使用的《希伯来圣经》(即《旧约》)把《雅歌》收在第三部分“圣著类”作品当中，位于《约伯记》与《路得记》之间，在拉比传统中，《雅歌》与《路得记》《以斯帖记》《传道书》《耶利米哀歌》被列为五小卷。但中国学界对犹太文化语境中的《雅歌》读法关注尚少。

《雅歌》的希伯来文原文为שִׁיר הַשִּׁירִים(Shir Hashirim，英文为*Song of Songs*)，意为“歌中之歌”。《雅歌》亦被称作“所罗门之歌”，此说法的依据是《希伯来圣经·雅歌》第1章第1节：

שִׁיר הַשִּׁירִים, אֲשֶׁר לִשְׁלֹמֹה

其确切的英文译文应该是，*The Song of Songs, Which Is Soloman's*。中文和合本将其译作：“所罗门的歌，是歌中的雅歌。”这样的表述方式引发了一个阐释传统的形成，即哈佛大学库根教授所说的《雅歌》属于所罗门王，[1]换言之，《雅歌》的作者是所罗门王。当然之所以形成这一传统还有其他原因：一方面是所罗门王写有一千多首歌和三千多首箴言。[2]另一方面也是因为相传所罗门王拥有庞大的后宫，如《列王纪》中曾有“所罗门有妃七百，都是公主；还有嫔三百”

1 Michael D. Coogan, *The Old Testament: A Historical and Literary Introduction to the Hebrew Scripture*, New York, Oxford: Oxford University Press, 2011, p.487.

2《列王纪(上)》第4章第32节在谈论所罗门智慧时曾写道：“他作箴言三千句，诗歌一千零五首。”

之句。[1]

尽管所罗门之名在《雅歌》中曾经数次出现，但根据上下文推论：《雅歌》中的男性恋人应该不是所罗门王，他不过是男说话人偶尔提起的一个人物，如"所罗门王用黎巴嫩木为自己制造一顶花轿"（《雅歌》3∶11），"所罗门在巴力哈们有一葡萄园，他将这葡萄园交给看守的人，为其中的果子，必交一千舍客勒银子。我自己的葡萄园在我面前"（《雅歌》8∶11—12）。加之，文中的一些词语出现在约公元前10世纪所罗门王生活的年代之后，[2]因此所罗门不可能是《雅歌》的作者。以色列女学者布伦纳（Athalya Brenner）甚至提出：《雅歌》中的一些爱情诗，尤其是以女性视角写作的爱情诗是否有可能出自女作者之手？[3]

作者的不确定，也造成《雅歌》本身在成书年代上的不可考。学者们尽管多方论证《雅歌》的成书年代，但基本上找不到十分可信并强有力的支撑，这一点可参见中文研究者引用相对较多的墨菲等人的《〈雅歌〉评注》。[4]

《雅歌》主要由诗体对话组成，其对话者主要是一对年轻恋人，偶尔是其他人，比如说女子的陪伴者，或曰"朋友"，及其兄弟。从内容上看，《雅歌》主要写的是一个年轻女子与她所倾心的恋人之间的相互欣赏、赞美、思念、期待、渴望、寻找、追寻与爱欲，既充满着相思的痛苦，又洋溢着两情相悦的欢乐。

尽管《雅歌》既表达了对忠贞爱情的赞颂，如《雅歌》第8章第6—7节，"爱情如死之坚强，嫉恨如阴间之残忍。所发的光是火焰的光，是耶和华的烈焰。爱情，众水不能熄灭，大水也不能淹没，若有人将家中所有的财宝要换爱情，就全被藐视"，又用词优美，意象鲜活而充满生机，富有诗情画意，但仅仅表达男女之爱的作品是不可能被收入犹太教经典圣经之中，并在逾越节等重要场合加以吟唱的，这就造成了《雅歌》

1 Michael D. Coogan, *The Old Testament: A Historical and Literary Introduction to the Hebrew Scripture*, New York, Oxford: Oxford University Press, 2011, p.487.

2 Ibid.

3 Athalya Brenner, ed. *The Song of Songs*, Sheffield: Academic Press, 1993, pp.87–88.

4 Roland E. Murphy, O. Carm, *The Song of Songs: A Commentary on the Book of Canticles or The Song of Songs*, Minneapolis: Fortress Press, 1990, pp.1–5.

阅读的复杂性。进一步说,如何阅读并阐释这部作品,也是现代读者颇为感兴趣,但又时时感到困惑的一个话题。

二、犹太传统中的《雅歌》读法

尽管犹太世界的《雅歌》阐释与批评拥有颇为久远的传统,但《雅歌》阐释源于何时并不清晰。[1]而就阐释倾向而言,费施贝恩在他2015年那部具有影响力的JPS版《〈雅歌〉评注》中曾概括拉比阐释《雅歌》的两种传统:第一种以直截了当的方式来理解《雅歌》,认为其充满了性爱力量;第二种反映出一种颇为节制的阐释倾向(但加进了神学色彩),并在内容上加以精神重塑。[2]这两种拉比传统显示出如何将系列爱情抒情诗重塑为带有宗教色彩的歌集,并且进入犹太民族圣典之中。

按费施贝恩的说法,"最初",一些权威机构决定把《雅歌》《箴言》《传道书》(相传均为所罗门的书)从公共使用中"撤除",是因为这些东西只是箴言(parables),[3]不值得放入圣著当中。这一要求据说非常盛行,直到"希西家的人"来,以某种可以使之回到公共领域的方式对其进行解释。尤其是针对其中一些描写大胆欲望的内容,他们认为应该找一个适度的方式加以解释,赋予其新的寓意,使之符合圣经权威机构的期待,并能在公共领域中得以运用。[4]

文献记载可以追溯到公元100年在亚尼亚(Jamnia,即亚夫乃)召开的犹太教大会。当时,拉比们就《雅歌》和《传道书》能否进入圣经

1 David Stern, "Ancient Jewish Interpretation of *The Song of Songs* in a Comparative Context," in *Jewish Biblical Interpretation and Cultural Exchange*, eds., Natalle B. Dohrmann, David Stern, Philadelphia: University of Pennsylvania Press, 2008. p.89.

2 Michael Fishbane, *The JPS Bible Commentary: Song of Songs*, Philadelphia: The Jewish Publication Society, 2015, p.xxi.

3 parable译作"箴言",参考的是圣经译本。Gershon Cohen在论文中也曾使用parable一词。

4 Michael Fishbane, *The JPS Bible Commentary: Song of Songs*, Philadelphia: The Jewish Publication Society, 2015, p.xxiii.

经典展开热议：

> 《雅歌》与《传道书》使手显为不洁(是为经典)。拉比犹大说:《雅歌》使手显为不洁,但是《传道书》尚在争议之中。拉比约瑟说:《传道书》没有使手显为不洁,《雅歌》尚在争议中……拉比阿基瓦(Rabbi Akiva)说:但愿不会如此!任何一个以色列人也不会怀疑《雅歌》使手显为不洁(之说)。因为整个创世也无法与《雅歌》赐予以色列人那天的价值相比,因为整部圣经是神圣的,而《雅歌》则是神圣中之神圣(最为神圣)。如果有争议,也是针对《传道书》而言。[1]

这里,"使手显为不洁"的意思是说若一本书颇为圣洁,则被视为"使手显为不洁",而一部神圣书卷,需要以虔诚态度对待它。阿基瓦拉比在谈《雅歌》时所言:"神圣中之神圣"或"最为神圣"则被后来学者视为《雅歌》阐释历史上的权威论断。在此之前,人们究竟以何种方式阅读《雅歌》至今仍是一个谜团。[2]

即便在阿基瓦时期,也有一些拉比心存疑惑。现代圣经研究者基本上不接受《雅歌》最初是宗教文本这一理论,因此便说明了阿基瓦反对者的疑虑并非没有道理。布洛赫曾明确指出:"《雅歌》是关于一个年轻女子及其恋人性觉醒的一首诗"。[3]以色列圣经学者布伦纳则从女权主义视角认为,《雅歌》凸显了女性人物与声音,但又没有完全排除父权制占主导地位的现实隐喻,提升了探讨女性文化的机会。[4]但按照圣经

---

1 在撰写这部分内容时,因身在国内,未能找到希伯来文原文。关于引文中的英文译法,不尽相同。而"创世"(creation)和"圣经"(scripture)的译法主要依据Gerson D. Cohen的论文"The Song of Songs and the Jewish Religious Mentality," in *The Samuel Friedland Lectures*, p.2。

2 参见2018年5月与哈佛大学列文森(Jon Levenson)教授的对谈录。

3 Chana Bloch, "In the Garden of Delight," in *The Song of Songs: A New Translation with an Introduction and Commentary by Ariel Bloch and Chana Bloch*, New York: Random House, 1995, p.3.

4 Athalya Brenner, ed., *The Song of Songs,* Sheffield: Academic Press, 1993, pp.28–33.

研究大家科恩(Gerson D. Cohen)之说,即使现代"观点"也与阿基瓦拉比的时代具有联系,这是因为大家都非常清晰地意识到阿基瓦拉比在圣经阐释历史上的地位,其后的所有犹太教学派均能接受其学说。于是现代圣经学者满怀尊敬地指出:《雅歌》被包括在经典中,是因为人们相信其寓意是指上帝与以色列的"爱情对话",而后便逐字逐句地来解释其文本。[1]

公元2世纪出现的犹太解经传统与今天我们所看到的从寓意角度来阐释《雅歌》的方法比较接近,在把握字面意义的同时还要追寻象征意义、训诫意义乃至神秘意义。在犹太传统中,追求多层面意义的阐释方式一方面是继承了追寻圣典词语多元意义的拉比传统,一方面与希腊哲学、基督教寓意解经学具有很大关联。换句话说,是在产生《雅歌》的历史语境中对其进行合法化的理解。按照这种解读法,可以把表达男女之间相互思恋、带有情诗色彩的《雅歌》理解为上帝与以色列之间的爱。而在古代晚期有几种主要的、不同程度地出现在文献中的《雅歌》阐释,如以米德拉西(Midrash Rabba)为代表的《雅歌》阐释,以及在阿拉米语译本(Aramaic Targum)中寻找历史寓意、追寻《雅歌》中的神秘意义的阐释,都没有单纯地把《雅歌》当作关于人间男女之间的欲望、思念与赞美的诗。

令人费解的是整篇《雅歌》中只有一处提到上帝,还是用作修饰语,即第8章第6节中所说的"上帝的烈焰"(אֵשׁ שַׁלְהֶבֶתְיָה),也就是说,上帝本人在《雅歌》中是缺席的。那么为什么这篇上帝在其中并不存在,又充满艳情与性爱气息,歌咏爱情,以女性人物为主导的世俗作品能够进入《圣经》这样一部民族圣典之中?

寓意读法当然确保了《雅歌》在圣经中的经典地位,但为什么这种读法能够出现却依旧没有确切的考证?学者科恩在那篇影响甚广的文章中提出:把《雅歌》解释为上帝与其选民之间的情歌可追踪到《雅歌》创作的特有形式,或可称它为《雅歌》的"原创"意义。尽管科恩并未对此做更多阐述,但学界依旧认为科恩对这一起源的理解乃是填补

1 Gerson D. Cohen, "The Song of Songs and the Jewish Religious Mentality," in *The Samuel Friedland Lectures 1967–1974*, New York: Jewish Theological Seminary of America, 1974, p.2.

圣经文本研究中的重要空白。沿着这个思路，我们可以在《何西阿书》第2章第18—20节中找到依据：

耶和华说："那日你必称呼我伊施（意），不再称呼我巴（阿）力（意）。因为我必从我民的口中除掉诸巴力的名号，这名号不再提起。当那日，我必为我的民，与田野的走兽与空中的飞鸟，并地上的昆虫立约。又必在国中折断弓刀，止息战争，使他们安然躺卧。必聘你永远归我为妻，以仁义、公平、慈爱、怜悯，聘你归我。也以诚实聘你归我，你就必认识我耶和华。"

这段文字在和合本及其修订本中被归在第16节，而JPS版圣经则将其放在第18节。文中"伊施（意）"（אִישִׁי）在希伯来文中意为"我的丈夫"或"我的男人"。另一个词"巴（阿）力（意）"（בַּעְלִי）意为"我的主人"。[1]后文中的聘你归我为妻（וְאֵרַשְׂתִּיךְ לִי）字面含义则为"将你许配给我"。在某种程度上，称谓的变化喻示着上帝与以色列人关系的变化，由主人与仆人关系演变为情侣关系。

《耶利米书》第2章第2节也曾赞美古代以色列对上帝的忠诚，将其称作"婚姻之爱"（אַהֲבַת כְּלוּלֹתָיִךְ）：

耶和华如此说：你幼年的恩爱，婚姻的爱情，你怎样在旷野，在未曾耕种之地跟随我，我都记得。

在旷野中跟随这一说法，应该指的是摩西率领以色列出埃及，在旷野中跋涉这一典故。这是比喻以色列人忠于上帝，犹如热恋中的一对男女。因此，若用婚姻或爱情词语来形容上帝与以色列之间的关系可以使用"忠贞不渝"一词。

但同时，正如科恩所言，从《托拉》到《先知书》，圣经的许多作者表现出以色列没有遵从上帝律法，对婚姻不忠，对两性关系背叛，以色列经常抛弃她唯一真正的丈夫，卖淫，违背了神圣不可侵犯的婚姻约定，或者

1 括号中文字是对和合本译文的一种补充。因为从发音上看，希伯来文"伊施"是指男人，而"伊施（意）"则为"我的丈夫"或"我的男人"，与原文更为吻合。

说“约”。举例来说,《何西阿书》第1章第2—3节中曾经这样写道:

> 耶和华初次与何西阿说话,对他说“你去娶淫妇为妻,也收纳从淫乱所生的儿女;因为这地大行淫乱,离弃耶和华”。

“地大行淫乱”(זָנֹה תִזְנֶה הָאָרֶץ)将以色列拟人化,把以色列比作淫乱的妓女。从上下文关系上,后文中上帝所言以色列的忠诚应该是对前文这种淫乱关系的纠正。

在《以西结书》第16章第14—15节中,也有过对不贞的耶路撒冷的指责:

> 你十分美貌,是因我加在你身上的威荣。这是主耶和华说的。只是你仗着自己的美貌,又因你的名声就行淫邪……

这种背叛在圣经中出现过多次,喻示着以色列与上帝之间爱与背叛的双重关系。犹太传统中注重上帝与以色列之间的契约关系,而婚姻关系实际上也是某种契约关系的延伸。对契约之爱的隐喻可以使读者避免单纯从男女之恋的字面含义来理解《雅歌》,表明这样的婚姻关系本身既是情感的、情欲的,又是契约性的。更进一步说,以色列自从在西奈山与上帝立约之日起,就“嫁给”了上帝。上帝作为夫君,对妻子的任何不忠都表示明确的嫉妒。宗教忠诚于是表现为婚姻忠诚。有犹太拉比经常使用《雅歌》第1章第2节 的话“愿他用口与我亲嘴,因你的爱情比酒更美”来喻示摩西率以色列人在西奈山与上帝交往这一事件,犹如一位国王与一位出身良好的女子结婚。其中,以色列犹如良家女子,摩西是信使,神明就是国王。[1]

解经学家从这个角度来阐释《雅歌》,将其描述为上帝与以色列——或者用基督教的说法——基督与教会的关系。富有真实生命力的爱欲激情于是化作苍白的神学训诫,说的是无形上帝及其理想子民的精神恋爱。

1 Jon D. Levenson, *The Love of God*, New Jersey: Princeton University Press, 2016, pp.140-141.

这种方式排除了《雅歌》的世俗活力，赋予其没有生命力的精神内涵。[1]

千百年来，这一解释《雅歌》的传统一直延续着，而从字面意义来阐释《雅歌》的另一个传统后来则被颠覆。《密释纳》当中提到了在仲夏的快乐节日（阿夫月第十五天）和赎罪日要引用《雅歌》第3章第11节，说的是这时耶路撒冷女子载歌载舞，小伙子们可从中寻找伴侣，显出在公共庆祝时对《雅歌》的使用："锡安的众女子啊，你们出去观看所罗门王，头戴冠冕，就是在他婚筵的日子，心中喜乐的时候，他母亲给他戴上的。"[2]即使到了20世纪希伯来作家笔下，也经常借助《雅歌》中表达上帝与以色列人关系这一说法来书写现代社会生活。其中一个突出的例子便是诺贝尔文学奖得主阿格农的短篇小说《弃妇们》(*Agunot*)：小说希伯来语标题"阿古诺特"乃为"弃妇"或者"被遗弃女子"之意，小说通过描写迪娜、本·乌里、耶海兹凯尔和弗莱德尔几个年轻人的爱情故事，探讨上帝与以色列、大流散与以色列、流亡与救赎乃至生活和艺术的关系。这一母题在阿格农日后的许多作品中均有所体现。

三、中国传统中的《雅歌》读法

有趣的是，在中国阅读传统中，多把《雅歌》当作一部爱情诗集。早在五四时期，《雅歌》不仅有了官方译本，也有了文人译本。诗人与作家许地山、女作家与翻译家吴曙天、"新月派"诗人与学者陈梦家等甚至在20世纪二三十年代重译了《雅歌》。当时，在圣经的所有书卷中，《雅歌》或许对中国文人最富有吸引力。[3]其原因主要在于：首先，《雅歌》中所表达的男女之间的相互赞美与爱恋，对男女主人公形体美的歌颂，以及大量使用的花园、葡萄园、飞鸟、动物、水果、花草等

1 Jon D. Levenson, *The Love of God*, New Jersey: Princeton University Press, 2016, p.140.

2 Michael Fishbane, *The JPS Bible Commentary: Song of Songs*, Philadelphia: The Jewish Publication Society, 2015, pp.xxiii–xxiv.

3 Márian Gálik, *Influence, Translation, and Parallels: Selected Studies on the Bible in China*, Sankt Augustin: Collectanes Serica, 2004, p.66.

带有文化暗示意义的意象与比喻，与以《诗经》《楚辞》为代表的中国抒情传统具有明显的契合。举例来说，《雅歌》中描写的女主人公对爱人的苦苦思恋与“相思成疾”与《关雎》中“求之不得，寤寐思服，悠哉悠哉，辗转反侧”，与《伯兮》中的“愿言思伯，使我心痗”非常相似;《雅歌》对主人公外貌和形体的描写与《硕人》中的“肤如凝脂，领如蝤蛴，齿如瓠犀，螓首蛾眉，巧笑倩兮，美目盼兮”，与《湘君》中的“美要眇兮宜修”等异曲同工，易激起读者的共鸣。周作人曾在《圣书与中国文学》中提到《诗篇》《哀歌》《雅歌》《诗经》“很有类似的地方”。[1]其次，《雅歌》中表现出女子对爱情的大胆追求与五四时期中国女性的自我意识的觉醒契合，《雅歌》的书写范式与五四时期白话文运动和牧歌体的尝试可建构文化上的类比关系，限于篇幅这里不加以展开。

但当时，中国作家和学者对《雅歌》的理解基本上是世俗化的，将其视为抒情歌集，不太关注其宗教意蕴，甚至排斥从宗教角度去理解《雅歌》。几位译者兼作家几乎不约而同，把《雅歌》当作牧歌或者抒情诗对待。许地山由于自身遭际，甚至把《雅歌》当作一篇纯粹描写夫妇爱情之歌；吴曙天将《雅歌》视为爱情新剧；而在陈梦家眼中，传说上认为所罗门王所写的《歌中之歌》是一首“最可感人的抒情诗”，“又朴素，又浓密”。陈梦家之所以要用现代诗形式来翻译《雅歌》，是因为想到它对中国文学还有很多益处。[2]

周作人、林语堂、朱自清等作家虽然注意到《雅歌》的宗教价值，但更看重其文学价值。周作人认为：《雅歌》的价值全是文学上的，《雅歌》本是恋爱歌集，那些宗教的解释，都是后人附加上去的了。[3]林语堂在自传中提到曾把《雅歌》当作情歌，而在1925年为《京报副刊》推荐青年十部必读书时，指出《雅歌》与《传道书》的思想感情皆与近代青

1 周作人：《圣书与中国文学》，《小说月报》，1921年第12卷第1号。

2 参见陈梦家：《歌中之歌》译序，上海良友图书印刷公司印行，1932年，第1—3页。又参见马月兰：《〈雅歌〉重译的文学动因》附录《雅歌》汉语重译概况一览表，见梁工、程小娟主编：《圣经文学研究》第10辑，人民文学出版社，2015年，第119页。

3 周作人：《〈旧约〉与恋爱诗》，见《谈龙集》，止庵校订，十月文艺出版社，2011年，第159—160页。

年极近。朱自清则称《雅歌》尤其是美妙的诗。[1]

身为学者的朱维之曾称和合本中的《诗篇》《雅歌》《约伯记》《马太福音》等篇目让人觉得“美不胜收”，在后来从事《雅歌》研究时，受古希腊奥利金（Origen）的影响，将其视为“优雅而纯情抒情歌剧”，并从戏剧文类角度出发，将其划分为十场，把它誉为“世界文艺中的奇迹”。[2]在《圣经文学十二讲》中，朱维之又提出这部表示男女之间恋爱的抒情诗，的确有些奇妙。他一方面触及犹太与基督教世界中为何把《雅歌》经典化的问题，总结说《雅歌》被编入圣经的理由之一是其诗由所罗门所写，理由之二是拉比们认为这是神和以色列人民相爱的比喻。另一方面又认为这两种说法都站不住脚，甚至认为文中对男女主人公的身体描写，如“你那穿凉鞋的脚多么美丽！你那大腿的曲线是巧匠的杰作！你的肚脐像一个圆圆的酒杯，里面盛满着美酒”，是对神灵的亵渎。[3]这一观点显然体现了一批具有宗教信仰之人的想法。

从研究角度看，尽管早在20世纪20年代小品文作者冯三昧在《论雅歌》中便提到，在历代文人眼中，《雅歌》“是一种属灵的比喻，歌中所咏是表上主与以色列人之爱的”，并以古希腊奥利根（金）“以新郎为喻上帝，以新娘为喻教会”作为明证，但未曾触及犹太文化传统。[4]从近年来发表的论文来看，绝大多数学者如梁工、任东升、马月兰等资深学者和厉盼盼、胡韵迪等年轻学人，注重探讨《雅歌》的审美价值，《雅歌》在中国的译介，《雅歌》与中国《诗经》《楚辞》的对比，《雅歌》题材在欧美文学中的流变，《雅歌》女性意识的彰显，《雅歌》的语言、意象与修辞等问题。[5]只有徐雪梅等为数不多的学者在探讨《雅歌》的世俗情爱神

1 朱自清：《新诗杂话》，安徽文艺出版社，1999年，第69页。

2 朱维之、韩可胜：《古犹太文化史》，经济日报出版社，1997年，第320—321页。

3 朱维之：《圣经文学十二讲》，人民文学出版社，2008年，第366—372页。

4 冯三昧：《论雅歌》，见吴曙天译《雅歌》，上海北新书局，1930年，附录第26页。

5 梁工：《莎士比亚与圣经》，商务印书馆，2006年；马月兰、任东升：《“牧歌体”引进与新诗创作——许地山〈雅歌新译〉效应研究》，《基督教文化学刊》2017年第1期，第155—176页；厉盼盼与胡韵迪的硕士论文；厉盼盼：《〈雅歌〉对中国现代诗歌的影响》，《中国文学研究》2014年第3期，第118—112页；彭涛：《〈九歌〉与〈雅歌〉之文（转下页）

圣化的过程时，曾经谈及《雅歌》正典化的问题，但没有过多联系犹太传统加以论证。[1]至今所见文献中，详尽探讨《雅歌》中所体现的人神关系主题者，当推李炽昌、游斌教授的《生命言说与族群认同：〈希伯来圣经〉五小卷研究》以及黄朱伦的《雅歌注释》。[2]前者先从《雅歌》文本本身出发分析其内涵，并从《雅歌》对爱情的歌颂来分析希伯来文化中爱的深层意识结构，即所谓爱的形而上内涵，继之再谈人爱与圣爱这对矛盾。作者认为《雅歌》之所以能够进入希伯来文化传统，并给其造成极大的冲击，只能借助于似是而非的解经方式来加以理解。这种方式既为《雅歌》进入圣典找寻了一个合法的路径，又可以缓解神学意义上的矛盾冲突。而《雅歌注释》则交代了《雅歌》进入圣典的一些重要节点。

从以上讨论中可以看到，在犹太文化传统中带有某种象征与寓意色彩的文本，在中国传统中的所指发生了深刻变化。中国作家与主流学者对《雅歌》的解读焦点主要集中在文本层面，而没有过多探讨“文本之外”的含义，更没有去追究为何看似没有任何神学意义的作品会进入圣经经典，并且忽略了《雅歌》在成型过程中可能受到的周边文化传统，如埃及传统的影响。将《雅歌》放置于不同文化语境中加以比较的目的，并非是要用现代的、世俗的解释来取代传统的宗教内容，也并非要忽略《雅歌》原有的字面意义，而是要表现在不同文化语境中对文本具有的某种特定的理解与阐释，为跨文化、跨文本研究提供一个例证。

最后要提及的是，尽管在犹太世界内部（比如在解经与翻译传统中），在犹太教与基督教寓意传统中，人们都广泛审视圣经，但都没有达成共识。这又揭示出另一种跨文化比较的开端，正如哈佛大学斯特恩

（接上页）化比较论》，《作家》2013年第2期，第95—96页；《〈雅歌〉与〈诗经〉爱情诗比较》，《佳木斯大学社会科学学报》2006年第3期，第74—76页；马利安·高利克：《〈雅歌〉与〈诗经〉的比较研究》，林振华译，《基督教文化学刊》2011年第1期。

1 徐雪梅：《世俗情爱的神圣化：浅译旧约中的〈雅歌〉》，《宁波大学学报（人文科学版）》2003年第2期，第49—52页。

2 李炽昌、游斌：《生命言说与族群认同》，中国社会科学出版社，2003年，第166—167页；黄朱伦：《雅歌注释》，上海三联书店，2012年。

教授所言：所有这些研究基本上都提供了一种假设，即可在不同的阐释方法之间进行比较。近年来，也有一些学者质疑这种比较，认为犹太解经阐释与寓意阐释乃是两种截然不同的诠释学。因为犹太人的解经阐释将文本与终极文本，即《托拉》联系在一起，是一种互文阅读，而寓意阐释则是把文本与理念联系起来的阐释。[1]前者主要注重追求哲学意蕴，后者则注重阐释寓意。这两大差异表现出了、进而为学界又引进了两种文化传统中截然不同的阐释《雅歌》的方式。

1 David Stern, "Ancient Jewish Interpretation of the *Song of Songs* in a Comparative Context," in *Jewish Biblical Interpretation and Cultural Exchange*, eds., Natalle B. Dohrmann, David Stern, Philadelphia: University of Pennsylvania Press, 2008, pp.103–104.

第四章 《哀歌》与《哀郢》的跨文化阅读

《哀歌》和《哀郢》分属希伯来文学和中国古典文学，均为具有经典意义的名篇。《哀歌》是《希伯来圣经》中篇幅最短的作品之一，写于公元前586年，在古犹大王国都城耶路撒冷遭到巴比伦王尼布甲尼撒二世攻陷、圣殿被毁、巴比伦之囚等事件发生之后。《哀郢》源自中国古代第一部浪漫主义诗歌总集《离骚》中的《九章》，据中国学者推测，《九章》写于公元前278年（另说公元前286年或前285年），即楚襄王二十一年，楚国为秦国所败，郢都被秦大将白起攻陷之后。从这个意义上说，《哀歌》与《哀郢》均是诗人对经历亡国离乱的一种反映，其写作年代可以追溯到公元前6世纪与公元前3世纪，换句话说，在古代中国文化与希伯来文学传统中，便拥有哀歌这种文学样式，表达城邦沦陷背景下个体诗人与黎民百姓的苦境、哀痛与创伤体验。《哀歌》与《哀郢》在中文文本中都使用了“哀”字，在英文文本中也使用了表示哀悼之意的Lament，但希伯来文原意和中英文意义有所不同。在希伯来文中，《哀歌》原意是Eicha，只是用于句首的虚词。

中国的数代学者已经找到这两种文本，甚至可以说两种文化传统的近似与共鸣之处，李荣芳、朱维之等老一辈学者甚至运用《哀郢》所使用的楚辞体，或者说骚体来翻译《哀歌》。近些年来，也出现过几篇论文比较《哀歌》和《哀郢》所代表的文化传统，但有些文章对希伯来文学与文化传统的理解未免不尽如人意。

一、群体作者与个体文人创作

与世界上公元前问世的诸多经典作品相似,《哀歌》的作者具有不确定性与不可考性,而《哀郢》则基本上可以确定为出自具体的古代中国文人屈原之手。探究作者问题可以为我们对两篇作品进行跨文化比较提供一个切入点,借此可以考察文本中所凸显的个体感受与民族体验,以及这种感受与体验在民族文化传统中唤起的力量,它可以在日后某个特定历史时期发挥凝聚民族精神的作用。

《哀歌》的希伯来文书名的字面意思是"为何",亦为"挽歌""哀号"(Qinot)。希腊文本和拉丁文本的翻译均取"哀号"意,分别将其译作"哀哭"(Threnoi)或"哀哭之书"(Liber Threnorum),英文本在希腊文和拉丁文翻译的基础上,将其译作《哀歌》(*Lamentations*)。[1]中文译本《耶利米哀歌》沿用希腊文和拉丁文的表述,与希伯来文书卷《哀歌》的本意发生了偏离。在犹太教和基督教传统中,一向认为《哀歌》是先知耶利米所作,或至少为其所编,然而,这种观点近年受到了众多学者的挑战,原因在于:希伯来文标题并没有框定《哀歌》作者。《历代志》第35章中所记"耶利米为约西亚作哀歌"中所记载的"哀歌"是为哀悼约西亚阵亡(公元前609年)所作,而《哀歌》中伤悼的原因主要是耶路撒冷的沦陷与圣殿被毁,应该写于公元前586年之后,两者相距二十三年,显然不是同一部哀歌。[2]何况,《哀歌》与《耶利米书》的语言与精神特质迥然相异,不可能出自同一位作者之手。这样的推论显然排除了耶利米为《哀歌》作者之说。当代研究找到许多例证说明耶利米并非《哀歌》的作者。女学者欧康纳认为,很可能有一两位匿名作者编撰了集体唱诵哀歌,很可能是幸存者在圣殿遗址悲悼降临到民族头上的灾难。作者中也可能有女性,因为女性在以色列也为官方悲悼者,但是迄

1 参见李炽昌、游斌:《生命言说与社群认同:〈希伯来圣经〉五小卷研究》,中国社会科学出版社,2003年,第167—168页。

2 同上,第171页。

今为止没有找到确切的证据支持这一假设。[1]

詹尼在20世纪50年代曾经提出，耶利米把耶路撒冷的毁灭视为上帝的惩罚，因此与《哀歌》(1:21，3:59–66)的观点有别。耶利米并没有像《哀歌》作者那样谴责先知，只是谴责了伪先知等。[2]戈特瓦尔德则用反证法与排除法推论《哀歌》的作者是先知、祭司或者某位无足轻重的人。还有一些学者认为诗人同某位先知有关。[3]

从中国文学传统上看，《哀郢》基本上被认为是屈原所作。屈原(前340？—前278)，名平，字原，中国战国末期楚国人，也是中国已知最早的著名诗人和伟大的政治家，中国古代浪漫主义诗人的代表。他创立了“楚辞”文体，代表作有《离骚》《九章》《九歌》《天问》等。屈原早年曾经蒙受楚怀王信任，任左徒、三闾大夫，常与楚怀王商议国事，参与法律制定，同时主持外交事务。他主张楚国与齐国联合，共同对抗秦国。在屈原的努力下，楚国国力有所增强。后屈原遭受谗言与排挤，逐渐被楚怀王疏远。公元前305年，屈原反对楚怀王与秦国结盟，被逐出郢都。流放期间，屈原感到心中郁闷，开始文学创作。公元前278年，秦国大将白起挥兵南下，攻破郢都，屈原在悲愤与哀怨中作《哀郢》。

可以看出，《哀歌》作者具有不确定性与不可考性，甚至有可能是多位作者所作；而《哀郢》乃出自屈原个人之手。二诗在表现亡国与国都沦陷主题上体现出一些共同特征，但在抒发个人与民族情感方面表现出差异。

二、个人伤痛与集体哀歌

“亡国之音哀以思，其民困。”《哀歌》与《哀郢》所叙写的内容虽然与古代王国之间爆发的吞并战争有关，当然，这个国家指的是古代君主

1 Carol A. Newsom, Sharon H. Ringe, eds., *The Women's Bible Commentary*, London: Westminster/Knox Press, 1992, p.187.

2 From Jannie Hunter, *Faces of A Lament City*, Frankfurt am Main: Peter Lang, 1996, p.46.

3 Ibid., p.48.

国，不同于今天意义上的现代国家，但是二诗关注点并非战争本身，而是战争浩劫的余响。其共同之处在于，二者均反映出在国家沦陷这一特定历史背景下所经历的深切哀痛。这种哀痛既是诗人个人的，又在不同程度上代表了集体的与民族的心声。

《哀歌》共分五章。第一章中一个身份不确定的观察者描述一座无名城市的苦境。有说这位观察者就是耶利米，也有说这就是叙述人。诗歌开篇，通过今昔对比描写一座不知名城市在遭到洗劫之后的惨象："峥嵘繁华之城兮，今何凄楚！列国之佼佼者兮，萎如寡妇，诸城中之帝后兮，降为奴仆。彼痛哭于中夜兮，涕泪纵横，亲友中不见人兮，向彼慰问。知心亦怀鬼胎兮，视若敌人。"

这里诗人运用了一个明显的修辞手法——拟人，把城市拟人化为遭受凌虐、孤独与毁谤的女性，用沦为寡妇这一人类情感中最富有代表性的个人失落强有力地展现出集体灾难。"她"曾经是很漂亮的女子，遭到敌人的蹂躏与抛弃，形同寡妇。朋友背叛"她"，孩子被迫与之分离，踏上流亡之旅，只剩下她孤苦伶仃，无人问及。这里把受难民族表现为受迫害的女子。[1]在近东文化传统中，寡妇指那些失去保护的人，她们缺乏安全感。第七节中把遭劫难城市与锡安和耶路撒冷首次联系起来："锡安荒凉荒废兮，空忆当初，落入敌人手心兮，无人能助；征服者监视严兮，横加凌辱！荣华丧尽赤裸兮，全然蒙羞，所剩只有叹息兮，无可藏垢；锡安罪恶满盈兮，一身污臭。"城市的身份于是得以确定，城市惨象本身由此便平添了一种历史感，与发生在公元前586年的耶路撒冷沦陷、圣殿被毁、民众被掳的历史事件联系在了一起。

第二章继续使用拟人化手法，描写耶路撒冷因罪愆引起上帝动怒："亚卫列怒爆发兮，乌云压城，华城耶路撒冷兮，顷刻沉沦，抛弃自己圣殿兮，盛怒如焚。"在这一章里，《哀歌》再度呈现了锡安女子的形象，拟人化了的城市，"她"为孩子呐喊，朝上帝呐喊，抗议上帝针对自己采取的行动，通过遣怀悲音来抒发自己的痛苦。第三章是全书最为复杂的一章，把以色列历史上的苦境转换为信仰语言，表示上帝对以色列的承诺还没有完结，叙述者仍旧怀有希望和信仰。第四章，描写耶路撒冷遭

1 Alan Mintz, *Hurban: Response to Catastrophe in Hebrew Literature*, New York: Columbia University Press, 1984, p.27.

到围困与洗劫后的恐怖情景，同时强调过去的辉煌与现在的失落，城市扩张的罪孽及其结果。[1]第五章用集体抱怨来结束全书。

按照著名的圣经形式批评大家贡克尔的观点，《哀歌》第一章、第二章和第四章是集体挽歌的汇集，第三章包括个人哀歌（1–17，48–66）和集体哀歌（40–47）以及智慧文学，第五章是集体哀歌。[2]在笔者看来，若从叙述视角来看，《哀歌》第一章是以个人哀歌为主，以“我”为主词，其中前半部分还是“葬礼哀歌”的形式；第二章则是集体哀歌，以“我们”和“他们”为主词；第三章的叙述视角则不断转换：我（1–39），我们（40–54），我（55–63），最后又回到了集体哀歌；[3]第四章和第五章都是集体哀歌。个人哀歌是个人的人生体验，是个人在苦难中对上帝的发问；而集体哀歌则是对国家和民族的历史进行反思，并将其放在以色列与上帝的关系之下来进行反思。[4]从这个意义上说，《哀歌》具备后来升华为凝聚犹太民族精神的经典的潜能。

同《哀歌》相比，《哀郢》的个体化色彩更为浓烈，通篇主要是通过诗人的个人视角来描写楚国郢都的沦陷，百姓流离失所的苦难与诗人发自内心的哀伤。它虽然只是一首长诗，没有明确地划分章节，但有趣的是，诸多学者也从结构上将《哀郢》分为五部分。第一部分，从“皇天之不纯命兮，何百姓之震愆？民离散而相失兮，方仲春而东迁。去故乡而就远兮，遵江夏以流亡。出国门而轸怀兮，甲之朝吾以行。发郢都而去闾兮，怊荒忽其焉极？楫齐扬以容与兮，哀见君而不再得。望长楸而太息兮，涕淫淫其若霰”至“思蹇产而不释”。写的是国都沦陷，百姓流离失所，诗人因遭受放逐而离开故乡、离开国都、离开国君，伤痛至极。第二部分，从“将运舟而下浮兮，上洞庭而下江”到“哀州土之平乐兮，悲江介之遗风”。表达的是诗人思念故都，思念故乡之情。他与《哀

1 Paul M. Joyce, Diana Lipton, *Lamentations Through the Centuries*, West Sussex: Wiley-Blackwell, 2013, p.147.

2 Heath A. Thomas, *Poetry and Theology in the Book of Lamentations: The Aesthetics of an Open Text*, Sheffield: Sheffield Phoenix Press, 2013, p.77.

3 参见李炽昌、游斌：《生命言说与社群认同：〈希伯来圣经〉五小卷研究》，中国社会科学出版社，2003年，第179页。

4 同上，第178页。

歌》的作者一样作今昔对比，看到身边富饶的国土，想到楚国富庶广大竟然危亡，不禁感到哀痛。第三部分，从“当陵阳之焉至兮”到“惨郁郁而不通兮，蹇侘傺而含戚”，抒发自己遭到流放九年却无法回归故里的愁绪。第四部分，从“外承欢之汋约兮”到“众踥蹀而日进兮，美超远而逾迈”，写诗人以谗人得势而忠贤遭谤来解释楚国败亡的原因。第五部分，从“鸟飞反故乡兮，狐死必首丘”到最后，再次表示重还故里的强烈愿望，并再次言明自己的清白。[1]

三、上帝与君王：伤痛之源的探讨

《哀歌》与《哀郢》在描写个体与民族哀痛时均把笔触伸向造成哀痛的原因，或者进一步说，造成都破国亡局面的原因。在犹太传统中，灾难并非专指物质破坏，也指带有破坏性的事件撼动了世界各地犹太人对命运的共同设想，在现代之前这一设想主要指上帝与以色列人之间的关系。[2] 虽然耶路撒冷的陷落均因外邦入侵，但深受希伯来神学影响的《哀歌》作者，从人与上帝的关系角度出发，将造成城池毁灭的原因归结为人犯下罪愆，触怒上帝，因而遭到惩罚：耶和华是公义的！他这样待我，是因我违背他的命令。其中蕴含的因果报应观点，应该说受到了《申命记》神学的影响。《申命记》的核心在于上帝与以色列人之间的契约。毁灭，并非因上帝抛弃以色列，也非因上帝撤销了他对百姓的义务，上帝在宇宙中的力量遭到质疑，而是以色列人罪有应得，是上帝对以色列关心的一种表达。[3]其内在发展逻辑应为，如果以色列人遵从耶和华，就会得到赞美；如果不听从耶和华的旨意，就会遭到惩罚。[4]

1 这种划分方式参考了朱东润：《中国历代文学作品选》上编第一册，上海古籍出版社，1979年，第260页。

2 Alan Mintz, *Hurban: Response to Catastrophe in Hebrew Literature*, New York: Columbia University Press, p.2.

3 Ibid., p.3.

4 Heath A. Thomas, *Poetry and Theology in the Book of Lamentations: The Aesthetics of an Open Text*, Sheffield: Sheffield Phoenix Press, 2013, p.18.

《哀歌》中作者对上帝的态度也充满了矛盾。一方面表现出一元论神学,认为上帝的做法是公正的。另一方面也对上帝屠杀与惩罚的举动表示强烈质疑,并且指出上帝毫无怜悯与顾惜:耶和华啊,求你观看!见你向谁这样行?妇人岂可吃自己所生育、手里所摇弄的婴孩呢?祭司和先知岂可在主的圣所中被杀戮呢?

在逆境中憧憬未来,在黑暗之中向往光明的希望诗学是《哀歌》第三章传达给我们的一个非常独特的信息。在第三章第19—33节中可以看到上帝的正义和爱,这是形成本书的希望之所在。之所以怀抱希望,是因为上帝看重其承诺。

依然爱其百姓,而百姓遭到了这么多苦难,二者的张力在《哀歌》中得到了充分体现。如果说耶路撒冷是上帝的城市,那么她就可以抵御任何灾难,免遭敌人的围困,可见信仰与历史事实之间的矛盾在《哀歌》中没有得到解决。

有学者认为,希望神学实际上更多地表现出一种流亡视角,而不是对留在耶路撒冷的犹太人的生存现状的探视。这也许便是犹太人独有的流亡精神特质。[1]之所以怀抱希望,是因为信奉上帝仍然没有抛弃以色列人。上帝可以在其最困苦的时候伸出救助之手,帮其消灭自己的敌人。尽管《哀歌》产生之时,以色列作为民族的概念几乎尚未形成,以色列正在历史黑暗时期挣扎,《哀歌》还是表达了其希望与上帝一致的宇宙审判,希望因犯罪而遭到惩罚,希望结束流亡,回到统一了的以色列,在自己的土地上实现宗教与政治复兴。[2]也许正是这种独特的精神特质支撑着犹太民族在近两千年的流亡生涯中,尤其是在面临灭顶之灾的大屠杀中并不轻易放弃,而是咬牙生存,甚至重回先祖生存过的土地上。

如果说拥有宗教信仰的希伯来《哀歌》的作者,把上帝当成造成个人伤痛与集体悲悼的操纵者与控制者,那么《哀郢》的作者屈原,则把关注点投向了君主。中国君王虽然不像希伯来上帝那样拥有至高无上的权力,但毕竟也是一个国家的最高统治者,在相当程度上可以依照主

1 Heath A. Thomas, *Poetry and Theology in the Book of Lamentations: The Aesthetics of an Open Text*, Sheffield: Sheffield Phoenix Press, 2013, p.10.

2 Jannie Hunter, *Faces of A Lament City*, Frankfurt am Main: Peter Lang, 1996, p.75.

观意愿决定某个人的命运乃至特定的历史进程。而在君王之上，甚至存在着某种更为至高无上的权力，即“天命”。但是，“天命”是否可以等同于上帝，值得商榷，从这个意义上可以说上帝形象在中国文学中是缺失的。

中国的训诂学家对《哀郢》开篇——“皇天之不纯命兮，何百姓之震愆？民离散而相失兮，方仲春而东迁”的理解不尽相同。较为著名的有以王逸为代表的放逐说，以朱熹为代表的放逐与凶荒（或战乱）结合说，以王夫之为代表的白起拔郢说。[1]具体而言，汉代王逸以为《哀郢》是屈原被流放时哀念故国而作。他认为：“屈原放于江南之野，思君念国，忧心罔极，故复作《九章》。”[2]宋代洪兴祖说：“此章言己虽被放，心在楚国，徘徊而不忍去，蔽于谗陷，思见君而不得，故太史公读《哀郢》而悲其志也。”[3]另一种说法则是因白起破郢而哀郢，此说最早始于明代汪瑗。他的《楚辞集解》认为，顷襄王二十一年（公元前278年），秦昭王派白起“攻楚而拔之，遂取郢，更东至竟陵，以为南郡，烧墓夷陵，襄王兵散败走，遂不复战，东北退保于陈城。而江陵之郢不复为楚所有矣。秦又赦楚罪人而迁之东方，屈原亦在罪人赦迁之中。悲故都之云亡，伤主上之败辱，而感己去终古之所居，遭谗妒之永废。此《哀郢》之所由作也”。王夫之认为是为楚国郢都被攻破而东迁于陈的事件而作；《哀郢》即“哀故都之弃捐，宗社之丘墟，人民之离散，顷襄之不能效死以拒秦，而亡可待也”。[4]王夫之的说法又得到了当代学者郭沫若等人的认同。按照这一脉络，楚怀王则应对郢都弃捐、百姓震愆、人民离散负有责任。而近年来诸多学者已经提出“皇天之不纯命兮”乃“天命靡常”之意。正是这种“天命靡常”，造成白起拔郢。笔者倾向于后者说法，这也是能将《哀郢》与《哀歌》放在一起做跨文化比较的缘起。

毋庸置疑，屈原在离开郢都后，哀见君而不再得，哀故都之日远，望长楸而太息，心婵媛而伤怀，心不怡之长久，忧与愁其相接，这当中当然

1 曹大中：《论哀郢》，《社会科学战线》1987年第3期，第272—273页。

2 王逸：《楚辞章句》，转引自朱东润：《中国历代文学作品选》上编第一册，上海古籍出版社，1979年，第256页。

3 洪兴祖：《楚辞补注》，转引同上，第259页。

4 王夫之：《楚辞通释》，转引同上，第260页。

表现出屈原的忠君乃至爱国之志，但主要的是自己被奸佞所害，得不到楚怀王任用的幽怨与伤感，这种情感在“众谗人之嫉妒兮，披以不慈之伪名”，以及“众踥蹀而日进兮，美超远而逾迈”中达到高潮。诗歌结尾，屈原在表明了重回故里的强烈愿望之后，再度发出怨艾之音，声明自己的无辜：“信非吾罪而弃逐兮，何日夜而忘之！”

若说哀伤与希望成为希伯来《哀歌》中相辅相成的两个主题，并由希伯来宗教中的核心概念——上帝对人世的干预和拯救联系在一起，[1]那么屈原的《哀郢》始终保留着哀痛与抗议主题。

是否可以说在中国诗人笔下，个体与民族或国家是分离的，即使个体对民族拥有无限的情感，个体与民族基本上也属于两个不同的客体。而在希伯来诗歌中，个体与集体有时分离，有时合二为一，有时个体便是群体的象征，如女性。

四、伤痛与民族意识：从接受史角度出发

《哀歌》所反映的耶路撒冷沦陷是以色列历史与宗教的转折点。巴比伦入侵的灾难在幸存者中间引起了许多充满冲突的想法和情感：哀痛、悲悯、耻辱、负疚、愤怒、希望、绝望，等等，这些感受在《以赛亚书》《以西结书》《诗篇》等许多篇章中被淋漓尽致地表达出来，可以说形成了以《哀歌》为代表的城市伤悼文体，甚至传统。这种文学传统，在犹太世界里拥有巨大的影响力。

犹太人的节日 tisha b'av，是哀悼（第一圣殿和第二圣殿）被毁，以及后来犹太人被驱逐出西班牙。基督教作家加尔文等均从《哀歌》中取材，此外《哀歌》对犹太大屠杀、巴尔干屠杀、南非屠杀、“9·11”题材的文学作品都有很大影响。[2]

希伯来诗歌之父比阿里克的《在屠城》，写于1905年发生在俄国

1 参见李炽昌、游斌：《生命言说与社群认同》，中国社会科学出版社，2003年，第179页。

2 Paul M. Joyce, Diana Lipton, *Lamentations Through the Centuries*, West Sussex: Wiley-Blackwell, 2013, pp.6–7.

的基什尼奥夫惨案之后，它与《哀歌》一样展示的是城市在遭到洗劫后的惨象。对于自幼蒙受圣经教育的比阿里克来说，《在屠城》应该不能排除哀歌文学范式的影响。哀歌文学范式并非单纯指涉《哀歌》一篇作品，而是指涉与耶路撒冷沦陷相关的一系列作品。与《哀歌》中那种哀恸与悲天悯人不同，《在屠城》一诗的基调可以概括为愤怒、激越，充满着冲突。比阿里克写此诗的目的不是向受难者致哀，而是要表达他身处旧日犹太人遭受屠戮场景时的愤怒。这种愤怒当然不排除谴责施暴者的不义行径，而且包括对上帝不保护自己子民的抗议，[1]更重要的，表现出对东欧犹太人软弱苟且的行为方式的不满。这种不满通过女子在自己的丈夫面前遭受强暴，而男子却没有出手相助，而表现得淋漓尽致。在《哀歌》传统中，既然女性成为民族罪愆的替罪羊，那么她们的命运则可象征性地表现出犹太民族的命运。况且，从词源学角度看，古代希伯来语中的"女子""城市""国家"等词语均为阴性，《哀歌》作者易用女性象征沦陷的城池与国家，解经学家们由此多把女子视为"民族"的象征，把女子的痛苦视为民族的痛苦。从这个意义上讲，犹太女子遭到轮奸不仅是基什尼奥夫暴行的缩影，而且是施暴者把犹太人女性化，把犹太民族当成无力反抗的女性的象征。女性体验与男性体验融为一体，成为建构民族体验的一个组成部分。[2]《在屠城》发表后，比阿里克的身份一跃成为"民族诗人"，而在当时，"民族诗人"这个称谓往往同在巴勒斯坦建立犹太国家联系在一起。[3]这首诗对于形成犹太人的民族意识产生了深远的影响。

与古代以色列人在公元前6世纪遭逢国都沦陷、踏上流亡之旅的经历不同，屈原早在白起破郢之前九年便遭楚怀王流放。白起破郢后，楚国虽然遭逢历史上的拐点，但没有立即灭亡，而是迁都到陈地，后来被

1 David Roskies, *Against the Apocalypse: Response to Catastrophe in Modern Jewish Culture*, Cambridge: Harvard University Press, 1984, p.91.

2 参见钟志清：《比阿里克的〈在屠城〉与〈希伯来圣经〉传统》，《外国文学评论》2013年第2期，第163页。

3 参见尼西姆·卡尔德龙：《诗人与民族》，袁伟译，《读书》2006年第12期。又参见Iris Milner, "'In the City of Slaughter': The Hidden Voice of the Pogrom Victims," in *Prooftexts: A Journal of Jewish History*, 25,1(2005), pp.60–72。

另一位秦国大将所灭。公元前221年，秦国建立了中国历史上第一个统一的封建王朝。因此，古代犹大王国遭遇巴比伦王攻陷，是属于不同民族之间的战争；而楚国为秦国所灭，是属于中华民族内部的战争。

关于《哀郢》研究，虽然比不上希伯来《哀歌》得到各国学者与解经学家的关注，但也可以称作《楚辞》研究中的一个重要话题。仅《哀郢》的创作意图，历代就有十几种说法。与《哀歌》相似，屈原的名字也镌刻在中华民族的记忆之中。中国每年农历五月初五的端午节是为纪念诗人屈原的。至于屈原对后代的影响，基本上集中在两个重要方面：一是他独善其身，举世皆浊我独清的品格；一是他的忠君爱国之志。后者对历代文人墨客影响很大。

如果说，犹太人的民族主义产生于流亡，那么中国的民族精神则是在抗击外侮的过程中得以凸显。不过，在不同的社会语境中，爱国的内涵与外延不尽相同。这里我想引入抗战期间郭沫若创作的历史剧《屈原》为例。郭沫若是中国现代文学史上一位著名的作家、诗人与剧作家，而且也是一位有名的屈原研究者。他早年曾留学日本，抗战期间追随中国共产党抗日主张，在20世纪40年代创作了《屈原》(1942)等多部历史剧，在日本侵华、抗战艰苦卓绝的年月，创作历史剧的目的在于借古喻今，表达剧作家的爱国思想，抒发抗击外侮之志，激励国民的抗日精神。

由此可见，无论在犹太民族传统还是在中华民族传统中，当身处外敌侵害或者流亡异乡过程中，反映灾难的文本均可以激发民族意识与民族精神。

第五章 犹太人的“回归圣经”

虽然在18世纪下半叶以门德尔松为代表的德国犹太启蒙主义者重译圣经，试图唤起犹太人对圣经的兴趣，但直到19世纪初期，“圣经还是没有在犹太人的日常生活中占据应有的地位”，[1]欧洲的许多犹太人依然对圣经知之甚少，许多年轻的犹太人并不熟悉圣经。在这种文化背景下，德国由自由派犹太人创办的周报《犹太汇报》(*Allgemeine Zeitung des Judentums*)曾经直陈：现代犹太人已经丢失了圣经，应该将其追回，于是便有了“回归圣经”之说。其意义不仅指“回归圣典”，而且也逐渐包括了“回归圣经时代”，即复兴或重建圣经时代的某种历史。[2]无论犹太教改革、犹太启蒙运动还是现代民族主义运动，都把“回归圣经”当成犹太教现代化或犹太民族复兴的先决条件。[3]在呼吁犹太人“回归圣经”的过程中，现代犹太世界中出现了许多营垒，观点不一。

一、“回归圣经”与欧洲现代圣经研究的交锋

回归经典的重要途径之一便是重新研读与阐释经典。在研究犹太人“回归圣经”的文化历史进程时，我们不能忽略基督教世界，尤其是19世纪的欧洲现代圣经研究在这一进程中所起的推波助澜的作用。从

---

1 Yaakov Shavit, Mordechai Eran, *The Hebrew Bible Reborn: From Holy Scripture to the Book of Books*, trans. Chaya Naor, Berlin: Walter de Gruyter, 2007, p.2.

2 Ibid., pp.1–2.

3 Ibid., p.1.

圣经学术史的发展进程来看，现代圣经研究基本上源于欧洲的基督教世界，它不仅研究圣经文本，而且也探讨书写与阅读圣经的历史、社会、文化、语言与宗教之语境。[1]基督教学者在信仰、学术理念、关注视点、研究策略与方法上与犹太教学者有很大差异，举例来说，在保罗与弥尔顿眼中，对人类历史产生巨大影响的人类始祖堕落事件，在拉比解经学家那里并不占主导，一些犹太辩论家甚至把原罪说当作一种误读。[2]但与此同时，犹太人的圣经研究尽管披着世俗外衣，但吸收了大量的基督教圣经批评传统。

应该承认，真正意义上的现代圣经批评在犹太世界起步很晚。19世纪与20世纪之交的犹太作家、哲学家和圣经学者别尔季切夫斯基（M. Y. Berdyczewski）指出：在德国，沉浸于圣经精神并陶醉于先知语言的人是基督徒，不是犹太人。在20世纪之前，犹太人的圣经研究比基督徒的圣经研究要薄弱得多。[3]

早在门德尔松时代，一些对于圣经感兴趣的犹太启蒙思想家聚集在《采集者》周围，主要致力于“低级批评”，即澄清词语，加上一些修正，并没有挑战圣经文本神圣性的传统，也没有挑战既有的圣经文本的形式。19世纪的一些犹太启蒙主义者继续沿袭校勘纠错的路径。意大利的卢扎托（Samuel David Luzzatto）曾经将圣经中的一些文本进行修订。他一方面强调精深的希伯来语知识，一方面要求修正者在修订时一定要追问：与原文相比，自己的阅读与解释是否更好。[4]

总体上看，19世纪的欧洲圣经研究有两大分支：一是文学批评，即把圣经当成文学作品来读，而不是当作神学、历史和文学统一的、一体化的著作来读，研究者尝试着去寻找文献来源，揭示文本的不同层面以

1 Adele Berlin, Marc Zvi Brettler, eds., *Jewish Study Bible*, New York: Oxford University Press, 2014, p.2166.

2 Alan Levenson, “Jewish Responses to Modern Biblical Criticism: Some Reflections and a Course Proposal,” in *Shofar*, Vol. 12, No.3 (Spring, 1994), pp.100–101.

3 Yaakov Shavit, Mordechai Eran, *The Hebrew Bible Reborn: From Holy Scripture to the Book of Books*, trans. Chaya Naor, Berlin: Walter De Gruyter, 2007, pp.62–63.

4 Magne Sæbø, ed., *Hebrew Bible/Old Testament: The History of Its Interpretation*, Vol. Ⅲ / Ⅰ, Göttingen: Vandenhoeck & Ruprecht, 2013, p.269.

及创作过程。文献假说在这一分支中最有影响。二是历史批评，即把圣经当作叙述犹太民族与犹太宗教的历史文献来读，借助于历史学、语文学研究与外部证据来证明其是否可靠。[1]

从19世纪中叶开始，文献假说发展为一门令人尊敬的学科，这一学科并非致力于文本的语文学批评，也不致力于圣经传统的阐释（解经与追寻寓意），甚至也不致力于圣经中宗教的神学与哲学讨论，而是热衷于把《摩西五经》当成人类的创造，当成拥有进化历史色彩的总集。威尔豪森在富有影响的《以色列历史绪论》中提出了《五经》的四源假设，或称之为"新底本说"。尽管多数犹太学者抱怨威尔豪森"操动作家剃刀将我们的全部圣书剪成了碎片"，[2]尤其认为他忽略了美索不达米亚的丰富文学传统，把圣经批评变成了科学教条，[3]进而否定其学说；[4]但以威尔豪森学说为代表的新型圣经批评对于犹太世界形成巨大挑战，令犹太启蒙思想家与犹太学学者无法蔑视其理论学说和结论。对于富有思辨色彩的犹太学者来说，欲对这些现代圣经批评理论与倾向做出回应，甚至做出判断，就需要更好地研读圣经，以便能够采取相应的对策。

著名犹太哲学家、历史学家科罗赫马尔（Nachman Krochmal）曾倡导犹太人致力于圣经研究，原因在于：他认为关于圣经的各种学术观点多为错谬，传播得十分迅速。[5]就像亚考夫（Benno Jacob）在1906年的一次拉比大会上所言："不应把圣经学术研究留给新教神学家；我们（犹太人）应该公正评价我们自己的圣著。"[6]但是无论谁来诠释圣经，首先遇到的便是诠释标准的问题。早在19世纪之初，犹太启蒙思想家本-

1 Yaakov Shavit, Mordechai Eran, *The Hebrew Bible Reborn: From Holy Scripture to the Book of Books*, trans. Chaya Naor, Berlin: Walter De Gruyter, 2007, p.86.

2 Ibid., p.98.

3 Ibid.

4 Alan Levenson, "Jewish Responses to Modern Biblical Criticism: Some Reflections and a Course Proposal," in *Shofar*, Vol. 12, No.3 (Spring, 1994), p.100.

5 Yaakov Shavit, Mordechai Eran, *The Hebrew Bible Reborn: From Holy Scripture to the Book of Books*, trans. Chaya Naor, Berlin: Walter De Gruyter, 2007, p.114.

6 Ibid., p.111.

杰夫(Judah Leib Ben-Ze'ev)率先提到圣经批评准则问题。在他看来,19世纪初期多数犹太人沿袭的是基督徒在启蒙运动时期的路径,相信《五经》天启,具有权威性和统一性,也相信马索拉版本的真实性。早期的启蒙思想家喜欢停留在“安全界线”之内:致力于圣经文学中的诗歌研究以及圣经语言的澄清,或者是介绍他们在文本中发现的各种错误。他们有时讨论各卷作品的撰写时间、作者身份(比如,《以赛亚书》的作者),但根本没有谈及《五经》本身的历史,或者是圣经传统的历史确定性。[1]从本质上看,杰夫本人在观念上对基督徒学者还是有排斥的,而且充满矛盾。他意识到由于身份不同,基督徒与犹太学者可以沿袭不同的研究路径;认为德国著名的圣经批评专家艾希霍恩不是犹太人,因此用不着逐字接受圣经的话语,而犹太人也无须遵循其思想范式。[2]但在讨论《以赛亚书》的整体性时,他又受艾希霍恩的影响,指出《以赛亚书》在时间、主题与风格上的差异,还指出《撒母耳记(上)》第17章中关于大卫与歌利亚的故事显然是由后来者把两种文献组合在一起而成。[3]

19世纪前期多数意识到现代圣经研究发展动向的犹太学者有意忽略圣经前五章,即《五经》的成书与编修问题,但也有例外,第一位敢于表达支持现代圣经批评见解的是历史学家约斯特(Isaak Marcus Jost)。身为艾希霍恩的弟子,约斯特接受了高级批评的观点,认为《摩西五经》写于第一圣殿遭到毁灭之后。他支持圣经批评,认为对犹太教没有害处。其基本观点是:圣经各卷分别由一个人写成,受到神的启示,但属于当时人的创造;圣经经历了漫长的编纂过程,经历了反复的材料整理与修订才得以成书,这也是一个形成民族历史的过程。[4]

在约斯特看来,圣经是不受历史与时间影响的一部书,因此历史研究无法削弱或否认其作为犹太教形成期重要著作的位置。圣经并

1 Yaakov Shavit & Mordechai Eran, *The Hebrew Bible Reborn: From Holy Scripture to the Book of Books*, trans. Chaya Naor, Berlin: Walter De Gruyter, 2007, pp.115–116.

2 Ibid., p.115.

3 Magne Sæbø, ed., *Hebrew Bible/Old Testament: The History of Its Interpretation*, Vol. Ⅲ / Ⅰ, Göttingen: Vandenhoeck & Ruprecht, 2013, pp.278–279.

4 Ibid., pp.283–284.

非历史著作，其所描述的历史时期对犹太史并不重要，因此历史批评并不能对犹太教造成任何伤害。其观点在犹太人描述过去的新图景过程中起到了里程碑的作用。[1]约斯特接受了“圣经犹太教”与“后圣经犹太教”始于巴比伦流亡的观点，认为圣经这部书并非写于一般认为的圣经时代，而是写于其后，因此圣经所描绘的并非圣经时代的犹太世界，而是后来的犹太世界。是经典的圣经文本塑造了犹太教的精神意象。这是号召以民族世界观的精神“回归圣经”，即回归圣经的真实世界。

意大利启蒙主义者卢扎托对约斯特的主张表示不满。卢扎托认为，约斯特否认《托拉》（即《摩西五经》）来自上帝，故而接受了关于《托拉》有多重来源的高级批评的结论。卢扎托（与他之前的门德尔松一样）认定，不能像探讨埃及、亚述和巴比伦古代生活那样来探讨以色列的古代生活，他认为约斯特的圣经批评危害到犹太信仰。卢扎托认为，《托拉》之所以风格多样，是因为它写于摩西生活的不同时期，但他不反对《摩西五经》并非全部出自摩西之手的观点。顶多，他准备接受《诗篇》中某些章节写于巴比伦流亡之后之说。从卢扎托对约斯特的严厉批评中，我们可以看到，卢扎托确信：不信仰神授《托拉》，不信仰《托拉》中所叙述的神迹奇事的字面真实，就没有犹太人和犹太教的生存基础。[2]他也相信需要使用高级批评的方法来进行回应，在他看来，《托拉》虽没有添加任何内容，但并非其所有部分均由摩西书写并编纂而成。他引证了一些证据，表明在摩西时代之前的很长时间，中东地区就有了丰富的文学书写，摩西可以写成《五经》。[3]

及至19世纪下半叶，犹太学者已出版了一些著述，来回应文献假说的以及圣经文本历史化的观点，并论及这些观点如何在犹太世界得以接受，反映出犹太社会的思想与文化发展倾向。大体上看，当时犹太学者对于现代圣经批评的态度可分为如下几种倾向：

首先，在正统派犹太教徒看来，接受文献假说无异于接受带有毁灭

1 Yaakov Shavit, Mordechai Eran, *The Hebrew Bible Reborn: From Holy Scripture to the Book of Books*, trans. Chaya Naor, Berlin: Walter De Gruyter, 2007, p.118.

2 Ibid., pp.118–119.

3 Ibid., p.119.

性危险的异端邪说。19世纪犹太人最重要的学术研究出自德国犹太人之手。犹太人试图争取平等的公民权，并融入当时的社会，其圣经研究也反映出那一时代的文化与宗教变迁。[1]柏林拉比学院院长霍夫曼（Zvi Hoffman）似乎想用科学与文学模式证明摩西作《托拉》是真实的，但后来发现他被迫接受圣经批评的某种原则和进化的观点。霍夫曼是一位匈牙利籍犹太人，在德国接受教育，并在柏林的一座正统派拉比学院任教。他在著述中表明，他最早也认为《五经》神授，摩西是《五经》的作者，但逐渐感到一味重述传统的研究是不够的。在1879年到1880年的系列文章中，他开始挑战“新假说”理论。大约二十年后，他从文本角度，针对威尔豪森关于祭司法典成书年代及其与《申命记》来源关系的论述提出一系列质疑，目的在于推翻威尔豪森的历史—文本理论的学说，以保持《五经》的完整性。[2]霍夫曼宣布不能对任何“文献假说”妥协。而且，他“证明”祭司资料来源并非写于第一圣殿被毁之后，因为其中的律法内容不适用于公元5世纪的经济现实。德国的一些正统派犹太人感到霍夫曼的著述对威尔豪森理论进行了充足的回应，犹太世界把霍夫曼视为最早对《五经》表示忠诚的人之一，认为他在19世纪70年代敢于对威尔豪森进行批评，维护了犹太人的信仰、圣经传统的真实性以及《五经》的完整性。[3]

其次，以格雷茨（Zvi Graetz）为代表的学者对威尔豪森的学说进行诟病。格雷茨反对威尔豪森的文献假说，认为威尔豪森仇恨犹太人，又不懂希伯来语，对亚伯拉罕、摩西和以斯拉均有反感。他认为威尔豪森关于以斯拉撰写《托拉》的观点只是空谈，因为以斯拉写作的风格与《托拉》其他作者的风格不同。如果《五经》不是在以斯拉之前便已经写就，那么以斯拉的敌人撒玛利亚人将永远不会承认《五经》乃圣书。他认为文献假说这样的圣经批评非常肤浅，错误百出，号召读者予以

1 Adele Berlin, Marc Zvi Brettler, eds., *Jewish Study Bible*, New York: Oxford University Press, 2014, p.1966.

2 Magne Sæbø, ed., *Hebrew Bible/Old Testament: The History of Its Interpretation*, Vol. Ⅲ / Ⅰ, Göttingen: Vandenhoeck & Ruprecht, 2013, p.291.

3 Yaakov Shavit, Mordechai Eran, *The Hebrew Bible Reborn: From Holy Scripture to the Book of Books*, trans. Chaya Naor, Berlin: Walter De Gruyter, 2007, p.115.

反对。[1]

再次，也有一些犹太学者不反对从事圣经批评。素有“加利西亚的伏尔泰”之称的犹太启蒙思想家肖尔（Heschel Schorr）曾致力于低级批评研究，指出马索拉版圣经中存在着大量错误，同时指出巴比伦之囚事件之后的犹太教受琐罗亚斯德教影响，发生了极大变化。他认为《创世记》属于闪米特神话传统，并非历史著作。他主张，犹太学者从事圣经批评应该具有合法性，因为只有犹太圣经批评可以纠正基督教学者研究中的错误，并克服其危险。[2]

此外，还有一批犹太学者甚至对欧洲现代圣经批评采取包容的态度。犹太启蒙思想家里连布鲁姆（Moshe Leib Lilienblum）在阅读现代圣经批评理论以及斯宾诺莎学说之前，对创世理念与神授《五经》深信不疑。而在阅读了这些理论之后，他被《五经》成书年代、《五经》中包括了神话传说、《五经》律法应与圣经故事分割开来等现代观念搅得心绪烦乱，最后他决定选择斯宾诺莎的上帝。[3]对于维护传统者来说，这样的观点无异于来自犹太世界内部的异端邪说。

二、“回归圣经”与犹太民族主义的兴起

“回归圣经”与现代犹太民族主义与犹太复国主义渊源很深。具有“自由思想”的民族主义理论家与启蒙主义者的共同之处在于试图维护民族传统，在这个传统中，圣经无疑被当成表达创造性与民族才能的作品。与此同时，他们也具备了基本的唯物史观，能够以发展的现代眼光看待圣经与圣经批评。早期的民族主义者摩西·赫斯（Moses Hess）认为：种族与宗教具有一种有机的联系。他在《罗马和耶路撒冷》中写道：圣经是表达犹太种族及其生存整体才能的有机创造。他并不为《五经》来源与编撰时间所困：一方面，他接受了《五经》是在《申命记》之后编纂而成的观点；另一方面，他同意《创世记》的宇宙哲学形成

1 Yaakov Shavit, Mordechai Eran, *The Hebrew Bible Reborn: From Holy Scripture to the Book of Books*, trans. Chaya Naor, Berlin: Walter De Gruyter, 2007, p.133.

2 Ibid., p.120.

3 Ibid., pp.99–110.

于巴比伦流亡时期，在需要解释安息日起源时受到巴比伦宇宙哲学的影响。

一些重要的犹太启蒙作家和民族主义者，如佩雷茨·斯莫伦斯金（Peretz Smolenskin）与金斯博格（Asher Ginsberg，即阿哈德·哈阿姆），均对传统的犹太教提出批评。但他们同系犹太文化民族主义者，认为欧洲的圣经批评会减少《希伯来圣经》的精髓，因此他们都不赞同强化圣经批评。[1]斯莫伦斯金主张要维护《五经》与《先知书》的神圣性。但是作为犹太启蒙主义者，他又发现难以从各个层面都接受《五经》的权威性。他论证说《五经》并非传授给一代又一代人的历史，也并非描绘创世顺序，讲述《创世记》故事的目的是为了引出律法书。[2]

近年来，犹太学者开始探讨圣经批评与犹太民族主义，乃至犹太复国主义的关系。有学者把研究起点定在犹太文化复国主义先驱阿哈德·哈阿姆身上。阿哈德·哈阿姆把圣经视为构成犹太民族的重要因素，认为它把犹太人与过去联系在了一起。从现有资料看，圣经批评并未引起阿哈德·哈阿姆的特别关注。他不但认为圣经批评家所作的结论并非具有科学性，并非无懈可击，而且在一些重要观点上与之针锋相对。在他看来，摩西这个人物是否存在，是否符合历史叙述都无关大局，因为几个世纪以来，犹太人已经拥有另一个摩西，他们在内心深处已经把摩西奉为神圣，他早已影响着犹太民族的生活。摩西的存在显然成为历史事实，与学者研究没有关系。圣经不仅代表着犹太人的民族精神，而且拥有永恒的历史力量。至于为什么是这卷书而不是那卷书被写进了《圣经》，则无关大局。[3]而在他自己所办的希伯来语月刊《哈施洛阿赫》（*Hashiloah*）是否接受圣经批评文章这一问题上，他显得审慎与踟蹰，基本上不采用旗帜鲜明地挑战摩西乃《五经》作者之观点

1 Magne Sæbø, ed., *Hebrew Bible/Old Testament: The History of Its Interpretation*, Vol. Ⅲ / Ⅰ, Göttingen: Vandenhoeck & Ruprecht, 2013, p.277.

2 Yaakov Shavit, Mordechai Eran, *The Hebrew Bible Reborn: From Holy Scripture to the Book of Books*, trans. Chaya Naor, Berlin: Walter De Gruyter, 2007, p.150.

3 Alan Arkush, “Biblical Criticism and Cultural Zionism Prior to the First World War,” in *Jewish History*, Vol. 21, No. 2 (2007), p.124.

的文章，甚至反对在巴勒斯坦地区的高中课程中加进圣经批评的内容。[1]可见，决定阿哈德·哈阿姆立场的并非神学意义，也非历史真实，而是政治与民族取向，这也显示出他对犹太传统的维护。

后来接替他办《哈施洛阿赫》的犹太历史学家克劳斯纳却对现代圣经批评理论采取较为包容的态度。克劳斯纳虽然承认是阿哈德·哈阿姆的弟子，但自称受柏拉图、康德、托尔斯泰、卢扎托等人的思想影响更多一些。他既不因为文献假说而否定传统，也不特别推崇威尔豪森及其弟子。但在他看来，威尔豪森等人的方法也会变成一种真正的神圣"传统"，没有人将会因为接触它而受到惩罚，因此他能够接受一些观点激进的文章。克劳斯纳是一位人文主义者，他把摩西当成历史人物，但是他不提西奈山显灵，也不提神授《托拉》。他把一神教描述成历史发展的产物，认为其受到闪米特民族共同拥有的单一主神教与周边自然环境的影响。但与此同时，他也将一神教作为犹太人（意识到唯一至高无上力量的存在）的特征，把《托拉》视为预言达到极致时历史发展的产物，[2]甚至认为经历了启蒙的犹太教完全不是正统的，并且依赖于现代圣经批评。[3]这些观点确实体现出接受人文主义思想熏陶的现代犹太人的开明，但却被一些传统犹太人视为离经叛道。在克劳斯纳主管《哈施洛阿赫》期间，曾经登载介绍威尔豪森学说的文章。有学者认为，信仰的一代不应该再惧怕这种文献假说，毕竟已经到了现代，公众已经不再相信诸多奇迹的发生（包括西奈山启示），没有理由这样理解。究竟有多少人写了《托拉》，或者是《托拉》如何及给予谁并不重要，因为《托拉》只是犹太人童年时代的一个标志，经过了漫长的发展过程。但是，要号召犹太人对圣经进行独创性与开创性的研究。

需要指出的是，犹太世界的"回归圣经"，并不仅仅局限于从文本

1 B. Harshav, *Language in Time of Revolution*, Berkeley: University of California Press, 1993, p.111.

2 Yaakov Shavit, Mordechai Eran, *The Hebrew Bible Reborn: From Holy Scripture to the Book of Books*, trans. Chaya Naor, Berlin: Walter De Gruyter, 2007, p.151.

3 Alan Arkush, "Biblical Criticism and Cultural Zionism Prior to the First World War," in *Jewish History*, Vol. 21, No. 2 (2007), p.125.

阐释角度回归原典,从圣经批评角度维护经典,而且还包括回归圣经时代的文化精神氛围。犹太启蒙主义者、立陶宛籍犹太人亚伯拉罕·玛普(Abraham Mapu)使用圣经希伯来语创作了长篇小说《锡安之恋》,描绘了圣经时代锡安地区优美的自然风光与田园牧歌图景,歌咏了圣经时代青年男女的真挚恋情,把流亡时期犹太人对圣经时代的家园想象做了具体呈现。小说对圣经时代田园牧歌式的农业场景和风景加以描绘,强化了东欧犹太人对自身悲惨生活的认知与不满。取自圣经的优美隽永的诗歌和崇高典雅的语言唤起了犹太启蒙思想家在复兴民族运动中所需要的审美情感,使欧洲犹太人对圣经时代祖辈的辉煌感到自豪。许多人把《锡安之恋》视为圣经的延伸,甚至试图模仿主人公的生活方式。尽管玛普只是一个启蒙主义者,但他通过小说所呈现的圣经时代犹太人的生活图景与数十年后犹太复国主义"回归锡安"的政治理想竟然不谋而合,激起了以色列第一任总理本-古里安为代表的犹太复国主义先驱者"对锡安的渴望"。[1] 从这个意义上说,圣经在犹太人与先祖生存的巴勒斯坦土地之间建构起联系,使散居各地的犹太人拥有了一种家园意识。这种家园意识既唤醒了流散地的一些犹太人回归故乡的情感,又有助于彰显犹太复国理想的合法性。

尽管圣经中的许多内容与犹太世界不可分割,但只有到了19世纪它才出现在犹太会堂、书屋(Bet Midrash)和评注中,进入学校、戏剧与艺术殿堂。从此,圣经不光作为犹太传统解经学的评注主体,而且变成优秀的文学作品、"世俗的"民族历史、宇宙伦理之作,它忠实地反映了圣经时代以色列之地的现实,并被视为指南。它还启迪了不可胜数的文学与艺术作品,为诸多意识形态提供了合法的依据,为想象中的未来世界提供了丰富多彩的画面。[2]也是在19世纪,当犹太人逐渐融入西欧和中欧文化中时,也逐渐了解了新的圣经研究方式,它们挑战了传统的假设、信仰、历史起源、文本编修以及解经方法,等等。犹太人对于这些现代批评方法的态度具有选择性,他们对于威尔豪森及其学派所进行的最致命的攻击是"圣经是用希伯来语写成,而不是用德语写成"。这

1 Anita Shapira, "The Bible and Israeli Identity," in *AJS Review*, Vol.28, No. 1, 2004.

2 Yaakov Shavit, Mordechai Eran, *The Hebrew Bible Reborn: From Holy Scripture to the Book of Books*, trans. Chaya Naor, Berlin: Walter De Gruyter, 2007, p.36.

在某种程度上会使学术交流受到阻碍，导致犹太圣经研究无法纳入欧洲圣经研究的总体之中。但历史本身就是这样神奇，在犹太民族主义与犹太复国主义兴起后，圣经本身又被世俗化与政治化，这促使欧洲犹太人在圣书与土地、历史与现在之间建立联系，进而推动了现代犹太民族国家的构建。[1]

1 笔者曾就圣经与现代犹太民族国家的构建问题进行过专门论述。参见钟志清：《圣经与现代以色列民族国家的构建》，《西亚非洲》2014年第3期；以及《想象乌托邦：第一部现代希伯来小说〈锡安之恋〉》，《国外文学》2015年第3期。

第六章 圣经书写与现代希伯来文学

现代希伯来文学虽然发轫于欧洲，但在思想内容与表现形式上却呈现出将几种文学传统兼容并蓄的特征，堪称古老犹太民族文化传统、现代西方文化传统和以色列本土文化相互结合的产物。纵观整个现代希伯来文学传统，沿用古代《希伯来圣经》书写范式与母题来描写当代生活的现象比较常见。

一、现代希伯来文学对圣经书写范式的借鉴

第一部现代希伯来语小说《锡安之恋》出自亚伯拉罕・玛普之手，作者从希伯来语、人物与风景、流亡与回归三个维度对圣经时代的古代犹太民族家园进行了乌托邦想象。[1]

第一位现代希伯来语诗人比阿里克（Haim Nachman Bialik）1873年1月11日生于乌克兰的一个小村庄，自幼便在祖父和父亲的敦促下攻读《摩西五经》、《塔木德》、《光辉之书》和祈祷书等犹太经典文献，十三岁时就可以在犹太会堂对人们提出的律法问题对答如流。十七岁那年离家到立陶宛的一个经学院继续攻读犹太经典《塔木德》。在所有的犹太经典中，他最为推崇圣经。在他眼中，古代希伯来文学经典圣经乃是大流散时期犹太人的“代用家园”（Substitute homeland），堪称犹太人世世代代的精神力量。[2]

1 参见第二编第五章“犹太人的‘回归圣经’”有关内容。

2 David Aberbach, *Bialik*, London: Peter Halban Publishers LTD, 1988, p.39.

比阿里克登上文坛之际，源自圣经的现代希伯来文学预言模式已有长足的发展。希伯来语作家模仿《创世记》《士师记》《撒母耳记》《列王纪》《诗篇》《箴言》《哀歌》，运用圣经词汇、人物与情节从事文学创作。随着犹太复国主义在19世纪末期的出现，预言诗歌这种文学类型成为传播犹太复国主义思想与民族救赎理念的重要工具。[1]预言模式中的主人翁是具有先见之明，可以预示民族命运的先知。而在比阿里克眼中，先知不仅是一位诗人，而且是社会改良者和革命者，是人类的良知，先知那充满激情的预言可以保护大流散中的犹太人。[2]这种对先知意义的特殊认知无疑与比阿里克的犹太复国主义思想形成契合，因此他本人在创作中有意运用预言这种文学模式，来抒发其犹太复国主义理想。

1897年，犹太复国主义领袖西奥多・赫茨尔（T. Hetzl）提出召开第一次犹太复国主义大会，讨论建立独立的犹太国家，以期解决“犹太问题”。犹太复国主义者们纷纷在各地组织代表团，而许多犹太人却对犹太复国主义事业无动于衷，甚至报以挖苦嘲讽，比阿里克对此表现出愤懑，指责犹太人精神退缩，唯利是图。他在1897年发表的诗歌《百姓徒然是草》中，将犹太人比作“枯草”。“枯草”意象源于《以赛亚书》第40章第7节：“草必枯干，花必凋残，因为耶和华的气吹在其上；百姓诚然是草。草必枯干，花必凋残；唯有我们，上帝的话必远立定！”比阿里克在自己的诗中尽管没有使用圣经中先知预言的范式，如“耶和华说”“耶和华晓谕”等，但显然是再创造地模仿圣经预言中的词法与声调。在圣经中，先知以赛亚传递的信息是人如草芥会死，但上帝的话永存。而比阿里克却运用圣经典故，谴责现实社会中犹太人的被动与软弱，因民族复兴的前景忧心忡忡。这首诗标志着比阿里克诗歌创作的一个新起点。

1904年，比阿里克发表了长诗《在屠城》（*Be-Ir Ha-hareigah, In the City of Slaughter*）。该诗写一位诗人—先知在基什尼奥夫惨案发生后临危受命，前去惨案发生地进行调查，间接见证浩劫惨状，表现了受难者

1 参见Dan Miran, *The Prophetic Mode in Modern Hebrew Poetry and Other Essays on Modern Hebrew Literature*, London: The Toby Press, 2010, pp.142–146。

2 David Aberbach, *Bialik*, London: Peter Halban Publishers LTD, 1988, p.41.

的不幸。他在运用想象与虚构方式的同时，还套用了先知预言的某些书写范式，借用了圣经中的格律、结构、句法和对仗、比喻等修辞手法，在一定程度上增加了诗歌本身的神圣感，在读者中间产生反响。此外，他在诗歌中淡化了圣经之《哀歌》以来犹太人反映灾难所倾向使用的悲悼传统，以凸显他本人对犹太人软弱怯懦的愤怒意识，以警醒犹太人意识到时下的精神危机。

《在屠城》[1]一诗共三百多行。它以一个旁观者的视角，描写屠杀发生之后的城市惨象，以及因各种所见所闻而引起的心灵冲突。《在屠城》开篇，写一位不知名的说话人向一位被称作“人”或“人子”的听者讲话，敦促他前去屠城，并引领他穿过满目疮痍的城市：

起身前去屠城啊
迂回来到其院落
用你的手摸摸，用你的双眼看看
篱笆、树木、石头和墙泥
斑驳的血块，死者干涸的脑浆。
从那里进入废墟
……

乍看之下，《在屠城》起句使用的是祈使句，这一用法令熟悉希伯来书写传统的人联想到圣经中上帝对其选民发出命令。“起身”或者“起来”，即希伯来语“库姆”(kum)，后加动词的句式在圣经中也别具一格，它最早见于《创世记》第12章第1节，上帝命令亚伯拉罕起身前去迦南：“起来，去吧，去吧，离开本地，本族，父家，往我所要指示你的地去。”[2]在《以西结书》中，上帝召唤“人子”沿用的也是这种句式，“人子啊，你

1 希伯来文版《在屠城》(הַהֲרֵגָה בְּעִיר)网址见于http: //benyehuda.org/bialik/beir.html。其英文版*In the City of Slaughter*参见Alan Mintz, *Hurban: Response to Catastrophe in Hebrew Literature*, New York: Columbia University Press, 1984, pp.132–141。

2《圣经·创世记》12:1。

起身”[1],“我差你往悖逆的国人以色列人那里去”[2]。类似的表达在《约拿书》中也有所体现,上帝对约拿说:“起来,向尼尼微大城去。”[3]亚伯拉罕、以西结、约拿等几位接受上帝命令者,或者是犹太人的先祖,或者是先知,他们皆需具备与众不同的超凡特质,才能接受上帝召唤,前去履行上帝的使命。以此类推,自幼深受犹太传统文化影响的比阿里克接受犹太社区领袖委派前去屠城也是在完成一种使命,从某种意义上是在扮演现代民族先知这一角色,他本人则起到了类似圣经时期先知的作用。借用犹太文学批评家阿兰·民茨的说法,《在屠城》这首诗建立起一种先知(或预言者)—诗人的范式,上帝命令这个先知在犹太灾难之后去见证、指责与安抚,这便是诗歌中先知的中心使命。[4]

接下来,比阿里克再次套用《创世记》第13章“你举目向东西南北观看,凡你所看见的一切地,我都要赐给你和你的后裔,直到永远”;《申命记》第3章“你且上毗斯迦山顶去,向东、西、南、北举目观望,因为你必不能过这约旦河”;以及《以赛亚书》第49章“你举目向四方观看,他们都聚集来到你这里”的范式,[5]从视觉、触觉、嗅觉、听觉等方面对在浩劫之后的现实惨象与无法治愈的精神创伤进行描写:用你的手摸摸,用你的眼睛看看“篱笆、树木、石头和墙泥,斑驳的血块,死者干涸的脑浆……”在圣经中,命令举目四望者乃至高无上的上帝耶和华,接受命令者分别为犹太先祖亚伯兰(即后来的亚伯拉罕)、民族领袖摩西和先知以赛亚,他们某种程度上是在上帝引领下,在民族创建之初瞻望民族前景。而在《在屠城》中,接受命令者则是身份徘徊于民族先知与世俗诗人之间的比阿里克,其目的更多地在于了解民族当下的生存惨状,促使人意识到民族自身的问题。

仿圣经词语、语法及修辞手段构成本诗与圣经的又一个重要关联。

1《圣经·以西结书》2:1。

2《圣经·以西结书》2:3。

3《圣经·约拿书》1:2。

4 Alan Mintz, *Hurban: Response to Catastrophe in Hebrew Literature*, New York: Columbia University Press, 1984, pp.142–143. 哈佛大学露丝·怀斯教授则认为诗中的“人子”不能等同于诗人比阿里克,而笔者更倾向于民茨教授的说法。

5《圣经·创世记》14:15;《圣经·申命记》3:27;《圣经·以赛亚书》49:18。

在三百多行诗中，直接引用或间接引用《创世记》《民数记》《申命记》《耶利米书》《诗篇》《约伯记》等圣经经卷约有三十处，[1]可以强化语言张力，渲染恐怖气氛，甚至引发一种“金刚怒目式”的抗议，如“上千把金色阳光利剑，直刺他的身体”，显然是《箴言》中“剑直刺他的肝”句式的变体。[2]

回顾圣经中的《哀歌》传统，上帝动怒往往是因为人类犯下罪愆。公元前586年，巴比伦王尼布甲尼撒二世率军进兵耶路撒冷，围困城池，火烧圣殿，拆毁城墙，屠杀犹太首领，掳掠犹太百姓，酿成了耸人听闻的“巴比伦之囚”事件。素有“哭泣先知”之称的圣经时期的犹太先知耶利米作《哀歌》[3]记载耶路撒冷陷落后“少年人和老年人都在街上躺卧，我的处女和壮丁都在刀下”的惨景，抒发亡国之哀伤、痛悔与悲悼。此外，《哀歌》也反映出“人因犯下罪愆而受罚”[4]的因果报应思想。

《在屠城》一诗的主体格调可概括为愤怒、激越、充满着冲突，[5]而不是《哀歌》中的那种哀恸与悲天悯人。比阿里克尽管在《在屠城》一诗中提到“人子”的哭泣，[6]但是哭泣不能等同于哀恸甚或悲悼。总体上看，比阿里克写此诗的主要目的不是为哀悼受难者，而是要表达他身处旧日犹太人遭受屠戮与奸淫场景时产生的愤怒，这愤怒当然不排除谴责施暴者的不义行径，但更多的则是对上帝及其选民发怒。[7]诗人—先知感受到浩劫后的种种惨象后，一方面像圣经时期先知耶利米那样追

1 犹太学者David Roskies在编纂《灾难文学》一书时，曾经就《在屠城》一诗的用典进行了细致标示。参见David G. Roskies, *The Literature of Destruction: Jewish Responses to Catastrophe*, Philadelphia: Jewish Publication Society, 1989, pp.160–168。

2《箴言》7:23。

3 见于《圣经·哀歌》2:21。笔者在这里沿用的是传统《哀歌》作者之说。亦有研究表明,《哀歌》出自百姓之口。

4《圣经·哀歌》3:39。

5 来自哈佛大学的露丝·怀斯教授与笔者的学术讨论。

6 “人子，你为何哭泣？”见于比阿里克《在屠城》英文版第126行。参见Alan Mintz, *Hurban: Response to Catastrophe in Hebrew Literature*, New York: Columbia University Press, 1984。

7 David Roskies, *The Literature of Destruction: Jewish Responses to Catastrophe*, Philadelphia: Jewish Publication Society, 1989, p.146.

问上帝为何抛弃自己的子民，在这一点上，或许如犹太学者罗斯基斯所说，表达出了对上帝放弃权利的抗议；[1]另一方面，作者也表现出对东欧犹太人行为方式的不满，抨击其在外侮面前懦弱无能，苟且偷生。也许正是为强化其对犹太人的被动与无能的愤怒，比阿里克有意忽略了犹太人对施暴者所进行的零星反抗。

二、现代希伯来文学对“以撒献祭”母题的重释

与此同时，对古老宗教与文学经典做出带有世俗化意义的现代阐释也成为现代希伯来诗歌、小说与戏剧的一个重要素材。

“以撒献祭”（希伯来文 Aqedah，英文 Binding of Isaac，中文习惯亦称“以撒的捆绑”、“以撒受缚”或“以撒的牺牲”）这一众多中国读者耳熟能详的典故最早见于《圣经·创世记》第22章，虽然篇幅不长，但在整个圣经中的位置很重要。依照《圣经·创世记》记载，亚伯拉罕和撒拉在年迈之际得子以撒，上帝要对亚伯拉罕进行考验，便命令亚伯拉罕将以撒献为燔祭：

1 这些事以后，上帝要考验亚伯拉罕，就呼叫他说，亚伯拉罕，他说，我在这里。

2 上帝说，你带着你的儿子，就是你独生的儿子，你所爱的以撒，往摩利亚地去，在我所要指示你的山上，把他献为燔祭。

3 亚伯拉罕清早起来，备上驴，带着两个仆人和他儿子以撒，也劈好了燔祭的柴，就起身往神所指示他的地方去了。

4 到了第三日，亚伯拉罕举目远远地看见那地方。

5 亚伯拉罕对他的仆人说，你们和驴在此等候，我与童子往那里去拜一拜，就回到你们这里来。

6 亚伯拉罕把燔祭的柴放在他儿子以撒身上，自己手里拿着火与刀。于是二人同行。

---

1 David Roskies, *Against the Apocalypse: Responses to Catastrophe in Modern Jewish Culture*, Cambridge: Harvard University Press, 1984, p.91.

7 以撒对他父亲亚伯拉罕说，父亲哪，亚伯拉罕说，我儿，我在这里。以撒说，请看，火与柴都有了，但燔祭的羊羔在哪里呢？

8 亚伯拉罕说，我儿，神必自己预备作燔祭的羊羔。于是二人同行。

9 他们到了上帝所指示的地方，亚伯拉罕在那里筑坛，把柴摆好，捆绑他的儿子以撒，放在坛的柴上。

10 亚伯拉罕就伸手拿刀，要杀他的儿子。

11 耶和华的使者从天上呼叫他说，亚伯拉罕，亚伯拉罕，他说，我在这里。

12 天使说，你不可在这童子身上下手。一点不可害他。现在我知道你是敬畏上帝的了。因为你没有将你的儿子，就是你独生的儿子，留下不给我。

13 亚伯拉罕举目观看，不料，有一只公羊，两角扣在稠密的小树中，亚伯拉罕就取了那只公羊来，献为燔祭，代替他的儿子。

14 亚伯拉罕给那地方起名叫耶和华以勒（意思就是耶和华必预备），直到今日人还说，在耶和华的山上必有预备。

15 耶和华的使者第二次从天上呼叫亚伯拉罕。

16 耶和华说，你既行了这事，不留下你的儿子，就是你独生的儿子，我便指着自己起誓说：

17 论福，我必赐大福给你。论子孙，我必叫你的子孙多起来，如同天上的星，海边的沙。你子孙必得着仇敌的城门。

18 并且地上万国都必因你的后裔得福，因为你听从了我的话。

19 于是亚伯拉罕回到他仆人那里，他们一同起身往别是巴去，亚伯拉罕就住在别是巴。[1]

从内容上看，这短短的19段文字可以划分为几个部分：

第一段写的是上帝要考验亚伯拉罕，于是呼唤他，亚伯拉罕回答说，“我在这里”。表现出他随时听从命令的态度。第二段是上帝命令

1 引文参照《新旧约全书》和合本。

亚伯拉罕将自己的唯一爱子献为燔祭。第三段到第十段叙述亚伯拉罕听从上帝之命，备好献祭用的柴、火与刀，携带以撒去往摩利亚山，在那里筑坛堆柴，捆绑以撒，欲亲手杀死其唯一的爱子，并将其献为燔祭。这一部分的对话则充满了戏剧性，似乎已经暗示出代祭羔羊的出现。第十一段到第十四段叙述天使出现，传上帝旨意，用羔羊代替以撒，亚伯拉罕为该地命名。第十五段到第十九段写天使第二次出现传递上帝旨意，由于亚伯拉罕听从了上帝的话，上帝赐福亚伯拉罕及其子孙，亚伯拉罕与仆人动身前往别是巴，并居住在那里。

古代犹太历史文献在某种程度上是对圣经的重写，诸多拉比、学者、圣经评注者、神学家都对“以撒献祭”这一非常令人费解的圣经叙事予以极大关注。[1]信仰者们经常将以撒献祭与犹太人对人神关系的理解联系起来：上帝曾经与亚伯拉罕立约，许诺亚伯拉罕要做多国的父，亚伯拉罕及其子孙要受割礼，他要做“无瑕的人”，或者说“完人”（希伯来文原文是Tamim，英文译本或将其译作“完美的”，或译作“无可指责的”）。将以撒作为燔祭也是亚伯拉罕在履行与神的契约时应该尽到的一种义务，是上帝在对亚伯拉罕进行考验，而上帝最后命令用羊代替以撒则体现出上帝的慈悲情怀，及其对“选民”[2]的一种关爱。

在犹太历史学家约瑟夫斯的书写中，“以撒献祭”的故事与圣经中的说法有所不同，他未提及亚伯拉罕准备献祭的过程，也未提及他所携带的物品的名称，亚伯拉罕和以撒的对话也失去了戏剧性。以撒年龄大约有二十五岁，[3]他问父亲要奉献什么，因为没有看到动物。亚伯拉罕说上帝会提供祭品。犹太思想家菲洛反对称“以撒献祭”乃是人类对上帝作出牺牲。亚伯拉罕面对的是人类的创造者，以撒代表着自然界的造物。父亲亚伯拉罕对以撒的爱不只是父子之爱，而且代表着对以撒所代表的造物的欣赏。上帝不愿意人类做过多的牺牲，因此用羔羊

1 Mishael Maswari Caspi, *Take Now Thy Son: The Motif of the Aqedah (Binding) in Literature*, North Richland Hills, Texas: Bibal Press, 2001, p.1.

2 关于“选民”之说，在犹太世界中也有争议，并非所有的犹太人均把自己当成上帝的选民。

3 另有说法为十到十二岁，或者再大一些，参见James L. Kugel, *How to Read Bible*, New York: Free Press, 2008, p.125。而拉什等评注家认为以撒当时三十七岁。

代替以撒。

“米德拉西”在对圣经进行理解与诠释时又加进了新的内容，圣经中没详细描写亚伯拉罕的内在冲突和决定，但是在拉什的《米德拉西》中却描述了亚伯拉罕渴望履行上帝的命令。[1]后来的解经学家甚至探讨以撒母亲撒拉这一形象为何缺失，[2]乃至以撒在祭坛上的死而复活。在犹太传统仪式中，人们除在晨祷前或节期唱诵“以撒的牺牲”外，还要在新年的第二天唱诵它。而此时人们所吹的羊角号则与顶替以撒的献祭羔羊建立了某种象征性的联系，在某种程度上令人联想到自由的可贵。在犹太传统思想中，以撒走向祭坛有时被一些评注家视作犹太人朝着殉难目标行进的朝觐过程。犹太人准备在神明的召唤下献出生命，这种“为圣化上帝之名（而死）”（Kiddush Hashem）的理念在大屠杀期间几乎达到极致。

随着犹太人向巴勒斯坦移居，犹太复国主义教育体制将学习圣经作为在巴勒斯坦和后来的以色列进行世俗化教育的一个基本举措，而读者与作家把圣经视为创作新文学作品的源泉。[3]自20世纪40年代以来，以撒成为犹太复国主义思想和希伯来文学作品中的关键性形象，但充满悖论的是，这一形象既代表着犹太人在大屠杀中被动遭受屠戮，又代表着民族志士为国家而献身。[4]总之，用列文森教授的话说，“以撒献祭”变成一个基本的行动，其结果延伸到世代以以撒为父的人身上。[5]

具体到文学艺术领域，现代希伯来语作家和艺术家在以“以撒献祭”为依据进行创作时，既注重反映出原有母题的意义，又将理解的视

1 Rashi: *Genesis*, 22∶3.

2 Irit Aharony, “The Outcry, the Question and the Silence-Sarah and the Akadah in the Midrash and in Contemporary Israeli Literature,” in *Unbinding the Binding of Isaac*, eds., Michael M. Caspi, John T. Greene, Lanham: University of America, 2006, pp.152–161.

3 参见Gershon Shaked, “Modern Midrash: The Biblical Canon and Modern Literature,” in *AJS Review*, 28(2004), p.44。

4 参见Yael S. Feldman, *Glory and Agony: Isaac's Sacrifice and National Narrative*, California: Stanford University Press, 2010, p.20。

5 Jon D. Levenson, “The Rewritten Aqedah of Jewish Tradition,” in *The Death and Resurrection of the Beloved Son*, New Haven and London: Yale University Press, 1993, p.174.

野从宗教引向世俗。正是在民族历史转折的关键时刻，"以撒献祭"母题逐渐体现出父亲为实现民族救赎理念而愿意奉献自己爱子的理念。

现代希伯来诗歌往往从多个角度间接援引或直接套用"以撒献祭"这一母题，反映犹太人的现实生活与生存命运。

在以色列人看来，1948年的以色列"独立战争"要求本土以色列人为保卫新建的犹太国家而战，犹太国家在某种程度上成为现代社会中上帝的替代物，召唤拓荒者献出自己的儿子，为国家作出牺牲。现代希伯来诗歌有时象征性地重复"以撒献祭"的古老母题，古代担负被献祭的羔羊使命的"以撒"成为响应国家号召为民族的生存而战、为国家利益献身的英雄。在他们身上，国家利益与个人安危又一次处于不可调和的冲突中。在这种情况下，"以撒献祭"这一原型启迪"独立战争"时期的希伯来语作家和诗人创造出他们新的受难英雄。

古代以撒有时被解释为在走向祭坛之际意识处于懵懂状态，不知道自己的身份是献祭羔羊，故而向父亲询问献祭的羊羔在何处。但如今，即将走向疆场的以色列希伯来人则对自己的身份和使命了如指掌，预见到自己正在为理想履行一种牺牲仪式。海姆·古里（Haim Gouri）的《祈祷》在他们看来便是从世俗角度烘托出年轻人出征前感人的场面及其视死如归的愿望，基本上是在使用现代语言间接套用"以撒献祭"模式反映现代生活中的战争主题：

祝福他们吧，祝福那些将走向沙场的人们。
祝福他们可能会失去的武器吧，祝福他们的家。
祝福这个国家，她的青年和她的战士，
直到战斗结束。
看啊——他们离去了，静悄悄地，脚步慢慢消失。
黑暗沉沉，夜幕笼罩着群山。
祝福他们吧，因为时间已到。
为年轻人祝福吧。[1]

1 选译自以色列希伯来文学翻译研究所提供的资料。

与此同时，圣经中的以撒在走向祭坛之际只是亚伯拉罕之子，以个人形式出现，不带有任何集体色彩，但海姆・古里诗中走向战场的士兵显然不是一个人，而是带有集体主义色彩的群体。通过布鲁姆评论第三代阿利亚时期著名诗人伊扎克・拉姆丹（Yitzhak Lamdan）时使用的术语“伊采哈克由特”（Yitzhakyot），即希伯来语以撒一词的复数形式，可看出以撒代表着一类人。[1]拉姆丹本人在《在祭坛上》一诗中也曾经这样写道：“我们都被绑缚在此处，/我们用自己的双手把木柴拿到这里。/不要问他是否接受祭品！ /只要将我们的脖子伸向祭坛。”[2]显然，“我们都被绑缚在此处”代表着某种共同的命运，或者说是犹太民族的命运。此时，至高无上的权威已经不再是上帝，而是复国的理想和犹太人渴望回归家园的理念。原始宗教母题中上帝考验亚伯拉罕的意义逐渐消失，或者说转变为由复国理想对整个犹太民族进行的考验。

以色列希伯来语诗人在套用古代神话模式时不断加进对人生、历史，乃至对现实的个人理解，对古老神话也做出更进一步的阐释。海姆・古里在他另外一首诗《遗产》[3]中，续写圣经神话，突出以撒作为犹太民族先祖之一在民族精神史上承上启下的特征：

公羊最后一个到来。
亚伯拉罕并不知道它的到来
是回答孩子的发问
先问他在生命趋于衰弱时有多大力量。

老人抬望眼
看见的不是梦
天使就站在那里——

1 Ruth Kartun-Blum, *Profane Scriptures: Reflections on the Dialogue with the Bible in Modern Hebrew Poetry*, Cincinnati: Hebrew Union College, 1999, p.22; Ruth Kartun-Blum, “The Binding of Isaac in Modern Hebrew Poetry,” in *Prooftexts* 8, 3(1988), p.294.

2 Yitzhak Lamdan, “Al Hamizbech,” in *Kol Shiri Yitzhak Lamdan*, ed., Simon Halkin, Jerusalem: Mosad Bialik, 1982.

3 T. Carmi, *The Penguin Book of Hebrew Verse*, London: Penguin, 1981, p.565.

刀从手中滑落

孩子,从捆绑中逃脱,
看父亲的脊背。

以撒,如同记载的那样,未曾献出生命。
他活了很长很长
愉快地看,直到视力模糊。

但他把那一刻传给了子孙。
他们出生了
心口插着把刀。

古代的亚伯拉罕为了维护自己对上帝的信仰与忠诚,似乎愿意献出自己唯一的爱子,并经受住了考验。[1]以撒虽然对自己是否为牺牲者的身份表示怀疑,但无力违抗父命与神权。幸而上帝命天使及时赶到,用公羊将以撒替换下来,换句话说,以撒遭到捆绑,但是没有成为真正的牺牲。古里的诗歌囿于圣经传统,忠实地记录下以撒受上帝怜悯而保全性命、近乎牺牲的事实。但成为悖论的是,以撒留给子孙的不是赎救后的快乐,而是那千钧一发时刻的创伤。按照布鲁姆的说法,以撒的所谓遗产就是他富有悲剧色彩的受缚,[2]他把自己的责任与义务传给自己的子孙,使其在出生时便负载着沉重的历史负担与创伤。考验本身则成了没有休止的悲剧,使整个犹太民族背负着沉重的十字架,在散居

1 这是犹太学界一种比较常见的说法,但《摹仿论》一书的作者埃里克·奥尔巴赫(Erich Auerbach)表明,一些富有理性的圣经阐释者在这个问题上持有异议。参见Erich Auerbach, *Mimesis*, Princeton: Princeton University Press, 2003, p.14。德里达在讨论上帝命令亚伯拉罕献子作为祭礼这一考验时,指出亚伯拉罕既是最道德的,又是最不道德的;既是世人中最富责任感的,又是最不负责任的——这样的伦理二重性。参见雅各·德里达:《给予谁?》,刘平译,《圣经文学研究》第三辑,人民文学出版社,2009年,第159—160页。

2 Ruth Kartun-Blum, "The Binding of Isaac in Modern Hebrew Poetry," in *Prooftexts* 8, 3(1988), pp.293–310.

世界各地时期，尤其在以色列建国后，始终无法摆脱宗教理念和宗教义务的束缚，但似乎很少质疑上帝的考验是否人道。

在犹太民族思想史上，大屠杀事件在某种程度上打碎了犹太人所恪守的信仰准则，使之不免对带有集体色彩的民族悲剧命运进行追问。总体上说，这种追问也指向一个带有思辨色彩的悖论：如果有上帝，如果上帝是慈悲的，那么他为什么对犹太人的苦难视而不见？在奥斯维辛上帝在何方？伴随这一追问而来的，是让思想家百思不得其解的罪与罚的问题。如果犹太人对上帝是忠诚的，为何遭受如此惩罚？大屠杀是否也是上帝在对当代犹太人进行新的考验？数百万人"像羔羊一样走向屠场"是否也是民族一种现代的救赎仪式？于是，在书写大屠杀的作家笔下，"以撒献祭"便可以从多个层面反映民族的受难历程。传统母题中的人物关系有时发生置换，也就是说，牺牲者有时是儿子，有时可能是父亲，有时则是象征着整个民族的群体。吉尔伯阿（Amir Gilboa）的《以撒》[1]可称作改写古老母题的一个代表性例证。

在布局上，《以撒》的第一、第二节采用第一人称叙述手法重现圣经中"以撒献祭"一段文字里父子一同前往祭坛的场面：

清晨，太阳在林中漫步
我和爸爸相随
我的右手拉着他的左手。

一把刀像闪电般在树木间闪光。
看到树叶上满是鲜血，
我给吓得瞠目结舌。
爸爸，爸爸，快来救救以撒，
这样，吃午饭时就不会缺人了。

以撒的恐惧在圣经原型与现代文学表述之间建立起一种内在联系。如果说圣经中的以撒对谁是献祭羔羊这一问题深表疑惑的话，那

1 T. Carmi, *The Penguin Book of Hebrew Verse*, London: Penguin, 1981, p.560.

么此时在吉尔伯阿的诗歌里，深谙《希伯来圣经》叙述传统的现代人以撒已经明显地意识到大难即将临头。在意象上，吉尔伯阿没有使用圣经中"火"和"柴"的意象，而是选择了"刀"、"光"和"血"，受缚这一行为本身得到淡化，突出的则是受难者的鲜血。以撒的呼救表明他已经确信自己的命运凶多吉少，强化了大屠杀背景下犹太人无处藏身的悲剧。这里至高无上的命令发布者已经由上帝转化为人，以致没有天使救助，没有上帝的慈悲，没有用作献祭替代物的公羊。在文学语境中，"置换"(displacement)是指改变一个神话结构，使之变得更加可信，更符合通常的经历。[1]受难者由儿子变成父亲淡化了圣经语境中神考验人的宗教含义，更多的则是唤起对大屠杀现实的记忆。吉尔伯阿生于波兰，1937年便在反犹主义形势下移居巴勒斯坦，其家人则在大屠杀中丧生。家人的牺牲者角色在诗歌中则具体地由父亲充当：

遭杀害的是我呀，孩子，
我的鲜血已沾满树叶。
爸爸说着，喉咙哽咽，
脸色苍白。

我真想高声叫喊，
尽力不相信这一切。
我睁开双眼，
一梦方醒。

我右手的血已经流尽。

诗歌结尾的变化改变了传统的宗教母题，将更多民族记忆的世俗成分添加进去。具体地说，在后大屠杀诗歌中，圣经传说中的"以撒"(其角色现在可由不同的人承担)没有逃脱作为献祭者的命运。父亲遭杀戮的现实令儿子产生恐惧与负疚，这是许多大屠杀作家，尤其是幸存者—作

1 诺斯洛普·弗莱：《神力的语言："圣经与文学"研究续编》，吴持哲译，社会科学文献出版社，2004年，第164页。

家喜欢表述的体验。这种变形既暗示了大屠杀过后人们信仰的失落,也标志着古老的文化传统在现代社会里所面临的挑战。与此同时,这首诗像许多大屠杀作品一样,暗示了孩子从大屠杀的屠刀下得到解救,走上了复国的救赎之路。正是在这种思想的感召下,吉尔伯阿在1937年便非法移居巴勒斯坦,相继在基布兹、柑橘园、采石场和筑路公司工作,与土地建立起一种肌肤相亲的联系。他后又参与把犹太非法移民转移到巴勒斯坦的活动,投身于以色列的"独立"。这样一来,"以撒献祭"这一模式便成为一种浓缩的意象,象征地反映出大屠杀的残酷及其救赎意义。

现代希伯来小说也在以不同方式复制"以撒献祭"这一模式。20世纪60年代崛起于文坛的第二代以色列作家的代表人物约书亚(A. B. Yehoshua)在《〈曼尼先生〉与"以撒献祭"和牺牲》[1]一文中指出,他的长篇小说《曼尼先生》在主人公亚伯拉罕的自我坦白中结束。亚伯拉罕详细叙述了注定要发生在摩利亚山的"以撒受缚"与牺牲故事。《曼尼先生》是一部由五场对话组合而成的长篇小说,对话中的每位叙述人叙述自己同曼尼家族中不同成员的交往过程。对话本身并非一问一答的双向式交谈,而是由叙述人自己在那里娓娓道来,不过读者可以由此推断出另外一个人在说些什么。小说的五场对话被分别置于1982年黎巴嫩战争时期、1944年第二次世界大战时期、1918年第一次世界大战结束之际(那时英国刚刚发表《贝尔福宣言》,表示支持在巴勒斯坦地区建立犹太国家的主张)、1899年第三次犹太复国主义大会召开之时以及1848年欧洲爆发民族主义运动之际。如果将作品所采用的倒叙手法考虑进去,那么则可以看出该书的几场对话暗合了19世纪犹太民族主义运动兴起以来的犹太历史。[2]而这些往事几乎均与牺牲和献祭建立了关

1 A. B. Yehoshua, "Mr. Mani and the Akedah," in *Judaism: A Quarterly Journal of Jewish Life and Thought*, Vol.50, No.1 (Winter, 2001), p.61.

2 Bernard Horn, "The Shoah, the Akeda, and the Conversation in A. B. Yehoshua's *Mr. Mani*," in *Symposium*, Vol. 53, No. 3/Fall (1999), pp.136–150. 该文章与《中东文学及他们的时代》(*Middle Eastern Literature and Their Times*) 对此均予以不同程度的提及和表述。不过,后者的条目不知何故,只是强调了1897年第一次犹太复国主义大会的社会背景,对1899年第三次犹太复国主义大会只字未提,甚至将第四场谈话的时间从1899年改为1897年。

联。在每一场对话中，均会有一位曼尼家族的人在现实世界的变革中丧生。与古老神话的迥然区别是，这些曼尼先生在现实生活中找不到顶替自己殉难的羔羊。

小说的第五场对话，也就是最为切近地拓写“以撒献祭”模式的对话，发生在1848年12月12日星期二下午雅典的一家小酒店里。说话人是曼尼家族的一个成员亚伯拉罕·曼尼，他于1799年出生在土耳其，父亲是约瑟夫·曼尼，婚后生有一子一女。亚伯拉罕·曼尼的儿子也叫约瑟夫·曼尼（即在小说的第二场、第三场对话中出现的人物约瑟夫·曼尼先生的祖父）。与前四章的叙事方式不同，在这场对话中，曼尼先生向两个听众讲话。一位是上了年纪的老师，拉比哈达亚，另一位是拉比那位比其年轻三十岁的夫人。拉比由于不久前中风，不能说话，需要妻子帮助自己。

亚伯拉罕·曼尼先生讲述了自己前往耶路撒冷的旅程。1846年，他的儿子约瑟夫成为曼尼家族中第一位前往耶路撒冷旅行的人，他是为了护送自己的新娘去君士坦丁堡，但是这对夫妇留在了耶路撒冷。亚伯拉罕于是追随儿子去了耶路撒冷，竟发现儿子约瑟夫花费大部分时间与当地阿拉伯人相处，不愿意舍弃与以实玛利后代之间的兄弟情谊，而且约瑟夫确信，这些阿拉伯人乃“不知自己是犹太人的犹太人”。[1]不幸的是，约瑟夫竟然在圣殿山的圆顶清真寺前遭人谋杀。约瑟夫夫妇从未同房，更谈不上子嗣，亚伯拉罕在儿子死后与儿媳同床，以便延续家族的香火。也正是因为这些原因，亚伯拉罕认为自己是个罪人，他来到雅典，向他过去的老师，拉比哈达亚坦白这一切，请求其判决，但是却无法从拉比那里得到任何答复。

被约书亚称为神话的“以撒献祭”的原型在《曼尼先生》中多次出现，而约书亚似乎对此进行了最后总结。他试图通过《曼尼先生》这部作品，从如此不同寻常地盘旋在犹太人历史和文化上空的这一重要的、有力而可怕的神话中，将带有集体色彩的自我解放出来。这是一个决定性的事实——犹太人建立了圣殿，即同“以撒献祭”这个可怕的故事联在一起的最神圣所在……首先要让这个神话不再只作为比喻，

1 A. B. Yehoshua, *Mr. Mani*, trans.,Simon Halkin, New York: Mariner Books, 1993, p.323.

或者作为富有联想的圣经修辞而存在。他想剥下其伪装，将其在真实可信的现实情境中，在合理的心理语境中，在真实的圣经旧址上展示出来。用约书亚的话说，“以撒献祭”是盘旋在犹太历史上空的黑羊。不管亚伯拉罕的儿子以撒是否情愿，他都欠父亲的上帝一条性命。[1]而约书亚创作《曼尼先生》一书的目的，正是要把以色列犹太人从“以撒献祭”这一带有威胁性的神话中解救出来。其具体的解救方式便是，通过文学作品的再创造把神话转化为现实，将其所有的危险赤裸裸地展现出来。

第五场谈话说道，亚伯拉罕之子约瑟夫在耶路撒冷，自如地用阿拉伯语和村民们交流，仿佛那些人是他的朋友。[2]在他眼里，这些当地的村民就是犹太人，只是他们并不知道这一点（身份），有朝一日他们一定会想起（其身份）。有时他会像穆斯林那样下跪鞠躬，于是以实玛利的后裔便可以明白他的意思，与他一起鞠躬。而约瑟夫与亚伯拉罕走在巴勒斯坦，尤其是走在耶路撒冷的土地上令人想起远古时代的亚伯拉罕和以撒走向摩利亚山。只不过古人是父亲为执行上帝的命令欲将儿子作为献祭，而后人则是儿子为了在巴勒斯坦寻找犹太人身份这一带有世俗色彩的理念而献身。从地理位置上看，耶路撒冷与“以撒献祭”之间有着直接的联系，其发生地摩利亚山就在耶路撒冷老城的中心，而今那里坐落着圣殿山圆顶清真寺。[3]但截然不同的是：在古代，遭到绑缚的以撒并未真正成为牺牲，而是被羔羊代替；但在现实生活里，约瑟夫则在圣殿山的圆顶清真寺前“犹如孱弱的羔羊”被他的阿拉伯兄弟们切断咽喉，成为真正的祭品。实际上，亚伯拉罕不仅目睹了约瑟夫的被杀，甚至可能就是行刑者。更有甚者，他为了使自己的家族得以繁衍，竟然与自己的儿媳发生了不伦之事，致使后者怀孕，这也许就是本书中

1 A. B. Yehoshua, “Mr. Mani and the Akedah,” In *Judaism: A Quarterly Journal of Jewish Life and Thought*, Vol.50, No.1 (Winter, 2001), pp.61–62.

2 A. B. Yehoshua, *Mr. Mani*, trans.,Simon Halkin, New York: Mariner Books, 1993, p.319.

3 Bernard Horn, “The Shoah, the Akeda, and the Conversation in A. B. Yehoshua’s *Mr. Mani*,” in *Symposium*, Vol. 53, No. 3(Fall, 1999), p.137.

充满矛盾之处，[1]也在某种程度上映射出犹太民族悖论丛生的命运。

以反映复国思想或民族意识为主旨的现代希伯来戏剧似乎更能凸显"以撒献祭"模式的当代世俗化色彩，这里举以色列本土作家的代表人物之一麦吉德（Aharon Megged）在20世纪50年代创作的剧本《汉娜·塞耐士》[2]加以佐证。

《汉娜·塞耐士》以大屠杀期间为拯救欧洲犹太人而献出年轻生命的女英雄汉娜·塞耐士的真实故事为基础创作而成。塞耐士是一位匈牙利籍犹太人，1921年出生在布达佩斯一个被同化了的犹太人之家，其父乃匈牙利著名的犹太作家和艺术家，早在她幼年时期便已去世。塞耐士本人自幼接受良好的教育，具有出色的文学天赋。由于接受了犹太复国主义思想的影响，她移居到巴勒斯坦，先就学于农业学校，而后到基布兹劳动，不久被基布兹选为青年先锋队成员，受到英军的特殊培训。20世纪40年代，巴勒斯坦的犹太人能够在英国军队里从事营救犹太人的特殊工作。塞耐士请命到欧洲为英国军队搜集情报，以营救欧洲犹太人。不幸的是，她和另外几个伞兵刚刚在匈牙利着陆便被俘虏，面对严刑逼供她宁死不屈，被判处死刑，牺牲时年仅二十三岁。

从执着于信仰到为信仰献身的过程，这一带有"仪式牺牲"（ritual sacrifice）色彩的叙事模式亦可在"以撒献祭"传统中找到原型。根据希伯来大学布鲁姆教授借助符号学家格雷玛斯的角色模式理论进行的划分，"以撒献祭"模式中有四种基本角色：下令用以撒献祭的命令者（上帝）、绑缚者（亚伯拉罕）、受缚者（以撒）和终极牺牲者（代祭羔羊）。尽管戏剧内容在不同时代不断更新，戏剧人物不断改变，但基本角色一如既往。这一"仪式牺牲"的叙事模式几乎贯穿整个希伯来文学的发展过程。从20世纪20年代，当希伯来文学中心从欧洲转移到巴勒斯坦后，上帝施加考验的角色渐趋弱化，其作用逐渐被历史责任感和复国的使命感代替。[3]

1 Joyce Moss, *Middle Eastern Literature and Their Times*, Detroit: Thomson Gale, 2004, p.311.

2 Aharon Megged, *Hanna Senesh*, 1958, trans. Michael Taub, in *Israeli Holocaust Drama*, Syracuse: Syracuse University Press, 1996.

3 Ruth Kartun-Blum, *Profane Scriptures: Reflections on the Dialogue with the Bible in Modern Hebrew Poetry*, Cincinnati: Hebrew Union College, 1999, pp.19–21.

如果根据“以撒献祭”模式来考察塞耐士为复国使命献身的过程，则不难看出，塞耐士在这一“仪式牺牲”模式中承担着受缚者—牺牲者（以撒与献祭羔羊）的双重身份，但与“以撒献祭”中原型角色的实质性区别在于，塞耐士的献身是一种自我选择。她说服埃利亚胡等基布兹领导（20世纪40年代犹太复国主义者的化身，“以撒献祭”模式中最高命令者的化身）允许她与男性伞兵一起去营救欧洲犹太人，最后慷慨赴死，进而使古代纯粹的受缚—牺牲模式增添了一层当代英雄主义的光环。同时，塞耐士在走向祭坛的过程中又表现出强烈的求生愿望，这不免为“仪式牺牲”模式蒙上了一层悲剧色调。

作为本土以色列作家，麦吉德则借助塞耐士热爱生命但选择死亡的举动来突出其英雄主义品格，突出其自我牺牲的伟大，表现出一种以色列土地上集体期待着的新希伯来人的英雄主义。塞耐士遭受审判时，匈牙利已经被德国占领，那里的犹太人被一批批运进集中营。尽管塞耐士本人是匈牙利裔犹太人，但是她所担当的使命淡化，“甚至抹去了她的外国身份、口音和参照系，而富有反讽意味地将其变成本土以色列人的勇气象征”。[1]在塞耐士看来，肉体死亡并非悲剧，而是一种壮烈牺牲，只要能感动一些人，并使之奋起反抗，她就履行了使命。与之相反，她所要拯救的同胞，即匈牙利犹太人，则通过她的律师建议她采取权宜之计，交出敌方索要的密码，这样不仅会保全她自己的生命，还会使另外几百名犹太人免遭死亡的厄运。这种对生与死的不同态度，表明了大流散时期的犹太人和以色列新希伯来人迥然有别的价值观念。后者以英勇反抗为宗旨，前者以争取生存为目的。从这个意义上说，《汉娜·塞耐士》是在用符合20世纪50年代以色列社会特质的话语来解释大屠杀时期英雄主义的反抗的含义，它无疑强化了复国的理念，有益于一个新国家争取生存，但是忽略了受难者的苦难及其在强权面前争取生存的艰辛。

从上述讨论中可以看出，“以撒献祭”这一带有“仪式牺牲”色彩的模式主要以世俗化的方式出现在现代希伯来作家的作品之中。现代作

1 Gulie Ne’eman Arad, “The Shoah as Israel’s Political Trope,” in *Divergent Jewish Cultures*, eds., Deborah Dash Moore, S. Ilan Troen, New Haven: Yale University Press, 2001, p.194.

家在进行艺术再现的过程中，把具有神圣色彩的传统宗教母题推向新的层面。在现代希伯来语文学中，许多作家和诗人采用“以撒献祭”的母题，把重新阐释古老希伯来经典中的原型当作理解现实与自身的一种方式。人们在解读“以撒献祭”这则神话时，上帝在与人的关系中逐渐失去优势，代替它的是人（或者是一个民族）与其社会历史存在的关系，以及后来人与自身、生存与命运的关系。

后　记

从1995年到2005年的十年间，相继六年零三个月在以色列的大学里攻读现代希伯来语言和文学，听得最多的一个句子可能就是：Zei Mi Tanah.（这来自圣经。）但当时我对圣经的了解只限于在特拉维夫大学海外留学生学院听的一门圣经文学课。

2012年，当我在哈佛燕京学社做访问学者时，中国社会科学院外国文学研究所所长陈众议研究员建议我从事创新工程项目“外国文学学术史研究”子课题“希伯来经典学术史研究”。这对多年从事现代希伯来文学研究与翻译的我，无疑是一次巨大挑战。回首八年，几乎每天都有部分时间阅读、思考、探讨圣经，等于又重学了一门专业。如今能够完成这部书稿，需要感谢许多人的帮助。

哈佛大学近东语言与文明系玛施尼斯特（Peter Machinist）教授慷慨无私地把在哈佛大学与海德堡大学讲授圣经学术史时的课程提纲与文献书目赠送给我，为我勾勒出西方圣经学术史的总体框架，令我在最初进入这一领域时少走了许多弯路。而且他还允许我免费在哈佛大学神学院攻读一年圣经希伯来语，强化了我的知识背景。

玛施尼斯特教授还向我提起香港杰出的《希伯来圣经》研究专家李炽昌教授，后蒙山东大学傅有德教授引荐，我有幸结识李炽昌教授，并深受其教诲。李老师邀请我参加黄薇、田海华组织的《希伯来圣经》研究学术会议，与程小娟、王立新、曹坚、孟振华、梁慧、邱业祥等多年从事圣经研究的同仁探讨希伯来经典学术史研究项目，而后又应中国社会科学院宗教所唐晓峰、刘国鹏，中央民族大学游斌、王梓等同仁之邀参加基督宗教年会下属的圣经论坛，逐渐地，用卓新平老师的话说，融入到了国内圣经研究的大家庭。

布兰戴斯大学犹太研究中心前主任特洛恩（Ilan Troen）教授邀请我在 2015 年访问布兰戴斯大学。在与《希伯来圣经》专家茨维（Tzvi Abusch）教授的交流中，我得知四川大学田海华教授也在从事圣经学术史研究。又在参加圣经研讨会时，得知河南大学程小娟教授也在做相关课题。感谢海华与小娟的友好交流，促使我认真思考这部书的研究侧重点与独到之处，这一点已经在绪言中有所提及。童燕萍和刘雪岚两位旧友悉心安排，使我相继在清华大学与中国社会科学院研究生院外文系讲授圣经文学课，在与学生的交流中逐步丰富我的学术想法。

河南大学梁工教授，从得知我从事希伯来经典学术史研究的项目始便鼓励我，对我早期所撰写的《“以撒受缚”与现代希伯来文学》一文予以充分肯定。梁工教授赐文“马克思主义圣经批评”一节，在百忙中阅读了全部书稿，与我交换看法，并提出宝贵的修改意见，其师长风范令我感动。北京外国语大学孙晓萌教授和中国社会科学院历史理论所黄畅博士撰文介绍了非洲的圣经研究，美国芝加哥大学近东语言与文明系博士候选人张泓玮撰文介绍了阿拉伯语圣经研究，中国社会科学院外国文学研究所金成玉副研究员、唐卉副研究员、魏然副研究员分别撰文介绍了韩国的圣经研究、日本的圣经研究和拉丁美洲的圣经研究。

2015 年，哈佛大学王德威教授邀请我前去哈佛宣读《沈从文与圣经》一文。会间，金介甫（Jeffrey C. Kinkley）与苏文瑜（Susan Daruvala）教授在圣经与中国现代作家关系上给了我诸多建议。哈佛大学斯特恩（David Stern）教授为我间接引荐了以色列圣经研究大家斯腾伯格（Meir Sternberg）教授。2018 年，我再度出访哈佛大学，在哈佛大学图书馆搜集资料，并与哈佛大学犹太研究中心主任斯特恩、圣经文学研究专家玛施尼斯特和列文森（Jon Levenson）教授详细讨论学术史初稿和文集篇目，令我对完善书稿有了充足信心。

2016 年和 2017 年，我应特拉维夫大学张平教授和耶路撒冷国际会议中心之邀前去以色列参加学术会议。与我读博期间的导师施瓦茨(Yigal Schwartz)教授、同窗海姆(Haim Weiss)博士、特拉维夫大学圣经学者阿密特(Yairah Amit)教授探讨圣经研究及其在当代以色列社会中的意义。而另一位导师浦安迪(Andrew H. Plaks)教授引我步入犹太圣经阐释与文学理论这一主题。

在书稿即将付梓之际,请允许我向这些师长与同仁致以由衷的谢意。同时感谢外国文学学术史项目团队曾一起工作过的同仁们的相互支持:黄梅、肖明翰、涂卫群、万海松、魏丽明、孙婷婷、宗笑飞、龚蓉、常蕾、于怀瑾,等等。感谢中国社会科学院外文所李永平、程巍、苏玲、梁展、严蓓雯、刘晖、徐畅等同仁,以及南京大学的宋立宏老师在我撰稿过程中提供的多方帮助。感谢美国宾夕法尼亚大学凯瑟琳(Kathryn Hellerstein)、波士顿大学唐茂琴、哥伦比亚大学包安若和德国黑森大学陈丽梅帮我搜集资料。感谢我的几位硕、博学生杨扬、闫佳伟、殷磊、高天琪、肖逸荷在不同阶段的支持。

最后,更要感谢外国文学学术史研究工程项目的总负责人陈众议所长,设计并分派我承担希伯来经典学术史研究项目。这一全新的学术领域无尽地激发了我的学术想象与潜能,令我倍感治学的乐趣。正如我在绪言中所说,希伯来经典学术史研究工程浩大,毕生为之亦不为过,尽管八年中我尽了自己最大努力,但深知尚有许许多多不完善之处,敬请诸位同仁批评指正。

钟志清

2019 年 10 月于北京

重要文献

一、中文部分：

阿德朱莫比，萨义德·A.：《埃塞俄比亚史》，董小川译，商务印书馆，2009年。

阿尔特（奥特），罗伯特：《圣经的文学世界》，成梅译，商务印书馆，2016年。

——《圣经叙事的艺术》，章智源译，商务印书馆，2010年。

奥尔巴赫，埃里希：《摹仿论》，吴麟绶等译，商务印书馆，2014年。

奥古斯丁：《上帝之城》，王小朝译，人民出版社，2018年。

奥兹-扎尔茨贝格尔：《犹太人与词语》，钟志清译，译林出版社，2019年。

巴埃弗拉特，西蒙：《圣经的叙事艺术》，李锋译，华东师范大学出版社，2011年。

博尔，罗兰：《天国的批判——论马克思主义与神学》，胡继华、林振华译，台湾基督教文艺出版社，2010年。

——《西方马克思主义圣经批评二十五年历史回顾》，张靖译，《基督教文化学刊》2010年第2期。

布莱特：《〈旧约〉历史》，周南翼、张悦等译，罗宇芳审校，四川人民出版社，2014年。

曹坚：《梅厄·斯腾伯格的诗学：圣经作为“意识形态文学”和“无误解文本”》，《圣经文学研究》2010年第4辑。

陈梦家:《歌中之歌》译序,上海良友图书印刷公司,1932年。

陈贻绎:《希伯来语圣经:来自考古与文本资料的信息》,昆仑出版社,2006年。

——《希伯来语圣经导论》,北京大学出版社,2011年。

程小娟:《圣经叙事艺术探索》,宗教文化出版社,2009年。

达尔文:《物种起源》,苗德岁译,译林出版社,1993年。

邓迪思,阿兰:《洪水神话》,陈建宪等译,陕西师大出版社,2012年。

法洛拉,托因等:《尼日利亚史》,沐涛译,中国出版集团东方出版中心,2015年。

范德凯:《今日〈死海古卷〉》,柳博赟译,华东师范大学出版社,2017年。

菲洛:《论〈创世记〉:寓意的解释》,王晓朝、戴伟清译,商务印书馆,2012年。

冯三昧:《论雅歌》,见吴曙天译《雅歌》,上海北新书局,1930年。

冯象:《创世记:传说与译注》,三联书店,2012年。

弗莱,诺斯洛普:《神力的语言:"圣经与文学"研究续编》,吴持哲译,社会科学文献出版社,2004年。

弗雷泽,詹姆斯·乔治:《〈旧约〉中的民间传说、神话与律法的比较研究》,叶舒宪、户晓辉译,陕西师范大学出版社,2012年。

弗罗因德,理查德:《跟着圣经去考古》,屈伯文、方舟译,上海三联书店,2017年。

伽达默尔:《真理与方法》,洪汉鼎译,商务印书馆,2010年。

高峰枫:《亚述学家塞斯的"考古至上论"》,《读书》2018年第2期。

高利克,马利安:《翻译与影响:圣经与中国现代文学》,刘燕编译,社会科学文献出版社,2018年。

顾长生:《传教士与近代中国》,上海人民出版社,2013年。

顾钧:《周作人与〈圣经〉文学》,《苏州科技学院学报(社会科学版)》2010年第2期。

赫茨尔，西奥多：《犹太国》，肖宪译，商务印书馆，1993年。

赫尔德，约翰·特弗雷德：《反纯粹理性：论宗教、语言和历史文选》，张晓梅译，商务印书馆，2010年。

洪兴祖：《楚辞补注》，中华书局，1983年。

黄保罗：《大国视野中的汉语学术圣经学》，民族出版社，2012年。

黄朱伦：《雅歌注释》，上海三联书店，2013年。

霍布斯，托马斯：《利维坦》，黎思复、黎廷弼译，杨昌裕校，商务印书馆，2013年。

金介甫：《沈从文传》，符家钦译，中国友谊出版公司，2000年。

坎贝尔，肯·M. 编：《圣经世界的婚姻与家庭》，梁工，吕争等译，商务印书馆，2012年。

坎贝尔，约瑟夫：《神话的力量：在诸神与英雄的世界中发现自我》，朱侃如译，浙江人民出版社，2013年。

克莱恩，W.W. 等：《基督教释经学》，尹妙珍译，上海人民出版社，2014年。

克莱因，伦纳德·S. 主编：《20世纪非洲文学》，李永彩译，北京语言学院出版社，1991年。

邝炳钊：《〈创世记〉注释》，上海三联书店，2014年。

拉克，沃尔特：《犹太复国主义史》，徐方、阎瑞松译，上海人民出版社，1992年。

莱肯，利兰：《圣经文学导论》，黄宗英译，北京大学出版社，2007年。

——《"作为文学的圣经"在西方》，《圣经文学研究》2017年秋季版。

雷立柏：《圣经的语言和思想》，宗教文化出版社，2000年。

李炽昌：《跨文本阅读——〈《希伯来圣经》诠释〉》，上海三联书店，2015年。

——《生命言说与社群认同：〈希伯来圣经〉五小卷研究》（与游斌合作），中国社会科学出版社，2003年。

李正奎:《韩国近代社会的变迁与基督教》,《延边大学学报(社会科学版)》2001年第2期。

梁工:《当代文学理论与圣经批评》,人民出版社,2014年。

——《莎士比亚与圣经》,商务印书馆,2006年。

——《圣经视阈中的东西方文学》,中华书局,2007年。

——《圣经文学研究》第1—18辑(主编),人民文学出版社。

——《西方圣经批评引论》,商务印书馆,2006年。

——《中国圣经文学研究二十年(1979—1999)》,《荆州师范学院学报》1999年第6期。

林,提摩太·H.:《〈死海古卷〉概说》,傅有德,唐茂琴译,外语教学与研究出版社,2005年。

刘锋:《圣经的文学性诠释与希伯来精神的探求》,北京大学出版社,2008年。

刘洪一:《圣经叙事研究》,商务印书馆,2011年。

刘开古:《阿拉伯语发展史》,上海外语教育出版社,1995年。

刘意青:《圣经的文学阐释:理论与实践》,北京大学出版社,2004年。

卢龙光,王立新合编:《圣经文学与文化:纪念朱维之教授百年诞辰论集》,南开大学出版社,2007年。

鲁迅:《鲁迅全集》第8卷,人民文学出版社,1981年。

陆扬:《圣经的文化解读》,复旦大学出版社,2008年。

罗斯:《简明犹太民族史》,黄福武,王丽丽等译,山东大学出版社,1997年。

马月兰:《〈雅歌〉重译的文学动因》,《圣经文学研究》第10辑,梁工,程小娟主编,人民文学出版社,2015年。

孟振华:《波斯时期的犹太社会与圣经编纂》,宗教文化出版社,2013年。

米勒,斯蒂芬;休伯,罗伯特:《圣经的历史》,黄剑波,艾菊红译,中央编译出版社,2013年。

尼基福罗娃,伊·德 等:《非洲现代文学:北非和西非》,刘宗次,赵陵生译,外国文学出版社,1981年。

牛庸懋:《漫谈圣经文学》,《外国文学研究辑刊》第4辑。

浦安迪:《浦安迪自选集》,刘倩等译,三联书店,2011年。

乔布林,大卫:《女性主义与古代以色列"生产方式":方法论思考》,徐俊译,《圣经文学研究》2016年第12辑,人民文学出版社。

邱业祥:《圣经关键词研究》,宗教文化出版社,2009年。

饶宗颐编译:《近东开辟史诗》,辽宁教育出版社,1998年。

任东升:《圣经汉译文化研究》,湖北教育出版社,2007年。

——《朱维之对圣经汉译研究的奠基作用》,《四川外语学院学报》2005年第5期。

萨义德,爱德华:《东方学》,王宇根译,三联书店,2007年。

沈从文:《沈从文全集》第16卷,北岳文艺出版社,2002年。

施坦泽兹,阿丁:《阿伯特:犹太智慧书》,张平译,中国社会科学出版社,1996年。

施特劳斯,列奥:《霍布斯的宗教批判》,杨丽等译,黄瑞成校,华夏出版社,2012年。

斯宾诺莎,巴鲁赫:《神学政治论》,温锡增译,商务印书馆,2009年。

斯腾伯格,梅厄:《圣经诗学与性别政治:从阅读到泛阅读》,张晓梅译,《圣经文学研究》2010年第1辑。

孙晓萌:《语言与权力:殖民时期豪萨语在北尼日利亚的运用》,社会科学文献出版社,2014年。

索飒:《丰饶的苦难:拉丁美洲笔记》,广西师范大学出版社,2003年。

田海华:《经典与诠释》(主编),四川人民出版社,2011年。

——《〈希伯来圣经〉之十诫研究》,人民出版社,2012年。

王本朝:《20世纪中国文学与基督教文化》,安徽教育出版社,2000年。
王德威:《写实主义小说的虚构:茅盾、老舍、沈从文》,复旦大学出版社,2011年。
王立新:《古犹太历史文化语境下的希伯来文学研究》,商务印书馆,2014年。
王学富:《沈从文与基督教文化》,《中国现代文学研究丛刊》1996年第1期。
韦伯:《古犹太教》,简惠美译,广西师范大学出版社,2010年。
维特根斯坦,路德维希:《哲学研究》,陈嘉映译,上海人民出版社,2005年。
谢文郁:《导言:解读马丁·路德的思想密码》,马丁·路德:《路德檄文和宗教改革》,李勇译,谢文郁校,上海人民出版社,2010年。
——《新世纪女性主义圣经研究的新趋向》,《外国文学动态研究》2015年第1期。

徐亮:《圣经与文学》(与梁慧合著),商务印书馆,2016年。
徐向群:《希伯来语语法》,北京大学出版社,2006年。
徐新:《犹太百科全书》,上海人民出版社,1992年。
许鼎新:《希伯来诗歌简介》,《宗教》1982年第1期。
亚历山大,T.D.:《摩西五经导论:从伊甸园到应许之地》,刘平、周勇译,上海人民出版社,2008年。
杨慧林:《基督教文化学刊》(主编)第1—37辑。
——《圣经新语:箴言、典故、赞美诗》,中国卓越出版公司,1989年。
——《圣言、人言:神学诠释学》,福建教育出版社,2018年。
——《在文学与神学的边界》,复旦大学出版社,2012年。
杨克勤:《圣经文明导论:希伯来与基督教文化》,宗教文化出版社,2011年。
——《夏娃、大地与上帝》,华东师范大学出版社,2011年。
叶健辉:《乌托邦:拉丁美洲解放神学研究初步》,中央编译出版社,

2015年。

游斌:《〈希伯来圣经〉的历史、文本与思想世界》,宗教文化出版社,2016年。

袁进:《新文学的先驱》,复旦大学出版社,2016年。

张缨:《〈约伯记〉双重修辞解读》,华东师范大学出版社,2009年。

赵敦华:《圣经历史哲学》(上、下),江苏人民出版社,2011年。

赵乐甡:《吉尔伽美什》(翻译),辽宁人民出版社,2015年。

郑家馨:《南非史》,北京大学出版社,2010年。

钟志清:《比阿里克的〈在屠城〉与希伯来圣经传统》,《外国文学评论》2013年第2期。

——《变革中的20世纪希伯来文学》,中国社会科学出版社,2013年。

——《不同文化背景下的〈雅歌〉读法》,《外国文学动态研究》2019年第1期。

——《沈从文与圣经》,香港《明报月刊》2016年第8期。

——《圣经学术史研究的两部新作》,《外国文学评论》2012年第4期。

——《圣经与现代以色列民族国家的构建》,《西亚非洲》2014年第3期。

——《希伯来经典研究文集》(编选),译林出版社,2019年。

——《现代希伯来文学对“以撒献祭”母题的阐释》,《圣经文学研究》2014年第8辑。

——《犹太人的“回归圣经”》,《学海》2017年第5期。

周作人:《〈旧约〉与恋爱诗》,《谈龙集》,止庵校订,十月文艺出版社,2011年。

——《圣书与中国文学》,《小说月报》12卷1号,1921年1月。

——《艺术与生活》,岳麓书社,2019年。

——《自己的园地》,人民文学出版社,2020年。

朱东润:《中国历代文学作品选》,上海古籍出版社,1980年。

——《中国历代文学作品选》(简编本),上海古籍出版社,1981年。

朱维之:《古犹太文化史》,经济日报出版社,1997年。

——《基督教与文学》,青年协会书局,1941年。

——《圣经文学十二讲》,人民文学出版社,1989年。

朱自清:《新诗杂话》,安徽文艺出版社,1999年。

卓新平:《圣经鉴赏》,中国社会科学出版社,1992年。

——《圣经文学在现代中国的意义》,《圣经文学研究》集刊,2011年。

——《中国文化处境中的〈圣经〉理解》,《宗教学研究》2010年第2期。

二、英文部分:

Aberbach, David, *Bialik*, London: Peter Halban Publishers LTD, 1988.

Aharoni, Yohanan, *The Land of the Bible: A Historical Geography*, London: The Westmister Press, 1962.

Aḥituv, Shmuel, *Echoes From the Past*, Jerusalem: Carta, 2008.

Albright, William, *From Stone Age to Christianity*, Baltimore: John Hopkins University Press, 1942. 3rd edition.

Al-Jallad, Ahmad, *An Outline of the Grammar of the Safaitic Inscriptions*, Leiden; Boston: Brill, 2015.

Alter, Robert, "A Literary Approach to the Bible," in *Commentary*, Vol.60, No. 6 (Dec., 1975).

—— "Biblical Narrative," in *Commentary*, Vol. 61, No.5 (May, 1976).

—— eds. with Frank Kermode, *The Literary Guide to the Bible*, Boston: Belknap Press, 1990.

—— *The Art of Biblical Narrative*, New York: Basic Books Inc Publishers, 1981.

—— *The Five Books of Moses: A Translation with Commentary*, New York: Norton, 2008.

—— *The World of Biblical Literature*, London: SPCK, 1992.

Amit, Yairah, *In Praise of Editing in the Hebrew Bible: Collected Essays in Retrospect,* Sheffield: Sheffield Phoenix Press Ltd, 2012.

—— *The Book of Judges: The Art of Editing* (Biblical Interpretation Series, Vol. 38), Leiden: Brill, 1999.

Ash, Beth Sharon, "Jewish Hermeneutics and Contemporary Theories of Textuality: Hartman, Bloom, and Derrida," in *Modern Phlology*, Vol. 85, No. 1(1987).

Auerbach, Erich, *Mimesis: The Representation of Reality in Western Literature*, Fiftieth Anniversary Edition, trans. Willard Trask, Princeton: Princeton University Press, 2003.

Bach, Alice, *The Pleasure of Her Text: Feminist Readings of Biblical & Historical Texts*, Norcross: Trinity Pr Intl, 1997.

—— *Women in the Hebrew Bible: A Reader*, New York: Routledge, 1999.

—— *Women, Seduction, and Betrayal in Biblical Narrative*, Cambridge: Cambridge University Press, 1997.

Bacon, Benjamin W., *The Genesis of Genesis: A Study of the Documentary Sources of the First Book of Moses in Accordance With the Results of Critical Science Illustrating the Presence of Bibles Within the Bible, 1891*, Cornell University Library, 2009.

—— *The Triple Tradition of the Exodus: A Study of the Structure of the Later Pentateuchal Books, Reproducing the Sources of the Narrative, and Further Illustrating the Presence of Bibles Within the Bible, 1894*, Cornell University Library, 2009.

Bailey, Kenneth E.; Staal, Harvey, "The Arabic Versions of the Bible, Reflections on Their History and Significance," in *Reformed Review* 36, No. 1 (1982).

Bal, Mieke, ed., *Anti-Covenant: Counter-Reading Women's Lives in the Hebrew Bible*, Edinburgh: Almond Press, 1989.

—— *Death and Dissymmetry*, Chicago: University of Chicago Press, 1988.

—— *Lethal Love: Feminist Literary Readings of Biblical Love Stories*, Bloomington: Indiana University Press, 1987.

—— *Murder and Difference*, Bloomington: Indiana University Press, 1988.

Barr, James, *Semantics of Biblical Language*, Oxford: Oxford University Press, 1961.

—— *The Bible in the Modern World*, London: SCM Press, 1973.

Barton, George A., "Tiamat," in *Journal of the American Oriental Society*, Vol.15(1893).

Barton, John, ed., *Cambridge Companion of Biblical Interpretation*, Cambridge: Cambridge University Press, 1998.

—— *Nature of Biblical Criticism*, London: Westminster Knox Press, 2007.

—— *Reading the Old Testament: Method in Biblical Study*, Kentucky Westminster Knox Press, 1997.

—— *The Bible*, London: Routledge, 2010.

Beeston, A. F. L., "Review of *The Bible Came From Arabia, by Kamal Salibi*," in *Journal of the Royal Asiatic Society of Great Britain and Ireland*, No. 2 (1988).

Berdichevsky, Norman, *Nations, Languages and Citizenship*, North Corolina: Mcfarland & Company, Inc., Publishers, 2004.

Berlin, Adele, "Countertraditions in the Bible: A Feminist Approach by Ilana Pardes," in *MLN*, Vol. 107, No. 5, *Comparative Literature* (Dec., 1992).

—— "Literary Approaches to Biblical Literature: General observations and a Case Study of Genesis 34," in *The Hebrew Bible: New Insights and Scholarship*, ed. Frederick E. Greenspahn, New York: New York University Press, 2008.

—— "On the Bible as Literature," in *Prooftexts*, Vol. 2, No.3 (September, 1982).

—— *Poetics and Interpretation of Biblical Narrative*, Sheffield: Almond Press, 1987.

Bloch, Ariel; Chana Bloch, *The Song of Songs: A New Translation with an Introduction and Commentary*, New York: Random House, 1995.

Bloom, Harold, *Kabbalah and Criticism*, London: Continuum, 2005.

—— *The Book of J*, trans. David Rosenberg, New York: Grove Press, 1990.

Boer, Roland, *Criticism of Heaven: On Marxism and Theology Ⅰ*, Leiden: Brill, 2007.

—— *Criticism of Religion: On Marxism and Theology Ⅱ*, Leiden: Brill, 2009.

—— *Criticism of Theology: On Marxism and Theology Ⅲ*, Leiden: Brill, 2011.

—— *Marxist Criticism of the Bible*, London: Sheffield Academic Press, 2003.

Brenner, Athalya, eds. with Carol Fontaine, *A Feminist Companion to Genesis (Feminist Companion to the Bible)*, London: Bloomsbury T&T Clark, 1993.

—— eds. with Carol Fontaine, *A Feminist Companion to Reading the Bible: Approaches, Methods and Strategies*, Abingdon: Routledge, 2013.

—— *I Am: Biblical Women Tell Their Own Stories*, Minneapolis: Fortress Press, 2004.

—— ed., *Performing Memory in Biblical Narrative and Beyond*, Sheffield: Phoenix Press, 2009.

—— *Ruth and Esther(A Feminist Companion to the Hebrew Bible, Second Series, 3)*, Sheffield: Academic Press, 1999.

—— *The Israelite Woman: Social Role and Literary Type in Biblical Narrative*, Sheffield: JSOT Press, 1985.

—— ed., *The Song of Songs*, London: Sheffield Academic Press, 2001.

Brettler, Marc Zvi; Breuer, Edward, "Jewish Readings of the Bible," in *The New Cambridge History of the Bible: From 1750 to the Present*, ed., John Riches, Cambridge: Cambridge University Press, 2015.

Brett, Mark, *Biblical Criticism in Crisis?* Cambridge: Cambridge University Press, 1991.

Bright, John, *A History of Israel*, Philadelphia: Westminster Press, 1959.

Buber, Martin, *Judaism*, New York: Schocken Books, 1967.

—— *On the Bible*, New York: Syracuse University Press, 1989.

Carmi, T., *The Penguin of Hebrew Verse*, London: Penguin, 1981.

Carter, Charles E., "A Discipline in Transition: The Contributions of the Social Sciences to the Study of the Hebrew Bible," in *Community, Identity and Ideology: Social Science Approaches to the Hebrew Bible*, eds. Charles E. Carter and Carol L. Meyers, Winona Lake: Eisenbrauns, 1996.

Caspi, Mishael Maswari, *Take Now Thy Son: The Motif of the Aqedah*

(Binding) in Literature, North Richkland Hills, Texas: Bibal Pr, 2001.

—— with John T. Greene, eds., *Unbinding the Binding of Isaac*, Lanham: University of America, 2006.

Cheyne, T. K., *Founders of Old Testament Criticism*, London: Methuen, 1893.

Childs, Brevard S., *Biblical Theology in Crisis*, Philadelphia: The Westminster Press, 1946.

—— *Introduction to the Old Testament as Scripture*, Philadelphia: Fortress Press, 1979.

Clements, Ronald E., *One Hundred Years of Old Testament Study*, Kentucky: Westminster John Knox, 1976.

Cohen, Gerson D., "The Song of Songs and the Jewish Religious Mentality," in *The Samuel Friedland Lectures 1967–1974*, New York: Jewish Theological Seminary Of America, 1974.

Coogan, Michael D., ed., *The New Oxford Annotated Bible*, 4th edition, New York: Oxford University Press, 2007.

—— *The Old Testament: A Historical and Literary Introduction to the Hebrew Scripture*, New York, Oxford: Oxford University Press, 2011.

Croatto, J. Severino, *Exodus: A Hermeneutics of Liberation*, trans. S. Attanasio. Maryknoll: Orbis, 1981.

Cross, Frank Moore, *From Epic to Canon*, Baltimore: John Hopkins University Press, 1998.

Dalley, Stephanie, *Myths from Mesopotamia*, Oxford: Oxford University Press, 1989.

Delitzsch, Friedrich, *Babel and Bible*, Chicago: The Open Court Publishing Company, 1906.

Dube, Musaw; Mbuvi, Andrew; Mbuwayesango, Dora, eds., *Postcolonial*

Perspectives in African Biblical Interpretations, Atlanta: Society of Biblical Literature, 2012.

Eagelton, Terry, *Criticism and Ideology: A Study in Marxist Literary Theory*, London: Verso, 1976.

Eber, Irene, eds with Sze-Kar Wan, Knut Walf, Roman Malek, *Bible in Modern China*, Sankt Augustin: Institute Monementa Serica, 1999.

—— *The Jewish Bishop and the Chinese Bible*, Boston: Brill, 1999.

Elliott, John H., *Social Scientific Criticism of the New Testament and Its Social World*, London: SPCK Publishing, 1995, 7.

Feldman, Yael S., *Glory and Agony: Isaac's Sacrifice and National Narrative*, California: Stanford University Press, 2010.

Finkelstein, Israel, *The Archaeology of the Israelite Settlement*, Leiden: Brill, 1988.

—— *The Forgotten Kingdom: The Archaeology and History of Northern Israel*, Atlanta: Society of Biblical Literature, 2013.

Fiorenza, Elisabeth Schüssler, ed., *Feminist Biblical Studies in the Twentieth Century: Scholarship and Movement*, Atlanta: Society of Biblical Literature, 2014.

—— *In Memory of Her: A Feminist Theological Reconstruction of Christian Origins*, New York: The Crossroad Publishing Company, 1994.

—— *Sharing Her Word*, Boston: Beacon Press, 1998.

Fishbane, Michael, *Text and Texture*, New York: Schocken, 1979.

—— *The JPS Bible Commentary: Song of Songs*, Philadelphia: The Jewish Publication Society, 2015.

Fokelman, Jan, *Narrative Art in Genesis: Specimens of Stylistic and Structural Analysis*, Assen/Amsterdam: van Gorcum, 1975.

Freedman, David Noel, "Review: *The Religion of Israel, from Its Beginnings to the Babylonian Exile*," in *Journal of Biblical Literature*, Vol. 81, No. 2 (Jun., 1962).

Fuchs, Esther, "Feminist Approaches to the Hebrew Bible," in *The Hebrew Bible: New Insights and Scholarship*, ed., Frederick E. Greenspahn, New York: New York University Press, 2008.

—— *Genesis*, trans. Mark E. Biddle, Macon, Geogia: Mercer University Press, 1997.

—— *Genesis: Translation and Commentary*, New York, London: W. W. Norton & Company, 1999.

Gignilliat, Mark S., *A Brief History of Old Testament Criticism: From Bennedict Spinoza to Brevard Childs*, Grand Rapids: Zondervan, 2012.

Gálik, Márian, *Influence, Translation, and Parallels: Selected Studies on the Bible in China*, Sankt Augustin: Collectanes Serica, 2004.

Gottwald, Norman K., *The Bible and Liberation: Political and Social Hermeneutics*, Maryknoll: Orbis Books, 1983.

—— *The Hebrew Bible: A Socio-Literary Introduction*, Philadelphia: Fortress Press, 1985.

—— *The Politics of Ancient Israel*, Louisville, K. Y.: Westminster John Knox Press, 2001.

—— *The Tribes of Yahweh: A Sociology of the Religion of Liberated Israel 1250–1050 B.C.E.,* Maryknoll: Orbis Books, 1979.

Grant, Robert M., with David Tracy, *A Short History of the Interpretation of the* Bible, 2nd edition, London: SCM Press, 1984.

Greenberg, Moshe, *Biblical Prose Prayer as a Window to the Popular Religion of Ancient Israel*, London: University of California Press, 1983.

—— "On the Political Use of the Bible in Modern Israel: An Engaged Critique," in David Pearson Wright, D. N. Freeman, and Avi Hurvitz, eds., *Pomegranates and Golden Bells: Studies in Biblical, Jewish and Near Eastern Ritual, Law, and Literature in Honor of Jacob Milgrom*, Winona Lake: Eisenbrauns,1995.

Greenslade, S. L., *The Cambridge History of the Bible: The West from Reformation to the Present Day*, Cambridge: Cambridge University Press, 1976.

Greenspahn, Frederick E., ed., *Essential Papers on Israel and the Ancient Near East*, New York: New York University Press, 1991.

—— ed., *The Hebrew Bible: New Insights and Scholarship*, New York: New York University Press, 2008.

Gunkel, Hermann, *Introduction to Psalms: The Genres of the Religious Lyric of Israel*, Macon: Mercer University Press, 1998.

—— *The Psalms: A Form-Critical Introduction*, Philadelphia: Fortress Press, 1967.

Gutiérrez, Gustavo, *A Theology of Liberation: History, Politics, and Salvation*. Maryknoll, N.Y.: Orbis Books, 1973.

Hammond, Philip C., "Review of *The Bible Came From Arabia*, by Kamal Salibi," in *International Journal of Middle East Studies* 22, No. 3 (1990).

Handelman, Susan, *The Slayers of Moses: The Emergence of Rabbinic Interpretation in Modern Literary Theory*, Albany: State University of New York Press, 1982.

Harshav, B., *Language in Time of Revolution*, Berkeley: University of California Press, 1993.

Hartman, Geoffrey H.; Budick, Sanford, eds., *Midrash and Literature*, New

Haven: Yale University, 1986.

Hauser, Alan J.; Watson, Duane F., eds., *A History of Biblical Interpretation*, 2 vols., Cambridge: Eerdmans Publishing Co., 2003, 2009.

Hayas, John, *An Introduction to Old Testament Study*, Nashville: Ablingdon Press, 1979.

—— ed., *Dictionary of Biblical Interpretation*, 2 vols, Nashville: Ablingdon Press, 1991.

Herder, J. G., *Against Pure Reason: Writings on Religion, Language and History*, Minneapolis: Fortress Press, 1993.

—— *The Spirit of Hebrew Poetry*, Burlington: Edward Smith, 1833.

Holtz, Barry W., *Back to the Sources: Reading the Classic Jewish Texts*, New York: Simon & Schuster Paperbacks, 1984.

Hope, Marvin H., *Song of Songs: A New Translation with Introduction and Commentary*, Garden City, N. Y.: Doubleday, 1977.

Horn, Bernard, "The Shoah, the Akeda, and the Conversation in A. B. Yehoshua's *Mr. Mani*," in *Symposium*, Vol. 53, No. 3(Fall, 1999).

Hunter, Jannie, *Faces of A Lament City,* Frankfurt am Main: Peter Lang, *1996.*

Irwin, William A., "The Significance of Julius Wellhausen," in *Journal of Bible and Religion*, Vol. 12, No. 3, (Aug., 1944).

Jacobs, Louis, "*Biblical Prose Prayer as a Window to the Popular Religion of Ancient Israel* by Moshe Greenberg," in *Religious Studies*, Vol. 21, No. 3 (Sep., 1985).

Jacobson, David C, *Modern Midrash*, Albany: State University of New York Press, 1987.

Jameson, Fredric R., "Jewish Responses to Modern Biblical Criticism: Some Reflections and a Course Proposal," in *Shofar*, Vol. 12.,

No. 3(Spring, 1994).

—— *The Political Unconscious: Narrative as A Socially Symbolic Act*, Ithaca: Cornell University, 1981.

Joseph, John, "Comments on Hammond's Review of Salibi's *The Bible Came From Arabia*," in *International Journal of Middle East Studies* 23, No. 4 (1991).

Kartun-Blum, Ruth, *Profane Scriptures: Reflections on the Dialogue with the Bible in Modern Hebrew Poetry*, Cincinnati: Hebrew Union College, 1999.

—— "The Binding of Isaac in Modern Hebrew Poetry," in *Prooftexts*, Vol. 8, No.3 (Sep., 1988).

Kaufman, Yehezkel, *The Religion of Israel*, trans. Moshe Greenberg, New York: Schochen Books, 1972.

Keren, Michael, *Ben Gurion and the Intellectuals: Power, Knowledge, and Charisma*, Illinois: Northern Illinois University Press, 1983.

Kimmerling, Baruch, *The Invention and Decline of Israeliness*, Berkeley: University of California Press, 2001.

Kinkley, Jeffrey, *The Odyssey of Shen Congwen*, Stanford: Stanford University Press, 1987.

Kittel, Rudolf; Elliger, Karl; Rudolph, Wilhelm; Rüger, Hans Peter; Weil, G. E.; Schenker, Adrian, *Biblia Hebraica Stuttgartensia*, Stuttgart: Deutsche Bibelgesellschaft, 1997.

Knight, Douglas A.; Tucker, Gene M., eds., *The Hebrew Bible and Its Modern Interpreters*, Chico: Scholars Press, 1985.

Konrad Schmid, *The Old Testament: A Literary History*, Fortress Press, 2012.

Kootstra, Fokelien, "The Language of the Taymanitic Inscriptions & Its

Classification," in *Arabian Epigraphic Notes*, Vol. 2 (2016).

Kraeling, Emil, *The Old Testament Since the Reformation*, Cambridge: James Clarke & Co., 2002.

Kugel, James L., *How to Read the Bible: A Guide to Scripture, Then and Now*, Detroit: Free Press, Reprint edition, 2012.

—— "James Kugel Responds," in *Prooftexts*, Vol. 3, No. 1 (January, 1983).

—— "On the Bible and Literary Criticism," in *Prooftexts*, Vol. 1, No.3 (Sep., 1981).

—— *The Idea of Biblical Narrative: Parallelism and Its History*, Baltimore: The John Hopkins University Press, 1981.

Kutscher, Eduard Yechezkel, *A History of Hebrew Language*, ed., Raphael Kutscher, Jerusalem: The Magnes Press, 1982.

Laffey, Alice L., "The Bible as Literature," in *Cross Currents*, Vol. 35, No. 2/3 (Summer/Fall 1985).

Lambertt, W. G., "A New Look at the Babylonian Background of Genesis," in *The Journal of Theological Studies*, New Series, Vol. 16, No. 2 (Oct., 1965).

—— "Creation in the Bible and the Near Ancient East," in *Creation and Chaos: A Reconsideration of Hermann Gunkel's Chaoskamf Hypothesis*, eds. JoannScurlock and Richard H. Beal, Indiana: Eisenbrauns, 2013.

Levenson, Alan T., *The Making of Modern Jewish Bible*, Maryland: Rowman & Littlefield Publishers, 2011.

Levenson, D. Jon, *Inheriting Abraham*, Princeton: Princeton University Press, 2013.

—— "*The Art of Biblical Narrative* by Robert Alter," in *The Biblical*

Archaeologist, Vol.46, No.2, (Spring, 1983).

—— *The Love of God*, New Jersey: Princeton University Press, 2016.

—— "The Rewritten Aqedah of Jewish Tradition," in *The Death and Resurrection of the Beloved Son*, New Haven and London: Yale University Press, 1993.

Macdonald, Michael C. A., "Reflections on the Linguistic Map of Pre-Islamic Arabia," in *Arabian Archaeology and Epigraphy* 11, No. 1 (2000).

Machinist, Peter, preface to Hermann Gunkel, *Creation and Chaos in the Primeval Era and the Eschaton*, Cambridge: William B. Eerdmans Publishing Company, 2006.

Masalha, Nur, *The Zionist Bible*, Durham: ACUMEN, 2013.

Mays, James Luther; Petersen, David L.; Richards, Kent H., eds., *Old Testament Interpretation: Past, Present, and Future, Essays in Honor of Gene M. Tucker*, Nashville: Abingdon Press, 1995.

Mazar, Benjamin, *The Mountain of Israel*, New York, Doubleday, 1975.

McKim, Donald K., ed., *Dictionary of Major Biblical Interpreters*, Illinois: IVP Academic, 2007.

Meyers, Carol, *Rediscovering Eve: Ancient Israelite Women in Context*, Oxford: Oxford University Press, 2012.

Mintz, Alan, *Hurban: Response to Catastrophe in Hebrew Literature*, New York: Columbia University Press, 1984.

Miranda, Mexican J.P., *Marx and the Bible: A Critique of the Philosophy of Oppression,* Wipf & Stock Pub, Reissue edition, 2004.

Miran, Dan, *The Propnetic Mode in Modern Hebrew Poetry and Other Essays on Modern Hebrew Literature*, London: The Toby Press, 2010.

Moore, Deborah Dash; Troen, Ilan, eds., *Divergent Jewish Cultures*, New

Haven: Yale University Press, 2001.

Moss, Joyce, *Middle Eastern Literature and Their Times*, Detroit: Thomson Gale, 2004.

Muilenburg, James, "From Criticism and Beyond," in *Journal of Biblical Literature*, Vol. 88, No. 1 (Mar., 1969).

Muller, James Authur, *Apostle of China*, New York: Morehouse Publishing House, 1937.

Muna, Ziad, "Arab Scholars' Contribution to Biblical Studies," in *History, Archaeology and The Bible Forty Years After "Historicity,"* eds., Ingrid Hjelm, Thomas L. Thompson, London; New York: Routledge, 2016.

Murphy, Roland E.; O. Carm, *The Song of Songs: A Commentary on the Book of Canticles or The Song of Songs*, Minneapolis: Fortress Press, 1990.

Navon, Chaim, *Genesis and Jewish Thought*, trans. David Strauss, Jersey City: Ktav Publishing House, 2008.

Newsom, C. A; Ringe, S. H., eds., *The Women's Bible Commentary*, London: Westminster/John Knox Pr, 1992.

Oz, Almog, *The Sabra: the Creation of the New Jew*, Berkeley: University of California Press, 2000.

Oz-Salzberger, Fania, "Political Uses of the Hebrew Bible in Current Israeli Discourse: Transcending Right and Left," in *The Australian Journal of Jewish Studies*, Vol. 25 (2011).

Pardes, Ilana, *Agnon's Moonstruck Lovers: The Song of Songs in Israeli Culture,* Seattle: University of Washington Press, 2014.

Pardes, Ilana, *Countertraditions in the Bible: A Feminist Approach*, Cambridge: Harvard University Press, 1992.

—— *The Biography of Ancient Israel: National Narratives in the Bible*,

Oakland: University of California Press, 2000.

Paul M., Joyce; Diana, Lipton, *Lamentations Through the Centuries*, West Sussex: Wiley-Blackwell, 2013.

Perry, Menahem; Sternberg, Meir, "The King Through Ironic Eyes: Biblical Narrative and the Literary Reading Process," in *Poetics Today*, Vol. 7, No.2 (1986).

Polliack, Meira, *The Karaite Tradition of Arabic Bible Translation: A Linguistic and Exegetical Study of the Karaite Translations of the Pentateuch from the Tenth to the Eleventh Centuries A.D.*, Leiden: Brill, 1997.

Pritchard, James B., *Ancient Near Eastern Texts Relating to the Old Testament*, Third Edition with Supplement, New Jersey: Princeton University Press, 1969.

Scherman, Rabbi Nosson; Zlotowitz, Rabbi Meir, *Shir Hashirim: A New Translation with a Commentary Anthologized From Talmudic, Midrashic and Rabbinic Sources*, New York: Mesorah Publications Ltd., 2015.

Rabinowitz, Itamar, "Eulogy for a Lebanese Intellectual: On the Death of Historian Kamal Salibi," in *Haaretz*, September 28, 2011. http: //www.haaretz.com/israel-news/eulogy-for-a-lebanese-intellectual-1.387181 (accessed October 26, 2017).

Reventlow, Henning Graf, *Problems of Biblical Theology in the Twentieth Century*, London: SCM Press Ltd., 1986.

Riches, John, *The New Cambridge History of the Bible*, Vol. 4, Cambridge: Cambridge University Press, 2015.

Robinson, Edward, *Biblical Researches in Palestine*, Boston: Crocker & Brewster, 1841.

Rogerson, John, *Old Testament Criticism in the Nineteenth Century: England and Germany*, Oregon: Wipf & Stock Pub, 1984.

—— ed., *The Oxford Illustrated History of the Bible*, Oxford: Oxford University Press, 2001.

Roskies, David, *Against the Apocalypse: Response to Catastrophe in Modern Jewish Culture*, Cambridge: Harvard University Press, 1984.

—— *The Literature of Destruction: Jewish Responses to Catastrophe*, Philadelphia: Jewish Publication Society, 1989.

Rubin, Aaron D., *A Brief Introduction to the Semitic Languages*, Piscataway, N.J.: Gorgias Press, 2010.

Salibi, Kamal., *A History of Arabia*, Delmar, N.Y.: Caravan Books, 1980.

—— *A House of Many Mansions: The History of Lebanon Reconsidered*, Berkley, Los Angeles: University of California Press, 1988.

—— *Crossroads to Civil War: Lebanon 1958–1976*, Delmar, N.Y.: Caravan Books, 1976.

—— *Maronite Historians of Medieval Lebanon*, 2nd edition, Beirut: Naufal Group, 1991.

—— *Maronite Historians of Medieval Lebanon: With a Preface by Bernard Lewis*, Beirut: American University of Beirut, 1959.

—— *Secrets of the Bible People*, London: Saqi Books, 1988.

—— *Syria Under Islam: Empire on Trial 634–1097*, Delmar, N.Y.: Caravan Books, 1977.

—— *The Arabia Bible Revisited*, Beirut: Cadmus Press, 2008.

—— *The Historicity of Biblical Israel: Studies in 1 & 2 Samuel*, London: NABU, 1998.

—— *The Modern History of Jordan*, London: I.B. Tauris, 1993.

—— *The Modern History of Lebanon*, New York; Washington: Frederick A. Praeger Publishers, 1965.

—— *Who Was Jesus? Conspiracy in Jerusalem*, London: I. B. Tauris, 1988.

Sarna, Nahum M., *Understanding Genesis: The World of the Bible in the Light of History*, New York: Schocken Books, 1966.

Sandys-Wunsch, John, *What Have They Done to the Bible? A History of Modern Biblical Interpretation*, Collegeville: Liturgical Press, 2005.

Sbaiti, Nadya; Mikdashi, Maya, "Kamal Salibi (1929–2011)," in *Jadaliyya*, (September 6, 2011). http: //www.jadaliyya.com/pages/index/2563/kamal-salibi-(1929–2011) (accessed October 26, 2017).

Sæbø, Magne, ed., *Hebrew Bible/Old Testament: The History of Its Interpretation*, Ⅰ/Ⅰ, Ⅰ/Ⅱ, Ⅱ, Ⅲ/Ⅰ, Ⅲ/Ⅱ, Göttingen: Vandenhoeck & Ruprecht, 1996–2015.

Segev, Tom, "The Makings of History, Myths and Facts," in *Haaretz*, September 16, 2011. http: //www.haaretz.com/israel-news/the-makings-of-history-myths-and-facts-1.384829 (accessed October 26, 2017).

Segovia, Fernando F., *Decolonizing Biblical Studies: A View from the Margins,* New York: Orbis, 2000.

Shaked, Gershon, "Modern Midrash: The Biblical Canon and Modern Literature," in *AJS Review*, Vol. 28, No. 1 (Apr., 2004).

Shalev, Meir, *Beginnings: Reflections on the Bible's Intriguing Firsts*, New York: Harmony Books, 2011.

Shapira, Anita, "Ben-Gurion and the Bible: the Forging of Historical Narrative," in *Middle Eastern Studies*, Vol. 33, No. 4 (Oct., 1997).

—— "The Bible and Israeli Identity," in *AJS Review*, Vol. 28, No.1 (Apr.,

2004).

Shavit, Yaakov; Eran, Mordechai, *The Hebrew Bible Reborn: From Holy Scripture to the Book of Books*, trans. Chaya Naor, Berlin: Walter de Gruyter, 2007.

Sheppard, Beth M., *The Craft of History and the Study of the New Testament*, Atlanta: Society of Biblical Literature, 2012.

Simon, Uriel; David Louvish, "The Place of the Bible in Israeli Society: From National 'Midrash' to Existential 'Peshat' ," in *Modern Judaism*, Vol. 19, No. 3 (Oct., 1999).

Sperling, S. David, *Students of the Covenant: A History of Jewish Biblical Scholarship in North America*, Atlanta: Scholars Press, 1992.

Sternberg, Meir, *Expositional Modes and Temporal Ordering in Fiction*, Baltimore: The Johns Hopkins University Press, 1978.

—— *The Poetics of Biblical Narrative*, Bloomington: Indiana University Press, 1985.

Stern, David, "Ancient Jewish Interpretation of the Song of Songs in a Comparative Context," in *Jewish Biblical Interpretation and Cultural Exchange*, eds., Natalie B. Dohrmann and David Stern, Philadelphia: University of Pennsylvania Press, 2008.

—— *Midrash and Theory: Ancient Jewish Exegesis and Contemporary Literary Studies*, Illinois: Northwestern University Press, 1997.

—— "Moses-cide: Midrash and Contemporary Literary Criticism," in *Prooftexts*, Vol. 4, No. 2(May, 1984).

—— *Parables in Midrash: Narrative and Exegesis in Rabbinic Literature*, Cambridge: Harvard University Press, 1994.

Sweeney, Marvin, "The Modern Study of the Bible," in *The Jewish Study Bible*, eds., Adele Berlin, Marc Zvi Brettler, New York: The Oxford

University Press, 2014.

Tamez, Elsa, *Bible of the Oppressed*, trans. M. J. O'Connell, Maryknoll: Orbis, 1982.

—— *The Legend of Genesis*, Chicago: The Open Court Publishing Co., 1907.

Thomas, Heath A., *Poetry and Theology in the Book of Lamentations: The Aesthetics of an Open Text*, Sheffield: Sheffield Phoenix Press, 2013.

Thompson, Thomas L., *Bibical Narrative and Palestine's History*, Sheffield: Equinox Pubshing Ltd., 2013.

Tigay, Jeffrey H., "*Biblical Prose Prayer as a Window to the Popular Religion of Ancient Israel* by Moshe Greenberg," in *Journal of the American Oriental Society*, Vol. 105, No. 1 (Jan.–Mar., 1985).

Torrey, Charles C., "The Beginnings of Oriental Study at Andover," in *The American Journal of Semitic Languages and Literatures*, Vol. 13, No. 4 (Jul.,1897).

Trible, Phyllis, *Texts of Terror: Literary-Feminist Readings of Biblical Narratives*, Philadelphia: Fortress Press, 1984.

Tucker, Gene M., *Form Criticism of the Old Testament*, Philadelphia: Fortress Press, 1971.

Unger, M. F., *Archaeology and the Old Testament*, Grand Rapids: Zondervan, 1983.

—— *Water for a Thirsty Land: Israelite Literature and Religion*, ed. K. C. Hanson, Minneapolis: Augsburg Fortress, 2001.

Weiss, Meir, *The Bible From Within*, Jerusalem: The Hebrew University Magness Press, 1984.

Weitzman, Steven, "Before and After *The Art of Biblical Narrative*," in *Prooftexts*, Vol. 27, No. 2(Spring, 2007).

Wellhausen, Julius, *Prolegomena to the History of Ancient Israel*, Cambridge: Cambridge University Press, 2013.

Whitney, K. William, trans. *Creation and Chaos in the Primeval Era and the Eschaton*, Cambridge: William B. Eerdmans Publishing Company, 2006.

Yadin, Yigael, *Masada: Herod's Fortress and the Zealot's Last Stand*, New York: Random House, 1966.

—— *The Art of Warfare in Biblical Lands*, Pennsylvania: McGraw-Hill, 1963.

Yarchin, William, *History of Biblical Interpretation: A Reader*, Grand Rapids, Michigan: Baker Academic, 2004.

Yehoshua, A. B., "*Mr. Mani* and the Akedah," in *Judaism: A Quarterly Journal of Jewish Life and Thought*, Vol. 50. No. 1(Winter, 2001).

三、希伯来文部分：

יחזקאל קויפמן, ***תולדות האמונה הישראלית - יצירתו הגדולה על המונותאיזם היהודי***, הוצאת מוסד ביאליק ודביר, 1965.

יחזקאל קויפמן, ***גולה ונכר***, הוצאת דביר, 1929.

יחזקאל קויפמן, ***הסיפור המקראי על כיבוש הארץ***, הוצאת דביר, 1946.

יחזקאל קויפמן, ***ספר יהושע מבואר בידי יחזקאל קויפמן***, הוצאת קרית ספר והחברה לחקר המקרא, 1970.

מאיר שלו, ***תנ"ך עכשיו***, הוצאת שוקן, 1985.

מאיר שלו, ***רֵאשית – פעמים ראשונות בתנ"ך***, הוצאת עם עובד, 2008.

יאיר זקוביץ, ***לא כך כתוב בתנ"ך***, (יחד עם אביגדור שנאן), הוצאת משכל, 2004.

יאיר זקוביץ, ***דוד: מרועה למשיח***, יד יצחק בן צבי, 1995.

יאיר זקוביץ, ***ישוע קורא בספרי הבשורה***, הוצאת עם עובד, 2007.

יאיר זקוביץ, ***יעקב: הסיפור המפתיע של אבי האומה***, הוצאת דביר, 2012.

מאיר וייס, ***המקרא כדמותו: שיטת מחקר והסתכלות במקרא על-פי עיקרי מדע-הספרות החדש***, מוסד ביאליק, 1962.

מאיר וייס, ***אמונות ודעות במזמורי תהילים***, מוסד ביאליק, 2001.

יגאל ידין, ***המגילות הגנוזות ממדבר יהודה***, הוצאת שוקן, 1958.

יגאל ידין, ***תורת המלחמה בארצות המקרא: לאור הממצאים הארכאולוגיים***, החברה הבינלאומית להוצאה לאור, 1963.

בנימין מזר, ***האבות והשופטים: דברי ימי ישראל מראשיתם עד כינון המלוכה***, תל אביב: הוצאת מסדה, 1967.

בנימין מזר, ***כנען וישראל: מחקרים היסטוריים***, ירושלים: הוצאת מוסד ביאליק והחברה לחקירת ארץ ישראל ועתיקותיה, 1974.

בנימין מזר, ***אטלס לתקופת התנ"ך***, תל אביב: הוצאת גרפית, 1979.

בנימין מזר, ***ערים וגלילות בארץ ישראל: מחקרים טופוגרפיים-היסטוריים***, ירושלים: הוצאת מוסד ביאליק והחברה לחקירת ארץ ישראל ועתיקותיה, 1975.

יוחנן אהרוני, ***התנחלות שבטי ישראל בגליל העליון***, ירושלים: הוצאת מאגנס, 1957.

יוחנן אהרוני, ***ארץ ישראל בתקופת המקרא - גאוגרפיה היסטורית***, מוסד ביאליק, 1962.

四、西班牙文部分：

Croatto, José Severino, *Hermenéutica bíblica. Para una teoría de la lectura como producción de sentido*, Buenos Aires: Viamante, 2da edición, 1994.

—— *Liberación y Libertad: Pautas hermenéuticas*, Buenos Aires: 1973.

Mesters, Carlos, *Deus, onde estás?* Belo Horizonte: Editôra Vega, 1971.

Miranda, José P., *Marx y la Biblia: crítica a la filosofía de la opresión*, Salamanca: Sígueme, 1972.

Pixley, Jorge, *El libro de Job: comentario bíblico latinoamericano*, San José: Ediciones Sebila, 1982.

Tamez, Elsa, *Cuando los horizontes se cierran: relectura del libro de Eclesiastés o Qohélet*, San José: Departemento Ecuménico de

Investigaciones, 1998.

—— *La Biblia de los Oprimidos. La opresión en la teología bíblica*, San José: Departemento Ecuménico de Investigaciones, 1979.

五、韩文部分：

《Daum 백과：성서》,http://100.daum.net/encyclopedia/view/b12s0798b.

강성열,《한국의 구약학 어제와 오늘,그리고 내일》,《구약논단》제23권 제1호,2017.

김정우,《한국 구약학 연구사와 과제(1900년～현재)》,《장로교회와 신학》제12권,2015.

《한국 민족문화대 백과사전：천주교》, 한국학중앙연구원, http://100.daum.net/encyclopedia/view/14XXE0008156.

《한국 민족문화대 백과사전：개신교》, 한국학중앙연구원, http://100.daum.net/encyclopedia/view/14XXE0008157.

《한국 민족문화대 백과사전：김정준》, 한국학중앙연구원, http://100.daum.net/encyclopedia/view/14XXE0010415.

《한국 향토문화 전자대전：김정준》, 한국학중앙연구원, http://busan.grandculture.net/Contents?local=busan&dataType=01&contents_id=GC04200662.

六、日文部分：

加藤隆著『集中講義旧約聖書：「一神教」の根源を見る』、NHK出版 2016.2.

W. ブルッゲマン著『旧約聖書神学用語辞典：響き合う信仰』、左近豊（ほか）訳、日本キリスト教団出版局2015.3.

長谷川修一著『旧約聖書の謎：隠されたメッセージ』、中央公論社2014.3.

月本昭男著『旧約聖書に見るユーモアとアイロニー』、教文館2014.1.

山我哲雄著『一神教の起源：旧約聖書の「神」はどこから来たのか』、筑摩書房2013.8.

鈴木佳秀著『旧約聖書の女性たち』、教文館2009.11.

関根清三著『旧約聖書と哲学：現代の問いのなかの一神教』、岩波書店2008.6.

関根正雄著『旧約聖書文学史』、岩波書店2008.2.

名木田薫著『旧約聖書での啓示と受容：日本文化からの考察』、大学教育出版2006.9.

月本昭男著『悲哀をこえて：旧約聖書における歴史と信仰』、教文館2005.12.

山我哲雄著『聖書時代史』、岩波書店2003.2.

小嶋潤著『旧約聖書の時代：その語る歴史と宗教』、刀水書房1995.4.

岩谷元輝著『内村鑑三研究：その新・旧約聖書注解に関する疑問』、泉屋書店1989.1.

田中澄江著『愛に生きる：旧約聖書のなかの女たち』、読売新聞社1976.

小出正吾著『旧約聖書物語』、審美社1964.

山中峰太郎著『荒野に立つ火柱：旧約聖書物語』、小山書店新社1958.6.

植松英雄著『旧約聖書の女性』、新約社1952.

松田明三郎著『愛国心と基督教：旧約聖書の愛国詩人』、土肥書店1939.10.

宮川巳作著『現今の旧約聖書』、警文社1927.

落合吉の助著『舊約聖書撒母耳前後書註釋』、日本聖公會出版社1914.7.

今泉真幸著『旧約聖書文学一斑』、警醒社1907.

山田豊彦編『旧約聖書解題』、教要社1903.8.

附录二

人名中外文对照及索引

附录三

书、报、刊、篇名中外文对照及索引

“外国文学学术史研究”书目

第一、二辑

《塞万提斯学术史研究》
《塞万提斯研究文集》
《雨果学术史研究》
《雨果研究文集》
《歌德学术史研究》
《歌德研究文集》
《左拉学术史研究》
《左拉研究文集》
《海明威学术史研究》
《海明威研究文集》
《庞德学术史研究》
《庞德研究文集》
《肖洛霍夫学术史研究》
《肖洛霍夫研究文集》
《普希金学术史研究》
《普希金研究文集》
《康拉德学术史研究》
《康拉德研究文集》
《高尔基学术史研究》
《高尔基研究文集》
《哈代学术史研究》
《哈代研究文集》
《贝娄学术史研究》
《贝娄研究文集》
《狄更斯学术史研究》
《狄更斯研究文集》
《芥川龙之介学术史研究》
《芥川龙之介研究文集》
《菲茨杰拉德学术史研究》
《菲茨杰拉德研究文集》
《茨维塔耶娃学术史研究》
《茨维塔耶娃研究文集》

第三辑

《乔叟学术史研究》
《乔叟研究文集》
《简·奥斯丁学术史研究》
《简 · 奥斯丁研究文集》
《希伯来经典学术史研究》
《希伯来经典研究文集》
《泰戈尔学术史研究》
《泰戈尔研究文集》
《普鲁斯特学术史研究》
《普鲁斯特研究文集》
《陀思妥耶夫斯基研究文集》